ro
ro
ro

STEFAN KUHLMANN

UMWEG ZUM SOMMER

ROMAN

ROWOHLT
TASCHENBUCH VERLAG

1. Auflage

Originalausgabe
Veröffentlicht im Rowohlt Taschenbuch Verlag,
Kirchenallee 19, 20099 Hamburg, Juni 2025

Redaktion Hanne Reinhardt

Covergestaltung SO YEAH DESIGN, Gabi Braun
Coverabbildung Shutterstock
Satz aus der Aldus Nova
Gesamtherstellung CPI books GmbH, Leck
ISBN 978-3-499-01598-4

Kontaktadresse nach EU-Produktsicherheitsverordnung:
produktsicherheit@rowohlt.de

FSC www.fsc.org MIX Papier | Fördert gute Waldnutzung FSC® C083411

UMWEG ZUM SOMMER

1

«Manchmal habe ich das Gefühl, du stellst dich mit Absicht so an.»

«Was soll das jetzt wieder?», fragte Martin mit leichter Empörung, während er sich den blutenden Finger in den Mund steckte. Beim Knoblauchschneiden hatte er sich verletzt, doch statt ihm ein Pflaster zu holen, kritisierte Sophie ihn.

«Weil du das immer so machst. Und am Ende koche ich wieder alleine.»

Martin riss ein Stück Küchenpapier von der Rolle und wickelte es sich um den Finger. «Genau, ich habe mich mit Absicht geschnitten.»

Er ahnte, dass der Abend nicht so harmonisch verlaufen würde, wie er gehofft hatte. Dabei hatte sie ihn diesmal gar nicht groß bitten müssen. Er hatte sogar richtig Lust gehabt, mit ihr gemeinsam zu kochen, vor allem Lasagne, die zu seinen absoluten Lieblingsgerichten gehörte. Wie immer kochten sie in Sophies Wohnung, weil in seiner winzigen Kochnische kaum Platz für eine Müslischale war. Die Größe seiner Wohnung war auch der Grund, warum mit der Zeit immer mehr seiner Habseligkeiten bei ihr gelandet waren. Was nicht bedeuten sollte, dass er schleichend bei ihr einzog. Für Martin funktionierten Beziehungen nur, wenn beide ihre Freiräume und Rückzugsmöglichkeiten hatten.

Darin sah er sich jetzt wieder bestätigt, als Sophie aufgebracht mit dem Kochlöffel vor seinem Gesicht herumwedelte und seiner Nase dabei gefährlich nah kam. «Weißt du, wie man das nennt? Strategische Inkompetenz.»

Martin atmete tief durch. Er hatte keine Ahnung, wovon sie sprach, aber ganz offensichtlich war seine Freundin auf Krawall gebürstet, was in letzter Zeit öfter vorkam. Was war bloß passiert? Eben noch waren sie verliebt und unzertrennlich gewesen. Jetzt steuerten sie auf einen Rosenkrieg zu.

«Wann hast du jemals eine Lasagne für *mich* gemacht?», fragte Sophie.

Martin starrte sie verblüfft an. Er hatte tatsächlich noch nie Lasagne für sie gemacht und sich in der Küche auch sonst tunlichst zurückgehalten. Dafür sollte sie ihm dankbar sein.

«Du weißt doch, dass ich nicht kochen kann.»

«Darum geht's nicht.»

Martin runzelte die Stirn. «Es geht bei Lasagne nicht ums Kochen?»

«Es geht ums Prinzip.»

«Bitte, wenn du dir unbedingt den Magen verderben willst, mache *ich* die nächste.»

Martin empfand diese Gefahr als durchaus real. Sophie hatte mal behauptet, ihm sei zuzutrauen, dass er Wasser anbrennen ließ. Damals hatte sie es scherzhaft gemeint und dabei gelacht. Fröhlich war heute rein gar nichts an ihr. Er verstand nicht, wieso sie etwas von ihm verlangte, worin sie eindeutig talentierter war als er. Schon jetzt ließ ihm der Duft von dem mit Oregano gewürzten Hackfleisch, das in der Pfanne brutzelte, das Wasser im Mund zusammenlaufen. Sophies Lasagne war eine Wucht und kam sogar an die heran, die seine Mutter früher zubereitet hatte. Wobei *zubereitet* es nicht wirklich traf. Seine Mutter war nicht die Art Frau, die ihre Zeit mit Kochen oder anderen Haushaltsaufgaben verschwendete. «Wofür hat der liebe Gott Restaurants erfunden?», hatte sie immer gesagt. Für Martin war das noch kein Grund gewesen, dem Knabenchor der Kirchengemeinde beizutreten, aber auch er war dem lieben Gott dankbar für die Pizzeria Napoli, die ganz in der Nähe seines Elternhauses eröffnet und bei der seine Mutter regelmäßig bestellt hatte. Er hatte so seine Probleme mit seiner Mutter. Aber in dem Punkt musste er ihr uneingeschränkt recht geben.

Auf dem Küchenpapier um Martins Finger breitete sich ein Blutfleck aus. Er drehte den Wasserhahn auf und hielt seine verletzte Hand in das kühlende Nass. «Hast du irgendwo Verbandszeug?»

Sophie schüttelte den Kopf. «Warum rufen wir nicht gleich den Notarzt?»

Martin hielt ihr verärgert seinen verletzten Zeigefinger hin. «Das ist mein linker!»

Er war Linkshänder und stolz darauf, denn man sagte Linkshändern nach, besonders kreativ und ideenreich zu sein. Jimi Hendrix, Paul McCartney, Kurt Cobain? Alles Linkshänder. Dass Martin diesem illustren Kreis angehörte, kam für ihn einer Auszeichnung gleich.

Sophie konnte er damit nicht beeindrucken.

«Hast du Angst um deinen großen Auftritt?»

Der leichte Spott in ihrer Stimme war kaum zu überhören. Martin ärgerte sich: Warum weigerte sie sich zu verstehen, wie wichtig die Sache für ihn war?

Mike, sein Manager beim Musiklabel, hatte ihn um einen Gefallen gebeten. Eine Nachwuchsband würde in einigen Tagen einen Gig auf einem Rockfestival in Portugal spielen. Martin sollte für den Bassisten einspringen, der ein massives Drogenproblem hatte und auf unbestimmte Zeit ausfiel. Finanziell war dabei nicht viel drin – genau genommen würde er an einem Tag als Straßenmusiker mehr verdienen. Aber Mike hatte ihn mit einer Soloeinlage geködert. Martin würde seinen eigenen Hit und zwei neue Songs zum Besten geben können. Und darin lag eine Riesenchance.

«Immerhin ist das ein Auftritt auf einem der größten Festivals in Europa», stellte Martin klar.

«Es ist noch nicht mal deine Band.»

«Es geht ums Rampenlicht, die Publicity, Leute zu treffen, wieder in aller Munde zu sein. Aber von dem Business verstehst du einfach nichts.»

«Doch, doch, ich verstehe schon. Gage, Spesen, Unterkunft *exklusive*. Dafür Anreise auf eigene Kosten.»

«Warum musst du immer so übertreiben? Natürlich gibt's eine Gage.»

«Zweihundert Euro.»

«Und die Unterkunft wird auch bezahlt.»

Sophie lachte hämisch auf. «Ja. Die Nacht beim Festival. Und wie kommst du dahin? Willst du dich nach Portugal beamen?»

Tatsächlich hatte Martin dieses Problem bisher ausgeklammert. Aber er würde wie immer eine Lösung finden. Zu gegebener Zeit. Jetzt hieß es erst mal, das große Ganze im Auge zu haben. «Es geht um den ideellen Wert, und der ist unbezahlbar.»

«Aber es gibt keine ideelle Miete», entgegnete Sophie entschieden.

Martin kam sich vor, als sei er der Luftballon, in den sie gerade eine Nadel gepiekt hatte. Tatsächlich hatte Sophie ihm erst letzten Monat zweihundert Euro leihen müssen, weil er nicht mehr genug Geld für die Miete auf dem Konto hatte. Wie sollte er jetzt dagegen argumentieren? Vielleicht hätte er in den Verhandlungen um seinen Gig wirklich etwas fordernder auftreten sollen. Allerdings wollte er sein Blatt nicht überreizen, er war wirklich froh, dass er überhaupt dabei sein durfte.

«Martin, ich will dir nicht zu nahe treten, aber dein letzter großer Hit ist sechsundzwanzig Jahre alt.»

Martin schwieg. Er fand es unnötig und verletzend, dass sie ihn an seine stagnierende Karriere erinnerte. Auch wenn Sophie recht hatte. Es war 1999 gewesen, also noch ein anderes Jahrtausend, als er mit *You Don't Know Me* die Charts gestürmt hatte und bis auf Platz drei gekommen war. Seitdem war nicht mehr viel passiert. Oder besser gesagt: gar nichts. Dennoch würde er kein One-Hit-Wonder bleiben. Er glaubte weiterhin fest daran, dass ihm früher oder später ein Comeback gelingen würde. Vielleicht in diesem Sommer. Ganz bestimmt sogar. Aber anstatt ihn bedingungslos zu unterstützen, warf Sophie ihm Knüppel zwischen die Beine. Kam ihm mit, wie sie es nannte, gesundem Menschenverstand.

«Mit Ende vierzig sollte langsam Schluss sein mit um die Häuser ziehen», sagte sie, und es war nicht schwer zu erahnen, dass dies wieder mal die Einleitung für eine Litanei über seinen Lebenswandel war. Dabei hatte er sein Leben doch bereits radikal verändert. Er ging höchstens noch zweimal die Woche aus. Und jedes zweite Wochenende verbrachte er mit ihr in der Wohnung, um gemeinsam vor dem Fernseher abzuhängen oder, das war mehr so Sophies Ding, einfach mal zu quatschen. Nur zu Sport ließ er sich partout nicht überreden. Es gab Grenzen. Er zog sich bestimmt keine Laufschuhe an, nur weil sie vor Kurzem das Joggen für sich entdeckt hatte. Nicht einmal die von ihr propagierte Aussicht auf ein längeres und fitteres Leben konnte ihn dazu bewegen. Er fühlte sich fit und ganz sicher noch nicht alt genug, um sich über seine

Lebenserwartung Gedanken zu machen. Die Zeiten hatten sich geändert. Heute war neunundvierzig das neue neunundzwanzig. Vor allem in einer Stadt wie Berlin. Solange es in den angesagten Clubs noch Türsteher gab, die älter waren als er, musste er sich keine ernsthaften Sorgen machen.

Martin betrachtete seinen Finger. Die Blutung hatte aufgehört. Es war plötzlich still geworden. So als hätten beide ihr Pulver verschossen. Das einzige Geräusch verursachte das vor sich hin brutzelnde Fleisch in der Pfanne, das Sophie lustlos hin und her schob. Martin sah sie von der Seite an. Schon seit Tagen beschäftigte ihn ein Gedanke, den er sich nicht auszusprechen traute. Es war wie ein ganz feiner, kaum sichtbarer Splitter, den man sich in den Fußballen getreten hatte und den man nur mit einer feinen Pinzette wieder herausbekam. Dementsprechend vorsichtig tastete er sich heran. «Sag mal, kann es sein, dass du deinen Frust an mir auslässt?», fragte er, so beiläufig er konnte.

«Na klar, du Blitzmerker.»

Er hatte es gewusst. Er war sich nur nicht sicher gewesen, ob sie es wirklich zugeben würde. Doch so wie es aussah, wurde Sophie selber langsam klar, dass sie sich auf einem Irrweg befand. Martin verbot sich einen triumphierenden Ton. Was jetzt gefragt war, war ein Maximum an Einfühlungsvermögen. Er wollte ihr eine Brücke bauen, ihren Fehler einzugestehen. Nur so würden sie wieder zu ihrer alten Harmonie finden. «Du kannst es mir ruhig sagen.»

Sophie sah ihn fragend an. «Was?»

Er lächelte milde und streichelte sanft ihren Arm. «Es ist nicht schlimm, sich einen Fehler einzugestehen.»

«Wovon redest du?»

«Du und Lehrerin? Das war von Anfang an eine …» Er machte eine Pause und suchte nach den richtigen Worten.

«Nennen wir es verwegene Idee.» Schon als sie zum ersten Mal davon erzählt hatte, den Job als Barkeeperin an den Nagel zu hängen und den Quereinstieg als Lehrerin zu versuchen, war es zu einem heftigen Streit gekommen. Martin hatte ihr vehement abgeraten.

Sophie funkelte ihn ungläubig an. «Du glaubst allen Ernstes, es liegt an mir?»

«Wer von uns beiden ist denn dauernd so unzufrieden?»

«Vielleicht will ich einfach mehr vom Leben.»

«Was soll das denn bedeuten?» Das konnte Martin so nicht gelten lassen. Es gab Durststrecken, ja, aber er war trotzdem ein glücklicher Mensch und zufrieden mit seinem Leben. «Wir schwimmen nicht in Geld, aber dafür haben wir etwas sehr viel Wichtigeres: Freiheit.» Er fand, dass das Pathos, das in seiner Stimme lag, durchaus angebracht war.

«Was ist, wenn ich ein Kind möchte?», fragte Sophie.

«Ein was?», entfuhr es Martin, der für einen kurzen Moment das Gefühl hatte, als hätte er an eine Starkstromleitung gefasst. Er versuchte, sich seinen Schrecken nicht anmerken zu lassen. Nicht dass Sophie das auch noch gegen ihn auslegte. Kinder waren noch nie ein Thema zwischen ihnen gewesen. Aber klar, sie war ein paar Jährchen jünger als er. Elf, um es genau zu sagen. Irgendwann musste der Hormoncocktail in ihr ja hochkochen. Und eigentlich hatte Martin auch nichts gegen Kinder. Er fand nur irgendwie keinen Draht zu ihnen.

«Kann man drüber reden», meinte er beschwichtigend und hörte selber, wie halbherzig er klang.

Sophie lachte auf, aber amüsiert war sie nicht. «Du bist ja richtig begeistert.»

Sie schienen in ihrer Beziehung an den Punkt gekommen zu sein, an dem Frauen prüften, ob sie den richtigen Ernährer an ihrer Seite hatten. Das war ein gefährlicher Moment. Er musste ihr unter allen Umständen etwas anbieten, das sie beschwichtigte.

«Nein, wirklich. Sobald die Zeit reif ist …»

Sie schaute ihn an wie eine strenge Bundespolizistin am Flughafen, die in ihm einen verdächtigen Passagier vermutete. Vor seinem inneren Auge sah Martin, wie sie ihre Hand langsam an das Halfter ihrer Waffe führte, es öffnete und die Pistole zog.

«Martin, du bist überreif!»

2

Schlimmer kann es nicht mehr kommen. Diesen Spruch konnte nur jemand in die Welt gesetzt haben, der unmittelbar mit dem Aussprechen der letzten Silbe das Zeitliche gesegnet hatte. Nur deshalb konnte er seine Meinung nicht mehr ändern. Denn eins stand unumstößlich fest: Solange man lebte, konnte es immer noch schlimmer kommen.

Schlimm, schlimmer und noch schlimmer, dachte Martin, während er gegen sein Auto gelehnt eine Zigarette rauchte und den Blick über den Schulhof gleiten ließ. Die letzten Tage waren Herausforderung genug gewesen, um nicht zu sagen eine echte Katastrophe. Am Ende war ihre Diskussion über den Unterschied zwischen biografischem und biologischem Alter eskaliert. An den genauen Wortlaut konnte Martin sich nicht erinnern, aber als er später allein in seiner Wohnung hockte und lustlos Chips in seinen Mund stopfte statt genussvoll Lasagne, wurde ihm klar, dass er Sophie nicht hätte fragen sollen, warum sie überhaupt noch mit ihm zusammen war. Eine bessere Steilvorlage hätte er ihr nicht bieten können.

Er versuchte, einen Ring aus Zigarettenrauch aufsteigen zu lassen. Eigentlich hatte er gerade mal wieder mit dem Rauchen aufgehört. Aber seine Laune war an einem absoluten Tiefpunkt, da konnte er sich nicht auch noch mit Kopfschmerzen aufgrund von Nikotinentzug herumschlagen.

Nach fast fünf Jahren Beziehung hatte seine Freundin ihm den Laufpass gegeben; beim Versuch, Geld am Bankautomaten abzuheben, war seine Karte eingezogen worden; und ganz so, als würde das Schicksal ihm den Mittelfinger zeigen wollen, begannen heute auch noch die Sommerferien. Seit das Kind seiner Schwester das schulpflichtige Alter erreicht hatte, löste jeder Ferienbeginn einen Schauder in ihm aus. Da Nicole berufstätig und alleinerziehend war, war sie auf Martins Hilfe angewiesen. Und was sollte er tun? Blut war nun mal dicker als Wasser. Nicole war für ihn immer schon mehr als nur eine große Schwester gewesen, und er war der festen Überzeugung, dass er ihr jede Form von Hilfe schuldig war. Sie war sein Fels in der Brandung, sein Zufluchtsort in dunklen Zeiten, sie war seine Familie. Und, was auch nicht ganz unerheblich war, sie war seine Kreditgeberin, wenn er mal wieder knietief im Dispo steckte. Womit sich ein Kreis schloss, denn das war gerade der Fall. Ohne die finanzielle Unterstützung seiner Schwester würde er nicht nach Portugal kommen. Aber diesmal müsste er sie nicht um ein Darlehen mit unbekannter Laufzeit bitten, sondern um eine Investition in zukünftige Spotify-Erlöse. Der Auftritt würde alles ändern. Martin sah endlich wieder Licht am Ende des Tunnels. Und das gab ihm trotz des ganzen Schlamassels Hoffnung.

Er konnte sich noch genau an den Tag erinnern, an dem Nicole ihm die «freudige» Botschaft ihrer Schwangerschaft überbracht hatte, weil es der Tag gewesen war, an dem er zum ersten Mal Level 56 bei *World of Warcraft* erreicht hatte. Seine Entscheidung, den Weg über die Insel der Verbannten zu riskieren, hatte sich als goldrichtig entpuppt. Es war magisch gewesen. Eigentlich hatte er vorgehabt, mit ein paar Freunden ordentlich darauf anzustoßen, doch dann hatte Nicole angerufen und ihn spontan in ein superstylisches Sternelokal eingeladen. Als sie ihm zum Aperitif wortlos ein Röntgenbild vorgelegt hatte, war seine gute Laune mit einem Schlag einem mulmigen Gefühl gewichen. Und als seine Schwester dann angefangen hatte zu weinen, hatte ihn endgültig nackte Angst gepackt. Bis er verstanden hatte, dass da kein Röntgenbild vor ihm lag, sondern eine Ultraschallaufnahme, und das merkwürdige Gebilde darauf kein aggressiver Tumor war, sondern ein Embryo. Ganz sicher war Martin bis heute nicht, ob ihre Schwangerschaft tatsächlich ein «Unfall» gewesen war, wie seine Schwester steif und fest behauptete. Oder ob sie in ihrem Urlaub in Südfrankreich nicht von vornherein etwas ganz anderes gesucht hatte als Sonne, Strand und Erholung. Nämlich einen Erzeuger.

Nicole plante ihr Leben stets bis ins letzte Detail. Bei ihr geschah nie etwas zufällig. Eine Schwangerschaft schon gar nicht. Dafür hatte auch die Vehemenz gesprochen, mit der sie die Alternative ablehnte, die Martin ihr nahegelegt hatte. Er hatte das nicht leichtfertig getan, aber Nicole hatte zu diesem Zeitpunkt bereits eine Fehlgeburt erlitten, und er machte sich ernsthaft Sorgen. Doch sie ließ sich nicht umstimmen. Mit achtunddreißig Jahren hatte sie genug gescheiterte Beziehungen hinter sich, um zu wissen, dass sie keinen Mann wollte. Sie wollte ein Kind. Und jetzt hatte er den Salat. Beziehungsweise Karl.

Die Schulglocke klingelte, und Martin zündete sich eine weitere Zigarette an, während er den Eingang des Pete-Seeger-Gymnasiums im Blick behielt, aus dem jetzt mehr und mehr Schulkinder strömten. Mit aufrechtem Gang, befreit und ausgelassen, nicht so wie morgens, wenn sie ihren Fluchtreflex unterdrückten und mit gesenktem Haupt und eingezogen Schultern die Lehranstalt betraten.

Martin sah seinen Neffen auf sich zukommen. In den Händen eine riesige Bastelarbeit, die er vor sich herbalancierte. Ein unförmiger Holzkasten mit schwarzen Plättchen, die wie Solarmodule aussahen, und einem Wust aus bunten Kabeln im Inneren. Auf dem Rücken trug Karl seinen Rucksack, aus dem ein großes Stofftier herauslugte. Martin hatte ihm den Orca zum Geburtstag geschenkt, nachdem Nicole ihm den Tipp gegeben hatte, dass der Junge ganz versessen war auf alles, was mit dem Meer zu tun hatte. Allerdings war das mindestens fünf Jahre her – für Martins Geschmack war Karl längst zu alt für Stofftiere.

Zu jung hingegen war er für diese seltsamen Pullunder mit Rautenmuster, die er so gerne trug und die ihn wie einen zu klein geratenen Physikprofessor erscheinen ließen. Martin konnte nur schwer darüber hinwegsehen, auch wenn ihn Nicole schon oft gebeten hatte, Karl in Ruhe zu lassen mit seinen Modetipps. Aber was sollte er machen? Er wusste, wie wichtig der äußere Eindruck war, um bei anderen gut anzukommen. Und deshalb war ihm sein eigenes Äußeres extrem wichtig. Er war stolz auf seinen Style. Er wusste, was angesagt war, welche Marken man trug, und bewahrte sich dennoch einen Tick Individualität. Für seinen Neffen hingegen sah er schwarz. Karl hatte einfach keine Linie. Er ging noch nicht mal als cooler Nerd durch.

Karl war am Auto angekommen, aber anstatt Martin zu begrüßen, schaute er abschätzig auf die Zigarette in seiner Hand.

«Raucher haben ein 14,8 Prozent höheres Risiko, an Lungenkrebs zu sterben.»

«So was lernt ihr heute in der Schule?»

«Das habe ich in der *Apotheken Umschau* gelesen.»

Martin wollte weder wissen, warum Karl die *Apotheken Umschau* las, noch hatte er Lust, das Thema weiter zu vertiefen. «Weißt du, was ich gelesen habe? Kleine Jungs, die alles besser wissen, haben eine 50 Prozent höhere Wahrscheinlichkeit, aus einem fahrenden Auto zu fliegen.»

«So eine Statistik gibt es gar nicht», erwiderte Karl unbeeindruckt.

Martin schnippte seine Kippe zu Boden und trat sie mit dem Schuh aus.

«Das ist Umweltverschmutzung. Dafür kann ich dich anzeigen», meckerte Karl.

«Ich fahre dich gerne zur Polizei. Die haben sicher gerade nichts Besseres zu tun.»

«Ihr habt diesen Planeten nur von uns geborgt.»

Martin rollte mit den Augen. Mit seiner Besserwisserei trieb Karl ihn immer wieder zur Weißglut. Und wahrscheinlich nicht nur ihn.

«In dem Punkt kann ich dich beruhigen. Der ist sowieso verloren.»

Das war tatsächlich seine Meinung. Anstatt sich auf einer Straßenkreuzung festzukleben oder das Brandenburger Tor anzusprühen, genoss er lieber das schöne Wetter beim Sonnenbaden am Landwehrkanal. Die Menschheit war ohnehin beratungsresistent und lief sehenden Auges in ihr Verderben.

Martin hob die Kippe auf und entsorgte sie in einem Mülleimer. Dann deutete er auf das Ungetüm in Karls Händen. «Was ist das für ein Ding?»

«Eine solarbetriebene Ladestation.»

«Aha? Und was kann man damit laden?»

«Smartphones.»

«Wie praktisch. Und so schön handlich. Das wird garantiert ein Verkaufsschlager.»

«Das ist nur ein Prototyp.»

«Sag Bescheid, wenn's in Serie geht. Vielleicht kaufe ich mir eins.»

«Frau Lüdenscheid wollte mir nur eine Zwei geben. Aber das habe ich abgelehnt.»

Martin konnte sich das Drama, das sich im Klassenraum abgespielt haben musste, nur zu gut vorstellen.

«Und jetzt sechs Wochen ohne dich? Wie hält deine Frau Lüdenscheid das nur aus?»

«Ich denke, gut. Sie hat gesagt, dass sie ihren Urlaub kaum erwarten kann.»

«Das glaube ich ihr aufs Wort», kommentierte Martin trocken.

«Sie und ihr Mann fahren zum Camping in die Toskana», führte Karl weiter aus.

«Ein guter Ort, um noch mal darüber nachzudenken, warum sie ausgerechnet Lehrerin werden musste.»

Karl runzelte die Stirn. «Warum sollte sie das tun?»

Halb Physiker, halb Kind, dachte Martin. Mit Zahlen und Statistiken konnte Karl souverän jonglieren, aber seine Fähigkeit, zwischen den Zeilen zu lesen, war immer noch komplett unterentwickelt. Wenigstens in diesem Punkt hatte Martin ihm etwas voraus.

«Sie hat mir dann jedenfalls eine Eins minus gegeben», fuhr Karl nüchtern fort.

«Du bist so richtig beliebt bei deinen Lehrern, was?»

«Bei denen muss ich nicht beliebt sein.»

«Bei mir schon. Rein damit», sagte Martin, deutete auf Karls Bastelarbeit und öffnete den Kofferraum. «Und dann einsteigen.»

Auf Karls Gesicht machte sich Entsetzen breit. «Da drin sieht's aus wie im Müllcontainer bei uns im Hof!»

Martin schaute in den Kofferraum. Tatsächlich herrschte dort ein einziges Chaos aus gebrauchten CDs, Blu-ray-Discs und PC-Games, die Martin zu Geld machen wollte. Aber es war *sein* Chaos, und solange er damit leben konnte, musste Karl es auch. Er hatte ihm zuliebe schon darauf verzichtet, im Auto zu rauchen. Weil sein Neffe sich bei Nicole beschwert hatte. Irgendwann war seine Großzügigkeit auch mal ausgereizt.

«Und wenn die Ladestation da drin kaputtgeht?», fragte Karl besorgt.

«Und wennschon? Du hast doch deine Eins minus.»

Karl schenkte ihm einen vernichtenden Blick und ließ ihn stehen. Umständlich öffnete er mit einer Hand die Tür auf der Beifahrerseite, zwängte sich auf den Sitz und nahm seine Ladestation auf den Schoß.

Martin rollte genervt mit den Augen und warf die Kofferraumklappe zu. Er spürte das dringende Verlangen nach einer weiteren Zigarette. Weniger erpicht hingegen war er auf eine ausufernde Diskussion über die Gefahren der Nikotinsucht.

Er seufzte. Die Zigarette musste warten.

«Wie war dein letzter Schultag so?», fragte Martin, während er den Wagen durch den Verkehr lenkte. Obwohl es kaum etwas gab, das ihn weniger interessierte als der Schultag eines Zwölfjährigen, fühlte er sich irgendwie verpflichtet, ein wenig Small Talk zu betreiben. Nicht nur, weil man das in der Familie so machte, sondern auch, weil dieses Schweigen ein Unwohlsein in ihm auslöste. Er war nun mal ein geselliger Typ, er konnte mit Menschen, sie konnten mit ihm, und obwohl er für Karls Zukunft schwarzsah – zumindest in zwischenmenschlicher Hinsicht –, bewahrte Martin sich ein Fünkchen Hoffnung, etwas davon auf Karl zu übertragen. Vielleicht konnte er seinem Neffen ein Vorbild sein. Karl musste nichts weiter tun, als seine Augen zu öffnen und Martin zuzuschauen. Dann würde er lernen, sich locker zu machen, *open minded* zu sein und sich für coole Sachen zu interessieren, statt möglichst viele Nachkommastellen der Zahl Pi auswendig zu lernen.

«Deutsch: *Vorstadtkrokodile* analysiert. Englisch: einen Film fürs Hörverstehen geschaut. Physik: Arbeiten besprochen», ratterte Karl herunter wie ein menschlicher Lehrplan.

«Und?», fragte Martin, der eigentlich auf etwas anderes hinauswollte.

«Das war alles.»

«Ich wollte wissen, wie es dir geht. War es ein schöner Tag für dich?»

Karl schaute ihn fragend an. «Normal?»

«Und? Wie fühlst du dich so? Freust du dich auf die Ferien? Den Urlaub mit deiner Mutter?»

«Klar.»

Martin seufzte kopfschüttelnd und schenkte Karl einen Seitenblick. Jeder Versuch eines halbwegs normalen Gesprächs mit ihm führte in eine Sackgasse. Er hatte keine Lust mehr. Es war zu mühsam, Karl jedes Wort aus der Nase zu ziehen. Er schaltete das Radio ein, konzentrierte sich auf den Verkehr und steuerte den Parkplatz ihres favorisierten Schnellrestaurants an.

Kurz darauf saßen Martin und Karl einträchtig nebeneinander und aßen schweigend Burger mit Pommes. Zumindest in dem Punkt gab es keinerlei Unstimmigkeiten zwischen ihnen. Eigentlich hatte Nicole ihm aufgetragen, auf Karls Konsum von Fast Food zu achten. Aber nachdem Martin ihn einmal in eines dieser angesagten veganen Vietnam-Restaurants geschleppt und Karl eine Riesenszene gemacht hatte, weil er mit der Konsistenz des Fake-Chicken und des No-Beefs nicht zurechtkam, hatten die beiden einen stillen Pakt geschlossen. Der Junge durfte essen, was er wollte, solange seine Mutter nichts davon erfuhr. Karl hielt sich daran. Für ihn stand schließlich am meisten auf dem Spiel. Und da sein Gewicht sich auf magische Weise nicht veränderte, egal was er aß, musste niemand etwas von ihrem Geheimnis erfahren.

«Hey», rief Karl protestierend, als Martin sich eine Pommes von seinem Tablett stibitzen wollte. Martin war bereits fertig mit Essen. Es war eine Angewohnheit von Karl, sämtliche Pommes aus der Tüte zu schütten und links und rechts neben das Häufchen jeweils einen Klecks Ketchup und einen Klecks Mayonnaise zu geben. Immer in sicherem Abstand zueinander. Sein Neffe hasste es, wenn die beiden Soßen sich vermischten.

«Wenn du Pommes willst, bestell dir selber welche», riet Karl ihm und zog sein Tablett näher an sich heran.

«Ich wollte nur helfen. Schließlich wollen wir nicht den halben Tag hier verbringen.»

«Mama hat gesagt, dass man jeden Bissen fünfzehn bis dreißig Mal kauen soll.»

Martin deutete auf das Tablett. «Würde deine Mama das da sehen, würde sie dir noch was ganz anderes erzählen.»

Karl steckte sich unbeeindruckt die nächste Pommes in den Mund. Martin war versucht, mitzuzählen, wie oft er kaute, fand es dann aber doch zu albern.

«Wenn das Essen im Mund mechanisch zerkleinert wird, beginnen die Enzyme im Speichel bereits, die Nahrung zu verdauen», erklärte Karl kauend.

Martin fand die Vorstellung irgendwie unangenehm und verzog das Gesicht. «Hat deine Mutter dir nicht beigebracht, dass man mit vollem Mund nicht spricht?»

Karl kaute schweigend weiter, während Martin ungeduldig auf die Uhr schaute. Den Begriff Schnellrestaurant führte sein Neffe ad absurdum. Als er endlich fertig war, stand Martin auf und griff sein Tablett, um den Abfall zu entsorgen und es in den Trolley zu stellen. Karl tat es ihm gleich, wobei Martin aus den Augenwinkeln sah, wie er auf die Spielzeuge schaute, die an der Wand auf dem Happy-Meal-Plakat abgebildet waren, das Thema war offenbar die Tiefsee.

«Du weißt, dass die hierbleiben müssen.»

Karl nickte. «Ich weiß, keine Beweise», sagte er, zuckte die Schultern und warf seinen Becher in die Tonne. «Der Maßstab passt sowieso nicht, der Oktopus hat zu kurze Arme, und der Blauwal ist im Verhältnis viel zu klein.» Er warf noch einen verächtlichen Blick auf das Plakat und verließ das Restaurant. Martin folgte ihm ins Freie.

Da Karl sich schon immer standhaft weigerte, auch nur einen Zeh in Martins Wohnung zu setzen, fuhren sie nach dem Essen direkt zu ihm und Nicole nach Hause. Tatsächlich hatte die Wohnung seiner Schwester deutlich mehr zu bieten als die an Lichtknappheit leidende Erdgeschosswohnung im Hinterhof, die Martin seit Studienzeiten bewohnte und in der jede Grünpflanze innerhalb kürzester Zeit zugrunde ging. Nicoles Penthouse war hell, stets aufgeräumt und bot einen fantastischen Panoramablick über die Dächer der Stadt bis zum Fernsehturm am Alexanderplatz. Bei ihr sah es aus wie in einer dieser Hochglanz-Design-Architekturzeitschriften. Jedes Möbelstück schien perfekt platziert. Und während sich Martin seit Jahren mit seinem Vermieter stritt, weil der behauptete, der muffige Geruch in seiner Wohnung entstehe durch falsches Lüften, duftete es bei Nicole immer nach frischen Blumen.

Als Martin die Tür zur Wohnung seiner Schwester aufschob, stutzte er. Sofort erkannte er, dass etwas nicht stimmte. Kleidungsstücke lagen auf dem Sofa verteilt, Schuhe wie hingeworfen davor auf dem Boden, Schränke und Schubladen standen offen. Martin war alarmiert. Er wusste aus eigener leidvoller Erfahrung, dass Beschaffungskriminalität hauptsächlich tagsüber stattfand, weil die Einbrecher davon ausgehen konnten, dass ihre Opfer bei der Arbeit waren.

«Hallo», rief Martin zaghaft und legte Karl eine Hand auf die Schulter, um ihn davon abzuhalten, die Wohnung zu betreten. Nur einen Sekundenbruchteil später fiel ihm siedend heiß ein, dass es eine ziemlich dumme Idee war, auf sich aufmerksam zu machen. Da die Dachterrasse keine Fluchtmöglichkeit bot, mussten die Einbrecher zwangsläufig durchs Treppenhaus – direkt an ihm und Karl vorbei. Und was Einbrecher ganz sicher nicht gebrauchen konnten, waren Zeugen. Sein Herz schlug ihm bis zum Hals. Er stand kurz davor, sich Karl zu schnappen und mit ihm in den Aufzug zu hechten, als sich in dem Moment die Tür schloss und der Aufzug nach unten rauschte. Die Treppe zu nehmen, war keine Option. Martin erwartete jeden Moment einen Zusammenstoß mit Typen, die nervös mit einer Waffe vor seiner Nase herumfuchtelten. Da hörte er die erlösende Stimme seiner Schwester.

«Warum kommt ihr nicht rein?», fragte sie verwundert und trat aus der Küche in den Flur.

«Mama», rief Karl und fiel seiner Mutter überschwänglich in die Arme, während sie ihm zärtlich den Kopf streichelte. Nicole war der einzige Mensch, in dessen Gegenwart der Junge sich wie ein ganz normales Kind benahm, dachte Martin.

«In der Urania gibt es einen Vortrag über Benthosökologie. Gehen wir dahin?», fragte Karl so aufgeregt, dass sich seine Stimme überschlug, und Martin revidierte seinen letzten Gedanken sofort wieder. Er hatte keine Ahnung, was Benthosökologie sein sollte, aber er war sicher, dass sich kein normal denkendes Kind mit so etwas beschäftigte.

«Schau doch mal, was du so im Internet dazu findest. Dein Onkel will sicher ganz genau wissen, was das ist», sagte Nicole.

«Mach ich», sagte Karl und verschwand voller Tatendrang in sein Zimmer.

Martin konnte sich des Gefühls nicht erwehren, dass Nicole ihn mit Absicht weggeschickt hatte. Irgendetwas war nicht in Ordnung. Sie wirkte fahrig. Sie lächelte zwar, aber ihr Blick flackerte unruhig. Dazu kam die Unordnung. Und wieso war sie überhaupt zu Hause? Normalerweise kämpfte sie um diese Zeit in irgendeinem Gerichtssaal für Recht und Ordnung oder steckte in wahnsinnig wichtigen Meetings mit ihren Chefs in der Kanzlei.

«Was machst du hier?», fragte Martin.

«Packen.»

«Ich dachte, ihr fliegt erst nächste Woche?»

Nicole schwieg und suchte nach Worten. Und als sie sich mit der Hand durchs Haar strich, war Martin endgültig alarmiert. Denn das tat sie nur, wenn sie extrem angespannt war und ihm etwas Elementares mitzuteilen hatte.

Und so, wie sie ihn anschaute, konnte das nichts Gutes bedeuten.

3

«War ja klar, dass das irgendwann passieren musste, aber auf mich hörst du ja nicht.» Rechthaberei war nicht Martins Sache, aber diesmal musste er Stellung beziehen.

Nicole stöhnte angestrengt auf. «Danke, Bruderherz. Genau das brauche ich jetzt.»

«Ich mache mir Sorgen um dich. Verstehst du das nicht?»

«Und kommst mir als Erstes mit Vorwürfen?»

Martin holte tief Luft und versuchte sich zu beruhigen. Nicole hatte recht. Nach dem, was ihr passiert war, war sein Ton absolut fehl am Platz. Aber er war auch nur ein Mensch und immer noch völlig schockiert von der Nachricht, dass sie mitten in einem Meeting mit einem wichtigen Mandanten einen Zusammenbruch erlitten hatte. Er vermutete schon lange, dass Nicole an einem Burn-out litt und dringend etwas unternehmen musste. Aber immer, wenn Martin ihr ins Gewissen geredet hatte, hatte sie abgewiegelt. *«Ich liebe meinen Job, ich steh auf Karriere, ich bin eine Frau und muss mich doppelt beweisen …»*

Wie oft hatte Martin sich ihre Argumente angehört. Keines davon hielt er für stichhaltig. Auch er brannte für seinen Job, aber deswegen ließ er sich noch lange nicht seine Work-Life-Balance zerschießen.

Nicole war als Kind schon extrem ehrgeizig gewesen, und

jetzt war sie ein lupenreiner Workaholic. Der Ehrgeiz und die Verbissenheit, mit der sie ihre Karriere seit jeher vorantrieb, waren ihm immer suspekt gewesen. Und seitdem man ihr in Aussicht gestellt hatte, Partnerin in der Kanzlei zu werden, hatte sich alles noch verstärkt. Dass sie sich vor Kurzem dazu durchgerungen hatte, einen Urlaub für sich und Karl zu buchen, hatte er als erstes Zeichen von Einsicht gewertet. Nach Korsika sollte es gehen, worauf vor allem Karl sich wahnsinnig freute. Er war völlig aus dem Häuschen gewesen, als Nicole ihn mit der Nachricht überrascht und ihm dazu noch eine Tauchmaske samt Schnorchel geschenkt hatte.

Und jetzt das. Zusammenbruch, Überarbeitung, nichts ging mehr.

Der Druck in Martins Kopf ließ ein wenig nach, als Nicole ihm erklärte, dass sie sich in eine auf Burn-out-Patienten spezialisierte Rehaklinik begeben würde. Gleichzeitig war er sicher, dass sie diesen Weg nicht freiwillig beschritt. Dafür kannte er seine Schwester zu gut.

«Das war nicht deine Idee, oder?»

Nicoles Blick nahm ihre Antwort vorweg. «Meine Chefs verlangen, dass ich das Problem grundsätzlich angehe. Sie lassen mir keine Wahl. Die Auszeit ist Bedingung für meine Weiterbeschäftigung.»

Auch wenn man ihr offensichtlich indirekt mit Kündigung gedroht hatte, hielt Martin dieses Ultimatum für das einzig Richtige. «Wo sind deine Chefs? Ich möchte ihnen die Hände schütteln.»

Sie sah ihn an. «Sechs Wochen sind eine lange Zeit, Martin.»

«Ja. Und genau das brauchst du jetzt.»

«Du weißt schon, was das bedeutet? Korsika fällt damit ins Wasser.»

Martin winkte ab. «Karl wird nicht begeistert sein. Aber er wird es verstehen. Schließlich geht es um seine Mutter.»

«Ich rede nicht nur von Karl.»

Martin spürte ein leichtes Kribbeln in der Magengegend. Irgendetwas Ungutes war im Anmarsch, er wusste nur noch nicht, was.

«Er kann nicht sechs Wochen alleine bleiben», sagte Nicole schließlich. Und mit einem Schlag wurde Martin die ganze Tragweite klar. Sie würde ihn darum bitten, sich in ihrer Abwesenheit um Karl zu kümmern. Nein, nicht bitten – sie würde es von ihm verlangen. In Martin arbeitete es. Portugal, sein Auftritt auf dem Festival, sein Comeback … All das würde er vergessen können.

Unter keinen Umständen durfte das passieren. Fieberhaft suchte er nach einem Ausweg. Allerdings ahnte er bereits, dass Nicole seiner ersten Idee gegenüber nicht aufgeschlossen sein würde.

«Auf keinen Fall», sagte sie entschieden, noch bevor Martin die erste Silbe über die Lippen gebracht hatte.

«Immerhin ist sie seine Großmutter.» Er hörte selbst, wie halbherzig das klang.

«Sechs Wochen bei unserer Mutter? Danach kann ich Karl direkt für eine Therapie anmelden», sagte Nicole.

Martin räusperte sich. «Darüber wollte ich sowieso mal mit dir sprechen.»

Nicole sah ihn eindringlich an. «Martin, ich brauche deine Hilfe.»

Er seufzte und beschloss, seinen zweiten Vorschlag für sich zu behalten. Er hatte kurz überlegt, Nicole eine Mutter-Kind-Kur ans Herz zu legen. Dabei wusste er selber, dass sein Neffe in einer Rehaklinik nur Schaden anrichten würde. Karl in der Nähe von dringend ruhebedürftigen Patienten?

Genauso gut könnte man ein Fass Benzin in einen brennenden Wald rollen.

Er schaute zur Tür, hinter der sein Neffe vermutlich gerade an einem Vortrag über Benthosblabla bastelte. Um was auch immer es sich dabei handelte: Es musste etwas mit Wasser zu tun haben. Karl war besessen von der Unterwasserwelt und seinen meeresbiologischen Studien, in denen er stundenlang versinken konnte. Die Wände seines Zimmers waren tapeziert mit Postern von Walen, Delfinen, Haien, Schildkröten, Korallen und vielem anderen, was sich in den Weltmeeren tummelte. Martin erinnerte sich dunkel daran, wie er einmal als Probezuhörer für ein Referat herhalten musste, das Karl für die Schule vorbereitet hatte. Es war dabei um «Marine Snow» gegangen. Ein Begriff, der sich Martin nur deswegen eingeprägt hatte, weil er kurz darüber nachdachte, ihn als Namen für eine neue Band zu verwenden. Als er im Verlauf von Karls Vortrag begriffen hatte, dass es sich dabei um eine Mischung aus abgestorbenen Pflanzen- und Tierpartikeln, Schleim und Kot handelte, die als Nahrungsquelle für Tiefseebewohner diente, hatte er die Idee zügig wieder fallen gelassen. Ohnehin war Martin kein ausgeprägter Wasserfreund. Um Schwimmbäder machte er schon aus Prinzip einen großen Bogen. Genauso hielt er es mit dem offenen Meer. Strände waren okay, sofern sie über ein vernünftiges Restaurant verfügten. Oder wenigstens eine Bar. Für seine Abneigung gab es Gründe. Er konnte sich noch lebhaft daran erinnern, wie er als kleiner Junge beim Baden mal von ein paar Jugendlichen aus Spaß unter Wasser gedrückt worden war. Er hatte wild um sich geschlagen, doch der eine hielt ihn an den Haaren fest, der andere hatte seine Schultern im Griff. Mit jedem Schrei war mehr Luft aus seinen Lungen geströmt, der verzweifelte Versuch zu atmen hatte ihm fast die Brust zerrissen. Die Angst zu ertrinken hatte jeden seiner Gedanken erstickt. Erst als es um ihn dunkel wurde, hatten sie von ihm abgelassen. Seit dieser Erfahrung geriet er sofort in Panik, wenn er im Wasser keinen Boden mehr unter den Füßen spürte. Dass Nicole sich die Jugendlichen zur Brust genommen hatte und sie ordentlich Wasser schlucken ließ, hatte auch nichts mehr genutzt. Das Kind war in den Brunnen gefallen. Im wahrsten Sinne.

Karl war im Gegensatz zu ihm ein verdammt guter und unerschrockener Schwimmer, und Martin war sicher, dass die berufliche Zukunft seines Neffen irgendwo im Wasser lag. Aber bis dahin war es noch lange hin. Was zählte, war heute. Und sosehr ihn die Aussicht auf die nächsten sechs Wochen auch beunruhigte, war Martin doch mitfühlend genug, um sich in die Lage seines Neffen zu versetzen, der gleich von seiner Mutter furchtbar enttäuscht werden würde. Kein Korsika, dafür Zeit mit seinem Onkel. Karl tat ihm aufrichtig leid.

«Ich bin alt genug, ich brauche Onkel Martin nicht», sagte Karl mit bebender Stimme.

«Wo er recht hat, hat er recht», pflichtete Martin scherzend bei, handelte sich damit aber nur einen bösen Blick von Nicole ein. Es war noch früh am Morgen. Sie standen vor dem Taxi, das Nicole zum Bahnhof bringen sollte. Die Sonne strahlte von einem makellos blauen Himmel. Aber was er sonst ohne Frage genossen hätte, war an diesem Tag die falsche Kulisse, sie passte nicht zu dem, was vor sich ging. Graue, tief hängende Wolken wären angemessener gewesen. Trübsal war angesagt. Abschiedsschmerz. Und ein wenig auch Angst vor dem, was kommen sollte: sechs lange Wochen Zweisamkeit, Martin und Karl, allein.

Martin wusste, dass Nicole ihre Meinung nicht ändern würde. Das konnte sie gar nicht, denn natürlich war Karl nicht alt genug, um allein zu bleiben, und sie war eine verantwortungsvolle Mutter. Es gab Eltern, die das deutlich lockerer sahen, aber zu denen gehörte Nicole eindeutig nicht.

«Karl, wie oft muss ich dir das noch erklären?»

«Dann nimm mich wenigstens mit.»

Martin schaute zwischen den beiden hin und her. Das ging nun schon seit gestern Abend so. Karl wollte einfach nicht akzeptieren, dass er seine Mutter nicht umstimmen konnte, dass sie gar keine andere Wahl hatte. Er rannte immer wieder gegen dieselbe Wand. Ein Junge, der so viel über Physik wusste, sollte doch erkennen, dass die Wand nicht nachgeben würde.

Der Taxifahrer warf die Kofferraumklappe zu und hielt Nicole die Beifahrertür auf. Es wurde Zeit.

Nicole tätschelte Karl den Kopf. «Jetzt gib mir einen Abschiedskuss, und sobald ich da bin, rufe ich dich an.»

Karl umarmte sie halbherzig, dann wandte er sich wütend ab und stürmte ohne ein weiteres Wort ins Haus.

Nicole sah ihm traurig hinterher. Auch für sie war es ein schwerer Tag. Und eine Premiere dazu. Sie und Karl waren noch niemals so lange voneinander getrennt gewesen. Bestenfalls für ein paar Tage, wenn Karl auf Klassenfahrt war. Aber sechs Wochen? Das war eine andere Liga.

«Pass ja gut auf ihn auf», mahnte Nicole.

Martin stieß einen Seufzer aus. «Was soll dem schon passieren? Ein Unfall mit seinem Chemiebaukasten?»

«Er soll nicht immer im Zimmer rumhängen. Unternimm was mit ihm.»

«An mir liegt's sicher nicht.»

«Ich rede nicht von Bars und Nachtclubs.»

Er schnaubte. «Mit Karl? Bist du verrückt? Ich habe einen Ruf zu verlieren.»

Nicole bemühte sich um ein Lächeln, aber es gelang ihr nicht.

«Jetzt hör auf, dir Sorgen zu machen, und werd einfach gesund.» Martin versuchte, sie aufzumuntern. Dabei rutschte auch ihm langsam das Herz in die Hose. Bis gestern war ihm die Vorstellung, sechs Wochen mit Karl verbringen zu müssen, noch schlicht und ergreifend unmöglich erschienen. Aber mit einem Mal wurde es real. Ebenso wie die Krankheit seiner Schwester, diese große Aufgabe, die oben in der Dachgeschosswohnung auf ihn wartete, und seine noch größere Chance, die gerade zerplatzte. Und als musste er mit alledem nicht schon genug verkraften, hatte er auch noch Sophie verloren. Nur so konnte Martin es sich erklären, dass ihm plötzlich Tränen in die Augen stiegen.

«Weinst du etwa?», fragte Nicole lachend.

«Bild dir bloß nichts ein. Das ist kein Abschiedsschmerz, das ist die pure Verzweiflung», entgegnete er und wischte sich mit dem Ärmel übers Gesicht.

Nicole drückte ihn ein letztes Mal ganz fest. Dann stieg sie ins Taxi, winkte ihm durch die Scheibe zu und fuhr davon. Martin schaute hinterher, bis der Wagen hinter der nächsten Ecke verschwand. Er hatte das Gefühl, als schnüre ihm jemand die Kehle zu. Dann ging er zurück zum Haus.

Als Martin wieder in die Wohnung kam, sah er nur noch, wie Karl in sein Zimmer verschwand und demonstrativ die Tür hinter sich zuknallte, an der er ein kleines, selbst gebasteltes Schild befestigt hatte: «Betreten strengstens verboten». Ein hingekritzelter Totenkopf sollte die Warnung unterstreichen.

Martin holte tief Luft und bereitete sich einen zweiten

Kaffee zu. Wenngleich das mit deutlich mehr Aufwand verbunden war als die Zubereitung mit der mickrigen Kapselmaschine in seiner Wohnung. Nicole hatte die komplette Ausrüstung: Profi-Espressomaschine mit Wasserdruck- und Temperaturanzeige, Kaffeemühle, Tamper, Milchthermometer und selbstverständlich nur ganze Bohnen aus den besten Anbaugebieten der Welt. Wenn man es endlich geschafft hatte und reichlich schwarzer, beinahe dickflüssiger Espresso in die Tasse getropft war, den man mit aufgeschäumter Milch krönen konnte, musste man das Gerät erst einmal komplett reinigen. Darauf bestand Nicole. Eigentlich war Martin nie so pingelig gewesen wie seine Schwester, aber auch er hatte sich angewöhnt, jedem Fingerabdruck auf dem chromglänzenden Gehäuse unverzüglich mit einem Mikrofasertuch zu Leibe zu rücken.

Martin ging mit seinem Kaffee auf die Terrasse und schob die große Glasschiebetür hinter sich zu. Nicole hatte ihm erlaubt, draußen zu rauchen, aber er wollte vermeiden, dass Qualm in die Wohnräume zog. Schon allein, weil er wusste, was er sich dann von Karl anhören durfte.

Die Blumen, die seine Schwester gepflanzt hatte, standen in voller Blüte und verströmten einen süßlichen Duft. Er spürte das warme, weiche Holz unter seinen Füßen und die wärmenden Sonnenstrahlen in seinem Gesicht. Die Terrasse war nach Süden hin ausgerichtet. Später am Tag würde er die Markise ausfahren müssen. Nicoles Wohnung hatte noch eine zweite, kleinere Terrasse mit einem sehr bequemen Loungesofa, aber Martin bevorzugte diese, weil man von hier aus den Fernsehturm sehen konnte.

Er schaute zum Zimmer von Karl. Kein Mucks war zu hören, und Martin fragte sich, ob das ein gutes oder ein schlechtes Zeichen war. Er entschied sich für gut und zündete sich eine

Zigarette an. Während er den Rauch ausblies, schaute er auf die Uhr. Seit Nicoles Abschied waren gerade einmal zwanzig Minuten vergangen. Die nächsten Wochen würden eine zähe Angelegenheit werden. Wenn er nicht vor Langeweile sterben wollte, musste er sich eine Beschäftigung suchen.

Martin checkte sein Telefon und spürte einen kleinen Stich in der Magengegend. Sophie hatte sich immer noch nicht gemeldet. Nachdem tags zuvor festgestanden hatte, dass er die nächsten Wochen in Nicoles Wohnung verbringen würde, war er zu sich nach Hause gefahren, um ein paar Klamotten und andere Dinge zu holen, die er brauchen würde. Ein paar davon standen in Sophies Wohnung, also hatte er sie angerufen und gebeten, vorbeikommen zu dürfen. Allerdings hatte er nur ihre Mailbox erreicht, und als er bei ihr klingelte, hatte sie ihm zwar die Haustür geöffnet, nicht jedoch die Wohnungstür, vor der ein Karton mit seinen Sachen auf ihn wartete. Wenn Martin ehrlich war, brauchte er nichts davon wirklich. Aber dieser Vorwand hatte eine Chance geboten, mit ihr ins Gespräch zu kommen und ihr zu beweisen, dass ihre Vorwürfe haltlos waren. Von wegen nicht erwachsen. Immerhin vertraute sogar seine zur Helikoptermutter neigende Schwester ihm Karl an. Für einen Moment dachte er darüber nach, Sophie genau das auf ihre Mailbox zu sprechen. Doch dann verwarf er den Gedanken wieder. Sophie würde von alleine darauf kommen, dass sie einen Fehler gemacht hatte. Und er würde ihr die Zeit geben, die sie dafür brauchte.

«Ich mag keinen Brokkoli», schrie Karl.

Martin wollte sich nicht provozieren lassen und blieb die Ruhe selbst.

«Spinat mag ich auch nicht, und komm mir ja nicht mit Sellerie», führte Karl in der gleichen Lautstärke weiter aus.

«Eins sag ich dir gleich. Sechs Wochen lang Burger und Pizza kannst du vergessen», entgegnete Martin nüchtern und scrollte sich weiter durch die Liste der Restaurants mit Lieferservice.

«Und warum?»

«Geh an deinen Computer und google nach Skorbut.»

«Ich weiß, was Skorbut ist», schoss Karl zurück.

«Du willst also riskieren, dass dir sämtliche Haare und Zähne ausfallen?»

«Kann dir doch egal sein.»

Martin hatte geahnt, dass er Karl damit nicht würde beeindrucken können. Aber Karls Ton ging ihm langsam gegen den Strich. Es war Zeit, die Verhältnisse klarzustellen und sich Respekt zu verschaffen. «Du glaubst nicht, *wie* egal mir das ist. Aber deiner Mutter nicht, und auf die hast du zu hören.»

«Mama ist nicht da, du Blitzmerker.»

Es reichte. Wenn das hier nicht völlig aus dem Ruder laufen sollte, musste Martin ein Exempel statuieren. Reden half bei Karl nicht weiter. Martin musste Taten folgen lassen. Er nahm demonstrativ sein Smartphone in die Hand. «Ein Anruf, und du bist geliefert.»

Karl funkelte ihn an. «Mach doch.»

Martin zögerte. Nicole saß immer noch im Zug. Was sollte sie denken, wenn, noch bevor sie die Klinik in Bayern erreicht hatte, der erste Notruf aus Berlin bei ihr einging? Martin spürte ein leichtes Pochen in seiner Schläfe. Er war nicht der Typ für Kopfschmerzen, und die Ursache dafür stand eindeutig vor ihm. Es musste ein Kompromiss her, den Karl nicht als Schwäche deuten konnte.

«Okay, Pizza Funghi. Aber du nimmst einen Salat dazu.»

«Aber ohne Rucola!»

Martin seufzte auf und ließ Milde walten. Immerhin hatte er Karl dazu gebracht, ein Stück auf ihn zuzugehen. Zudem konnte er Karls Abneigung gegen Rucola nachvollziehen. Auch wenn er seine eigene schon vor Jahren überwunden hatte. Als Kind hatte er es gehasst, wenn seine Mutter ihn gezwungen hatte, Rucola zu essen, der damals noch Rauke genannt wurde und für die meisten Menschen eher ein Unkraut war. Doch die Bio-Bewegung kam damals so richtig in Fahrt, und seine Mutter hatte die Wildkräuterküche für sich entdeckt. Statt das Gemüse weiterhin im Supermarkt zu kaufen, quälte sie ihn mit angeblich essbaren Blättern und Wurzeln, die sie auf Wiesen, im Wald oder am Wegesrand sammelte. Martin erinnerte sich noch heute mit Schaudern daran zurück.

Wenn es nach ihm gegangen wäre, hätte es jeden Tag Lasagne gegeben. Er wusste, dass auch Karl Lasagne mochte. Erst vor wenigen Stunden, in einem Moment besonders großer Langeweile, hatte Martin sogar überlegt, selber eine zu machen. Nicht weil er plötzlich den inneren Koch in sich entdeckt hatte. Oder aus Fürsorge einem Kind gegenüber. Es war vielmehr Sophies Vorwurf, der immer noch an ihm nagte. Doch nachdem er sich im Internet ein Rezept heruntergeladen hatte, hatte ihn schon allein die Zutatenliste überfordert. Und am Ende war die Küche kalt geblieben.

Mit einem wohligen Seufzer ließ Martin sich am nächsten Morgen in einen der bequemen Stühle fallen, sein Kaffee dampfte vor ihm, die Sonne stand bereits hoch am Himmel und wärmte den Holzfußboden. Wenn er ehrlich war, war es wohl eher Mittag als Morgen, aber sein Rhythmus war eben ein anderer – und da schien er sich immerhin mit Karl einig zu sein. Während sie den ersten Tag unbeschadet, aber doch reich gespickt mit kleineren Wortgefechten überstanden hatten, verlief der zweite bislang ohne Zwischenfälle. Martin hatte am Abend bereits sämtliche Vorzüge genutzt, die Nicoles Wohnung zu bieten hatte: 100-Zoll-Fernseher mit 8K und Soundbar, superbequemes Sofa, Badewanne mit Whirlpoolfunktion. Karl war nach der Pizza ins Bett gegangen und kam nur aus seinem Zimmer, wenn er ins Bad musste. Oder sich etwas zu essen oder zu trinken holen wollte, wofür er zwangsläufig an Martin vorbeimusste, den er jedoch keines Blickes würdigte.

Martin konnte dieser Burgfrieden nur recht sein. Er hatte seine Sachen im hellen Sonnenlicht auf dem Esszimmertisch ausgebreitet, einem riesigen, antiken Refektoriumstisch, der in starkem Kontrast zur restlichen Einrichtung stand. Nicole war stolz auf diesen Flohmarktfund. Sie hatte ihm mal erklärt, dass man das moderne Ambiente brechen musste, um Spannung zu erzeugen und Eintönigkeit zu vermeiden. Auch Martin liebte den Tisch aus Teakholz mit seinen vielen Schrammen, Flecken und Holzaugen. Den Narben eines gelebten Lebens.

Mithilfe seines Musikprogramms arbeitete Martin auf dem Laptop an neuen Songs, die aus Nicoles Soundsystem durchs Wohnzimmer dröhnten, als plötzlich ungewöhnliche Laute an sein Ohr drangen: Walgesänge, deren Quelle ganz eindeutig Karls Zimmer war. In einer Lautstärke, die Martin jegliche Arbeit an seiner Musik unmöglich machte.

«Kannst du diesen Krach leiser machen?», rief er, ging hin und hämmerte mit der Faust gegen die Tür. Er drückte die Klinke, aber Karl hatte abgeschlossen.

«Das ist kein Krach», schallte es durch die geschlossene Tür zurück.

Was genau das war, musste man Martin nicht groß erklären. Walgesänge waren ihm bekannt. Wenngleich er bisher davon ausgegangen war, dass bestenfalls noch irgendwelche stehen gebliebenen Alt-Hippies aus den Achtzigern sich so etwas anhörten. Und seine Kurzzeitaffäre Caro aus dem Vertrieb von Universal Music. Kurzzeit deshalb, weil sie eine total missionarische Ader gehabt hatte und ihm ständig dabei helfen wollte, sein Bewusstsein zu erweitern und eine innere spirituelle Erfahrung zu machen. Martin hatte nichts dagegen gehabt, mit Caro in neue Erfahrungswelten vorzudringen. Allerdings hatte er dabei nicht auf Meditationen und Tarotkarten gesetzt.

Er polterte erneut gegen die Tür. «Deine Musik nervt.»

«Du nervst», schallte es zurück.

Langsam reichte es ihm. Er würde sich ganz bestimmt nicht auf das Niveau eines Zwölfjährigen begeben. Wenn er etwas erreichen wollte, musste ein Strategiewechsel her. Schließlich verfügte er über eine Fähigkeit, die bei Karl noch nicht sonderlich ausgeprägt war: Vernunft.

«Ich mach leiser, du machst leiser, okay?», rief Martin, und keine drei Sekunden später verstummten die Buckelwale.

Er setzte sich wieder an den Tisch, merkte jedoch schnell, dass er durch die Aufregung seinen Flow verloren hatte. Er stöhnte genervt. Selbst einem Genie wie Paul McCartney wäre es unter diesen Umständen unmöglich gewesen zu arbeiten. Hätte McCartney einen Jungen wie Karl an seiner Seite gehabt, hätte die Welt niemals den wunderbaren Klängen von *Let It Be* oder *Yesterday* lauschen dürfen. Aber Martin wollte fair bleiben. Er war nicht sicher, ob es allein Karls Schuld war. Oder ob nicht auch Sophie zu einem gewissen Grad für seine künstlerische Blockade verantwortlich war. Als er ein weiteres Mal das Display seines Smartphones checkte und sah, dass immer noch keine Nachricht von ihr eingegangen war, stieg keine Wehmut in ihm auf, sondern Wut. Entschlossenheit flutete seinen Körper. Es gab nur eine Möglichkeit, seine Blockade zu überwinden. Er wählte Sophies Nummer. Es erklang ein Freizeichen, einmal, zweimal, dreimal. Dann sprang ihre Mailbox an. Er legte auf und versuchte es noch mal. Dreimal Tuten, Mailbox. Schließlich gab Martin sich einen Ruck. «Hallo, Sophie, ich bin's», stammelte er. Dann verließ ihn der Mut auch schon wieder. Mit einem Mal herrschte völlige Leere in seinem Kopf. Aber irgendetwas musste er nun sagen. «Unser letztes Treffen ist ja eher suboptimal gelaufen, und ich dachte, wir sprechen noch mal darüber.» Martin wollte gerade loslegen und noch einmal seinen Standpunkt klarmachen, hielt dann jedoch inne und holte tief Luft. Womöglich war es keine so gute Idee, konfrontativ vorzugehen. Schon gar nicht am Telefon. Das würde doch nur wieder zu Missverständnissen führen. «Falls ich dir irgendwie zu nahe getreten bin, tut mir das furchtbar leid.» Martin wusste zwar nach wie vor nicht, wofür er sich entschuldigen musste, aber es ging darum, die Wogen zu glätten. Und er besaß genug Größe, um sein Ego für einen Moment hintanzustellen. «Ruf mich zurück und lass uns reden. Bitte.»

Martin legte auf und zog Luft durch die Zähne. Er fand, dass er im letzten Moment einen Tick zu dramatisch geklungen hatte. Er ließ sich aufs Sofa fallen und starrte an die Decke.

«Im Durchschnitt braucht man neunzehn Monate, um eine Trennung zu überwinden», hörte er plötzlich Karl.

Martin fuhr herum und sah seinen Neffen, wie er auf einem Stück Pizza herumkaute, das noch vom Vorabend übrig war und das er sich aus dem Kühlschrank geholt hatte.

Martin seufzte. Den lieben langen Tag schmollte der Junge in seinem Zimmer, aber ausgerechnet, als er Sophie wie ein reumütiger Waschlappen auf die Mailbox gewinselt hatte, war er herausgekommen und hatte alles mitangehört. Natürlich war auch Karl längst aufgefallen, dass beziehungstechnisch zwischen ihm und Sophie etwas im Argen lag. Martin wusste, wie sehr er Sophie mochte. Und Sophie mochte Karl. Er war jedes Mal unendlich dankbar gewesen, wenn er etwas mit seinem Neffen unternehmen musste und Sophie sie begleitet hatte. Sie war der perfekte Blitzableiter.

Martin steckte sein Smartphone ein und schenkte Karl einen durchdringenden Blick. «Wir sind nicht getrennt, wir gönnen uns lediglich eine Auszeit.»

«Man sollte besser einen klaren Schlussstrich ziehen, sonst dauert es noch länger, bis man damit abgeschlossen hat», entgegnete Karl, als hätte er nicht zugehört. Oder als hätte er zugehört und hielte eine Versöhnung zwischen Martin und Sophie für völlig ausgeschlossen.

«Was faselst du da? Du hattest doch noch nie eine Freundin.»

«Im Internet steht, dass die Trennungsphasen genauso verlaufen wie das Abschiednehmen von Menschen, die sterben.»

«Geh in eine Quizshow, aber lass mich mit deinem Internetkram zufrieden.»

«Ich will dir nur helfen», meinte Karl und biss ein weiteres Stück von der Pizza ab.

«Wenn du mir helfen willst, verzieh dich wieder in dein Zimmer», schlug Martin vor, als sein Smartphone klingelte. Unverzüglich keimte Hoffnung auf. Sophie war doch noch zur Vernunft gekommen und bereit, sich bei ihm zu entschuldigen. Doch als er auf das Display sah, stellte sich gleich Ernüchterung ein. Mike. Er hatte seinen Manager bisher nur per Nachricht darüber informiert, dass er seinen Trip nach Portugal canceln musste. In dem ganzen Durcheinander mit Nicole und Karl war er einfach noch nicht dazu gekommen, Mike die Sache zu erklären.

Etwas sträubte sich in Martin, und für einen Moment überlegte er, den Anruf wegzudrücken. Zugleich war ihm klar, dass er Mike nicht länger hinhalten konnte. Er wird das sicher verstehen, dachte Martin und nahm den Anruf entgegen. Aber noch bevor er ein «Hallo» über die Lippen bringen konnte, legte Mike bereits los.

«Sag mal, spinnst du? Ich habe den Jungs versprochen, dass du einspringst! Wie stehe ich jetzt da?», brüllte er Martin ins Ohr.

Martin war wie vor den Kopf gestoßen. Wie lange kannten sie sich jetzt? Mike müsste wissen, dass er nicht leichtfertig einen Auftritt absagte.

«Würdest du mir erst mal zuhören?»

«Zuhören am Arsch», schrie Mike noch aufbrausender. Martin konnte sich bildhaft vorstellen, wie sein Manager mit hochrotem Kopf in seinem gläsernen Büro auf und ab tigerte. Wer jetzt in Mikes Nähe kam, sollte über gute Reflexe verfügen. Oder schnellstens alles aus dem Weg räumen, womit Mike um sich werfen konnte. Martin hatte mal erlebt, wie er eine seiner MTV-Music-Awards-Trophäen gegen die Wand gepfeffert hatte, nur weil er sich mit einem Künstler nicht über das Datum für eine Albumveröffentlichung einigen konnte. Es ging um eine Woche.

«Könntest du dich mal beruhigen?»

«Ich bin ganz ruhig», donnerte Mike so laut ins Telefon, dass sogar Karl es hören konnte. Er kaute immer noch an seiner Pizza und beobachtete Martin mit hochgezogener Augenbraue.

«Vielleicht hörst du dir erst mal an, was bei mir los ist», konterte Martin.

«Nichts! Deswegen habe ich dir ja diesen Auftritt verschafft», keilte Mike zurück.

Martin schluckte. Die Sorge um Nicole, die Aussicht auf große Ferien mit Karl, die verpatzte Chance mit dem Festivalauftritt, Sophie … Das alles setzte ihn schon genug unter Druck. Was er jetzt am wenigstens brauchte, war eine Abreibung von Mike. Er sah nur eine Möglichkeit, ihn zu bremsen. Er musste ihm die ganze traurige Wahrheit sagen. Was er auch tat.

«Das ist alles?», fragte Mike emotionslos, als Martin fertig war.

«Hast du mir nicht zugehört?» So langsam braute sich auch in Martin ein Sturm zusammen. «Ich hatte keine andere Wahl!»

Aber er hätte es wissen müssen. Sein Manager hatte sich noch nie für die Probleme anderer interessiert. Die einzige Ausrede, die er gelten ließ, war ein plötzliches Ableben. Und selbst da war sich Martin nicht zu hundert Prozent sicher. Erschwerend kam eine weitere Charaktereigenschaft hinzu: Mike war verdammt nachtragend.

«Hör gut zu, Junge.» Seine Stimme war plötzlich drohend. «Du fährst dahin. Und wenn du mich blamierst, kriegst du keinen Fuß mehr auf irgendeine Bühne. Haben wir uns verstanden?»

Und ob Martin verstanden hatte. «Junge» bekamen nur Leute zu hören, die kurz davorstanden, mit einem Arschtritt aus Mikes Büro katapultiert zu werden. Eine Situation, in die er keinesfalls kommen durfte. Da sein Manager in der Musikbranche an entscheidenden Schaltstellen saß und über wichtige Kontakte verfügte, würde er nach einem Bruch mit ihm tatsächlich nie wieder ein Bein auf den Boden bekommen, da war sich Martin sicher. Die Synapsen seines Gehirns liefen auf Hochtouren. Es ging um alles: seine Karriere, sein Leben – alles hing an einem seidenen Faden. In seinem Kopf herrschte Alarmstufe Rot. Ein Notfallplan musste her, oder er konnte seine Ambitionen endgültig begraben. Martin wollte noch etwas antworten, doch sein Handy gab einen kurzen Ton von sich. Mike hatte aufgelegt.

4

«Das ist kein Meer, das ist ein See!»

Alles an Karl war Protest. Er hielt seine Arme vor der Brust verschränkt und setzte eine für sein Alter erschreckend grimmige Miene auf.

Alles an Martin war Erschöpfung. Er fühlte sich, als hätte ein Vampir ihm sämtliches Blut ausgesaugt. So ganz konnte er immer noch nicht glauben, dass sie tatsächlich am Ufer des Bodensees standen. Der Geruch des Wassers, das leichte Plätschern am Ufer und der Duft der Bäume waren ihm sehr vertraut und irritierten ihn trotzdem. Er kam sich vor, als hätte man ihn in Berlin ins Koma versetzt und er wäre auf einem fremden Kontinent wieder erwacht. Weg waren der Beton, die glasstählernen Bürohochhäuser, die Straßen voller Autos, der permanent über allem liegende Abgasgeruch. Stattdessen sah er über grüne Wiesen und hörte das Rauschen der Blätter. Für einen Sekundenbruchteil hatte Martin das Gefühl, als fehlte etwas. Als wäre diese wohltuende Idylle trügerisch. Aber das zeigte nur, wie sehr er sich an die unzähligen alltäglichen Stressfaktoren in Berlin gewöhnt hatte.

Nach dem Telefonat mit Mike war ihm klar gewesen, dass er handeln musste. Es stand zu viel auf dem Spiel. Er hatte seinen Manager noch einmal angerufen, um zu Kreuze zu kriechen und ihm zu versichern, dass er selbstverständlich auf ihn zählen konnte. Anschließend hatte er Klamotten in seine Reisetasche gestopft und den Rucksack für Karl gepackt. Er hatte seine Finanzen überschlagen, was von allen Vorbereitungen am wenigsten Zeit beansprucht hatte, und festgestellt, dass sein Geld bestenfalls für die Benzinkosten bis Portugal reichte. Hotelzimmer waren keine drin. Die Partnerkreditkarte, die seine Schwester ihm dagelassen hatte, konnte er auf keinen Fall benutzen. Sobald ihr die nächste Abrechnung ins Haus flatterte, würde sie herausfinden, dass er sich nicht an ihre Abmachung gehalten hatte, sondern stattdessen durch halb Europa gefahren war. Er mochte sich gar nicht ausmalen, was Nicole mit ihm anstellen würde, sollte sie von seinem Trip erfahren. Aber noch war sie für mehr als fünf Wochen in der Rehaklinik, und am Tag ihrer Entlassung würden er und Karl lange wieder zurück in Berlin sein. Dafür musste sein Plan nur aufgehen.

«Und ob das ein Meer ist. Man nennt es das Schwäbische Meer», hielt Martin also dagegen, obwohl er sich bereits denken konnte, dass Karl sich damit nicht abspeisen ließ.

«Ein Meer hat einen offenen Austausch mit den Ozeanen, und die Ozeane verbinden die Kontinente miteinander.»

«Das Schwäbische Meer verbindet Deutschland, Österreich und die Schweiz miteinander. Das kommt ungefähr aufs Gleiche raus.»

«Das sind aber Länder und keine Kontinente.»

«Ich fürchte, das sehen die Einwohner komplett anders.»

«Außerdem besteht ein Meer aus Salzwasser und ein See aus Süßwasser.»

Martin stöhnte genervt auf. Er war kein Morgenmensch, und auf Diskussionen hatte er schon gar keine Lust. Nicht nach dieser Nacht. Während sein Neffe auf dem Beifahrersitz geschlafen hatte, war Martin durchgefahren. Nur unterbrochen von ein paar kurzen Pausen, in denen er Energydrinks in sich hineingeschüttet hatte. So hatten sie es in neun Stunden von Berlin bis an den Bodensee geschafft. Es war früh am Morgen, und er hatte noch nicht einen Kaffee getrunken. Abgesehen von dem Gesöff, das er an der Autobahnraststätte zu sich genommen hatte. Aber da hätte er genauso gut einen Schluck aus dem Eimer der Reinigungskraft nehmen können, die gerade dabei gewesen war, die Toiletten zu putzen. Und jetzt stand er hier mit Karl und musste sich von ihm Nachhilfeunterricht in Erdkunde erteilen lassen.

«Wenn ich den See seh, brauch ich kein Meer mehr», meinte Martin und rang sich ein versöhnliches Lächeln ab. Doch alles, was er damit erreichte, war Trotz.

«Du gibst es also zu», sagte Karl und stemmte seine Fäuste in die Hüften.

«Was macht das schon für einen Unterschied? Hier kannst du auch baden und Fische beobachten.»

«Aber hier gibt's keine Muränen und keine Drachenköpfe, so wie im Mittelmeer.»

Allein die Namen klangen für Martin Furcht einflößend. Der Gedanke, einem dieser Fische zu begegnen, bestärkte ihn nur darin, keinen Zeh ins Meer zu setzen.

«Ist ja auch egal», sagte Karl, der sich plötzlich milde gab und ein Lächeln aufsetzte. «Das Mittelmeer kommt ja noch!»

Martin schwieg. Noch hatte er Karl nicht die ganze Wahrheit gesagt. Aber er musste in Etappen denken, und immerhin hatte er es bereits geschafft, ihn mit der Aussicht auf Meer ins Auto zu kriegen. Karl war regelrecht aus dem Häuschen geraten, als Martin ihm seinen Vorschlag unterbreitet hatte, auf Reisen zu gehen. Mit einem Schlag war die schlechte Laune verflogen, und auch der geplatzte Korsika-Urlaub schien vergessen. Martin hatte Karl nicht weniger versprochen als ein

Abenteuer. Und es war geradezu ein Kinderspiel gewesen, ihn zu überzeugen, Nicole nichts davon zu erzählen, dass er die Ferien nicht wie geplant in Berlin verbrachte. Karl hatte freiwillig einen Schwur geleistet und Martin vor lauter Übermut sogar angeboten, ihn mit Blut zu besiegeln. Martin war nicht erpicht darauf gewesen, sich mit einer Nadel zu stechen, und hatte sich mit Karls Ehrenwort zufriedengegeben. Schließlich waren sie beide an die Reisevorbereitungen gegangen und hatten mithilfe von Google Maps die perfekte Route erstellt. Wenn alles gut lief und sein Wagen nicht schlappmachte, konnte er in sechs Tagen pünktlich zum Auftritt an der Algarve sein. Noch hatte Karl keine Ahnung, dass er selbst die Zeit ganz woanders verbringen würde, keineswegs am Meer – und Martin graute davor, es ihm zu sagen. Alles wäre deutlich leichter gewesen, wenn Karl etwas mehr Begeisterung für den Bodensee hätte aufbringen können.

«Können wir endlich weiterfahren?», fragte Karl ungeduldig.

Martin musterte ihn nachdenklich. Karl war jetzt wieder ganz hippelig vor lauter Vorfreude und strahlte wie eine Glühbirne. Noch nie hatte er ihn so glücklich gesehen. Zumindest nicht, wenn nur sie beide zusammen waren. Doch er hatte Karl mit einem falschen Versprechen gelockt, und nun würde er ihn tief enttäuschen. Martin fühlte sich mies dabei, ihm den Dolchstoß verpassen zu müssen. Aber es half alles nichts. Die Stunde der Wahrheit war unweigerlich gekommen.

«Klar, lass uns fahren», sagte Martin.

Martin fuhr die Auffahrt zu seinem Elternhaus hoch, das ihm immer noch riesig vorkam, wenngleich die Villa sich seit seiner Kindheit sehr verändert hatte. Was seine Familie früher alleine bewohnt hatte, war nach einer Sanierung und einem Umbau das Zuhause für weitere Menschen geworden. Wohnungen waren entstanden, die alten Sprossenfenster durch moderne Aluminiumfenster ersetzt worden. Die glatte Fassade strahlte in einem makellosen Weiß. Martin dachte über die vielen Jahre nach, die vergangen waren, seit er ausgezogen war. Am Anfang hatte ihn das Heimweh hin und wieder noch zurückkehren lassen. Besonders an Feiertagen. *Driving Home For Christmas* … Er konnte jede Zeile des Liedtextes mitsingen. Jedes Mal hatte er lauter gedreht, wenn der Song auf seinem langen Weg von Berlin nach Konstanz im Radio gespielt wurde. Und auch wenn mit der Zeit das unsichtbare Band Heimweh immer schwächer geworden war – wie ein Gummiband, das mit jedem Gebrauch ein Stück weiter ausleierte und spröde wurde –, stellte sich auch jetzt dieselbe alte Melancholie ein. In Martins Kopf formierten sich wehmütige Erinnerungen an seine Kindheit, die zwar mit jedem Lebensjahr immer blasser geworden, aber nie vollkommen verschwunden waren. Er spürte dieses wohlige Gefühl, das nur die Heimat in einem auslösen konnte, das aber nicht unbedingt widerspiegelte, was sich tatsächlich dort abgespielt hatte. Seine Kindheit war nicht die schlechteste gewesen. Trotzdem hatte er keinen Grund, sie zu glorifizieren. Es gab einiges, an das er sich nur ungern erinnerte.

Der Garten vor dem Haus, in dem er und Nicole als Kinder gespielt hatten, hatte sich kaum verändert. Er wurde immer noch von Obstbäumen bewacht, die jedes Mal, wenn er wieder herkam, ein Stück höher in den Himmel gewachsen waren. Martin sah die Früchte an Apfel-, Birnen- und Zwetschgenbäumen, die bald reif sein würden. Unten am Seeufer stand immer noch das kleine Gartenhäuschen, in dem ihr Vater das Werkzeug und den Rasenmäher aufbewahrt hatte und in das

Martin und Nicole immer gerannt waren, wenn es zu regnen begann, um dem Prasseln der Regentropfen auf dem Holzdach zuzuhören. Als ihr Vater noch lebte, hatte er manchmal mitgespielt, wenn er die Zeit dafür fand. Oft war das nicht vorgekommen, weil er praktisch Tag und Nacht in seiner Textilfabrik geschuftet hatte. Ohne Fleiß kein Preis, hatte er immer gesagt. Und die Tatsache, dass sie sich eine riesige Villa am Bodensee leisten konnten, hatte viel über den Arbeitseifer seines Vaters ausgesagt. Trotzdem hatte er sich immer auch Zeit für seine Kinder genommen. Jede freie Stunde, die er sich abringen konnte, hatte er mit Martin und Nicole verbracht. Morgens, bevor er zur Arbeit ging, hatte er ihnen die Schulbrote geschmiert. Und abends, wenn er müde und erschöpft aus der Fabrik nach Hause kam, war sein erster Weg der in die Zimmer seiner Kinder. Manchmal kam er so spät, dass Martin und Nicole schon im Bett lagen. Aber trotzdem hatte er es sich nicht nehmen lassen, ihnen noch etwas vorzulesen. Er hatte sich auch nie darüber beschwert, dass Martin immer und immer wieder die Geschichten vom Sams hören wollte, von denen er damals nicht genug kriegen konnte.

Nicole durfte ihren Vater manchmal nach der Schule in der Fabrik besuchen. Martin hatte sich nie dafür interessiert, während seine Schwester es aufregend fand, hinter Vaters Schreibtisch zu sitzen und Chefin zu spielen. Wäre ihr Vater nicht so früh gestorben, hätte sie eines Tages womöglich die Fabrik übernommen. Martin war sicher, dass es seinen Vater sehr glücklich gemacht hätte. Doch ihre Mutter hatte andere Pläne.

Überhaupt unterschied sie sich in vielen Dingen von ihrem Mann. Zwar hatte auch sie sich stets bemüht, ihm und Nicole alles zu ermöglichen, was man mit Geld kaufen konnte. In die Arme schließen durften Martin und Nicole sie aber schon deswegen nicht, weil sie ständig Angst um ihre Kleider hatte. Oder um den Sitz ihrer Frisur. Und lautes Sprechen oder Schreien, wie es Kinder beim Spielen nun mal unweigerlich verursachten, waren für sie kein Ausdruck von Lebensfreude, sondern von Unkultiviertheit.

Martin stellte den Wagen ab und stieg aus, Karl tat es ihm gleich. Im selben Moment öffnete sich bereits die Tür, und seine Mutter erschien, in einer makellos gebügelten Bluse und mit einem schicken Dutt.

«Hallo, ihr zwei, da seid ihr ja schon», sagte Rita, tätschelte Karl den Kopf und umarmte Martin steif, wobei sie ihn so wenig wie möglich berührte. «Kommt rein.»

Sie rauschte voran in den Eingangsbereich, Martin folgte ihr, Karls Schritte hörte er hinter sich.

«Das ist wieder so typisch für dich und deine Schwester. Ich erfahre wie immer als Letzte, was los ist», sagte Rita.

Martin seufzte leise. Sie hatten es gerade mal bis ins Wohnzimmer geschafft, bis seine Mutter ihm den ersten Vorwurf entgegenschleuderte. Aber sie hatte noch nie lange gebraucht, um aufs Wesentliche zu sprechen zu kommen: sich selbst.

«Denkt ihr eigentlich irgendwann auch mal an mich?»

«Vielleicht denken wir jetzt einfach mal an Nicole? Sie hatte einen Burn-out», entgegnete Martin, der ein leichtes Grummeln im Bauch spürte. Es ärgerte ihn, dass sie sich nicht einmal jetzt für einen Moment zurücknehmen konnte. Immerhin war es ihre Tochter, die ein ernstes gesundheitliches Problem hatte.

«Natürlich sorge ich mich um Nicole. Trotzdem könntest du mich auch hier und da mal fragen, wie es mir geht.»

In gewisser Weise hielt Martin seine Mutter für ein Genie. Egal, was man sagte, sie schaffte es, einem die Worte im Munde so zu verdrehen, dass sich unverzüglich ein schlechtes

Gewissen einstellte. Obwohl er über lebenslange Erfahrung im Umgang mit ihr verfügte und ihre Techniken längst durchschaut hatte, gelang es ihm nicht, sich ihrer dunklen Macht zu entziehen. Es war, als hätte seine Mutter ihm gleich bei seiner Geburt einen unsichtbaren Schalter eingesetzt, von dem nur sie wusste, wo genau er sich befand, und den sie nach Belieben umlegen konnte. Am erstaunlichsten war, dass es auch funktionierte, wenn sie gar nicht in seiner Nähe war. Wenn sie einfach nur telefonierten. So als hätte sie eine Fernbedienung für sein schlechtes Gewissen.

«Mama, es geht nicht um mich. Du sollst lediglich ein paar Tage auf deinen Enkel aufpassen.»

«Was?», schrie Karl entsetzt auf. Martin hatte zwar seine Mutter vorab informiert, hatte es aber selbst auf den letzten Kilometern nicht geschafft, ehrlich zu Karl zu sein. Das hier war etwas unelegant, das wusste er, aber er konnte es nun auch nicht mehr ändern.

«Ich will mit dir fahren», warf Karl ein. Sein flehentlicher Ton löste tatsächlich Mitleid in Martin aus, doch er musste jetzt pragmatisch bleiben, zielorientiert, und Gefühle außen vor lassen.

«Karl, jetzt nicht», sagte er sehr bestimmt, was nicht nett war, aber seinen Zweck erfüllte. Karl schwieg eingeschnappt, und Martin konnte sich wieder dem anderen Problem zuwenden: seiner Mutter.

«Es geht nicht um dich, aber ich soll auf Karl aufpassen, damit *du* nach Portugal fahren kannst? Was ist das für eine Logik?»

Martin hätte ihr erklären können, wie wichtig diese Reise für ihn war. Dass seine gesamte Zukunft davon abhing. Aber er hielt sich zurück, weil er wusste, was er sich dann wieder anhören durfte. Seine Mutter hatte seinen Traum von einer

Karriere als Musiker nie ernst genommen. Selbst damals nicht, als er mit seiner Single *You Don't Know Me* einen großen Hit gelandet hatte.

«Auch Journalisten können mal irren», hatte seine Mutter gesagt, als er ihr damals einen Artikel des *Rolling Stone* unter die Nase gehalten hatte, in dem man ihn als «Hottest Newcomer 1999» beschrieben hatte. Beim Boxen bezeichnete man so etwas als Tiefschlag. Aber um ganz sicherzugehen, versetzte seine Mutter ihm noch einen wuchtigen Kinnhaken. «Ein blindes Huhn findet auch mal ein Korn, aber deswegen wird aus ihm noch lange kein Pfau.»

Nicole gegenüber verhielt sie sich nicht anders – obwohl sie es bis ganz nach oben geschafft hatte: Sie war erfolgreich, unabhängig, verdiente einen Haufen Geld … Dafür ließ ihre Mutter kein gutes Haar an ihrer Entscheidung, alleine ein Kind großzuziehen. Martin hatte sich oft gefragt, was dahintersteckte. Ob es vielleicht daran lag, dass sie selber nach dem frühen Tod ihres Mannes alleinerziehend gewesen war. Ungewollt und für den Großteil von seiner und Nicoles Kindheit. Womöglich konnte sie einfach nicht akzeptieren, dass Nicole dieses Schicksal freiwillig auf sich nahm.

Obwohl sie es nie ausgesprochen hatte, war Martin inzwischen davon überzeugt, dass seine Mutter sich eigentlich ein anderes Leben gewünscht hatte. Eines ohne Kinder. Das erklärte auch, warum sie permanent Kindermädchen und Aupairs engagiert hatte. Nicht zu vergessen die Monate, die er und seine Schwester auf Internaten verbrachten.

«Es ist wie immer. Ihr meldet euch nur, wenn ihr was von mir wollt.»

«Stimmt doch gar nicht», hielt Martin schwach dagegen. Wobei er inständig hoffte, dass seine Mutter nicht darauf zu sprechen kam, wann genau er das letzte Mal angerufen hatte.

Er konnte sich nicht erinnern. Vermutlich war es Weihnachten gewesen, weil er diese Tradition immer noch aufrechterhielt; der jährliche Anruf an Heiligabend. Allerdings war das auch schon wieder sieben Monate her.

«Ein Anruf zum Geburtstag, einer zu den Feiertagen. Aber auf die Idee, mich mal zu besuchen, kommt du und deine Schwester nicht.»

«Weil wir sowieso jedes Mal nur streiten.»

«Ihr würdet nicht mal mitkriegen, wenn ich tot in meiner Wohnung liege und die Hunde mich fressen.»

«Mama, du hast keine Hunde.»

«Ich wollte dir das nur bildhaft machen.»

«Keine Sorge. An dir beißen sich sogar Pitbulls die Zähne aus.»

«Du nimmst mich einfach nicht ernst.»

Martin schüttelte den Kopf. Er nahm die Sache ernst. Sehr ernst sogar. Am Telefon hatte seine Mutter ihm noch gesagt, dass sie sich freuen würde, Karl für ein paar Tage bei sich zu haben. Nun beschlich Martin das Gefühl, dass sie ihn nur hierherlocken wollte, um Grundsatzdiskussionen mit ihm zu führen, bei denen er am Ende sowieso immer den Kürzeren zog.

«Du kannst uns genauso gut auch mal in Berlin besuchen.»

Rita zog die Augenbrauen hoch. Für einen Sekundenbruchteil schien sie sich zu fragen, ob sie richtig gehört hatte. Dann lachte sie auf. «Und wo soll ich übernachten? Unter einer Brücke?»

«Mama, stell dir vor, in Berlin gibt's das ein oder andere Hotel.»

«Hotel? Ich habe zwei Kinder, die in Berlin wohnen, und ihr schickt mich ins Hotel?»

«Niemand schickt dich ins Hotel.»

Rita schüttelte konsterniert den Kopf. «Hörst du dir eigentlich mal selber zu?»

Martin holte tief Luft. Unter anderen Umständen hätte er längst das Handtuch geworfen und fluchtartig das Weite gesucht. Aber es stand zu viel auf dem Spiel. Er musste seine Taktik weiterverfolgen.

«Bei mir ist das einfach schwierig», sagte er.

«Wohl wahr», entgegnete Rita abschätzig. Seine Mutter war für ihr Alter gut in Form. Aber das konnte eine Nacht auf seinem brettharten Futon schnell ändern.

«Bei Nicole sieht das schon anders aus», fügte Martin hinzu.

Rita schwieg mit flackerndem Blick. Martin wusste dieses Signal zu deuten. Auch wenn sie versuchte, es sich nicht anmerken zu lassen, wusste er, wie sehr seine Mutter unter den Spannungen mit Nicole litt. Vor allem, weil sie sich aus dem Leben ihres Enkels ausgeschlossen fühlte. Sie sah Karl höchstens einmal im Jahr. Martin war klar, warum Nicole das tat, er selbst konnte sich seine Mutter auch nicht als liebevolle Oma vorstellen, aber er hatte dennoch das Gefühl, dass sie sich gerne mehr eingebracht hätte – und wenn auch nur, um dann wieder zu jammern und die gesamte Klaviatur des Vorwurfs zu spielen.

Einmal hatte sie sogar behauptet, dass Karl all die guten Eigenschaften in sich vereinte, die Martin und Nicole fehlten. Das war natürlich völliger Blödsinn. So gut kannte sie ihren Enkel gar nicht, um das beurteilen zu können. Dennoch sah Martin genau darin eine Chance. Was seine Mutter betraf, war Karl wie das Lindenblatt auf Siegfrieds Schulter während des Bades in Drachenblut. Martin fackelte nicht länger.

«Wenn du und Nicole euch endlich mal aussprecht, würdest du Karl auch wieder öfter sehen.»

«Es liegt immer nur an mir. Immer bin ich schuld.» Rita klang plötzlich weinerlich.

Martin sagte nichts. Die einsetzenden Selbstzweifel waren ein gutes Zeichen. Seine Mutter hatte ihr Pulver verschossen. Sie kam ins Wanken und würde bald Ruhe geben. Er musste nur noch abwarten.

«Natürlich hätte ich Karl gerne öfter in meiner Nähe. Er erinnert mich manchmal an deinen Vater, weißt du? Diese Mischung aus Neugier und Entschlossenheit … Das fehlt mir. Ich würde ihn gern mehr sehen.»

Volltreffer. Jetzt hatte Martin sie dort, wo er sie hatte hinführen wollen.

«Ja, und genau dazu hast du nun Gelegenheit.» Martin sah zu Karl. «Allerdings machst du dem Jungen nicht gerade Lust darauf, Zeit mit dir zu verbringen.»

Rita schaute schuldbewusst zwischen ihrem Sohn und ihrem Enkel hin und her. Ihr schien mit einem Mal klar zu werden, dass es der falsche Augenblick für das Austragen von Familienfehden war. Schließlich stand sie auf und ging hinüber zu Karl.

«Wir beide machen uns eine schöne Zeit, nicht wahr, Karl?», sagte sie, während sie mit der Hand über seinen Kopf strich.

Obwohl Karl wie ein putziges Tierchen wirkte, das sich aus Angst vor einem Fressfeind tot stellte, war Martin erleichtert. Seine Mutter hatte schneller nachgegeben, als er zu hoffen gewagt hatte. Martin zwang sich, jeden Anflug eines schlechten Gewissens im Keim zu ersticken. Karl würde es gut haben bei seiner Oma. Wenn man nicht gerade persönliche Konflikte und Traumata mit ihr aufzuarbeiten hatte, war sie eine Eins-a-Gastgeberin, die einem jeden Wunsch von den Lippen ablas.

«Da ist noch was, Mama», sagte er zaghaft. Er dachte daran,

wie Nicole reagiert hatte, als er ihr vorgeschlagen hatte, Karl für die Zeit ihres Klinikaufenthaltes herzubringen. «Nicole sollte von der Reise nach Portugal nicht unbedingt etwas erfahren. Insbesondere nicht den Umstand, dass ich Karl bei dir abgeliefert habe.»

Rita seufzte und schüttelte den Kopf. «Du wirst dich nie ändern, Junge. Dein ganzes Leben ist auf Sand gebaut.» Sie sah ihn fest an. «Ich hoffe, du weißt, was du tust. Manchmal machst du mir wirklich Sorgen.»

Martin merkte überrascht auf. Das waren ganz neue Töne. Aber bevor er darauf reagieren konnte, wandte sie sich wieder Karl zu. «Du wirst Hunger haben. Ich mache dir erst mal ein Frühstück», sagte sie und zog sich in die Küche zurück.

Kaum hatte Rita das Zimmer verlassen, fand Karl seine Sprache wieder. «Ich will nicht bei Oma bleiben. Ich will mit dir ans Meer fahren. Du hast es gesagt.»

«Das kannst du vergessen. Aber wenn wir das hier überstanden haben, machen wir beide was richtig Abgefahrenes zusammen. Versprochen.»

Karl schwieg, was Martin als stilles Einverständnis begriff. Doch dann schnallte er seinen Rucksack ab und kramte sein Smartphone hervor.

Martin hatte einen bösen Verdacht. «Was tust du da?»

«Ich rufe Mama an.»

«Bist du verrückt geworden?»

Er riss ihm das Smartphone aus der Hand und war versucht, nach draußen zu rennen, um es im Bodensee zu versenken. Allerdings erkannte er sofort die Sinnlosigkeit dieser Idee. Wenn Nicole ihren Sohn nicht erreichen konnte, würde sie Martin anrufen. Und wie oft würde er glaubhaft versichern können, dass Karl gerade unpässlich war, er ihm aber liebe Grüße ausrichten würde?

Nein, es half nichts. Wenn diese Operation gelingen sollte, musste er Karl dazu bringen mitzuspielen.

«Deine Mutter hatte einen furchtbaren Zusammenbruch, und was sie jetzt am allermeisten braucht, ist Ruhe und Erholung. Oder willst du, dass es ihr wieder schlechter geht?» Martin hielt ihm auffordernd das Smartphone entgegen.

Für einen Moment standen die beiden sich taxierend gegenüber, wie zwei Cowboys in einem Italowestern. Schließlich griff Karl wortlos nach seinem Smartphone und ließ es wieder im Rucksack verschwinden. Dann drehte er sich um und verließ das Wohnzimmer.

Martin war beeindruckt. Ihm war bisher gar nicht klar gewesen, was für eine gute Lehrmeisterin seine Mutter war. Doch so erleichtert er für den Moment auch war, fühlte er sich dennoch nicht wie ein Sieger. Er fühlte sich wie ein Verräter.

Der Abschied verlief kurz und schmerzlos. Seine Mutter hatte Martin nichts mehr zu sagen, und Karl war nach der Aktion mit dem Handy nicht wieder aufgetaucht. Wahrscheinlich saß er irgendwo in der Ecke und schmollte – was sein gutes Recht war, das musste Martin ihm lassen. Er konnte verstehen, dass er wütend auf ihn war und sich nicht von ihm verabschieden wollte. Aber Martin hatte sich einen Plan überlegt, wie er die Sache wieder hinbiegen und das Opfer, das sein Neffe für ihn brachte, entlohnen konnte. Sobald sie beide zurück in Berlin waren, würde er mit ihm ins Kino gehen. Oder noch besser ins Aquarium im Zoologischen Garten. Das mochte auch Martin sehr und hatte es seit einer Ewigkeit nicht mehr besucht.

Beschwingt von diesem Plan, der sein schlechtes Gewissen zumindest ein wenig erträglicher machte, fuhr er aus der langen Einfahrt. Jetzt konnte seine Reise endlich richtig losgehen. Auch wenn der düstere Himmel noch nicht nach Strand und Meer aussah, war er sich sicher: Etwas Großes stand ihm bevor. Ein neuer Anfang. Dass sein Körper regelrecht mit Euphorie geflutet wurde, hatte auch damit zu tun, dass ihm die geniale Idee gekommen war, wie er sein finanzielles Problem zumindest abmildern konnte. Sein altes Adressbuch war voller Kontaktdaten von ehemaligen Affären, Liebschaften und Groupies, bei denen er auf dem Weg nach Portugal Station machen könnte. Die, bei denen er verbrannte Erde hinterlassen hatte, hatte er direkt von der Liste gestrichen. Aber es blieben immer noch genug übrig, die er anrufen konnte und die sich über einen kleinen Besuch von ihm freuen würden. Das hoffte er zumindest.

Kaum dass Martin die Autobahn erreicht hatte, brach das Gewitter los. Regen prasselte auf die Windschutzscheibe, und das Ächzen der schwer arbeitenden Scheibenwischer erinnerte ihn daran, dass er schon lange die Wischblätter hatte austauschen wollen. Das aufspritzende Wasser der vorausfahrenden Fahrzeuge erschwerte die Sicht zusätzlich. Martin dachte an seinen letzten Termin beim TÜV. Obwohl er mit dem Schlimmsten gerechnet hatte, hatte man ihm doch noch einmal die ersehnte Plakette aufs Nummernschild seines alten Volvo geklebt und seinem Wagen eine weitere Gnadenfrist von zwei Jahren gewährt. Nicht ohne darauf hinzuweisen, dass das Profil seiner Reifen gerade noch so durchging. Nun rächte es sich, dass Autoreifen nicht unbedingt zu Martins bevorzugten Geldanlagen gehörten. Aquaplaning brachte seinen Wagen immer wieder ins Schlingern und zwang ihn, die Geschwindigkeit auf Schneckentempo zu drosseln. Zum Glück versprach der Wetterbericht, den der Sprecher im Radio auf Schwyzerdütsch vortrug, baldige Besserung. Martin kannte diesen Dialekt seit frühester Kindheit, und er mochte ihn sehr. Dass der Sprecher recht behalten sollte, nahm ihn nur noch mehr für die Schweizer Pünktlichkeit und Präzision ein.

Denn so heftig das Gewitter begonnen hatte, so plötzlich hörte es wieder auf. Der Regen versiegte, als hätte Thor, der Gott des Donners, der Blitze und der Stürme, persönlich den Schalter umgelegt. Der Himmel riss auf, und die Sonne kam zum Vorschein. Fast minütlich stieg die Zahl auf der Temperaturanzeige und damit auch Martins Laune. Im Radio erklang ein Song aus den Achtzigern. *Gold* von Spandau Ballet, ein echter Klassiker, den Martin Zeile für Zeile mitsingen konnte. Doch mit steigender Temperatur machte sich ein anderes Problem bemerkbar: Die Feuchtigkeit im Auto ließ die Scheiben beschlagen, und nach kurzer Zeit fühlte Martin sich wie im Tropenhaus im Botanischen Garten. Da die Klimaanlage defekt war, öffnete er das Seitenfenster einen Spalt. Ein Gemisch aus feuchter, warmer Luft und den Abgasen anderer Autos strömte herein. Es war kein unangenehmer Geruch. Er erinnerte ihn vielmehr an die Sommer seiner Kindheit. Genauso wie die Familien, die er beim Vorbeifahren an Raststätten und auf Autobahnparkplätzen sah, wo sie einen Zwischenstopp einlegten, um sich auf ihrer langen Fahrt in den Süden zu erfrischen, zu picknicken oder den Hund Gassi zu führen.

Martin drehte die Musik lauter, um das Rauschen der Straße und des Verkehrs zu übertönen. Er schaute auf die Uhr. Wahnsinn, er war schon wieder über zwei Stunden unterwegs. Bald würde er den Gotthardtunnel durchfahren. Wenn es gut lief, würde er Caroles Apartment in Nizza in sechs Stunden erreicht haben. Als er vor seiner Abfahrt bei ihr angerufen hatte, um ihr freudig zu erzählen, dass er ganz zufällig in der Nähe war und ihr einen Besuch abstatten würde, hatte sie nicht unbedingt begeistert geklungen. Aber Carole war immer schon ein wenig unterkühlt gewesen. Sie brauchte einen gewissen Anlauf, um in Fahrt zu kommen. Aber dann … Martin lächelte.

Caroles Wohnung lag am Mont Boron mit fantastischem Panoramablick über das Mittelmeer. Martin freute sich auf ein Gläschen kühlen Côtes de Provence auf ihrer Terrasse, während er den Fähren auf ihrem Weg nach Korsika oder Sardinien hinterhersah. Diese verlockende Aussicht half ihm sogar dabei, seine Gedanken an Karl in den Hintergrund zu drängen. Martin fühlte, wie sein Körper sich entspannte. Er legte sich sein Smartphone in den Schoß und suchte nach der Playlist mit dem passenden Soundtrack. Da blinkte das Tanklämpchen auf. Gut, eine kleine Pause würde sicher nicht schaden.

Martin steuerte den Parkplatz der Raststätte an, auf dem wuseliger Betrieb herrschte. Dennoch war es kein Problem, eine freie Parktasche in Nähe des Eingangs zu finden. Bevor er seinen Wagen betankte, wollte er sich erst mal einen belebenden Cappuccino gönnen. Martin war in der Schweiz. Er konnte sich darauf verlassen, einen Eins-a-Kaffee zu bekommen.

Der Gastraum war erfüllt von fröhlich aufgekratztem Stimmengewirr. Für die meisten Menschen war es die schönste Zeit des Jahres: Urlaubszeit. Vor dem Tresen stand eine Schlange von hungrigen und durstigen Reisenden, die von den Angestellten zügig bedient wurden. Tabletts mit Pastagerichten oder Flammkuchen darauf wurden an Tische getragen, an denen der Rest der Familie bereits wartete. Und Pommes mit Ketchup natürlich, mit denen man versuchte, seine aufgeregt zappelnden Kinder wenigstens für einen Moment zu beschäftigen. Es herrschte ein ständiges Kommen und Gehen. Reisende strömten herein und streckten ihre Glieder, bevor sie sich der Speisekarte widmeten, während andere ihre abgegrasten Tabletts zurückstellten und noch schnell auf Toilette huschten, bevor sie ihre Weiterfahrt in den Süden antraten.

Martin nippte an seinem Cappuccino. Die Schweiz hatte ihn einmal mehr nicht enttäuscht. Er blickte durch das große Panoramafenster nach draußen. Die Wolken waren komplett verschwunden, und der blaue Himmel ließ den spektakulären Blick auf die Alpen und die umliegende Berglandschaft erscheinen wie ein Gemälde. Die Atmosphäre um ihn herum tat ihr Übriges. Martin war nicht hier, weil er auf dem Weg in den Urlaub war. Dennoch fühlte er sich ein kleines bisschen so. Die Stimmung schwappte auf ihn über.

Nachdem er seinen Kaffee genossen und noch kurz die Waschräume aufgesucht hatte, betankte Martin das Auto.

«Hunderteinundvierzigachtunddreißig, bitte», sagte die Kassiererin.

Martin fuhr erschrocken zusammen. Er hatte seinen alten Volvo V70 schon seit Ewigkeiten nicht mehr vollgetankt. Nun wurde ihm auf drastische Weise vor Augen geführt, wie viel Benzin in den Tank passte.

Die Kassiererin strahlte ihn erwartungsvoll an. Martin hatte sogar den Eindruck, als flirte sie ein wenig mit ihm, also lächelte er zurück. Bis er sein Portemonnaie öffnete und erstaunt innehielt. Sein Bargeldbestand war auf mysteriöse Weise angewachsen. Es steckten ein paar Hunderter mehr darin, die so glatt waren, als kämen sie frisch aus der Druckerei.

Martin war sofort klar, wer dafür verantwortlich war. Seine Mutter wusste, dass er zu stolz war, Geld von ihr anzunehmen, also hatte sie es ihm heimlich zugesteckt. Er spürte, wie Wut in ihm aufstieg. Wann kapierte sie endlich, dass er ein erwachsener Mann war und sich von ihr nicht wie ein Konfirmand behandeln lassen wollte? Er hatte seinen Stolz, und den würde er sich nicht nehmen lassen. Nicht von ihr, die ihn noch nie ernst genommen hatte. Martin war drauf und dran, aus den Scheinen Konfetti zu machen, als die Kassiererin ihn aus seinen Gedanken riss.

«Hunderteinundvierzigachtunddreißig», wiederholte sie, immer noch lächelnd, aber drängender im Ton und ohne Bitte. Da registrierte Martin die kleine Schlange, die sich bereits hinter ihm gebildet hatte. Er überlegte hin und her, sah auf die Kassenanzeige und dann erneut ins Portemonnaie. Es half alles nichts. Er musste pragmatisch denken. Schon allein der anderen Kunden wegen. Hier und jetzt konnte er den Konflikt mit seiner Mutter nicht lösen. Er würde sie später zur Rechenschaft ziehen.

«Geben Sie mir noch zwei Päckchen Marlboro Gold», sagte er, zog zwei Hunderter aus dem Portemonnaie und schob sie der Kassiererin hin.

Als er aus dem Tankstellengebäude trat und auf sein Auto zuschritt, klingelte sein Smartphone. Hoffentlich nicht Nicole. Er hatte sich immer noch keine schlüssige Strategie zurechtgelegt, wie er reagieren würde, wenn sie Karl sprechen wollte. Sollte er die Vorwärtsverteidigung wagen und ihr gekränkt erklären, wie sehr ihre Kontrollanrufe ihn verletzten? Und fürsorglich hinterherschieben, dass sie sich endlich auf ihre Therapie konzentrieren müsse, weil Karl eine gesunde und funktionierende Mutter brauchte?

Er räusperte sich und wollte den Anruf gerade entgegennehmen, als er sah, dass nicht Nicole anrief, sondern seine Mutter. Er nahm ab.

«Karl ist weg», schallte es Martin panisch entgegen.

«Wie, weg?»

«Ich kann ihn nirgends finden.»

Das hatte Martin gerade noch gefehlt. Unter allen Umständen musste er einen kühlen Kopf bewahren. Karl war kein Junge, der einfach ausbüxte. «Jetzt beruhig dich, Mama. Er ist sicher im Garten.»

«Ich habe überall nachgeschaut.» Sie schnappte nach Luft. «Mein Gott, wenn der Junge im See …»

Zumindest die Gefahr konnte Martin mit hoher Wahrscheinlichkeit ausschließen. Karl war ein guter Schwimmer und der Bodensee nicht gerade bekannt für seine reißende Strömung.

«Hast du mal seine Nummer gewählt?»

«Welche Nummer?»

«Mama, sein Smartphone.»

Er hörte seine Mutter seufzen. «Wahrscheinlich bin ich die Einzige in der Familie, die Karls Nummer nicht hat.»

Martin schüttelte fassungslos den Kopf. Sogar im Zustand höchster Panik schaffte sie es noch, in Selbstmitleid zu verfallen.

«Ich rufe ihn an.»

Nachdem seine Mutter aufgelegt hatte, wählte er Karls Smartphone an und hörte nach ein paar Sekunden das Freizeichen. Martin wartete, bis die Mailbox anging, dann legte er auf. Es machte keinen Sinn, Karl Nachrichten zu hinterlassen. So wütend, wie der Junge auf ihn war, würde er sowieso nicht zurückrufen. Karl wollte ihm einen Denkzettel verpassen – so viel stand fest. Langsam wurde Martin doch unruhig. Er fragte sich, ob er zurückfahren sollte, um seiner Mutter bei der Suche zu helfen. Er konnte sie mit diesem Problem nicht alleine lassen. Doch das würde bedeuten, dass er verdammt viel Zeit verlieren würde.

Martin war am Auto angekommen. In seiner Ratlosigkeit versuchte er ein zweites Mal, Karl zu erreichen. Während er das Freizeichen hörte, merkte er auf. Er vernahm das gedämpfte Klingeln eines Telefons, das ganz in der Nähe zu sein schien. Und das zeitgleich mit dem Anspringen von Karls Mailbox erstarb.

Böses ahnend, öffnete Martin die Heckklappe seines Kombis und erkannte sofort die Flosse des Stofftier-Orcas, die unter einer Decke hervorlugte. Und als er die Decke wegriss, starrte er in das Gesicht von Karl, der zwischen dem Gitarrenkoffer und seiner Reisetasche kauerte und ihn herausfordernd ansah.

5

«Ich will mitfahren», brüllte Karl zum wiederholten Mal. Er war so außer sich, dass sein Kopf langsam die Farbe einer Himbeere annahm. Dass sein Neffe wegen Sauerstoffmangels in Ohnmacht fiel, hatte Martin gerade noch gefehlt. Schon so erregten sie genug Aufmerksamkeit, wie er an den vielen Blicken bemerkte, die ihnen andere Tankstellenkunden zuwarfen. Auch die Kassiererin war bereits hellhörig geworden und schaute durch die Glasscheibe argwöhnisch herüber.

Martin zermarterte sich das Hirn. Sein ganzer Körper war in Aufruhr. Nervös ging er auf und ab, zog eines der Zigarettenpäckchen aus der Jackentasche, riss die Folie auf und steckte sich eine Zigarette in den Mund.

«Rauchen verboten!» Karl zeigte auf ein Schild.

«Siehst du? Noch ein Grund, warum du nicht mitkommst. Deine ständige Besserwisserei geht mir gehörig auf den Keks.»

Erst da realisierte Martin, dass er inmitten von Zapfsäulen stand, an denen Autos betankt wurden. Karls Argument war stichhaltig. Aber das änderte nichts.

Er steckte die Zigarette wieder weg und sah Karl nachdenklich an. Freiwillig würde er nicht ins Auto steigen und sich nach Konstanz zurückbringen lassen. Und sollte Martin ihn gegen seinen Willen in den Wagen verfrachten, würde der Junge erst so richtig Alarm schlagen. Die Polizei würde ihre eigenen Schlüsse ziehen, wenn sie das Video der Tankstellen-Überwachungskamera sichtete und darauf einen Mann sah, der ein zappelndes Kind unter Anwendung von Gewalt in sein Auto schob und mit ihm davonfuhr. Weit würde er nicht kommen, so viel stand fest. Bestenfalls ein paar wenige Kilometer, bevor eine Straßensperre ihn zum Halten zwingen und ein bis an die Zähne bewaffnetes Sondereinsatzkommando ihn als mutmaßlichen Kindesentführer verhaften würde. Selbst wenn die Polizei ihm seine Geschichte abkaufte – sofern er überhaupt noch dazu kam, sie zu erzählen –, würde man sich alles von Karls Erziehungsberechtigter bestätigen lassen. Nicole wäre weder begeistert, noch wäre es förderlich für ihren Heilungsprozess, sollte sie einen Anruf des Leiters der Soko Kindswohl erhalten.

Martin raufte sich die Haare. Warum hatte seine Schwester ausgerechnet einen Jungen bekommen müssen? Warum nicht ein kleines, süßes Mädchen? Mit Frauen konnte er umgehen.

«Warum darf ich nicht mit?», fragte Karl, der zu Martins Erleichterung zumindest seine Stimme wieder senkte.

Martin wollte schon zu einer Antwort ansetzen, da hielt er inne und klappte den Mund wieder zu. Dass er Karl nicht mitnehmen konnte, war bisher eine absolute Selbstverständlichkeit für ihn gewesen. Darüber hatte er nicht einmal nachdenken müssen. Aber als er sich die Sache nun genauer durch den Kopf gehen ließ, fiel es ihm schwer, einen triftigen Grund dafür zu finden.

«Ein Rockfestival? Das ist nichts für Kinder», sagte er versuchsweise, fand aber selber, dass er sich anhörte wie ein erbärmlicher Spießer.

«Ich bin kein Kind mehr», konterte Karl entschieden.

Martin lachte auf. «Doch, genau das bist du!»

Karl schwieg verletzt, was die Sache für Martin noch

schwieriger machte. Er konnte ihn verstehen. Welcher Zwölfjährige wollte schon hören, dass er *nur* ein Kind war? Wie hatte er sich in Karls Alter gefühlt, wenn seine Mutter ihm alle möglichen Dinge verboten hatte, nur weil er angeblich zu jung, zu klein, zu unreif gewesen war? Martin kam der Gedanke, dass er langsam, aber sicher zu einer Person mutierte, die er niemals werden wollte; zu einem «vernünftigen» Erwachsenen, der völlig willkürlich Grenzen setzte. Einfach nur, weil er die Macht dazu hatte.

«Wenn dir was passiert, bringt deine Mutter mich um.»

«Wenn ich ihr erzähle, dass du mich bei Oma abgeliefert hast, bist du sowieso erledigt», antwortete Karl nüchtern. Er schien zu spüren, dass er Oberwasser gewann und Martins Entschiedenheit ins Wanken geraten war.

Martin stöhnte. Karl hatte recht. Nicole würde ihn in der Luft zerfetzen. Trotzdem gingen ihm diese ständigen Erpressungsversuche auf die Nerven.

«Wir müssten auch nicht mehr lügen, wenn Mama einen von uns beiden anruft», schob Karl eilig hinterher.

Martin musterte ihn. Das war ein kluger Geistesblitz, das konnte er nicht abstreiten. Die ständigen Ausreden, die er und Karl sich würden einfallen lassen müssen, wenn Nicole anrief und sich nach dem jeweils anderen erkundigte, waren auf lange Sicht kaum durchzuhalten. Es war nur eine Frage der Zeit, bis einer von beiden sich in Widersprüche verhedderte. Nicole war Anwältin. Sie war von Natur aus misstrauisch. Wenn ihr etwas auffiel, würde sie sie beide unverzüglich einem Kreuzverhör unterziehen, und dann ... Karl würde nicht zögern, alle Schuld bei Martin abzuladen. Er würde mit einem blauen Auge, schlimmstenfalls Hausarrest oder Smartphone-Entzug davonkommen. Aber Martin? Höchststrafe! Und wer wusste schon, was Karl bei seiner Oma in Konstanz alles anstellen würde. Martin konnte es drehen und wenden, wie er wollte. Karl war unberechenbar und gefährlich für ihn, wenn er keine Kontrolle über ihn hatte. Hätte er ihn hingegen permanent an seiner Seite und würden sie zu zweit mit Nicole telefonieren, würde sie gar nicht erst auf falsche Gedanken kommen.

Ein Autofahrer drückte die Hupe und bedeutete Martin, die Zapfsäule freizugeben.

Martin warf ihm einen genervten Blick zu, dann wandte er sich wieder an Karl. «Jetzt steig schon ein.»

Er hatte den Satz noch nicht zu Ende gesprochen, da riss Karl bereits die Autotür auf und setzte sich eilig auf den Beifahrersitz. Martin schüttelte ungläubig den Kopf. Dann stieg auch er ins Auto.

Karl hatte seinen Rucksack im Fußraum vor sich abgestellt und platzierte den Stoff-Orca auf der Ablage unter der Windschutzscheibe. Martin verzog sein Gesicht. Genauso gut könnte er einen Baby-an-Bord-Aufkleber auf die Heckscheibe kleben.

«Dein Spielzeug wandert nach hinten», befahl er und deutete zur Rückbank.

«Nein, ich will ihn bei mir haben!» Karl schnallte sich an.

Martin beschlich das Gefühl, dass Karl mehr und mehr den Respekt vor ihm verlor. Zumindest schien er der Meinung zu sein, ständig seinen Kopf durchsetzen zu können. Aber diesen Zahn würde er ihm ziehen. Auch wenn er ihm die Sache mit dem Orca noch durchgehen ließ, damit war jetzt Schluss.

Martin startete den Motor und brachte den Wagen langsam ins Rollen. Und damit kamen auch seine Gedanken in Bewegung. Tatsächlich wurde ihm immer klarer: Karl mit auf die Reise zu nehmen, bedeutete nicht weniger als maximale Risikominimierung. Dafür musste er allerdings in Kauf nehmen, seinen altklugen und besserwisserischen Neffen Tag und Nacht an der Backe beziehungsweise im Auto zu haben. Mit gerade einmal ein paar Zentimeter Abstand zwischen ihnen. Das war etwas völlig anderes als in Nicoles großzügiger Dachwohnung, in der sie sich aus dem Weg gehen konnten, wenn die Luft zwischen ihnen mal wieder brannte. Was sie eigentlich permanent tat.

«Versprich mir, dass du nicht nervst», sagte Martin.

«Das kann ich nicht.»

«Wieso nicht?»

«Weil du immer von mir genervt bist. Egal, was ich tue.»

Chapeau, dachte Martin. Diese Antwort gefiel ihm. Sie zeugte von einer gesunden Selbsteinschätzung. Womöglich bestand doch noch ein Fünkchen Hoffnung für Karl, und das war gut so. Denn vor ihnen lagen einige Tausend Kilometer durch halb Europa. Wenn er das Festival in Portugal halbwegs unbeschadet erreichen wollte, durfte er sich von Karl nicht stressen oder provozieren lassen. Aus ihnen mussten quasi Simon & Garfunkel werden. Auch die hatten es geschafft, den riesigen Abgrund, der zwischen ihnen klaffte, mit Tonnen von Harmonie zuzukleistern. Und nichts Geringeres hatte Martin vor.

Eine halbe Stunde später hatten Martin und Karl den Gotthardtunnel passiert, und nach weiteren hundert Kilometern überquerten sie bei Chiasso die Grenze zu Italien. Als sie durch die südlichste Stadt der Schweiz fuhren, eröffnete sich ihnen bereits der Blick auf die lombardische Ebene mit ihrem endlosen Teppich aus Weinbergen und Olivenhainen. Obwohl Urlaubs- und damit Hochsaison herrschte, kamen sie zügig voran.

Bis sie den Großraum Mailand erreichten, der sich als ausgesprochen zäh erwies. Stockender Verkehr und zwei nicht enden wollende Baustellen drohten Martins Zeitplan über den Haufen zu werfen. Eigentlich wollte er Nizza am frühen Abend erreicht haben. Nun konnte er froh sein, wenn sie es überhaupt noch vor Einbruch der Dunkelheit schafften. Aus dem Autoradio tönten die Songs einer der Playlists, die er sich für die lange Fahrt angelegt und *Relax* genannt hatte und deren Songs das reinste Nerventonikum für ihn waren. Er trommelte mit den Fingern aufs Lenkrad und ließ den Blick über die Landschaft gleiten. Da brach die Musik plötzlich ab.

«Was machst du da?», fragte Martin ungläubig. Karl hatte das Kabel, das Martins Smartphone mit dem Autoradio verband, herausgezogen und wollte sein eigenes anschließen.

«Ich will jetzt mal meine Musik hören.»

«Das vergisst du gleich wieder.»

«Aber deine Musik ist ätzend.»

Martin lachte ironisch auf. Er hatte eine Menge Humor, aber in dem Punkt verstand er keinen Spaß.

«Das Autoradio ist für dich verbotene Zone. Kapiert?» Er entriss Karl das Kabel und fummelte es mit einer Hand wieder in die Buchse seines eigenen Smartphones.

Karl verschränkte die Arme vor der Brust und zog ein beleidigtes Gesicht. Aber das konnte Martin egal sein. Mit dem Musikgeschmack anderer Leute hatte er fast immer große Probleme. Und auch Karl traute er in dieser Hinsicht nicht viel zu. Es gab nur einen Menschen, bei dem das anders war: Sophie.

Kaum dass Martin an sie dachte, spürte er wieder einen Stich. Er und Sophie interessierten sich für die gleichen Musikgenres, liebten, bis auf wenige Ausnahmen, die gleichen Bands und waren sich in der Beurteilung von Songs beinahe immer einig. Martin schätzte, dass er und Sophie, was ihren Musikgeschmack betraf, auf eine Übereinstimmung von mindestens achtzig Prozent kamen. Nach seinen zahlreichen Beziehungen der letzten Jahre wusste er, dass das eine verdammt hohe Quote war. Und im Moment konnte er sich kaum vorstellen, dass er jemals einer Frau begegnen würde, die diese Quote noch toppte. Aber womöglich lag das daran, dass die Wunde der Trennung einfach noch zu frisch war. Mit einer Frau ohne vernünftigen Musikgeschmack konnte er jedenfalls keine Beziehung eingehen. Zumindest keine, die über das rein Sexuelle hinausging.

«Können wir wenigstens Radio hören?», nörgelte Karl.

«Du sitzt in meinem Auto, und ich bestimme, was hier für Musik läuft», sagte Martin entschieden, um jeden weiteren Widerstand im Keim zu ersticken. Mit Erfolg.

Karl rollte genervt mit den Augen und starrte schweigend zur Seitenscheibe hinaus. Martin warf ihm einen prüfenden Blick zu. Es arbeitete in ihm. Sein Neffe verstand nicht mehr von Musik als eine Zimmerpflanze. Jegliche Diskussion mit ihm wäre sinnlos. Dennoch fühlte Martin sich herausgefordert. So war es immer, wenn jemand seinen Musikgeschmack nicht teilte. Die Sache ließ ihm keine Ruhe.

«Was ist denn so ätzend an meiner Musik?»

«Die ist laaangweilig.»

Martin sah sich bestätigt. Kompetente Kritik war was anderes. Er schüttelte den Kopf. «*Yesterday, Always On My Mind, The Sound Of Silence*, alles langweilig, ja?»

Seine Aufzählung löste bei Karl keine Begeisterung aus. «Nie gehört.»

«Dann hast du jetzt die Gelegenheit», meinte Martin und stellte die Musik lauter. Karls Borniertheit brachte sein Blut in Wallung. Das konnten auch die himmlischen Gesänge von Simon & Garfunkel nicht verhindern.

«Der Song ist ein Klassiker. So wie die Mona Lisa in der Malerei.»

Karl sah ihn verständnislos an und widmete sich wieder seinem Smartphone. Lustlos tippte er auf dem Display herum. Sein demonstratives Desinteresse trieb Martin nur noch mehr auf die Palme. Er dachte kurz darüber nach, ob er Karl erklären sollte, warum er diese Songs so sehr verehrte. Was jeder einzelne für ihn bedeutete, was für eine Rolle er in seinem Leben gespielt hatte und was er heute noch in ihm auslöste. Er ließ es sein. Karl würde es doch nicht verstehen.

Während Martin ihn beobachtete, fiel ihm wieder ein, dass er Carole noch nicht angekündigt hatte, dass er nicht alleine kam. Nach kurzem Hin und Her entschied er sich dafür, die Sache unkompliziert anzugehen und sie zu überraschen. Wenn er mit Karl erst mal vor ihrer Wohnungstür stand, würde sie ihn kaum abwimmeln können. Da klingelte sein Smartphone.

«Das ist bestimmt wieder Oma», sagte Karl, ohne aufzublicken.

Tatsächlich hatte Rita schon mehrfach angerufen, aber da Martins Auto über keine Freisprechanlage verfügte, konnte er nicht rangehen. Abgesehen davon war er immer noch sauer auf seine Mutter wegen des Geldes, das sie ihm heimlich zugesteckt hatte. Da konnte er sie ruhig noch ein wenig zappeln lassen und mit dem Rückruf warten, bis sie in Nizza angekommen waren.

«Und wenn's ein Notfall ist?», fragte Karl.

«Ach, was soll ihr schon passiert sein?», wiegelte Martin ab. Andererseits konnte er nicht davon ausgehen, dass seine Mutter plötzlich unstillbare Sehnsucht nach ihm hatte und deshalb so oft anrief. Womöglich war an Karls Vermutung doch etwas dran. Sorge kroch in ihm hoch, und er nahm den Anruf an.

«Mama, wir sind noch unterwegs», sagte Martin ins Telefon und versuchte, nicht allzu genervt zu klingen.

«*Wir?* Du hast Karl also gefunden?», fragte Rita.

Martin runzelte die Stirn. «Ja, wieso, er sitzt neben …» Er brach ab, als ihm klar wurde, dass er in der ganzen Aufregung vergessen hatte, seine Mutter zu informieren. Er hörte, wie sie tief Luft holte.

«Wann hattest du vor, mir Bescheid zu geben?», donnerte es durchs Telefon.

«Ich wollte dich gerade anrufen», stammelte Martin hilflos. Seine Mutter hatte allen Grund, sauer auf ihn zu sein. Das konnte er ihr nicht verübeln. «Tut mir leid, Mama», fügte er kleinlaut hinzu.

«Kannst du dir vorstellen, was ich mir für Sorgen gemacht habe? Ach, was frage ich überhaupt?»

«Ich sagte doch, es tut mir leid», wiederholte Martin, dem der Sinn nicht auch noch nach einem Streit mit seiner Mutter stand. Aber mit einer einfachen Entschuldigung würde sie sich nicht zufriedengeben. Die Chance, sein Versäumnis ordentlich auszuschlachten und ihm wieder mal vorzuwerfen, wie ignorant er ihr gegenüber war und wie wenig er sich für ihre Bedürfnisse interessierte, würde sie sich nicht entgehen lassen. Es war ausgerechnet Karl, der Martin zu Hilfe kam.

«Beim Autofahren darf man nicht telefonieren», kommentierte er, ohne den Blick von seinem Smartphone zu nehmen.

Martin hätte sich nicht gewundert, wenn Karl einen Abreißblock mit Strafzetteln aus seiner Hosentasche gezogen und ihm ein Knöllchen verpasst hätte.

«Hast du nicht gesagt, ich soll rangehen?», flüsterte er.

«Ja, aber wenn's kein Notfall ist, muss man gleich wieder auflegen.»

Martin hielt ihm das Telefon hin. «Klär du das mit deiner Oma.»

Karl riss die Augen auf und schenkte ihm einen Blick, den man nur als klares Nein verstehen konnte.

Martin widmete sich wieder seiner Mutter.

«Was hast du denn jetzt vor?», schallte es aus dem Telefon.

«Ich nehme ihn mit.»

«Bist du verrückt geworden?»

«Ja, Mama. Aber das müsstest du langsam wissen.»

«Martin? Du und ein Kind. Dem bist du doch gar nicht gewachsen.»

«Wenn du's geschafft hast, kann es ja nicht so schwer sein.»

Diesmal kam keine Antwort. Das Einzige, was er hörte, war das Atmen seiner Mutter. Martin überlegte, ob er vielleicht zu weit gegangen war. Gegenseitige Spitzen waren sie gewohnt. Dagegen hatten sie sich im Laufe der Jahre beide eine ordentliche Hornhaut zugelegt. Doch manchmal passierte es ihm, dass er eine Grenze überschritt und wirklich verletzend wurde. Dabei war, bei allem, was zwischen ihnen schiefgelaufen war, seine Mutter kein Monster. Also, nicht im eigentlichen Sinne.

Martin suchte nach einer Möglichkeit, ihrem Gespräch die Schärfe zu nehmen und wieder auf den Pfad der heiteren Ironie zu gelangen, doch seine Mutter kam ihm zuvor. «Du machst ja doch immer, was du willst.»

«Das nennt man Erwachsensein, Mama.»

«Und wir sehen ja, wie weit dich das gebracht hat.»

Martin fiel ein Stein vom Herzen. Sie trafen wieder den gewohnten Ton. «Jetzt verschieß nicht gleich dein ganzes Pulver. Spar dir was für unser Wiedersehen auf.»

Seine Mutter lachte spöttisch. «Und wann wird das sein? Auf meiner Beerdigung?»

«Das dürfte schwierig werden, denn auf deiner Beerdigung wirst du mause…» Martin kam nicht mehr dazu, seinen Satz zu Ende zu sprechen. Rita hatte bereits aufgelegt. Das war noch so eine ihrer Methoden. Sie ließ ihn mit seinem schlechten Gewissen alleine, damit er noch ein wenig in seinen Schuldgefühlen schmoren konnte. Das kannte er seit seiner Kindheit. Immer wenn seine Mutter der Meinung gewesen war, dass er sich ungebührlich benommen hatte, hatte sie ihn in sein Zimmer geschickt und stundenlang nicht mit ihm gesprochen, damit er in Ruhe über seine Missetaten nachdenken konnte. Martin war ganz bestimmt kein Verfechter der Prügelstrafe. Im Gegenteil – würde er beobachten, dass sich jemand an einem Kind vergriff, würde er unverzüglich einschreiten. Aber was ihn selbst betraf, hatte er eine Backpfeife weniger gefürchtet als das eisige Schweigen seiner Mutter.

Kaum hatte er sein Telefon weggelegt, meldete Karl sich wieder zu Wort.

«Mir ist heiß», quengelte er.

«Dann zieh dein Sweatshirt aus.»

«Das bringt nichts.»

«Vielleicht versuchst du's erst mal?»

«Hat dein Auto keine Klimaanlage?»

«Die ist kaputt.»

«Die Klimaanlage von Mama funktioniert. Und in unserem Auto riecht's auch nicht so komisch.»

Martin sah Karl böse an. «Kannst gerne aussteigen.»

«Aber auf der Autobahn darf man nicht halten.»

Martin verdrehte die Augen. Egal, was man sagte, immer musste Karl das letzte Wort haben.

Karl wand sich wie ein Wurm an der Angel und versuchte sich aus seinem Sweatshirt zu schälen, ohne sich abzuschnallen. Auch für Martin überschritten die Temperaturen im Auto langsam das Maß des Erträglichen. In Berlin war eine defekte Klimaanlage kein Problem. An den paar heißen Tagen im Jahr konnte er mit offenen Fenstern durch die Stadt fahren und so für Durchzug sorgen. Aber auf der Autobahn? Er fummelte an der Lüftung herum und hielt prüfend seine Hand vor das Gebläse. Obwohl er den Temperaturregler komplett heruntergedreht hatte, kam lauwarme Luft heraus.

Urplötzlich schrie Karl auf: «Stopp!»

Martin riss den Kopf hoch und konnte gerade noch rechtzeitig abbremsen, bevor er die Stoßstange des vor ihnen fahrenden Autos rammte. Er spürte, wie Adrenalin seinen Körper flutete.

«Siehst du, was passiert, wenn du mich dauernd volltextest?», schrie er Karl an.

Natürlich war er auf den nächsten Kommentar, die nächste freche Bemerkung gefasst, aber Karls Mund blieb geschlossen. Auch ihm war das Herz offensichtlich in die Hose gerutscht.

Martin holte tief Luft und versuchte, seinen rasenden Puls zu beruhigen. Während er sein Handy aus dem Fußraum fischte, tat ihm sein Ausbruch schon wieder leid. Es war nicht Karls Schuld, dass er nicht aufgepasst hatte. Schließlich war er es, der hinterm Lenkrad saß. Martin musste in Zukunft mehr Vorsicht walten lassen. Ein Unfall hätte ihm gerade noch gefehlt.

Eine Zeit lang fuhren sie schweigend weiter. *Don't Stand So Close To Me* von The Police tönte aus den Lautsprechern. Wie passend, dachte Martin.

Die Müdigkeit, die er eben noch gespürt hatte, war nach dem Beinaheunfall mit einem Schlag verschwunden. Dafür verspürte er nun Hunger, was er als Nebenwirkung der Stresshormone verbuchte. Normalerweise wäre Martin in der Lage gewesen, das Gefühl zu unterdrücken. Er war nicht der Typ für Pausen. Er wollte sein Ziel erreichen und hätte sich bis dahin auch mit Schokoriegeln über Wasser gehalten. Aber nun hatte er Verantwortung für ein Kind. Eines mit komplizierten Essgewohnheiten. Martin stellte sich schon auf das nächste Gefecht mit Karl ein. Da sah er in der Ferne das große, leuchtend gelbe M auf rotem Hintergrund. Wenigstens darauf konnte man sich verlassen. Er blinkte und bog an der Ausfahrt ab.

«Ein Happy Meal mit Mayonnaise extra und ein Mineralwasser», ratterte Karl herunter wie eine Maschine, als Martin ihre Bestellung am Touchscreen aufgab. Martin hätte das auch locker ohne seinen Befehl eingeben können, denn Karl bestellte immer das Gleiche.

«Wir sind auf Urlaub. Gönn dir mal 'ne Cola», meinte er, obwohl er sich denken konnte, wie sein Vorschlag ankam.

«In einem Glas Cola stecken circa elf Stück Würfelzucker», erklärte Karl wie ein kleiner Chemiker.

«Gibt auch Cola light.»

«Süßstoffe zerstören die Darmflora.»

«Du isst Burger und Pommes, aber machst dir Sorgen wegen deiner Darmflora?»

Karl setzte zum Protest an, klappte dann aber den Mund wieder zu. «Ich will Mineralwasser.»

Martin verkniff sich ein triumphierendes Lächeln. Es passierte nicht oft, dass seinem Neffen ihm gegenüber die Argumente ausgingen. Gleichzeitig fragte er sich, welches normale Kind sich Gedanken über den Zuckergehalt von Limonaden machte.

«Du nimmst doch auch immer das Gleiche», sagte Karl.

Martin lachte auf. «Ich? Sicher nicht!»

Was wusste Karl schon? Er sollte einfach zuschauen. Dann

würde er schon sehen, wie falsch er lag und was für ein innovativer Typ sein Onkel war. Jederzeit offen für Neues. Volles Risiko. Martins Finger flitzten über den Touchscreen. Aufmerksam studierte er das Menü und sah, dass es derzeit eine Themenwoche «Schweiz» gab. Der Spezial-Burger mit doppelt Fleisch, Rösti und Bergkäse sah tatsächlich verlockend aus. Er spürte, wie ihm das Wasser im Munde zusammenlief, und war schon dabei, den Spezial-Burger in den Warenkorb zu legen, als sich eine innere Stimme meldete. Käse mochte er eigentlich nur, wenn der nicht zu streng schmeckte, wovon er bei Bergkäse jedoch ausgehen konnte. Und auch die Rösti gaben ihm zu denken. Die passten ganz vorzüglich zu Rahmgeschnetzeltem, aber für seinen Geschmack nicht wirklich auf einen Burgerpatty. Nur aus diesem Grund entschied er sich am Ende doch wieder für den Klassiker, den Big Mac mit der leckeren Spezialsoße. Und ganz nebenbei: Martin musste niemandem etwas beweisen. Auch Karl nicht. Warum etwas ändern, nur um der Änderung willen?

«Wie immer», sagte Karl mit einem vielsagenden Blick. Aber das focht Martin nicht an. Das überhörte er ganz lässig.

Um seinen Bargeldvorrat möglichst unangetastet zu lassen, tippte Martin auf «Kartenzahlung» und hielt seine Kreditkarte an das Kartenlesegerät, das unverzüglich einen Piepton abgab.

«Zahlung abgelehnt», sagte Karl, als wäre Martin schwer von Begriff.

Genervt hielt er die Karte ein weiteres Mal an das Lesegerät. Mit dem gleichen Ergebnis. Vor ein paar Tagen hatte der Geldautomat in seiner Straße bereits seine EC-Karte einbehalten, und er hatte gehofft, dass zumindest das Limit seines Kreditkartenkontos noch nicht ausgeschöpft war. Er war zu optimistisch gewesen.

Nachdem Martin sich beim Versuch, auf «Barzahlung» zu wechseln, vertippt hatte und die ganze Bestellung noch einmal eingeben musste, nahmen sie schließlich am Counter ihr Tablett entgegen. Sie hatten ihren Platz noch nicht ganz erreicht, da klingelte Martins Smartphone.

«Hallo, Martin, ich bin's.» Die Stimme seiner Schwester jagte ihm einen Schauer über den Rücken. Es war so weit. Die erste echte Bewährungsprobe. Er sah sich unsicher um, als fürchtete er, dass Nicole ihn aus einer der Ecken heimlich beobachtete, erst dann setzte er sich Karl gegenüber an den Tisch.

«Schwesterherz, wie geht es dir?», fragte er, etwas zu überschwänglich.

«So langsam habe ich mich eingewöhnt. Aber ich vermisse Karl. Ist er bei dir?»

«Wo sollte er sonst sein?», fragte Martin zurück, dem in diesem Moment klar wurde, dass Karls Idee, ihn zu begleiten, nicht nur gut, sondern schlichtweg alternativlos war. Er hielt Karl das Smartphone entgegen. «Deine Mutter will dich sprechen.»

«Hallo, Mama», rief Karl freudig ins Telefon. Martin musterte ihn so wachsam wie ein hungriger Löwe eine Antilope. Jederzeit bereit einzugreifen, falls der Junge irgendwas Verräterisches ausplaudern würde.

«Hier ist alles super. Macht total viel Spaß mit Onkel Martin.»

Martin zog Luft durch die Zähne. Karl übertrieb eindeutig, und er fürchtete, dass Nicole bereits nach den ersten Sätzen misstrauisch wurde.

«Wir essen gerade. Ja, mache ich. Ich hab dich auch lieb, Mama», sagte Karl und reichte Martin sein Smartphone zurück. Martin bereitete sich darauf vor, beschwichtigen zu müssen. Er könnte behaupten, dass Karl Fieber hatte und deswegen so wirres Zeug von sich gab. Spaß mit Onkel Martin? Allerdings ging auch eine gewisse Gefahr davon aus, Karl eine Krankheit anzuhängen. Nicoles mütterlicher Beschützerinstinkt würde sie womöglich dazu bringen, sofort nach Hause zu kommen. Dummerweise würde sie weder Karl noch Martin dort antreffen.

Zu Martins großer Erleichterung richtete Nicole ihr Augenmerk auf etwas völlig anderes.

«Seid ihr schon wieder bei McDonald's?», fragte sie mit missbilligendem Ton. Damit konnte er umgehen.

«Karl vermisst dich nun mal, und irgendwie muss ich ihn ja aufheitern.» Er fand, dass er damit einen klugen Schachzug gemacht hatte. Genau wie bei ihm war es auch bei Nicole ein Leichtes, die Klaviatur des schlechten Gewissens anzuspielen. Er hörte sie seufzen.

«Aber nicht zu oft. Und ab und zu muss er Salat essen.»

«Dann erklär mir mal, wie du das Grünzeug in ihn reinkriegst.»

Am Counter wurden die Nummern zum Abholen der Bestellungen ausgerufen. Auf Italienisch, wie Martin plötzlich klar wurde. Und auch das italienische Gebrabbel um sie herum löste schlagartig Unruhe in ihm aus. Er musste einen Weg finden, das Telefonat so schnell wie möglich zu beenden.

«Manchmal muss man konsequent bleiben. Es geht nicht, dass der Junge nur von Fast Food lebt», führte Nicole weiter aus, als sie plötzlich innehielt. «War das gerade Italienisch?», fragte sie irritiert.

Martin lächelte verkniffen. «Berlin im Sommer. Überall Touristen. Du kennst das doch.»

«Okay», murmelte Nicole verunsichert.

Es war endgültig Gefahr in Verzug. Seine Schwester, die mal zum Schüleraustausch in Rom gewesen war, konnte mehr als nur ein paar Brocken Italienisch. Als am Counter die nächste Nummer aufgerufen wurde, hustete Martin laut ins Telefon, um die Stimme des Angestellten zu übertönen.

«Nur eine Ausnahme. Versprochen. Beim nächsten Mal zwinge ich Karl mit vorgehaltener Waffe, Brokkoli zu essen», versicherte Martin. «Und jetzt erhol dich gut. Wir kriegen das hier alles gewuppt», schob er eilig hinterher und hoffte, Nicole überzeugt zu haben.

«Mama, mein Essen wird kalt», rief Karl, sodass seine Mutter es hören konnte. Und tatsächlich verabschiedete Nicole sich sofort und legte auf.

Karl und Martin widmeten sich ihren Burgern. Mit jedem Bissen legte sich die Anspannung ein wenig mehr.

Während sie schweigend kauten, musterte Martin Karl. Die kleine List, mit der Karl seine Mutter zum Auflegen gebracht hatte, amüsierte ihn. Da trafen sich ihre Blicke. Ein feines Grinsen flog über ihre Gesichter. Es war, als hätten sie gerade gemeinsam eine siegreiche Schlacht geschlagen. Martin hielt ihm seine Hand entgegen, die Karl abklatschte.

Die Pause hatte Martin gutgetan. Beinahe beschwingt lenkte er den Wagen über die Autobahn, auf der nicht übermäßig viel Verkehr herrschte. Sie fuhren durch eine Landschaft, die aus weiten, flachen Feldern bestand. Und dicht bewachsenen Flussufern und zahlreichen Kanälen. Die Luft, die durch den Fensterspalt ins Auto strömte, roch nach frisch gemähtem Gras, nach Erde, und sie trug den süßlichen Duft von reifen Früchten und Getreide.

Karl löffelte sein Softeis mit Schokosoße, das Martin ihm nach dem Essen spendiert hatte. «Wann kommen denn wieder richtige Berge?», fragte er, während er gelangweilt zur Seitenscheibe hinausschaute.

«Ein bisschen dauert's noch», meinte Martin, der es kaum erwarten konnte, dass sie endlich Genua erreichten. Das war noch lange nicht das Ziel ihrer ersten Etappe, aber die Hafenstadt am Ligurischen Meer war schon damals eine wichtige Marke für ihn gewesen, als er mit seinen Eltern und Nicole in den Sommerurlaub ans Mittelmeer gefahren war. Von dort aus ging es dann nur noch die Küste entlang Richtung Süden. Doch bis es so weit war und Genua endlich in Reichweite kam, mussten sie sich durch die Po-Ebene quälen, die wegen ihres fruchtbaren Bodens zwar ein tolles Anbaugebiet für Obst und Gemüse sein mochte, dem Auge des Betrachters aber nur wenig bot.

«Ein Po ist doch nicht eben, ein Po ist rund», meinte Karl feixend.

Martin schenkte ihm einen amüsierten Blick. Je näher sie dem Meer kamen, desto mehr stieg die Laune seines Neffen. Scheinbar verfügte er tatsächlich über eine Art innere Verbindung zum Element Wasser. Und das bei einem Jungen, der in einer Klinik in Berlin-Kreuzberg zur Welt gekommen war.

«Nein, es gibt auch flache Pos», entgegnete Martin. «Wobei mir die runden Pos lieber sind», fügte er nüchtern hinzu.

Karl prustete los. Martin schaute ihn prüfend an und fragte sich, ob er die kleine Anzüglichkeit wirklich verstanden hatte. Aber im Grunde war das auch egal. Viel entscheidender war, dass auch Martins Laune sich langsam, aber stetig besserte. Was dazu führte, dass die Zeit nicht mehr quälend zäh, sondern wie im Flug verging.

Nach einer weiteren Stunde erreichten sie die Vororte von Genua. Die Autobahn wand sich wie ein Band aus Asphalt an der Küste entlang und schlängelte sich durch Tunnel und über Brücken, die hoch über den Tälern und Schluchten schwebten. Karl fingerte neben ihm auf seinem Smartphone herum. Martin dachte daran, wie schnell ihm selbst immer übel wurde, wenn er während einer Autofahrt las. Karl hingegen schien das überhaupt nichts auszumachen. Der nächste Song auf der Playlist begann, und die Stimme von Gianna Nannini erklang. Eine Sängerin, die Martin sehr mochte und die ein wenig Urlaubsatmosphäre in ihr Auto zauberte. Karl schien das ähnlich zu empfinden. Ohne von seinem Smartphone aufzublicken, stellte er die Musik lauter. Martin schaute ihn verblüfft an. Aber er sagte nichts. Er genoss seinen kleinen Triumph schweigend.

Und plötzlich tauchte vor ihnen das Meer auf mit seiner steilen, schroffen Küste und ihren pinienbewachsenen Hängen.

«Vielleicht konzentrierst du dich mal auf das Wesentliche», sagte Martin und deutete zur Windschutzscheibe raus.

Karl schaute auf und folgte Martins Blick mit offenem Mund. Zwischen den Felsen waren hin und wieder bunte Häuser in Pastelltönen zu sehen, die sich an die Klippen drängten. Die Sonne warf goldene Strahlen auf das Wasser, während sich die Straße vor ihnen weiterschlängelte, oft so nah am Abgrund, dass der Blick ins Blau ihnen den Atem raubte. Karl schrie vor Freude auf, und auch Martin spürte einen wohligen Schauer am ganzen Körper. Ein Gefühl von Freiheit lag in der Luft, das mit jedem Kilometer stärker wurde. Martin fuhr das Fenster weit herunter, um die warme, vom salzigen Duft des Meeres erfüllte Luft hereinzulassen. Der rauschende Straßenlärm drohte die Musik zu übertönen. Karl griff lachend zum Lautstärkeregler und drehte richtig auf. Jeder sollte es hören. *Bello e impossibile …*

6

«Du hast nichts von einem Kind erzählt», war Caroles erste Reaktion, nachdem sie Martin und Karl die Tür geöffnet hatte. Unschlüssig blickte sie auf Karl hinab, der sich an seinem Stoff-Orca festhielt, den er unter den Arm geklemmt hatte.

Martin lächelte Carole verlegen an. «Lass dich von seiner Größe nicht täuschen. Wenn du willst, macht er dir sogar deine Steuererklärung.» Er wollte witzig sein. Ironisch. Um die Stimmung gleich zu Anfang ein wenig aufzulockern und Carole in Bezug auf Karl milde zu stimmen. Aber sowohl sie als auch Karl verzogen keine Miene und starrten ihn ausdruckslos an. Karl, weil er völlig übermüdet war. Und Carole, weil sie nicht verstand, worauf Martin hinauswollte.

«Du und ein Kind? Ehrlich gesagt, das hätte ich dir nie zugetraut.»

Martin sah davon ab, nachzufragen, was genau sie damit sagen wollte. Er ahnte, dass das keine Anspielung auf seinen makellosen Charakter war.

«Er ist nicht mein Vater», meldete sich Karl nun doch zu Wort. Wahrscheinlich, weil es ihm peinlich war, dass jemand etwas anderes annehmen konnte.

«Karl ist mein Neffe», erklärte Martin. «Ich kümmere mich um ihn, solange meine Schwester im Krankenhaus ist.»

«Im Krankenhaus? Was Schlimmes?»

Martin überlegte kurz, ob es Sinn machte, ein wenig zu übertreiben und bei Carole Mitleid zu wecken. Allerdings hatte er auch so das Gefühl, dass sie ihn und Karl nicht abweisen würde. Er schüttelte beschwichtigend den Kopf. «Nein, nein.»

«Niedlich ist er ja», meinte sie mit einem sanften Lächeln.

«Die einen sagen so, die anderen so», entgegnete Martin trocken.

«Jetzt kommt schon rein. Karl, du musst doch todmüde sein.» Sie trat einen Schritt zurück und hielt ihnen die Tür auf.

«Allerdings. Und mit dem ist schon nicht zu spaßen, wenn er hellwach ist», pflichtete Martin mit einem Seufzer bei. Er hatte gerade am eigenen Leib erfahren, was es bedeutete, wenn Karl richtig schlechte Laune hatte. Und er war froh, dass diese Tortur nun ein Ende fand.

Nachdem sie sich durch den Stadtverkehr gequält und den Mont Boron endlich erreicht hatten, hatte allein die Suche nach einem Parkplatz eine geschlagene Stunde gedauert. Am Ende mussten sie trotzdem noch einen Fußmarsch von einem Kilometer bis zu Caroles Apartment in Kauf nehmen. Bergauf. Karl hatte bei jedem Schritt so gemault und gezetert, dass Martin ihm am liebsten einen Knebel angelegt hätte. Karls Laune verhielt sich konträr zu seiner eigenen, die sich, kaum dass sie aus dem Auto gestiegen waren, mit jedem Schritt verbessert hatte. Der nächtliche Spaziergang hatte für die nötige Erfrischung gesorgt, nach der sein Körper bereits seit Stunden lechzte. Der Weg hinauf zum Mont Boron war für Martin eine einzige Wellnessanwendung. Er führte durch dichte Pinienwälder, die Luft war warm und duftete nach Harz und den trockenen Kräutern der Provence, die selbst in der Nacht ihren würzigen Geruch verströmten. Die frische, vom Meer aufsteigende Brise und der Duft von Lavendel, der in der Luft lag, hatten Martins Sinne endgültig wiederbelebt.

Carole ging voraus in ihre Wohnung. «Ich zeige dir dein Bett», rief sie Karl zu, der ihr schweigend und wie in Trance folgte.

Martin stellte seine Reisetasche ab und sah sich um. In gewisser Weise erinnerte ihr Apartment ihn an die Wohnung von Nicole. Auch bei Carole herrschte sachliche Eleganz. Es standen nur wenige ausgewählte Möbel herum. Aber irgendetwas war falsch. Die Designerstücke waren mit Sicherheit sündhaft teuer, aber ihnen fehlte jegliche Beziehung zueinander. Sie wirkten auf ihn wie Solitäre. Nun verstand Martin, was Nicole gemeint hatte, als sie ihm voller Stolz den antiken Refektoriumstisch präsentiert hatte.

Carole schob die Tür zu einem kleinen Zimmer auf, das vom Flur abging, und schaltete das Licht an. «Das Bett war eigentlich für dich vorgesehen», sagte sie über die Schulter zu Martin. Karl ging kurz hinein, tauchte wenig später ohne seinen Rucksack wieder auf und verschwand wortlos im Bad.

«Wir finden schon noch ein Plätzchen für mich», meinte Martin.

Carole lächelte ihn verschmitzt an. «Ganz bestimmt sogar.»

Martin spürte ein angenehmes Kribbeln im Bauch. Er war sich nicht sicher gewesen, ob er sich mehr hatte ausrechnen können als eine günstige Übernachtungsmöglichkeit. Aber Carole schien Signale zu senden. Es bestand die Chance, dass ein furchtbar anstrengender Tag ein mehr als versöhnliches Ende fand.

Carole öffnete den Kühlschrank und holte eine Flasche Wein heraus; einen hellrosa schimmernden Côtes de Provence. Genauso hatte Martin sich das vorgestellt.

«Nehmen wir noch ein Schlückchen?», fragte sie.

«Na klar», bekräftigte Martin.

Während sie ein Tablett bereitstellte und eine Schale mit Oliven und einen Käseteller aus dem Kühlschrank holte, ließ Martin seinen Blick ein weiteres Mal durchs Apartment schweifen. Besonders groß war es nicht. Das Gästezimmer wurde von Karl in Beschlag genommen. Das Sofa im Wohnzimmer war durch seine ausladenden Polster zum Schlafen komplett ungeeignet. Es sei denn, man wollte sich zu einem Fragezeichen verbiegen und am nächsten Morgen mit unerträglichen Rückenschmerzen aufwachen. Man musste kein Genie sein, um darauf zu kommen, dass nur noch Caroles Schlafzimmer übrig blieb.

Da kam Karl schon wieder aus dem Bad, verschwand in seinem Zimmer und zog wortlos die Tür hinter sich zu. Martin schätzte, dass er das Zähneputzen hatte ausfallen lassen. Doch er wollte sich jetzt nicht groß mit Belehrungen aufhalten. Er würde schon nicht über Nacht an Karies und Parodontose erkranken. Entscheidender war, dass der Junge zügig ins Bett verschwand und er und Carole ungestört in Erinnerungen schwelgen konnten.

Martin stellte das Tablett mit dem Käse und den Oliven auf dem Terrassentisch ab und schenkte Wein ein, während Carole ein paar Windlichter entzündete. Um sie herum sangen Grillen und Zikaden und erinnerten Martin daran, dass sie endgültig im Süden angekommen waren. Er sah die Lichter einer Fähre weit unten im Hafen, die langsam Fahrt aufnahm. Als er in die andere Richtung sah, bot sich ihm auch dort ein Anblick von atemberaubender Schönheit. Die Stadt lag wie ein funkelndes Juwel unter dem samtigen Nachthimmel. Und das Meer, so ruhig wie ein Spiegel, reflektierte das Mondlicht.

«Du trittst also immer noch auf?», fragte Carole erstaunt.

«Was sonst? Ich bin Musiker», entgegnete Martin lachend,

dem der kleine Unterton in Caroles Stimme nicht entgangen war. «Dann noch die Jobs als Studiomusiker, und natürlich arbeite ich an neuem Material», schob er beflissen hinterher. «Ich denke, in zwei, drei Monaten habe ich das neue Album fertig.»

Was nicht gelogen war. Allerdings verschwieg er das Detail, dass zurzeit kein Produzent auch nur ein Fünkchen Interesse daran zeigte, ein neues Album von ihm auf den Markt zu bringen.

Carole piekste einen Zahnstocher in eine Olive und steckte sie sich in den Mund. Martin erinnerte sich daran, dass sie auch früher schon in Bars und Kneipen niemals das Schälchen mit den Nüssen angerührt hatte. Stattdessen hatte sie ihm von irgendwelchen Umfragen erzählt, nach denen so und so viele Männer sich nach dem Toilettengang nicht die Hände wuschen. Martin hatte immer versucht, bei ihren Ausführungen einfach wegzuhören. Er liebte Erdnüsse.

«Ich habe deinen Song letztens im Radio gehört.»

«*You Don't Know Me*?», fragte Martin freudig überrascht, bevor er bemerkte, dass er sich selbst ein Bein gestellt hatte. Was sollte sie sonst gehört haben? Es war sein einziger Hit. Um keine weiteren unangenehmen Fragen zu provozieren, überspielte er seinen Fauxpas, indem er einfach weiterredete. «Ja, der Song klingt immer noch verdammt fresh.»

«Er lief auf einem dieser Oldie-Sender», sagte sie, wobei sie sich ein kleines Lächeln nicht verkneifen konnte.

«Oldie? Unverschämtheit.» Martin spielte mit. Schließlich lief es gut, Carole taute mehr und mehr auf, und nichts sollte die gute Stimmung trüben. Auch wenn es tief in ihm drin ein wenig piekte.

«Du weißt schon. Das Beste der 80er, 90er und von heute», sagte sie und imitierte dabei den Ton einer Radiosprecherin.

Martin hielt ihr sein Glas zum Anstoßen hin. «Schön, dich wiederzusehen, Carole.»

Sie ließen die Gläser klingen, und Martin spürte einen kleinen Anflug von Wehmut. Es waren tatsächlich einige Jahre vergangen, seit er sie das letzte Mal gesehen hatte. Und noch viel mehr, seit er sie kennengelernt hatte. Damals, in den Nullerjahren, die in Berlin wie ein einziger elektrisierender Rausch waren, eine Zeit des Aufbruchs und der unbegrenzten Möglichkeiten. Die Stadt, frisch zusammengewachsen nach dem Fall der Mauer, pulsierte vor Energie und Veränderung, war Magnet für Kunstschaffende, Kreative und Lebenskünstler aus aller Welt, die sich von Freiheiten, den leer stehenden Gebäuden und der noch ungezähmten Atmosphäre angezogen fühlten. Berlin strahlte eine unwiderstehliche Anziehungskraft aus, wie eine Leinwand, die nur darauf wartete, neu bemalt zu werden. Es war die Zeit, in der jeder das Gefühl hatte, etwas Neues erschaffen zu können, egal wie unmöglich es schien. Berlin war der Ort, an dem Träume nicht nur gedacht, sondern auch gelebt wurden – oft bis zum Exzess, oft bis an die Grenzen und darüber hinaus. Aus den Trümmern der Geschichte wuchs eine Energie, die die Luft vibrieren ließ – eine Energie des Neuanfangs und des Aufbruchs. Aus allen Teilen der Welt waren sie gekommen, weil es in der Stadt Freiräume gegeben hatte wie sonst nirgends mehr. Bezahlbare Wohnungen, Ateliers und Proberäume zu finden, war damals noch kein hoffnungsloses Unterfangen gewesen.

Als der Big Bang in Berlin so richtig losging, wohnte Martin bereits ein paar Jahre in Neukölln, das damals noch nichts von der heutigen Hipness hatte und ein eher günstiges Wohnviertel war. Er hatte sich 1996 für einen Studiengang an der Humboldt-Universität eingeschrieben. Philosophie. Zum einen, weil er damals eine Nietzsche-Phase hatte, zum anderen, weil er auf die finanziellen Zuwendungen seiner Mutter angewiesen war. Angesichts seiner Studienwahl hatte sie zwar die Nase gerümpft, aber sie war schon froh gewesen, dass er überhaupt eine Art von akademischer Ausbildung anstrebte. Als jedoch einer seiner ersten Songs gleich durch die Decke ging, hatte er *Also sprach Zarathustra* im Bücherregal verschwinden lassen und sich voll und ganz auf seine Musikerkarriere konzentriert. Zu der Zeit war er auch Carole zum ersten Mal begegnet, die Französin und erst wenige Wochen zuvor aus Lyon nach Berlin gekommen war. Martin hatte sich von einem Freund auf das Konzert einer französischen Band mitschleppen lassen. Die Musik war nicht unbedingt sein Fall gewesen. Doch das hatte sich blitzartig geändert, als er Carole im Publikum entdeckt hatte, die ekstatisch tanzte und jede Textzeile inbrünstig mitsang.

«Wenn du nicht diesen komischen Fetzen angehabt hättest, wären wir wahrscheinlich gar nicht ins Gespräch gekommen», meinte Carole und nahm einen Schluck Wein.

«Die Jacke war mein bestes Stück. Das tut heute noch weh», sagte Martin lachend.

Carole verzog das Gesicht. «Ja, die war tatsächlich dein bestes Stück. Ich hoffe, in Sachen Garderobe hast du dazugelernt. Sie war scheußlich.»

«Deswegen musstest du mir gleich deinen Wodka-Energy darüberschütten?»

Carole lachte. «Es waren nur ein paar Spritzer.»

Martin hatte immer noch die Bilder vor Augen, wie er sich neben sie gestellt und fieberhaft überlegt hatte, wie er sie ansprechen sollte. Sie war damals schon ein echter Hingucker. Und er war nicht der Einzige gewesen, der ein Auge auf sie geworfen hatte. Seine schlimmste Befürchtung war, dass sie ihn eiskalt abblitzen lassen würde und er unter schadenfrohen Blicken mit eingezogenem Schwanz davontrotten musste. Aber er hatte Glück und wenig später ihren Wodka-Energy auf seiner Jacke. Sie hatte in seiner Schuld gestanden, noch bevor sie ein erstes Wort miteinander wechselten.

«Ich war am Tanzen. Was musstest du mir auch so auf die Pelle rücken?», scherzte Carole.

«Wenigstens hast du dich anständig entschuldigt.»

Sie lächelte ihn irritiert an. Da erst bemerkte Martin, dass man seinen Satz durchaus zweideutig verstehen konnte, was nicht seine Absicht gewesen war. Er überlegte kurz, die Sache klarzustellen, beließ es aber dabei.

Carole hatte ihn damals mit sich in die Waschräume gezogen, wo sie den Fleck mit Papierhandtüchern, Wasser und Seife bearbeitet hatte. Martin hatte gleich das Gefühl gehabt, dass es zwischen ihnen knisterte. Aber sie hatte es ihm nicht leicht gemacht. Erst nach ein paar weiteren Treffen waren sie schließlich ein Paar geworden.

Martin beobachtete, wie Carole sein Weinglas auf den Untersetzer aus buntem Filz zurückstellte, den Martin ignoriert hatte. Carole war für ihn schon immer der personifizierte französische Charme. *Savoir-vivre,* wie man so schön sagte. Andererseits war sie auch ungewöhnlich pedantisch und ordnungsliebend. Sie räumte ständig auf und hatte einen regelrechten Putzfimmel. Wasserränder auf Tischen waren für sie ein absolutes No-Go. Martin hatte mal die Theorie aufgestellt, dass es daran lag, dass sie aus dem Elsass stammte und womöglich über deutsche Wurzeln verfügte. *La Petite-Bourgeoise* hatte einer von Martins Freunden sie mal genannt und es nicht als Kompliment gemeint. Aber Martin war es egal gewesen, dass andere seine Freundin als kleine Spießerin bezeichneten. Wer so einen Akzent hatte, hätte von ihm aus auch eine *Grande-Bourgeoise* sein können.

Martin lächelte Carole an. «Wir hatten eine tolle Zeit in Berlin, was?»

«Ja, aber das ist lange her.»

«So lange nun auch nicht.»

«Jedenfalls habe ich *jetzt* eine tolle Zeit in Nizza.»

«Was ist aus deiner Fotografie geworden?», fragte Martin, ehrlich interessiert. Er hatte im Wohnraum über der Kommode drei vergrößerte Schwarz-Weiß-Fotografien hängen sehen; Aufnahmen aus einem Club, Raver auf einer Tanzfläche, umhüllt von Nebelschwaden.

Carole hatte ihr Jurastudium und ihr bürgerliches Leben in Lyon hingeschmissen und war nach Berlin gekommen, um sich einen Namen als Fotokünstlerin zu machen. Er hielt die Fotos, die sie damals gemacht hatte, für sehr vielversprechend. Sie hatte oft in der House-und-Techno-Szene fotografiert, die in den Nullerjahren endgültig von der Subkultur zu einem Massenphänomen angewachsen war. Martin bedauerte, dass sie nicht mehr Biss bewiesen hatte und drangeblieben war. Seiner Meinung nach hatte sie Talent.

«Der Job als Maklerin macht mir wirklich Spaß. Ich bin viel unterwegs, treffe interessante Leute …»

Das war zwar keine Antwort auf seine Frage, aber Martin wollte sie nicht drängen. Er lächelte süffisant. «Reiche Russen und so?»

«Wenigstens kann ich mir ein Hotel leisten, wenn ich eins brauche», sagte Carole und grinste frech zurück. Martin schmunzelte über die kleine Spitze.

«Aber im Ernst, ohne meine gut betuchten Klienten könnte ich mir das hier nicht leisten», führte Carole weiter aus und deutete in den Wohnraum.

Martin nahm eine ganz feine Störung der Atmosphäre wahr. Carole hörte sich an, als hätte sie das Gefühl, sich rechtfertigen zu müssen. Anscheinend hatte er einen wunden Punkt getroffen.

«Und? Gibt's gerade jemanden?», fragte Martin, um das Thema zu wechseln.

Carole nahm einen Schluck Wein und räusperte sich. «Zurzeit nicht», meinte sie knapp und ohne aufzublicken. Entweder hatte sie gerade Schiffbruch erlitten, so wie er, oder sie hatte generell mit dem Thema Beziehung abgeschlossen. Sie hatten sich lange nicht gesehen und auch nur selten telefoniert. Martin wusste nicht viel davon, wie sie die letzten Jahre verbracht hatte. Aber er konnte sich denken, dass ihre Beziehungen jedes Mal auf eine harte Probe gestellt wurden. Es war etwas Grundsätzliches. Eine Perfektionistin wie Carole war dazu verdammt, einen Menschen zu finden, der sich ihr unterordnete und der, wenn er nach Hause kam, als Erstes die Schuhe auszog. Und darin lag eben auch die Tragik. Wer wollte einen solchen Waschlappen von Mann auf Dauer an seiner Seite haben? Carole war quasi Gefangene ihrer eigenen Neurosen. Es war nur folgerichtig, dass es auch zwischen ihr und Martin irgendwann nicht mehr funktioniert hatte und die Beziehung nach knapp zwei Jahren auseinandergebrochen war. Es hatte bereits einige Zeit gekriselt, als Martin eine Todsünde beging, die für Carole das Fass zum Überlaufen gebracht hatte. Er hatte es gewagt, sich in ihrer Wohnung eine Zigarette anzuzünden. Er hatte es nicht einmal mit Absicht getan. Es war ihm einfach passiert. Carole hatte keine Entschuldigung akzeptiert und ihn noch am gleichen Abend vom Hof gejagt.

Carole blickte auf ihre Armbanduhr. «Langsam wird's Zeit.»

«Schon?», fragte Martin enttäuscht. Er genoss es, sich nach all den Jahren mal wieder mit ihr zu unterhalten. Und er ärgerte sich darüber, dass er ausgerechnet das heikle Beziehungsthema hatte ansprechen müssen. Hätte man ihn nach

Sophie gefragt, wäre seine Laune genauso in den Keller gerauscht.

«Ich habe morgen eine wichtige Besichtigung und muss einigermaßen frisch aussehen», sagte Carole, während sie die Sachen aufs Tablett stellte und in die Küche brachte.

«Das dürfte dir nicht schwerfallen», entgegnete Martin und entlockte ihr damit ein Lächeln. Komplimente konnte er.

«Dann richten wir mal dein Bett», meinte Carole und verschwand im Schlafzimmer.

Nun war Martin sicher. Er hatte sich das nicht eingebildet. Carole flirtete ganz eindeutig mit ihm, und er konnte davon ausgehen, dass sie mehr wollte. Unverzüglich meldeten sich Gewissensbisse bei ihm. Andererseits war Sophie es ja gewesen, die sich von ihm getrennt hatte. Nicht mit Worten, aber der Rausschmiss und seine Sachen im Karton vor ihrer Tür sprachen eine eindeutige Sprache. Was immer die Zukunft für ihn und Sophie auch bereithielt, zurzeit war er offiziell Single. Ein schlechtes Gewissen war also völlig unangebracht. Oder?

Die Pros und Kontras schossen nur so durch Martins Kopf, als Carole zurückkam. Mit Bettzeug im Arm, das sie aufs Sofa legte. «*Bonne nuit*», flötete sie, verschwand wieder im Schlafzimmer und schloss die Tür hinter sich.

«Ich will an den Strand» war das Erste, was Martin hörte, als er am nächsten Morgen langsam wach wurde. Das Erste, was er sah, war Karl, der mit Schnorchel im Mund und Tauchermaske auf dem Gesicht vor seinem Bett stand.

Wie Martin befürchtet hatte, war auf dem Sofa an Schlaf kaum zu denken gewesen. Er hatte sich hin und her gewälzt, es auf dem Rücken versucht, auf der linken und der rechten

Seite und sogar auf dem Bauch. In keiner Position hatte er es länger als zwei Minuten ausgehalten. Bis der Gott des Schlafes ein Einsehen mit ihm hatte und ihn in Narkose versetzte. Rückenschmerzen blieben ihm zwar erspart, aber er fühlte sich wie gerädert, und sein Kopf brummte wie bei einem leichten Kater. Ihm stand der Sinn nach einer Aspirin und einem starken Kaffee, aber ganz sicher nicht nach Strand.

«Jetzt steh schon auf», insistierte Karl, der bereits voller Energie war und kräftig an Martins Schulter rüttelte.

«Um diese Uhrzeit?», fragte Martin protestierend, ohne die genaue Uhrzeit zu kennen. Es war in jedem Fall deutlich zu früh.

«Es ist schon richtig warm draußen!» Karl riss den Vorhang auf. Sonnenlicht flutete den Raum und blendete Martin, der das Gefühl hatte, jeden Moment zu Staub zu zerfallen. Er ließ sich seufzend ins Bett zurücksinken und zog sich das Kissen über die Augen. In der Küche hörte er Carole herumwuseln. Geschirr klapperte. Kaffeeduft lag in der Luft. Wenigstens etwas. Resigniert stieg Martin aus dem Bett und schlurfte in die Küche.

«Guten Morgen, gut geschlafen?», flötete Carole.

«Guten Morgen.» Martin rang sich ein Lächeln ab. «Hast du irgendwo Milch?», fragte er mit Blick in den Kühlschrank, während Carole ihm einen Kaffee aus einer italienischen Caffettiera einschenkte.

«Milch? Nein. Ich trinke keine Milch.»

«Kein Problem, dann eben Americano.»

«Ich kann dir auch einen grünen Tee machen.»

Martin winkte eilig ab. «Nein, nein, danke. Americano ist spitze.» Eigentlich mochte er keinen schwarzen Kaffee, aber die Alternative war alles andere als verlockend. Martin hasste grünen Tee, was er jedoch für sich behielt. Er war zu Gast und wollte nicht gleich am frühen Morgen herummäkeln. Diese Aufgabe würde ein anderer übernehmen, befürchtete er, während er den Kühlschrankinhalt genauer inspizierte. Es herrschte ein fröhliches Durcheinander von Formen und Farben. Leuchtend rote Tomaten, grüne Artischocken mit violettem Schimmer, gelbe Paprika, ein Bündel Mangold, Avocados … Martin hoffte inständig, dass Karl noch keinen Hunger hatte.

«Wann gibt's Frühstück?», fragte Karl, der plötzlich in der Küche stand. Die Tauchermaske baumelte um seinen Hals.

«Setz dich, Karl. Ich mache dir eine Guacamole», sagte Carole. Sie stellte ihre Tasse ab und suchte die Zutaten zusammen.

Martin spürte Karls bohrenden Blick. «Versuch es wenigstens mal», raunte er ihm zu.

Carole schob Martin ein wenig beiseite und fischte eine Avocado aus dem Kühlschrank.

«Avocado ist sehr gesund und hat unheimlich viele Vitamine.»

Martin wusste, dass sie Karl damit nicht überzeugen konnte.

«Ich habe leckeres Leinsamenbrot, das passt ganz ausgezeichnet.»

«Ich mag lieber Weißbrot.»

«Weißbrot?» Carole machte ein Gesicht, als hätte Karl ein unflätiges Wort ausgesprochen.

«Avocado mag ich auch nicht.»

Carole sah Martin ratlos an. Sie war aufgeschmissen. Er musste ihr irgendwie unter die Arme greifen.

«Hast du Marmelade im Haus?», fragte er.

Carole sah ihn fragend an. «Ich hab Feigenkonfitüre.»

«Ich will Nutella», stellte Karl klar.

Nun entgleiste Carole endgültig ihr Gesicht. «Nutella? Das ist doch kein Frühstück für ein Kind.»

«Ich glaube sogar, hauptsächlich für Kinder», murmelte Martin.

Carole schüttelte den Kopf. «Magst du Käse?», fragte sie.

«Käse ist in Ordnung», antwortete Karl gnädig, was Martin zutiefst verwunderte. Vielleicht hatte Karl sie falsch verstanden. Wobei die Wörter Nutella und Käse selbst für einen Schwerhörigen gut voneinander zu unterscheiden waren. Als Martin sah, wie Carole eine Käseglocke aus dem Kühlschrank holte, wusste er, dass Karl seine voreilige Antwort bitter bereuen würde. Ein großes Stück französischen Weichkäses lag darunter, das zu den Seiten hin zerfloss.

«Ich habe noch einen ganz wunderbaren Brie de Meaux», sagte Carole.

Karl verzog angewidert sein Gesicht. «Iih. Der stinkt.»

«Ich dachte, du magst Käse?»

«Aber nur den zum Streichen. Den mit der lachenden Kuh drauf.»

In diesem Punkt konnte Martin Karl voll und ganz verstehen. Am Abend zuvor, als Carole diesen Käse zum Wein kredenzt hatte, hatte auch ihn der penetrante Geruch abgestoßen. Jetzt, zu dieser frühen Uhrzeit, erschien ihm das durchdringende Aroma sogar noch unangenehmer.

«Er riecht nur so. Aber schmecken tut er ganz mild. Er hat genau den richtigen Reifegrad», führte Carole unbeirrt aus.

«Der Käse ist eklig.» Karl zog sich seine Tauchermaske über Augen und Nase.

Carole sah Martin überfordert an. Sie tat ihm aufrichtig leid. Sie hatte es nur gut gemeint.

«Wie wäre es, wenn ich euch beide zum Frühstück einlade?», fragte er mit einem fröhlichen Grinsen.

Carole hatte Martins Vorschlag dankbar angenommen und führte sie in ihr Lieblingsfrühstückscafé am Cours Saleya. Die Kopfsteinpflasterstraße, gesäumt von pastellfarbenen Häusern mit bunten Fensterläden, öffnete sich in eine weite Flaniermeile, die an Markttagen einem lebhaften Bienenstock glich. Der *Marché aux Fleurs* war bereits in vollem Gang. Überall summte und brummte es, während Händler unter leuchtend weißen Markisen ihre Waren feilboten: ein schillerndes Kaleidoskop aus frischen Blumen, reifen Früchten und üppigem Gemüse. Martin, Karl und Carole zogen an den Einheimischen vorbei, die sich mit frischen Lebensmitteln versorgten. Und an den zahlreichen Touristen, die an handgemachten Seifen und Lavendelsäckchen schnupperten. Bis sie schließlich Caroles Lieblingscafé erreichten, das am Ende des Platzes lag und *La Civette du Cours* hieß. Schon von Weitem sahen sie, dass jeder Terrassenplatz besetzt war, also gingen sie direkt in den Gastraum. Auch dort war beinahe jeder Tisch belegt. Aber Carole kannte einen der Kellner, der ihnen blitzschnell einen Platz am Fenster freiräumte und eindeckte.

Es war ein wuseliges Durcheinander. Die Kellner riefen dem Kollegen hinterm Tresen die Bestellungen zu und liefen mit ihren Tabletts im geschmeidigen Slalom um die Tische. Das Ambiente war eher bodenständig-rustikal. Holz dominierte. Martin hatte die begründete Hoffnung, dass Caroles Lieblingsfrühstückscafé nicht zu Nizzas teuersten Adressen zählte. Er hatte diese Einladung nicht leichtfertig ausgesprochen. Schließlich ging es darum, einen Eklat in ihrer Küche zu vermeiden. Andererseits musste Martin mit seinem Geld haushalten. Ihre Reise hatte gerade erst begonnen.

«Ich will rausgucken», rief Karl und drängelte sich eilig an Carole vorbei, um den Stuhl mit Blick nach draußen zu ergattern.

Carole sagte nichts, aber Martin sah den Unmut in ihrem Blick. Schon die Sache mit dem Brie de Meaux hatte ihr zugesetzt. Jetzt zeigte Karl auch noch schlechte Manieren. Martin war sich nicht sicher, ob Carole ihn immer noch als niedlich bezeichnen würde.

Um Karls Mangel an Höflichkeit auszugleichen, rückte Martin ihr gentlemanlike den Stuhl vom Tisch, damit sie sich bequem setzen konnte.

«Such dir aus, was du willst. Heute wird gefeiert», sagte Martin und klatschte in die Hände. Er musste das Ruder irgendwie herumreißen und für gute Laune sorgen. Da ihm die letzten Tage in den Knochen steckten und er sich noch nicht fit genug fühlte, um weiterzufahren, hatte er Carole eine zweite Nacht in ihrem Apartment abgerungen. Jetzt war nicht die Zeit zu knausern. Unter allen Umständen wollte er vermeiden, dass sie ihre Meinung noch einmal änderte. Er hoffte nur, dass sie kein Fan von Champagner-Frühstück war.

Carole schaute nicht einmal in die Karte. «Für mich nur einen doppelten Espresso und ein Evian.»

Halleluja. Martin fiel ein Stein vom Herzen.

«Wirklich? Bist du sicher? Ich meine, jetzt sehen wir uns endlich wieder …»

«Ich frühstücke nie.»

Martin sah sie fragend an. «Ist das nicht auch irgendwie ungesund?»

«Im Gegenteil. Ich praktiziere schon seit Jahren intermittierendes Fasten.»

«Ach so, verstehe», entgegnete Martin und nickte, obwohl er keinen Schimmer hatte, wovon sie sprach.

«Glaube ich nicht», kommentierte Karl mit Blick in die Speisekarte.

Wie schaffte es der Junge nur, sich immer in den ungünstigsten Momenten zu Wort zu melden?

Karl schaute Martin provozierend in die Augen. «Und? Was ist intermittierendes Fasten?»

Martin spürte Wut im Bauch. Er würde sich von Karl garantiert nicht vorführen lassen. Aber tatsächlich hatte er nicht mehr als eine vage Vorstellung. «Man isst halt weniger», meinte er achselzuckend.

Karl rollte mit den Augen und schüttelte oberlehrerhaft den Kopf. Er wollte gerade zu einem Vortrag ansetzen, aber Carole kam ihm zuvor.

«Es geht vor allem um die längeren Essenspausen», erklärte sie, während sie den Kellner heranwinkte. «Meistens treffe ich meine Klienten zum Dinner, deshalb lasse ich das Frühstück ausfallen.»

Falls sie dachte, dass die Sache sich damit erledigt hatte, hatte sie die Rechnung ohne Karl gemacht.

«Beim Intervallfasten wechseln sich Essensphasen und Fastenphasen ab. Und es gibt verschiedene Formen. Zum Beispiel das 16:8-Fasten oder das 5:2-Fasten», erklärte er beflissen.

Martin fragte sich schon lange nicht mehr, woher ein Junge in seinem Alter solche Sachen wusste. Wieso er sich überhaupt für so etwas interessierte. Doch bei Carole schien Karls Attitüde zunehmend Ungeduld auszulösen.

«Wie ich schon sagte, man isst nur während ein paar Stunden am Tag», sagte sie und winkte mit Nachdruck nach dem Kellner, der noch am Nebentisch beschäftigt war. Scheinbar hatte sie es eilig, was in Martin ein mulmiges Gefühl auslöste. Wenn er Karl nicht unter Kontrolle bekam, war die zweite Nacht in Caroles Apartment in Gefahr. Da trat der Kellner auch schon an ihren Tisch, und nachdem er ihre Bestellung aufgenommen hatte, dauerte es nur wenige Minuten, bis das

Gewünschte vor ihnen stand. Was gut war, denn ihr Gespräch war ins Stocken geraten. Während der Kellner eine Tasse vor Carole abstellte, fragte Martin sich, wozu sie überhaupt ein Lieblingsfrühstückscafé brauchte, wenn sie doch nichts weiter zu sich nahm als Espresso und stilles, zimmertemperiertes Wasser.

Zu Martins Erleichterung war Karl kulinarisch ausnahmsweise einfach zufriedenzustellen. Nachdem er das *Pain au chocolat* anfangs noch kritisch beäugt und beschnüffelt hatte, flog beim ersten Bissen ein zufriedenes Strahlen über sein Gesicht. Als hätte man ihn gerade von einer einsamen Insel gerettet, auf der er als einziger Überlebender eines Schiffsunglücks jahrelang sein Dasein bei Wasser und Gräsern gefristet hatte, und heute wäre der Tag, an dem er seine erste richtige Mahlzeit bekäme. Da Martin erleichtert war, dass Karl mal nicht protestierte und still und leise vor sich hin kaute, hatte er nichts dagegen, dass er sich gleich noch ein zweites *Pain au chocolat* bestellte, das er ebenfalls herunterschlang, und sämtliche Krümel, die übrig geblieben waren, mit seinem angefeuchteten Zeigefinger aufnahm und in den Mund steckte. Martin sah aus den Augenwinkeln, wie Carole ihn entsetzt beobachtete.

«Bestellst du mir noch eins?», fragte Karl, während er sich mit einer Serviette die Schokocreme vom Mund wischte.

«Jetzt ist mal Schluss», sagte Martin.

«Aber ich habe noch Hunger!»

«Lass ihn ruhig. Wenn er noch Hunger hat», meinte Carole. Es war weniger das, was sie sagte, als vielmehr *wie* sie es sagte, was Martin aufmerken ließ. Etwas Abwertendes lag in ihrer Stimme.

«Siehst du? Carole sagt auch, ich darf noch eins essen.»

Martin sah den missbilligenden Blick, den Carole Karl

zuwarf. Offensichtlich passte es ihr nicht, dass der Junge sie beim Vornamen nannte. Womöglich kam ihr das falsch vertraut vor. Wobei Tante Carole ihr sicher noch weniger gefallen hätte.

«Dir muss doch irgendwann schlecht werden», meinte Martin.

«Ich bin noch im Wachstum. Mein Stoffwechsel verbrennt Kalorien deutlich besser als deiner.»

Martin fragte sich kurz, ob das eine Anspielung war, und zwickte sich unauffällig in die Hüfte. Aber so viel Sarkasmus traute er Karl dann noch nicht zu.

«Plötzlich bist du wieder Kind, ja? Immer so, wie es dir gerade passt.»

Karl machte ein schmollendes Gesicht. Aber er hielt seinen Mund. Martin hatte ins Schwarze getroffen, den wunden Punkt eines jeden Heranwachsenden.

«Wenn du in einem Stündchen immer noch Hunger hast, sehen wir weiter. Aber jetzt ist Feierabend.»

Martin musste schon deshalb Grenzen setzen, damit Karl ihm nicht die Haare vom Kopf fraß. Nizza war, was die Preise betraf, nicht gerade ein Discounter. Aber noch mehr besorgte ihn, dass Karls Magen rebellieren und seinen Inhalt wieder loszuwerden versuchen könnte. Und zwar in Caroles Anwesenheit.

«Seine Mutter achtet wohl nicht so auf Ernährung?», fragte Carole mit nicht zu überhörender Kritik in der Stimme.

«Doch, doch. – Das heißt, sie versucht's zumindest», schob Martin relativierend hinterher.

Carole lachte abschätzig. «Mit Weißbrot, Nutella und Schmierkäse?»

Martin grinste halbherzig. Aber ihr Ton missfiel ihm. Er wusste, wie sehr Nicole sich bemühte, Karl an eine gesunde

Ernährung heranzuführen. Und er konnte aus eigener Erfahrung ein Lied davon singen, wie schwer das war. Vielleicht war Carole so ungnädig, weil sie keine Kinder hatte und dieses Problem nicht kannte. Auch er hatte keine eigenen Kinder. Aber er hatte Karl, mit dem er sich seit zwölf Jahren herumschlagen musste. Ihm brauchte niemand etwas zu erzählen. Er hatte eine Ahnung davon, was Eltern durchmachen mussten.

Carole schaute auf die Uhr und erhob sich. «Von mir aus kann er noch fünf *Pains au chocolat* essen. Ich muss sowieso los. Viel Spaß noch mit eurem Kindergarten. Bis später», sagte sie und schritt ohne ein weiteres Wort zum Ausgang.

Martin stand der Mund offen, während er Carole hinterherschaute. Auch früher schon hatte sie eine leicht herablassende Art gehabt, die er damals supersexy fand und als Coolness ausgelegt hatte. Aber heute erschien sie ihm einfach nur noch arrogant und unempathisch. Martin vermutete, dass Carole nicht der zufriedene Mensch war, der sie vorgab zu sein.

Auch Karl wirkte geknickt und schwieg betreten. «Ich mag sie nicht. Sie ist gemein», presste er heraus.

Karl hatte allen Grund, verletzt zu sein, und Martin spürte, dass auch ihn selbst Caroles Verhalten nicht kaltließ. Karl tat ihm aufrichtig leid. Und allein schon, weil Martin keine Lust hatte, den ganzen Tag in Karls langes Gesicht zu sehen, beugte er sich zu ihm rüber.

«Wir teilen uns noch ein *Pain au chocolat*. Okay?»

7

«Das ist kein richtiger Strand», nörgelte Karl.

«Und ob das ein Strand ist», widersprach Martin vehement, um dem permanenten Gequengel etwas entgegenzusetzen. Die Wirkung des dritten *Pain au chocolat* war rasend schnell verpufft.

«Aber kein richtiger.»

Anders als viele andere Strände an der Côte d'Azur hatte der Stadtstrand von Nizza nämlich keine Sandflächen, sondern bestand aus glatten, runden Kieseln. Um ins Wasser zu gelangen, musste man einen regelrechten Eiertanz aufführen, wenn man nicht, wie die Kenner und die Einheimischen, mit Badeschuhen ausgestattet war.

«Wie genau ist die Definition von Strand?», fragte Martin, der auf einmal selber klang wie ein Lehrer. Er war sicher, dass das wandelnde Lexikon, das vor ihm stand, mindestens den zugehörigen Wikipedia-Eintrag zitieren konnte.

«Ein flacher Küsten- oder Uferstreifen aus Sand oder Geröll», antwortete Karl wie aus der Pistole geschossen. Als er plötzlich innehielt. Ihm war klar geworden, dass er in eine Falle getappt war.

Martin genoss seinen kleinen Triumph. «Na also. Und jetzt mach nicht so ein Theater. Wir kommen noch an genug anderen Stränden vorbei.»

Karl rollte die Augen und trat mit vorsichtigen Schritten an die Wasserkante heran, um prüfend seine Füße ins Meer zu tauchen. Martin ließ sich auf einem Stein nieder und steckte sich eine Zigarette in den Mund, als der abschätzige Blick einer jungen Mutter, die nicht weit von ihm ihr Baby stillte, ihn einen Rückzieher machen ließ.

Martin schaute zu Karl, der bis zur Brust im Wasser stand und mit seinem Blick den Horizont absuchte, als warte er auf einen Tsunami. Bis auf ihn waren nur noch zwei weitere Personen im Wasser, die ihr Morgenprogramm absolvierten und sportlich ihre Bahnen zogen. Extremsportler, wie Martin vermutete. Welcher Wahnsinnige würde sich auch sonst zu dieser frühen Stunde so etwas antun? Außer Karl natürlich.

Martin schaute aufs Meer, das in Türkistönen schimmerte. Aber er sah auch die dunkleren Flecken und stellte sich die tiefen Abgründe vor, die sich darunter auftaten. «Kommst du auch rein?», rief Karl ihm zu.

Martin dachte nicht im Traum daran. «Sorry, ich habe meine Badehose vergessen.»

«Du kannst auch in Unterhose baden.»

«Super Idee. Und danach latsche ich in nassen Hosen nach Hause, oder wie?»

«Wir könnten in der Sonne liegen, bis wir wieder trocken sind.»

Liegen hielt Martin tatsächlich für eine gute Idee. Allerdings ohne vorher ins Wasser zu gehen. Und schon gar nicht auf diesen harten Kieselsteinen. Bereits nach kurzer Zeit drückte der Stein, auf dem er saß, gehörig auf seinen Allerwertesten.

«Wie wäre es, wenn wir uns Nizza ein bisschen anschauen?», schlug er vor, entlockte Karl damit aber nur ein skeptisches Stirnrunzeln.

«Wir sind doch noch gar nicht lange hier.»

«Ich denke, du magst den Strand nicht?»

«Aber spazieren gehen ist öde.»

«Nicht in dieser Stadt. Nizza ist der Hammer.»

Karl schien nachzudenken. Sein Widerstand bröckelte.

«Die haben total interessante Architektur hier. Belle Époque und so.»

«Architektur interessiert mich nicht», meinte Karl kopfschüttelnd.

Martin konnte es nicht fassen. Der Junge schien sich für Intervallfasten zu interessieren, zumindest wusste er darüber Bescheid, aber bei Architektur passte er. Da Martin keine Lust hatte, den Tag in einer Bibliothek oder einem Museum zu verbringen, musste eilig eine Alternative her. Aber Karl kam ihm zuvor.

«In Nizza gibt es zahlreiche Eisdielen, die für ihre hochwertigen und vielfältigen Eissorten bekannt sind», sagte er.

Martin schaute ihn verblüfft an. Er hörte sich an, als spräche eine KI aus ihm. «Gibt es, ja?» Er wusste natürlich bereits, worauf er hinauswollte.

«Das habe ich gegoogelt.»

«Du bist in einer so wunderschönen Stadt wie Nizza und googelst als Erstes nach Eisdielen?»

Karl schien den Sinn der Frage nicht zu verstehen und zuckte mit den Achseln. «Ich mag Eis.»

«Verstehe. Und wenn ich dir eins kaufe, ziehen wir los?»

Karl grinste ihn frech an. «Ist doch ein guter Kompromiss.»

«Nein, das nennt man Erpressung», konterte Martin im Aufstehen. Allerdings wollte er weg von hier, und ein Eis als Lösegeld erschien ihm nicht übertrieben kostspielig.

Die Aussicht auf Eiscreme hatte Karl Flügel verliehen. Er hatte sich in Windeseile wieder angezogen. Auch die Suche nach einer adäquaten Eisdiele erwies sich als einfach. An der berühmten Promenade des Anglais, die den Strand von Nizza einrahmte, den man auch die Bucht der Engel nannte, fanden sich gleich mehrere. Auch Martin gönnte sich eine Kugel, weil es *Caramel Beurre Salé* gab. Eiscreme gehörte nicht zu seinen größten Leidenschaften, aber bei der Sorte wurde sogar er schwach. Sie genossen ihr Eis auf einer Parkbank mit Blick aufs Meer, während um sie herum Spaziergänger, Jogger und Fahrradfahrer ihre Bahnen zogen.

«Könntest du mal aufpassen? Ich will meine Zeit nicht auch noch in Waschsalons verplempern», sagte Martin, als er sah, wie viel Eis bereits auf Karls T-Shirt getropft war.

«Es schmilzt wegen der Hitze.»

«Dann iss schneller.»

«Wenn man Eis zu schnell isst, kriegt man Bauchschmerzen.»

Martin stöhnte auf. «Warum hast du keinen Becher genommen, wie ich es dir gesagt habe?»

«Weil ich die Waffel so gerne mag.»

Martin stellte seinen Eisbecher neben sich ab und fummelte ein zerknittertes Papiertaschentuch aus seiner Hosentasche. Er schüttelte es auf und stopfte es Karl wie ein Lätzchen in den Kragen seines T-Shirts. Karl ließ ihn stumm gewähren, als hätten sie das bereits Hunderte Male gemacht. Er war viel zu sehr darauf konzentriert, die Tropfen von der Waffel zu lecken.

Als Karl seine Waffel bis auf den letzten Krümel verspeist hatte, blies Martin zum Abmarsch. Karl hielt Wort. Er hatte sein Eis bekommen, nun folgte er Martin ohne weiteren Protest auf seiner Sightseeingtour. Sie liefen ans östliche Ende der Promenade des Anglais und dann den Weg hinauf zur Colline du Château, dem Burghügel, der über der Stadt thronte. Zu Martins Leidwesen mussten sie zu Fuß gehen, weil der Aufzug außer Betrieb war. Doch der Aufstieg lohnte sich. Die Treppen wanden sich durch dichten Pinienwald, und mit jeder Stufe entkamen sie der Hitze, die die Stadt bereits am Vormittag im Griff hatte, ein Stückchen mehr. Die Luft wurde klarer und frischer.

«Wow. Voll nice», entfuhr es Karl begeistert, als sie oben angekommen waren.

Martin musste schmunzeln. Wobei er sicher war, dass Karl nicht wusste, dass Nizza auf Englisch Nice hieß. Auf Französisch auch, aber nur die Briten sprachen es so aus, wie Karl es gerade getan hatte.

«Habe ich dir zu viel versprochen?»

«Nein. Ist voll cringe-frei.»

Martin sah Karl baff an. «Wo hast du das denn jetzt her?»

Karl grinste verlegen zurück. «So reden alle in meiner Schule.»

«Wir sind hier nicht in der Schule, also red wie ein normaler Mensch. – Nein, red so, wie du immer redest», fügte Martin eilig hinzu. Auch wenn das nur selten passierte, er mochte es nicht, wenn Karl ihm mit diesen Ausdrücken kam, weil es ihn daran erinnerte, dass er selbst, was Jugendsprache betraf, nicht mehr ganz auf der Höhe der Zeit war. Als Knochensammlung hatte Karl ihn mal bezeichnet, als Martin das Wort «geil» benutzt hatte. Er wollte sich nicht ausmalen, was er sich anhören musste, wenn er ihm mit «oberaffengeil» kam.

Seite an Seite genossen sie den traumhaften Ausblick. Nizza lag ihnen zu Füßen wie ein funkelndes Mosaik aus roten Dächern, bunt schimmernden Fassaden und grünen Gärten, eingerahmt vom tiefen Blau des Mittelmeers. Die Berge in der Ferne wirkten wie schlafende Riesen, die über die Stadt wachten, durch die sich die Promenade des Anglais zog wie ein silberner Faden entlang der Küste. Der Straßenverkehr war nur noch als leises Rauschen wahrzunehmen, während das Zwitschern der Vögel in den Bäumen um sie herum immer lauter wurde.

«Muss *dein* Handy sein», sagte Karl, der prüfend auf sein Smartphone schaute und Martin aus seinen Gedanken riss. Nun hörte auch er den gedämpften Klingelton seines Telefons, das er eilig aus der Hosentasche fingerte. Er rechnete mit einem weiteren Anruf von Nicole und schaute sich kontrollierend um. Es waren nur wenige andere Passanten unterwegs, und das in sicherer Entfernung. Er würde ihr nichts von französischen Touristen vorlügen müssen. Dann sah er Caroles Namen im Display, was nichts Gutes verhieß. Wahrscheinlich zog sie es vor, ihm am Telefon mitzuteilen, dass er seine Klamotten aus ihrem Apartment holen und dann schleunigst aus ihrem Leben verschwinden sollte.

«Hallo, Martin, wo steckt ihr beiden?», drang es fröhlich an sein Ohr.

«Äh … hallo, Carole, wir schauen uns gerade die Stadt an», stammelte Martin, den ihr rapider Stimmungsumschwung aus dem Tritt brachte.

«Und wo seid ihr?»

«Auf der Colline du Château.»

«Wie wunderbar. Da war ich schon ewig nicht mehr. Schade, dass ich nicht mitkommen konnte.»

Nun wurde Martin erst recht stutzig. Er hoffte, dass diese unvermittelte und für Carole so untypische Euphorie kein Zeichen einer bösartigen Hirnerkrankung war.

«Meine Besichtigung war ein voller Erfolg. Die Kunden unterschreiben nächste Woche den Kaufvertrag.»

Nun verstand er. Er konnte sich ungefähr vorstellen, was eine Villa in Nizza kostete. Und was für eine Provision für Carole abfallen würde. Und das für die Arbeit eines Vormittages. Sie hatte allen Grund, aus dem Häuschen zu sein.

«Gehen wir zusammen essen. Habt ihr Lust?»

Er schaute zu Karl, der ihn aufmerksam beobachtete.

«Großartige Idee. Natürlich gehen wir mit dir essen.»

«Was? Nein», entfuhr es Karl entsetzt. Martin deutete ihm mahnend, die Klappe zu halten.

«Karl? Klar hat der Lust. Er kriegt sich gar nicht ein.»

Martin ließ Karls tödlichen Blick unbeeindruckt an sich abprallen. Auf seine Befindlichkeiten konnte er keine Rücksicht nehmen. Wenn sie die Nacht in Caroles Apartment verbringen wollten, musste Martin das Ruder rumreißen.

«Ich habe uns einen Tisch im La Rotonde reserviert. Die Brasserie im Hotel Negresco. Schafft ihr vierzehn Uhr?»

Martin schaute auf die Uhr. Sie hatten eine Stunde. Aber da sie von nun an nur noch bergab gehen mussten, sollte das kein Problem sein.

«Sicher. Bis gleich. Wir freuen uns.» Er legte auf.

Karl funkelte ihn wütend an. «Ich freue mich gar nicht.»

«Du hast heute schon genug angestellt. Jetzt reiß dich mal zusammen.»

«Gar nichts habe ich angestellt.»

«Diesen einen Tag wirst du schon überleben. Komm jetzt», sagte er und zog Karl mit sich.

Vom Burghügel aus führte der Weg die beiden zurück in die Altstadt, das *Vieux Nice*, wo die Gassen wie ein Labyrinth aus Geschichte und Leben wirkten. Die engen Straßen waren gepflastert, die Gebäude drängten sich dicht an dicht, ihre warmen Ockertöne im Kontrast zu den kühlen Schatten, die die

Sonne auf die Wände warf. Als sie die Rue Bonaparte mit ihren modernen Boutiquen und ihren bunten, einladenden Schaufenstern erreichten, stand die Sonne bereits hoch. Es wurde immer heißer, die Schatten immer schmaler, und Martin konnte es kaum erwarten, sich an einem Tisch in einem gut klimatisierten Restaurant niederzulassen. Als sie das Hotel Negresco mit seiner beeindruckenden Belle-Époque-Architektur kurz vor der vereinbarten Zeit erreichten, wartete Carole bereits im Eingang und winkte sie lächelnd heran. Das Hotel war Martin natürlich ein Begriff. Man brauchte nicht viel Fantasie, um sich vorzustellen, welche Preise auf der Speisekarte aufgerufen wurden. Aber so wie Carole strahlte, musste sie mehr als nur ein gutes Geschäft abgeschlossen haben. Und Martin hatte nichts dagegen, sich in exquisiter Umgebung zu Cuisine Niçoise einladen zu lassen.

«Da seid ihr ja schon», sagte Carole und küsste Martin zur Begrüßung links und rechts auf die Wange. Es hatte kurz den Anschein, als wolle sie das Gleiche mit Karl machen. Doch dann entschied sie sich dafür, ihm flüchtig den Arm zu tätscheln. Ihre Überlebensinstinkte funktionierten.

«So kurzfristig einen Tisch zu bekommen, ist eigentlich ein Ding der Unmöglichkeit. Aber ich habe Beziehungen», sagte Carole aufgekratzt und ging vor.

Martin schaute Karl durchdringend an. «Das ist jetzt kein Spruch. Ich meine es wirklich ernst: Reiß dich zusammen», sagte er mit Nachdruck.

Karl nickte stumm. Martin legte eine Hand auf seine Schulter, und dann folgten die beiden Carole in die Hotelhalle. Als sie das vornehme Restaurant betraten, sahen Martin und Karl sich beeindruckt um. Die Wände waren in zarten Pastelltönen gehalten und mit kunstvollen Verzierungen geschmückt, die den Glanz der Belle Époque heraufbeschworen. Es gab eine

Galerie, auf der weitere Tische standen, mit einem Geländer aus geschwungenem Glas. Überall im Raum verteilten sich Karussellpferde in lebendigen Farben, die an die nostalgische Freude vergangener Jahrmärkte erinnerten. Diese filigran geschnitzten Holzfiguren verliehen dem Raum eine fast magische Atmosphäre und ließen das Restaurant wie ein lebendig gewordenes Märchen wirken.

Eine Kellnerin führte sie an ihren Tisch, während ein anderer Kellner die Speisekarten vor ihnen ablegte. Obwohl hier auch zur Mittagszeit jeder Platz besetzt war, gab man ihnen das Gefühl, als hätte man nur auf sie gewartet. Kaum dass sie die Karten in die Hand genommen hatten, brachte ihnen ein weiterer Kellner einen Brotkorb und gesalzene Butter.

«Gron-din-for-ci-av-ec-le-gum-es», las Karl in quälend lang gezogenen Lauten aus der Speisekarte vor.

Martin wollte jede atmosphärische Störung im Anflug ersticken. «Es steht auch auf Deutsch drunter.»

Karl steckte sich ein Stück Brot in den Mund und las kauend weiter. «Gefüllter Knurrhahn mit saisonalem Gemüse und sautierten Kartoffeln.»

«Das ist ein ganz vorzüglicher Fisch», kommentierte Carole.

«Ich weiß», entgegnete Karl mit einer Selbstverständlichkeit, die sie erkennbar überraschte.

«Ach, du kennst Knurrhahn?»

Karl warf ihr einen mitleidigen Blick zu. «Der Knurrhahn ist ein Meeresfisch aus der Familie der Triglidae. Er heißt so, weil er knurrende Geräusche macht, indem er seine Schwimmblase vibrieren lässt.»

Carole hob die Brauen. «Wie interessant.»

Martin tippte mit dem Finger gegen Karls Speisekarte. «Könntest du dir bitte einfach was aussuchen, statt uns Vorträge zu halten?»

«Aber sie hatte doch gefragt.»

Carole schien sich nicht aus der Ruhe bringen lassen zu wollen und rang sich ein Lächeln ab. Womöglich hatte sie auch einfach noch ein schlechtes Gewissen wegen ihres taktlosen Verhaltens am Morgen.

«Ich meinte, ob du schon mal Knurrhahn gegessen hast», fragte sie.

Karl machte ein entsetztes Gesicht. «Natürlich nicht.»

Carole schaute zu Martin.

«Er hat's nicht so mit Fischen. Jedenfalls nicht auf Tellern», erklärte er ihr mit einem Lächeln.

«Aber das Brot ist echt lecker», rief Karl kauend und hielt Carole das Körbchen hin. «Magst du auch eins?»

Martin wusste, dass der Brotkorb in dem Augenblick tabu für Carole geworden war, als Karl ihn zum ersten Mal berührt hatte.

«Lieb von dir, aber nein. Ich vermeide Kohlenhydrate.»

Was das Brot betraf, teilte Martin Karls Meinung. Es hatte eine tolle Kruste, war innen wunderbar fluffig und schmeckte ganz hervorragend mit der gesalzenen Butter.

«Du fastest, isst keine Kohlenhydrate … Ist das nicht ein bisschen viel Verzicht?», fragte Martin.

«Intermittierendes Fasten», stellte Carole klar. «Das ist etwas anderes.»

Ihre Stimme klang gepresst. Sie hatten noch nicht einmal etwas zu essen bestellt, und schon stieg ihr Stresspegel wieder.

Der Kellner trat an ihren Tisch und zückte einen kleinen Block. «Haben Sie sich entschieden?»

Martin glaubte, Carole aufatmen zu hören. Es hätte ihn nicht gewundert, wenn sie den Kellner gebeten hätte, zu bleiben und sich zu ihnen an den Tisch zu setzen. Als Puffer zwischen sich auf der einen, Karl und Martin auf der anderen Seite. Carole bestellte als Vorspeise das Enten-Foie-gras mit Balsamico-Zwiebelconfit und danach das Charolais-Rinderfilet, selbstverständlich ohne Pommes Dauphines, auch bei ihrem Hauptgericht verzichtete sie auf Kohlenhydrate.

Martin war nicht sicher, ob sie sich gegen den Knurrhahn oder überhaupt ein Fischgericht entschieden hatte, um sich weitere Diskussionen mit Karl zu ersparen. Er selbst liebte Fisch, und den ließ er sich auch von Karl nicht madigmachen, weshalb er Gambas als Vorspeise und Wolfsbarsch in Salzkruste als Hauptgericht wählte.

Karl las währenddessen immer noch unschlüssig in der Karte, worauf Martin sie ihm aus der Hand zog und ihm die Entscheidung abnahm. Er bestellte kurzerhand die Kids Box für ihn.

«Du weißt doch gar nicht, ob ich die mag», protestierte Karl.

«Seit wann isst du keine Burger mit Pommes mehr?»

Dagegen konnte Karl nichts einwenden. Trotzdem ließ er sich auch diesmal nicht das letzte Wort nehmen. «Aber ich will Ketchup dazu.»

Der Kellner nickte und ließ sich seine Meinung zu dieser Wahl nicht anmerken. Er nahm die Karten an sich und empfahl sich diskret.

«Ich verschwinde mal kurz in die Waschräume», sagte Carole und ging davon.

Martin konnte sich des Gefühls nicht erwehren, dass sie Zeit schinden wollte. Bis auf ein paar kleinere Ausfälle hatte Karl sich gut gemacht. Aber Martin hatte einen komplett anderen Maßstab. Für Carole mussten Karls Allüren schon jetzt eine echte Prüfung sein.

Martin hatte einen Bärenhunger, und kaum dass Carole von den Waschräumen zurückgekehrt war, wurde auch schon die Vorspeise serviert. Da das Kids-Menü keine Vorspeise vorsah und Karl hätte warten müssen, brachte der einfühlsame Kellner ihm drei Pommes Dauphine auf einem kleinen Teller, dessen Rand mit Ketchup verziert war. Martin hielt das für eine großartige Geste, und auch Karl zeigte sich überraschend offen. Noch nie hatte Martin erlebt, dass er irgendetwas Neues aß, ohne dass Martin ihm vorher stundenlang gut zureden musste. Doch Karl roch interessiert, biss vorsichtig ab, kaute zufrieden, und nach nur wenigen Minuten wischte er mit der letzten Pomme Dauphine den restlichen Ketchup vom Tellerrand.

Auch Martin war hochzufrieden. Seine Gambas schmeckten köstlich, und der Wein, den Carole bestellt hatte, war vorzüglich. Carole schien diese Meinung zu teilen. Martin hatte sein erstes Glas noch nicht geleert, da bestellte sie bereits die zweite Flasche. Das Feiern hatte sie anscheinend nicht verlernt.

Schließlich wurden auch die Hauptspeisen gebracht. Es war ein Spektakel. Der Fisch für Martin wurde auf einem Servierwagen herangefahren. Ein Kellner zertrümmerte die Salzkruste und filetierte den Fisch vor aller Augen. Martin genoss jeden einzelnen Bissen, während Carole kleine Zucchini-Stückchen aus ihrer Gemüsebeilage aussortierte. Auch in Bezug auf Gemüse folgte sie einem strikten Diätplan.

«Da läuft Blut raus», mäkelte Karl und hielt ihnen ein Stück seines Burgers auf einer Gabel vor die Nasen.

«Lass mal sehen», sagte Carole und drehte Karls Teller so, dass sie die Schnittfläche des Burgers begutachten konnte. «Perfekt, würde ich sagen. *À point.*»

Martin sah Karls verständnislosen Blick. «Das bedeutet ‹auf den Punkt›.»

«Und was heißt das?»

«Rindfleisch brät man nicht durch», erklärte Carole.

«Bei McDonald's schon», entgegnete Karl und entlockte Carole ein spöttisches Lachen.

«Dann iss nur den Rand», sagte Martin ungeduldig.

«Der Rand ist auch ganz roh.»

Martin warf ihm einen warnenden Blick zu. Bisher war ihr Lunch halbwegs glimpflich verlaufen. Nun drohte Karl auf den letzten Metern alles zu verbocken. «Dann iss die Pommes.»

Karl schob die Pommes lustlos auf seinem Teller hin und her.

«Die riechen komisch.»

«Schätzchen, die riechen nicht komisch, die sind getrüffelt», korrigierte Carole.

«Ist das dieser Pilz, der unter der Erde wächst?», fragte Karl.

«Genau», antwortete Carole und nahm den nächsten großen Schluck Wein.

«Deswegen müffeln die auch so.»

Carole setzte ein falsches Grinsen auf. «Ihr könnt ja nachher noch zu McDonald's und was Richtiges essen», sagte sie. Sie hatte sich bemüht, aber nun war ihr Geduldsfaden endgültig gerissen.

Martin hielt sich mit einer Antwort zurück. Es war nicht zu übersehen und zu überhören, dass Carole die Gesellschaft der beiden langsam peinlich wurde. Wahrscheinlich bereute sie ihre Einladung bereits und fürchtete, dass man sie am nächsten Tag auf die zwei Neandertaler ansprechen würde, die mit ihr am Tisch gesessen hatten. Und so schenkte sie sich das nächste Glas Wein ein. Carole hatte einen guten Zug am Leib, und Martin fand, dass sie es ein wenig ruhiger angehen lassen könnte. Zumal es noch mitten am Tag war. Andererseits war ein wenig Alkohol womöglich die einzige Möglichkeit, diese Situation noch zu retten. Martin wollte ebenfalls nach seinem Glas greifen. Doch als er Karl musterte, der angewidert an seinem Burger herumnagte, vernahm er eine innere Stimme, die ihm befahl, sich zurückzuhalten. Womöglich wurde er noch gebraucht. Und zwar im Vollbesitz seiner geistigen Kräfte.

Es war das Dessert, das auch Karl wieder versöhnlich stimmte: *Moelleux au chocolat*. Ein kleiner warmer Schokoladenkuchen, aus dem sich, wenn man hineinstach, warme, flüssige Schokolade ergoss. Beim ersten Bissen leuchteten Karls Augen. Beim zweiten Bissen bestand er darauf, sich einen weiteren Nachtisch zu bestellen, um den Reinfall mit dem Hamburger wettzumachen. Martin lehnte vehement ab. Carole war schon spendabel genug gewesen, er wollte das Blatt nicht überreizen.

«Wenn er unbedingt will», meinte Carole und winkte nach dem Kellner.

Martin schaute sie prüfend an. Er fragte sich, ob sie es aus Großzügigkeit tat und weil sie heute so einen verdammt guten Deal gemacht hatte. Oder einfach nur, weil sie mittlerweile begriffen hatte, wie Karl mundtot zu kriegen war.

«Bist du sicher?», fragte Martin.

Carole zuckte die Schultern. «Aber natürlich. Wer könnte einem so entzückenden Kind etwas abschlagen?»

Ihr Tonfall sagte alles.

Karl konnte die Motivlage völlig egal sein. Er bekam, was er wollte, und lächelte Martin triumphierend an, als der Kellner das zweite Küchlein auf den Tisch stellte.

«Wie schaffst du das nur?», fragte Carole, die gedankenverloren den Wein in ihrem Glas schwenkte.

Martin sah sie fragend an. «Was?»

Sie deutete auf Karl. «Na, das?»

«Ich habe ihn ja nicht immer.»

«Immer? Um Himmels willen. Mir reicht schon ein Tag.» Sie lachte.

Karl war kein Musterkind. So viel stand fest. Und wenn einer unter ihm zu leiden hatte, dann er. Trotzdem wollte Martin das nicht einfach so stehen lassen. «Er hat auch gute Seiten.»

«Jedenfalls bin ich froh, dass ich nie Kinder bekommen habe», meinte Carole.

Martin spürte ein Beben in seinem Körper und schaute zu Karl, der zum Glück nichts von ihrem Gespräch mitbekommen hatte. Karl war ganz darauf konzentriert, mit dem Finger Schokosoße vom Teller aufzuwischen. Und Martin ließ ihn gewähren. Mittlerweile war es ihm egal, was Carole dachte. Wenn ihn die letzten Stunden etwas gelehrt hatten, dann, dass sich seine und Caroles Lebenswelten mittlerweile drastisch unterschieden. Eigentlich hatten sie nichts mehr gemeinsam.

Die nächsten Minuten verbrachten sie schweigend. Bis der Kellner ein ledernes Mäppchen mit dem Emblem des Hotels vor ihnen auf dem Tisch ablegte. Martin schaute zu Carole, die abgelenkt war. Sie hatte einen Bekannten entdeckt, der in einiger Entfernung zu ihnen speiste und der ihr mit der Hand bedeutete, sie anrufen zu wollen. Martin lupfte den Deckel des Mäppchens und riskierte einen Blick auf die Rechnung. Schon bei der Auswahl ihres Menüs hatten ihn die Preise auf der Speisekarte beeindruckt. Die Gesamtrechnung verschlug ihm vollends die Sprache. Wobei ein Großteil der Kosten durch Caroles ausgezeichneten Geschmack für Wein verursacht wurde.

«Im nächsten Leben werde ich Maklerin», sagte Martin und lächelte verlegen. Er hatte nichts dagegen, sich einen ausgeben zu lassen, aber diese Summe löste sogar bei ihm ein leises Schamgefühl aus.

«Ja, ich kann nicht klagen», antwortete Carole und grinste selbstzufrieden.

Martin atmete tief durch und lächelte sie an. «Was soll ich sagen? Danke.»

Aber Carole sah ihn nur fragend an. «Wofür?»

«Na, für die Einladung.»

«Welche Einladung?»

Martin erstarrte und spürte einen kalten Hauch. Sein Puls beschleunigte. «Ich dachte, du …», stammelte er.

«Nein, nein, nein. Diesmal bist du dran», antwortete Carole und wirkte dabei gar nicht mehr so angetrunken, sondern sehr entschlossen.

Martin spürte, wie sein Grinsen gefror. Er musterte Carole prüfend. Er wartete darauf, dass sie jeden Moment anfing, lauthals zu lachen, und ihm dann sagte, dass das nur ein Scherz war. Dass sie ihm lediglich einen Schrecken einjagen wollte, während sie lässig ihre platinfarbene Kreditkarte zur Rechnung legte. Doch Martin sollte sich irren.

Sie beugte sich zu ihm rüber. «Zwei Jahre waren wir ein Paar. Und zwei Jahre hast du dich bei mir durchgeschnorrt.»

«Ich?!»

«Sogar jetzt noch. Du hast dich kein Stück verändert. Rufst nach Jahren bei mir an, als wäre ich ein Hotel oder so was.»

Auch Karl hatte mitbekommen, dass die Situation unangenehm wurde. Schweigend sah er zwischen den beiden hin und her wie ein Linienrichter beim Tennis.

«Ich dachte, du freust dich, wenn ich vorbeikomme?», fragte Martin.

«Du meinst *ihr*», konterte Carole mit erhobener Stimme. Sie verlor endgültig die Contenance, was sie auch selbst bemerkte. Sie räusperte sich. «Wie dem auch sei. Jetzt kannst du dich endlich mal revanchieren.» Sie schüttete den letzten Tropfen Wein aus der Flasche in ihr Glas.

Martin sah, wie der Kellner sich näherte. Er suchte nach einem Ausweg. Aber Carole wirkte nicht so, als würde sie ihre Meinung noch einmal ändern wollen. Die Rechnung würde gut und gerne die Hälfte seines Bargeldvorrates aufzehren. An seine Kreditkarte musste er gar nicht erst denken. Die hatte ihm schon im Schnellrestaurant ihren Dienst versagt. Da plötzlich kam ihm doch noch die rettende Idee.

«Mit Karte», sagte er und legte demonstrativ seine Kreditkarte auf den Tisch.

8

«Das kann nicht sein», sagte Martin scheinheilig, als der Kellner ihm mit betretener Miene die Kreditkarte zurückreichte. Karl schaute ihn irritiert an, schließlich wusste er um Martins Geldprobleme. Aber Martin konnte sich auf den Grips, den sein Neffe hatte, verlassen. Karl verstand sehr schnell, dass er sich nicht ohne Grund zum Gespött machte, sondern einen Plan verfolgte. Wobei Gespött nur unzureichend beschrieb, was vor sich ging. Es war das erbärmlichste Schauspiel, das Martin sich jemals geleistet hatte. Wesentlich schlimmer als sein Auftritt beim Immergut-Festival in Neustrelitz vor ein paar Jahren, als er sich mit dem Publikum angelegt und erst im Nachhinein zugegeben hatte, dass die Leute zu Recht ungehalten gewesen waren. Martin war so betrunken gewesen, dass er nicht nur die Erinnerung an seine Texte und seine Virtuosität an der Bassgitarre kurzzeitig verloren hatte, sondern auch noch seinen Mageninhalt, mitten auf der Bühne. Doch diesmal war er nicht nur absolut nüchtern, er war auch im Vollbesitz seiner geistigen Kräfte, was nicht immer Hand in Hand ging. Carole hatte ihm keine andere Wahl gelassen. Wie sonst sollte er dieses Lokal verlassen, ohne vorher dem Kellner fast sein gesamtes Bargeld in den Rachen zu schmeißen?

«Ich verstehe das nicht», beteuerte Martin, als das Lesegerät seine Karte ein zweites Mal ablehnte. Karl starrte ihn gespannt an, während Carole darum bemüht war, die verstohlenen Blicke der Gäste, die bereits aufmerksam geworden waren, mit einem verkrampften Lächeln zu kontern. Nur der Kellner wahrte die Fassung und blieb die Freundlichkeit in Person.

Ein echter Meister seines Fachs, dachte Martin. Aber was hatte der Mann auch zu verlieren? Er selbst war es, der im ungünstigsten Fall zum Geschirrspülen in der Küche verdammt wurde. Wobei eine Schicht bei dieser Rechnung nicht ausreichen würde. Selbst, wenn man ihn über Mindestlohn bezahlte, würde er sicher eine Woche hier festsitzen.

Als Martin darum bat, die Karte ein drittes Mal an das Lesegerät halten zu dürfen, und sie erneut abgelehnt wurde, kam es endlich zu der von Martin erwünschten Reaktion.

«Lass gut sein. Ich übernehme das», sagte Carole betont freundlich.

Martin war froh, dass kein Messer mehr auf dem Tisch lag, das sie ihm spätestens beim Verlassen des Lokals in den Rücken rammen könnte. Sie überreichte dem Kellner ihre Karte und legte demonstrativ ein mehr als großzügiges Trinkgeld zur Rechnung, das man durchaus als Schweigegeld verstehen konnte. Carole war diejenige, die in Nizza lebte und auf ihren guten Ruf bedacht war. Martin hingegen würde dieser Stadt bald wieder den Rücken kehren, und niemand würde sich an ihn erinnern. Außer Carole natürlich. Diese Freundschaft, falls es je eine gewesen war, hatte sich spätestens jetzt erledigt. Klar war auch, dass er und Karl sich eine zweite Nacht bei Carole abschminken konnten.

Auf dem Weg zu ihrem Apartment herrschte eisiges Schweigen. Das Einzige, was zu hören war, war die leise Musik, die aus Karls Kopfhörer drang.

Martin setzte zu einer Entschuldigung an, doch Carole gab ihm mit einer knappen Handbewegung zu verstehen, besser den Mund zu halten.

Karl zog seine Kopfhörer ab und wollte sie Carole in die Ohren stecken. Sie wehrte ihn harsch ab.

«Lass das bitte!»

«Ich dachte, du willst vielleicht ein bisschen Musik hören?»

«Danke, nein», entgegnete sie scharf.

Martin wollte jede weitere Eskalation vermeiden. «Karl, lass den Quatsch.»

«Das ist kein Quatsch. Fröhliche Musik fördert die Produktion von Glückshormonen. Dann bekommst du wieder gute Laune.»

Carole lachte entgeistert auf. «Wie kommst du darauf, dass ich schlechte Laune habe?», fragte sie und warf Martin einen vernichtenden Blick zu.

«Wenn ich mein ganzes Taschengeld für ein Essen ausgeben müsste, hätte ich schlechte Laune», erklärte Karl ihr trocken. Er schien jegliche Hemmungen verloren zu haben und rächte sich auf seine Weise für ihre Spitzen.

Carole schloss für einen Moment die Augen und atmete kontrolliert ein und aus. Für sie war der Tag endgültig gelaufen. Nicht einmal die hohe Provision, die sie verdient hatte, konnte das noch wettmachen.

«Karl. Schluss jetzt», sagte Martin entschieden.

«Ich will nur helfen.»

«Wenn du nicht endlich ruhig bist, könnte es sein, dass deinem Orca morgen die Schwanzflosse fehlt.»

«Bei einem Wal heißt das Fluke», antwortete Karl. Doch

Martins Drohung zeigte Wirkung. Und der böse Blick, den Martin ihm zuwarf, unterstrich, wie ernst er es meinte.

Als sie endlich ihr Apartment betraten, zog Carole sich unverzüglich in ihr Schlafzimmer zurück und schloss die Tür hinter sich. Auch ohne große Erklärungen wusste Martin, dass sie nur noch eines von ihm erwartete: seine und Karls Sachen zusammenpacken und auf Nimmerwiedersehen aus ihrem Leben verschwinden.

Als Martin die Tür von Caroles Apartment hinter sich zuzog, war er sicher, dass er sie nie wiedersehen würde. Er spürte einen Anflug von Scham, fand aber gleichzeitig, dass er nicht alleine schuld war. Dass auch Carole ihren Anteil an diesem unschönen Auseinandergehen hatte. Wie konnte sie ihn derart auflaufen lassen? Sie war die Großverdienerin und konnte sich denken, wie es finanziell bei ihm aussah. Er hatte quasi in Notwehr gehandelt. Hätte sie von Anfang an mit offenen Karten gespielt und ihm gesagt, dass sie für ihre Großzügigkeit eine Gegenleistung erwartete, hätte er sich was einfallen lassen. Etwas Angemessenes und weniger Kostspieliges selbstverständlich. Sobald er wieder auf dem aufsteigenden Ast und sein Comeback ins Rollen gekommen war, würde er Carole einen Teil der Rechnung zurückzahlen, überlegte Martin und machte seinen Frieden mit sich.

«Das war echt krass von dir», sagte Karl auf ihrem Weg zum Auto.

Martin grummelte vor sich hin. Er fühlte sich nicht gerade wie ein Held, und als Kompliment wollte er Karls Äußerung auch nicht verstehen.

«Ich mag sie sowieso nicht», schob Karl hinterher.

«Wen magst du schon?», fragte Martin.

Karl sah ihn an. «Sophie. Ich mag Sophie.»

Martin spürte ein quälendes Pochen in seinem Herzen, während er seine Tasche in den Kofferraum warf. Karl platzierte den Orca unter der Windschutzscheibe und schnallte sich an. Auch Martin stieg ein, zog die Tür zu und starrte nachdenklich hinaus. Dann ließ er den Motor an.

Er war immer noch müde. Und dieser anstrengende Tag hatte zusätzlich an ihm gezehrt. Ihre nächste Station war Tarragona. Aber es war bereits später Nachmittag und nicht daran zu denken, jetzt noch bis Spanien weiterzufahren. Deshalb entschied Martin sich für einen Zwischenstopp in Fréjus, gerade einmal eine Stunde von Nizza entfernt.

Obwohl Hochsaison war, hatten sie Glück und ergatterten ein freies Zimmer im Hotel F1, das Martins Erinnerung nach früher Formule 1 geheißen, sich sonst aber kaum verändert hatte. Das Hotel war das Gegenteil eines 5-Sterne-Traums, dafür kostete das Zimmer einen Bruchteil dessen, was er für das Dinner im Hotel Negresco hätte berappen sollen. Als die beiden das schmucklose, von Neonlicht erhellte Zimmer betraten, schrie Karl begeistert auf. Er hatte etwas erblickt, das sein Herz höherschlagen ließ als bequeme Boxspringbetten, kuschelweiche Frotteebademäntel und eine bestens bestückte Minibar: ein Etagenbett. Weil er offenbar fürchtete, dass Martin ihm das obere Bett streitig machen würde, warf er eilig seinen Rucksack darauf.

«Ich schlaf oben», rief er, während er die kleine Leiter erklomm wie ein Äffchen.

Martin war viel zu erledigt, als dass er über oben oder unten nachdenken konnte. Aber als er Karl dabei beobachtete, wie er seinen Rucksack auspackte und seinen Orca liebevoll neben dem Kopfkissen platzierte, merkte er, dass seine Anspannung sich löste. Es huschte sogar ein Lächeln über sein Gesicht. Der Orca hatte seine Fluke noch, und das war auch gut so.

«Gehen wir an den Strand?», fragte Karl.

Martin schaute zum Fenster. Es ging auf den Abend zu, aber es war Sommer und draußen immer noch hell. Zum Schlafengehen war es eindeutig zu früh. Und ein Hotel F1 war nicht unbedingt für seinen Komfort bekannt.

«Warum nicht», antwortete Martin.

Karl juchzte und kletterte von seinem Hochbett herunter.

Martin fand, dass Karl eine richtig gute Idee gehabt hatte. Auch er konnte noch ein wenig frische Meeresbrise gebrauchen, die ihm den Kopf frei pustete.

Der Strand von Fréjus war ein Traumstrand. Die tief stehende Sonne tauchte alles in ein magisches Licht und ließ die Landschaft und das Meer unnatürlich erscheinen, als hätte jemand alles nachkoloriert. Es kam Martin so vor, als liefen sie durch einen riesigen Bildschirmschoner. Der Sand war fein und warm und erinnerte an Honig, der in der Sommersonne schmolz. Bei jedem ihrer Schritte sanken die Füße leicht ein, als würde der Boden selbst sie willkommen heißen. Hinter dem Strand erhoben sich sanfte Hügel, bedeckt mit duftenden Kiefernwäldern und Buschwerk, das in sattem Grün leuchtete. Pinien bildeten ein Schatten spendendes Dach, und sogar ein paar vereinzelte Palmen waren zu sehen, die wie Gäste aus einer anderen Welt wirkten, die hier längst heimisch geworden waren. Das Zirpen der Zikaden erfüllte die Luft und vermischte sich mit dem entfernten Rauschen des Meeres. Martin kannte diesen Flecken Erde zu gut. Sein Vater liebte Fréjus, und als er noch lebte, hatte die Familie jedes Jahr ihren Urlaub hier verbracht. Immer genau zehn Tage. Länger konnte sein Vater der Fabrik nicht fernbleiben. Diese zehn Tage waren die einzigen im Jahr, in denen Martin und Nicole ihren Vater ganz für sich hatten. Er hatte mit ihnen im Meer gebadet, am Strand Frisbee gespielt, war mit ihnen Eis essen gegangen, und sie hatten mindestens einmal während ihres Aufenthaltes den kleinen Vergnügungspark besucht, den es ganz in der Nähe gab und von dem Martin nicht wusste, ob er heute noch existierte. Während er seinen Vater als ausgelassen und fröhlich in Erinnerung hatte, wusste er nie, ob seine Mutter den Urlaub ebenfalls genoss oder ob das alles für sie nur eine Art Pflichtübung war. Sie hatte sich immer um alles gekümmert, die Einkäufe erledigt, die Picknickkörbe für den Strand gepackt und darauf geachtet, dass sie sich ausreichend mit Sonnenschutz eincremten. Aber für Spielereien oder Albernheiten war sie nie zu haben. Den Großteil des Tages verbrachte sie lesend in ihrem Liegestuhl. Wenn sie sich doch einmal aufraffte, ging sie bestenfalls bis zur Hüfte ins Meer und fand es überhaupt nicht witzig, wenn Martin und Nicole sie mit Wasser bespritzten. Schon damals hatte Martin sich gefragt, was in seiner Mutter vorging. Und wie es um die Ehe seiner Eltern tatsächlich stand. Niemals gab es ein lautes Wort oder Streit zwischen ihnen, und er war nicht sicher, ob das eher Glück oder Gleichgültigkeit war.

«Das Wasser ist bestimmt noch ganz warm», sagte Karl, während er aufgeregt seine Klamotten abstreifte. Martin breitete ein Handtuch aus, das er aus dem Hotel mitgenommen hatte, und krempelte seine Jeans hoch.

«Erster», rief Karl und stürmte ins Wasser. Martin wusste nicht, warum, aber irgendetwas weckte bei ihm den Impuls, Karl hinterherzulaufen. Es war, als folgte er einer blassen Erinnerung. An die Urlaube mit seinem Vater. An ihre ausgelassenen Spiele.

«Na warte. Ich krieg dich!»

Karl quiekte vor Vergnügen und lief, so schnell er konnte.

Auch Martin rannte immer schneller, und an der Wasserkante hatte er Karl eingeholt.

«Jetzt kriegst du die Abreibung, die du verdient hast.»

Karl schrie lachend auf und riss sich los. Er spritzte mit den Füßen Wasser in Martins Richtung.

«Du willst Ärger? Kannst du haben», sagte Martin und spritzte zurück. Das Wasser glitzerte in der Abendsonne. Karl ließ sich rücklings hineinfallen und tauchte in eine kleine Welle, machte einen Handstand. Martin prustete lachend, als Karl wieder zum Angriff überging und er einen Schwall Wasser abbekam.

«Mist.» Er wischte sich mit dem Handrücken über das Gesicht.

«Salzwasser brennt in den Augen», meinte Karl.

«Was du nicht sagst», entgegnete Martin, der versuchte, den Ärger beiseitezudrücken, der in ihm aufstieg.

Karl bekam davon nichts mit. Er bespritzte Martin munter weiter. «Wenn du willst, kriegst du meine Taucherbrille», schlug er vor.

«Schluss jetzt. Genug ist genug», entfuhr es Martin, der über seine eigenen Worte erschrak. Ihm war, als hörte er seine Mutter reden.

Karl sah ihn ernst an. «Schade.»

Sein harscher Ton tat Martin leid. Es war ihm einfach so herausgerutscht. «Ich setze mich mal ein bisschen in die Sonne», sagte er in deutlich milderem Tonfall und überließ Karl sich selbst.

Während Martin mit angewinkelten Beinen auf dem Handtuch hockte, eine Zigarette rauchte und die wärmenden Strahlen der Sonne genoss, dachte er immer noch über die Gehemmtheit nach, die ihn plötzlich überkommen hatte. Wenn er ehrlich war, war sie für ihn nichts Neues. Es kam nicht oft vor, aber hin und wieder hatte er das Gefühl, als laufe er mit angezogener Handbremse durchs Leben. Als würde eine innere Stimme ihm befehlen, sich zu beherrschen, sich zusammenzureißen, nicht über die Stränge zu schlagen.

Er nahm einen letzten Zug von seiner Zigarette, drückte die Kippe im Sand aus und entsorgte sie in einer kleinen Wasserflasche, die er als Aschenbecher benutzte. Er sah sich um und beobachtete die anderen Menschen, die die letzten Stunden dieses Tages auskosteten. Eltern, die von ihren Liegestühlen aus über ihre Kinder wachten. Eine Gruppe Jugendlicher, die eine kleine Party feierten, ein älteres Paar, das ein Picknick vor sich ausgebreitet hatte und neben dem ein kleiner weißer Terrier mit braunen Augen so unermüdlich an einem Loch buddelte, als wollte er das andere Ende der Welt erreichen.

Karl hatte Anschluss an ein paar Kinder gefunden, mit denen er im Wasser tobte. Dass sie Französisch mit ihm sprachen, schien ihm nichts auszumachen. Zwischen den Kindern herrschte eine Unschuld und Sorglosigkeit, um die Martin sie beneidete. Während er seinen Neffen beim Spielen beobachtete, war ihm, als halte Karl ihm einen Spiegel vor, und er sah darin nicht sich selbst, sondern seine Eltern. Er fragte sich, was wohl im Kopf seines Vaters vorgegangen war, als er vor vielen Jahren an seiner Stelle im Sand saß und den Kindern im Wasser zuschaute. Es waren wirre Gedanken, die Martin durch den Kopf schossen und die er nicht einsortieren konnte. Er war nicht mehr hier gewesen, seit sein Vater gestorben war. Die Sommerferien in Fréjus waren eine schöne Erinnerung. Und doch löste diese Umgebung auch noch etwas anderes in ihm aus. Etwas Schmerzvolles. Martin wurde klar, dass er eine Ewigkeit nicht mehr an seinem Grab gewesen war. Er dachte an all die Jahre, die vergangen waren und nie wiederkommen würden. Jahre, in denen nicht alles perfekt gewesen war, aber die Sorgen noch klein und weniger existenziell. In denen ihm die Welt offen gestanden hatte und *Zukunftsängste* noch ein Fremdwort für ihn war. Jetzt, da er unverhofft an diesen Ort seiner Kindheit zurückgekommen war, musste er zwangsläufig an all die Zeit denken, die vergangen war. Auf den ersten Blick sah der Strand immer noch so aus wie damals, aber die Welt hatte sich seitdem radikal verändert. Genauso wie auch er nicht mehr derselbe war. Aber wer war er? Martin hielt sich für einen glücklichen Menschen. Er führte das Leben, das er wollte. Er hatte einen großen Bekanntenkreis, unzählige Freunde und Freundinnen. Er lebte in einer der spannendsten Metropolen der Welt, die nicht frei von Problemen war, aber bunt und verrückt, und in der jeder sein durfte, wie er wollte. Er fühlte sich geborgen und zu Hause. Und trotzdem war da noch ein anderes Gefühl, das er in letzter Zeit immer stärker spürte, das er jedoch nicht einzuordnen wusste. Er wusste nur, dass es schwächer wurde, wenn ein ganz bestimmter Mensch an seiner Seite war.

Martin fuhr sich mit der Hand durchs Haar und zupfte sein T-Shirt zurecht. Er sah über seine Schulter und checkte den Hintergrund. Dann lächelte er in die Kamera seines Smartphones und machte in schneller Abfolge ein paar Selfies. Er hatte sich selbst nie für fotogen gehalten. Sobald eine Kamera auf ihn gerichtet war, verkrampfte er. Aber nachdem er endlich ein halbwegs brauchbares Foto gefunden hatte, suchte er nach Sophies Namen. Er tat es wie automatisch. Dabei war er immer noch ein wenig verärgert, und eigentlich hatte er sich vorgenommen, jeden Gedanken an Sophie aus seinem Kopf zu verbannen. Er hatte es nicht nötig, Frauen hinterherzulaufen. Wenn, dann sollte Sophie sich bei ihm melden, dachte er und zögerte. Martin spürte, wie sein Herz immer schneller klopfte. Und dann tippte er auf «Senden». Er sah, wie der erste

Haken neben der Nachricht erschien. Und dann erschien auch der zweite, der signalisierte, dass Sophie die Nachricht erhalten hatte. Erwartungsvoll starrte er auf das Display. Aber auch nach zehn Minuten wurden die Haken immer noch nicht blau.

9

«Étangs sind stehende Wasserflächen, die nicht besonders tief sind. Sie besitzen eine verhältnismäßig kleine Oberfläche und gelten noch nicht als Seen», las Karl von seinem Smartphone vor. Am Morgen war er noch so müde gewesen, dass Martin ihn kaum aus dem Bett bekommen hatte. Aber nur eine Stunde später war Karl schon wieder putzmunter und plapperte ohne Punkt und Komma. Wenn ihm gerade nichts einfiel, öffnete er Wikipedia auf seinem Smartphone und las Martin Einträge über die Landschaften vor, durch die sie fuhren.

«Wie wäre es mit Radio?», fragte Martin, der als überzeugter Morgenmuffel gerne noch ein wenig Ruhe gehabt hätte.

«Später», sagte Karl und setzte seinen Vortrag fort. «Sie entstehen auf natürliche Weise durch geologische oder klimatische Prozesse, wie beispielsweise durch die Bildung von Senken, die mit Wasser gefüllt werden, und sind oft Lebensräume für eine Vielzahl von Pflanzen- und Tierarten, darunter Fische, Amphibien …»

«Wenn du willst, hören wir mal in deine Musik rein», schlug Martin todesmutig vor. Vielleicht konnte er Karl damit ruhigstellen.

«Gilt das Angebot auch für später?»

«Jetzt oder nie.»

«Dann nie», entgegnete Karl lässig und war bereits wieder in seinen Artikel vertieft. «Der Name Camargue kommt wahrscheinlich vom lateinischen Begriff *Campus Martius*. Das bedeutet ‹Feld des Mars›. Mars war der römische Kriegsgott, und solche Namen wurden oft für Gebiete verwendet, die rau oder ungezähmt wirkten …»

«Ich bin jetzt auch mal rau und ungezähmt», fiel Martin ihm ins Wort. Es wurde einfach zu viel. Er nahm ihm das Smartphone ab und legte es in die Ablage. «Das bleibt da jetzt zwei Stunden liegen.»

«Kann ich denn jetzt meine Musik anmachen?»

«Die Chance hast du verspielt.»

«Schau mal», rief Karl plötzlich und drückte seine Nase gegen die Seitenscheibe.

Und da sah auch Martin die Camargue-Pferde, deren schneeweiße Rücken sich majestätisch von der Umgebung abhoben, während sie in kleinen Herden durch die Landschaft streiften. Was er nicht geschafft hatte, vermochten diese wunderbaren Tiere: Karl hatte es die Sprache verschlagen. Eine echte Wohltat. Auch für Karl. Statt sich mit theoretischen Texten zu beschäftigen, nahm er diese romantische, geheimnisvolle Landschaft nun mit seinen Sinnen auf. Unweigerlich dachte Martin an die vielen sogenannten Fans auf Pop- und Rockkonzerten, die sich sündhaft teure Tickets kauften, um während des Auftritts ihres Idols ständig nur aufs Smartphone zu schauen, weil sie alles auf Video festhalten wollten. Während sie das, was live auf der Bühne vor ihnen passierte, verpassten.

Martin fuhr das Fenster ein wenig herunter. Die Luft war angenehm frisch. Er roch den salzigen Duft des Meeres. Sie schauten über weite Ebenen, von Schilf und Sumpfgräsern durchzogen. Der Horizont schien endlos, und bereits jetzt flimmerte die Luft im Licht der südlichen Sonne. Rosa schimmernde Flamingos zogen in großen Schwärmen durch die Lagunen, auf der Jagd nach kleinen Krebsen, Schnecken und Insektenlarven. Ihre Nahrung war verantwortlich für ihre Färbung. Auch das hatte er von Karl erfahren. Für Martin war dieses Mosaik aus Land und Wasser, diese Landschaft von ungezähmter Schönheit, in der das Rhône-Delta auf das Mittelmeer traf, neu. So oft er und seine Familie auch an der Côte d'Azur gewesen waren, über Marseille, das sie einmal für einen Tagesausflug besucht hatten, waren sie nie hinausgekommen.

«Die Place de la Comédie ist der zentrale Platz der Stadt und das Herz von Montpellier.» Karl hatte den Timer seines Smartphones auf exakt zwei Stunden eingestellt. Als der Alarm losschrillte, hatte er es sofort wieder in die Hände genommen. Dagegen konnte Martin nichts sagen. Karl hatte sich auf die Sekunde genau an seine Anweisung gehalten. Und dass Karl in den drei Stunden bis zum Erreichen von Montpellier nicht über Hunger geklagt und eine Pause eingefordert hatte, nahm Martin ebenfalls wohlwollend zur Kenntnis. Karl schien sich seinem Rhythmus anzupassen. Trotzdem zehrte der Dauervortrag an Martins Nerven.

«Die Kathedrale Saint Pierre …»

«Kannst du mal halblang machen», unterbrach er Karl gereizt. Der dichte Verkehr in einer Stadt, die er nicht kannte, war schon anstrengend genug. Dass Karl ihm ständig ins Ohr quatschte, machte die Sache nicht leichter.

«Mama sagt immer, man muss sich gut vorbereiten, wenn man neue Orte bereist.»

«Dazu müssen wir erst mal ankommen», erwiderte Martin.

Da klingelte sein Telefon. Er warf einen flüchtigen Blick aufs Display und sah das Profilfoto seiner Mutter. Martin zögerte. Aber dann fiel ihm wieder ein, dass er ihre Anrufe ignoriert und zuerst vergessen hatte, ihr mitzuteilen, dass Karl bei ihm war. Seine Mutter hatte noch etwas gut bei ihm. Er drückte Karl das Telefon in die Hand.

«Mach auf Laut.»

Karl nahm den Anruf entgegen. «Hallo, Oma.»

«Karl? Geht es dir gut?» Sie klang beinahe ein wenig besorgt.

«Ja, Mama, er lebt noch», kam Martin Karl zuvor. «Stell dir vor.»

«Da bin ich beruhigt. Ich habe ziemlich schlecht geträumt.»

Martin runzelte die Stirn. «Du rufst uns an, weil du schlecht geträumt hast?», fragte er, während er Ausschau nach einem Schild hielt, das ihm den Weg ins Zentrum wies.

«Es ging nicht gut aus für euch, ihr hattet einen schrecklichen Auto…» Rita brach ihren Satz ab, aber Martin konnte sich den Inhalt bereits zusammenreimen.

«Ich muss dich enttäuschen. Ist noch alles dran.»

«Kein Grund, gleich wieder sarkastisch zu werden, Junge. Ich habe mir nur Sorgen gemacht.»

Die Ampel, auf die Martin zufuhr, sprang auf Rot. Er musste so scharf abbremsen, dass sie beide heftig in die Anschnallgurte geworfen wurden und Karl erschrocken nach seinem Orca griff. Martin hatte ihn immer noch nicht davon überzeugen können, dass das Stofftier auf der Rückbank besser aufgehoben war.

«Hey, pass auf», rief Karl.

«Das würde mir deutlich leichter fallen, wenn ihr beide jetzt die Klappe haltet», meinte Martin, während der Schreck nachließ.

«Junge, du warst noch nie der sicherste Autofahrer. Bitte fahr vorsichtig», riet seine Mutter ihm eindringlich.

Martin riss Karl das Smartphone aus der Hand. «Und vor allem darf man während der Autofahrt nicht telefonieren. Tschüss, Mama», sagte er und legte auf.

Da entdeckte Martin endlich das Hinweisschild mit der Aufschrift *Centre-Ville*. «Ich glaube, wir haben's gleich.»

«Darf ich dann weiter vorlesen?»

«Nein!»

Karl stellte das Autoradio an und suchte nach einem Sender. Das hatte Martin ihm zugestanden. Und während er weiter Richtung Zentrum fuhr, wunderte er sich noch immer über seine Mutter. Sie hatte sich Sorgen gemacht … Martin konnte sich nicht erinnern, wann er das letzte Mal diesen Satz von ihr gehört hatte. Bisher hatte er nicht mal gewusst, dass sie sich überhaupt noch Gedanken über ihn machte. Martin ging schon lange davon aus, dass seine Mutter ihn als hoffnungslosen Fall längst abgehakt hatte.

Karl hatte gerade einen Sender gefunden, der ihm gefiel, als Martin in eine Tiefgarage fuhr und der Empfang abbrach. Sie parkten, Karl schnappte sich seinen Rucksack, in den er den Orca steckte, Martin sein Portemonnaie und seine Sonnenbrille. Als sie die Treppen zum Ausgang erklommen hatten und ins Freie traten, wurden sie nicht enttäuscht. Vor ihnen entfaltete sich die Stadt wie ein farbenfrohes Gemälde. Das Licht der südlichen Sonne tauchte die Fassaden der alten Gebäude in goldene Töne.

Die Place de la Comédie, die Karl ihm bereits beschrieben hatte, haute Martin buchstäblich um. Die imposanten Gebäude, die den Platz säumten, blickten majestätisch auf sie herab. Cafés reihten sich aneinander, ihre Terrassen waren voller Menschen, die in die Sonne blinzelten, während, was Martins Herz ganz besonders hoch schlagen ließ, der Duft von Kaffee in der Luft lag.

«Das ist fast so gut wie das in Nizza», meinte Karl wenig später mit einem von Schokolade verschmierten Mund. Die Lust an einem ausgedehnten Spaziergang war schnell dem Appetit auf ein *Pain au chocolat* gewichen, wie sie auch in Montpellier keine Mangelware waren. Sie saßen auf der Terrasse eines kleinen Cafés, von der aus sie auf die Fontaine des Trois Grâces blicken konnten. Einen Brunnen, dessen Figuren anmutig das Spiel des Wassers beobachteten.

«Wisch dir mal den Mund ab», sagte Martin und reichte ihm eine Serviette. Dann nahm er einen Bissen von seinem buttrigen Croissant und spülte ihn mit einem Schluck Milchkaffee herunter. Er verfolgte das Treiben der Einwohner um sie herum und spürte eine Leichtigkeit, die ihn ergriff. Die lockere Atmosphäre, das *Laissez-faire*, wirkte ansteckend auf ihn. Er versuchte, sich zu erinnern, wann er sich das letzte Mal so befreit gefühlt hatte. Aber es fiel ihm nicht ein. Gerade fing er an, sich zu entspannen, als Karl ihn in die Realität zurückholte.

«Meine Augen tränen», beklagte er sich.

Martin seufzte angestrengt und guckte demonstrativ auf seine Uhr. «Zwei Minuten dreißig im Klappehalten. Das ist neuer Rekord. Wenn du fünf Minuten schaffst, gebe ich einen aus.»

Karl rieb sich die Augen.

«Ist dir was reingeflogen?»

«Nein, die Sonne tut weh.»

«Dann setz deine Sonnenbrille auf.»

«Ich hab keine.»

«Deine Mutter achtet doch sonst auf alles, und du hast keine Sonnenbrille?»

«Vergessen», sagte Karl kleinlaut.

Martin dachte nach. Wobei es eigentlich nicht viel zu überlegen gab. Die Sonne war ein Segen, aber zu viel davon gefährlich. Und in Spanien und Portugal hatten sie gute Chancen, zu viel davon zu bekommen. Martin durfte auf keinen Fall riskieren, dass Karl sich eine Netzhautschädigung zuzog. Er brauchte eine Sonnenbrille. Zum Glück gab es im Zentrum von Montpellier zahlreiche Läden, die auf vergessliche Touristen spezialisiert waren und neben Badehosen, Bikinis, Strandhandtüchern und Luftmatratzen auch über ein großes Sortiment an günstigen Sonnenbrillen verfügten.

«Na dann, los geht's.» Martin stand auf, bezahlt hatten sie schon an der Theke. Zusammen schlenderten sie über den Platz, Karl mit zusammengekniffenen Augen.

«Wenn du so guckst, bekommst du Falten», sagte Martin.

Karl verzog noch mehr das Gesicht, als er zu ihm hochsah. «Dann bist du früher viel ohne Sonnenbrille unterwegs gewesen?»

Martin wollte etwas Schlagfertiges erwidern, musste aber lachen. «Da ist ein Laden.» Er deutete auf ein Souvenirgeschäft, in dem es Sonnenbrillen gab.

Zusammen betraten sie den Verkaufsraum, der vollgestellt war mit zahlreichen drehbaren Brillenständern.

«Auf keinen Fall», rief Martin entschieden. Karl wollte gerade zu einer Vintage-Sonnenbrille in Herzform greifen und zog seine Finger zurück, als habe er sich verbrannt. An den Stoff-Orca hatte Martin sich mehr oder weniger gewöhnt. Aber diese Brille war eindeutig zu viel. Sollte Karl sich doch in Berlin lächerlich machen, aber nicht, solange sie gemeinsam unterwegs waren.

«Was ist mit der hier?», schlug Martin vor und setzte Karl ein Sportmodell mit Plastikbügeln auf.

Karl ließ seinen Blick schweifen. «Damit sieht alles so komisch aus», meinte er, nicht überzeugt.

Martin versuchte es mit einem anderen Modell. Allerdings waren die Gläser so groß und dunkel, dass Karl damit aussah wie eine Stubenfliege.

«Die da gefällt mir», sagte Karl und deutete auf eine Brille, die der von Martin sehr ähnlich war. Martin liebte seine Ray-Ban Wayfarer. Aber dafür brauchte man ein entsprechendes Gesicht. Und Style. Er konnte sich nicht vorstellen, dass Karl diese Brille auch nur halb so gut stehen würde wie ihm.

«Ich denke, die ist nichts für dich», meinte er, während er Karl die Sonnenbrille probehalber aufsetzte.

«Und?», fragte Karl.

Martin musterte ihn perplex. Die Brille stand ihm ausgesprochen gut. Sie war perfekt.

«Ich weiß nicht. Sitzt sie denn fest genug?», fragte er dennoch skeptisch und schob die Brille in Karls Gesicht prüfend hin und her. Sie saß, wie eine Sonnenbrille sitzen sollte.

Karl war bereits Feuer und Flamme und inspizierte begeistert seine Umwelt. «Das Licht sieht total klasse aus.»

Martin fand nichts, das gegen dieses Modell sprach. Bis auf die Kleinigkeit der frappierenden Ähnlichkeit mit seiner Wayfarer. Und die Befürchtung, dass Karl neben ihm wie eine kleine Version seiner selbst aussehen würde. Es gab Menschen, die so einen Anblick süß fanden. Aber zu denen gehörte Martin eindeutig nicht.

«Ich will die», forderte Karl standhaft.

Die Würfel waren gefallen. Wenn Martin diese Stadt jemals wieder verlassen wollte, musste er nachgeben.

«Ich finde Montpellier viel schöner als Berlin», sagte Karl, während Martin den Wagen zurück auf die Autobahn lenkte. Seine Sonnenbrille hatte Karl seit dem Kauf nicht mehr abgesetzt.

«Das behältst du aber schön für dich, verstanden?»

Irgendwann würden sie wieder zu Hause sein. Vereint mit Nicole. Und Martin hoffte inständig, dass Karl sich in ihrer Gegenwart nicht doch verplapperte.

Das Autoradio dudelte leise vor sich hin, als Martin plötzlich aufmerkte. Just in dem Moment, in dem Karl einen anderen Sender einstellen wollte.

«Finger weg», rief Martin reflexartig und drehte die Musik lauter. Er hatte sich nicht verhört. Das war *You Don't Know Me,* sein großer Hit. Sein Herzschlag beschleunigte sich. Es war immer wieder ein Erlebnis, seinen Song im Radio zu hören.

«Erkennst du den Song nicht?», fragte Martin.

Karl runzelte unschlüssig seine Stirn. «Weiß nicht.»

«Du weißt doch sonst alles. Mensch, das bin ich. Den habe ich dir schon tausendmal vorgespielt.»

Bei Karl wollte immer noch keine Begeisterung aufkommen. «Ach, ja.»

Martin warf ihm einen bösen Blick zu. «Könntest du mal ein bisschen stolzer auf mich sein? Wer hat schon einen so coolen Onkel?»

«Wotan», entgegnete Karl unbeeindruckt. «Sein Onkel ist Spieleentwickler, und der Onkel von Mia entwickelt eine KI.»

Martin schüttelte ungläubig den Kopf. Das waren also die Helden eines Zwölfjährigen. Schöne neue Welt. Er musterte Karl prüfend von der Seite. Was hörte der Junge eigentlich für Musik? Da Martin ihm bisher strikt verboten hatte, seine Musik über das Autoradio laufen zu lassen, hatte Karl häufig seine Kopfhörer aufgesetzt. Aber irgendwie interessierte es ihn doch, was Karl sich da ständig auf die Ohren gab. Martin war schließlich Vollblutmusiker.

«Was hörst du denn so?»

«Hip-Hop», entgegnete Karl mit einer Selbstverständlichkeit, die Martin die Sprache verschlug. Er hatte mit Benjamin Blümchen gerechnet. Oder mit einem Barden, der auf Kinderlieder spezialisiert war. Oder leicht verständlichem deutschem Schlager. Hip-Hop war so ziemlich das Letzte, was er Karl zutraute. Wahrscheinlich verwechselte der Junge irgendwas und brauchte dringend Nachhilfe in Sachen Musikgenres.

«Zum Beispiel?», fragte Martin und nahm sich fest vor, nicht in Gelächter auszubrechen. Es war nicht nötig, Karl gleich zu demütigen.

«Aggro8000», antwortete Karl.

Martin konnte es nicht fassen.

«Der ist voll lit. Kennst du den?», fragte Karl, dessen Augen plötzlich leuchteten.

«Flüchtig», entgegnete Martin. Tatsächlich hatte er erst vor Kurzem das Vergnügen gehabt, Aggro8000 persönlich kennenzulernen, was ihm jetzt noch Bauchschmerzen bereitete. Nachdem er mal wieder wochenlang vergeblich versucht hatte, seinen Manager Mike ans Telefon zu kriegen, waren die beiden sich zufällig in Martins Lieblingsbar über den Weg gelaufen. Mike war in Begleitung von Aggro8000 gewesen, den er ihm großspurig als «the next big thing» vorgestellt hatte. Alles, was Martin gesehen hatte, war ein junger Typ mit Pickeln in einem ausdruckslosen Gesicht und einer Frisur, die ihn an Fußballspieler aus den Siebzigern erinnerte. Trotzdem war Martin sofort klar gewesen, dass Mike diesen Typen nicht ohne Grund durch die Gegend schleppte. Man konnte Mike einiges nachsagen, aber was Talente betraf, hatte er einen guten Riecher. Das war auch der Grund, warum Martin seit dieser Begegnung mit seinem Schicksal haderte. Als er Aggro8000 gegenüberstand, hatte er sich gesehen. Vor über zwanzig Jahren war Martin an seiner Stelle gewesen, auf dem Sprung, die

Welt zu erobern. Ob er wollte oder nicht, er musste sich eingestehen, dass vor ihm die Zukunft stand, während er selbst die Vergangenheit war. Und dass Mike, der seit Jahren zögerte, ihm einen neuen Plattenvertrag zu vermitteln, ihn im Grunde abgeschrieben hatte. Es machte die Sache nicht unbedingt besser, dass sein zwölfjähriger Neffe sich an *You Don't Know Me* nicht erinnern konnte, aber über seine Kopfhörer, die er sich in der Zwischenzeit aufgesetzt hatte, lautstark Aggro8000 hörte. Sollte Karl es wagen, auch nur eine Zeile laut mitzusingen, würde er ihn zum Fenster rauswerfen.

Während Karl mit seinem Kopf rhythmisch zur Musik wippte, schob Martin die Selbstzweifel beiseite und zwang sich, sich wieder auf die Gegenwart zu konzentrieren. Und vor allem auf die Zukunft. *Seine* Zukunft. Nur deshalb war er auf die Reise gegangen.

Zumindest für etwas Ablenkung sorgte die grandiose Landschaft, durch die sie fuhren. Etwa zwei Stunden nachdem sie in Montpellier gestartet waren, überquerten sie die Grenze nach Spanien. Sie passierten Le Perthus, einen faszinierenden Ort, an dem die Grenze zwischen Frankreich und Spanien verschmolz, eingebettet in die sanften Ausläufer der Pyrenäen. Die Hügel waren bedeckt von dichtem Grün, das in verschiedenen Schattierungen leuchtete. Ein leichter Sprühregen hatte eingesetzt, der auf dem heißen Asphalt sofort verdampfte und ein beinahe tropisches Klima im Inneren des Autos entstehen ließ.

An der ersten Autobahnraststätte legte Martin einen Halt ein, weil Karl auf die Toilette musste. Um sich einen weiteren Zwischenstopp zu ersparen, tankte Martin den Wagen voll und kaufte Mineralwasser und ein paar Snacks im Tank-Shop. Er fühlte sich gut in Spanien. Er liebte Frankreich, was jedoch die Sprache betraf, waren die Spanier deutlich lockerer. Er konnte nur ein paar Brocken Spanisch, aber irgendwie konnte man sich immer verständigen. Und sei es mit Händen und Füßen.

Martin legte dem Kassierer einen Hunderter hin und blickte sorgenvoll in sein Portemonnaie. Obwohl er und Karl bisher sparsam gelebt hatten, war ihr Barvermögen erheblich geschrumpft. Er hatte Zweifel daran, dass sie es bis zurück nach Hause schaffen würden, ohne irgendwie Geld zu beschaffen. Wenigstens waren die Zigaretten in Spanien billiger. Dennoch schob er eines der beiden Päckchen zurück, die er aus der Auslage genommen hatte. Er musste Abstriche machen.

Als Martin auf sein Auto zuging, war Karl immer noch nicht von der Toilette zurück. Er stieg ein und verstaute die Süßigkeiten für Karl und die Erdnussflips, die er für sich gekauft hatte, auf der Rückbank. Martin liebte Erdnussflips, wie alles, was nach Erdnuss schmeckte. Da klingelte sein Telefon, was jedes Mal aufs Neue ein ungutes Gefühl in ihm auslöste. Er sah den Namen seiner Schwester im Display und seufzte auf. Jeder Anruf von Nicole bedeutete ein Risiko.

«Wieso? Wo steckt Karl denn?», fragte Nicole, nachdem er ihr erklärt hatte, dass er ihn gerade nicht ans Handy holen konnte.

«Auf Toilette. Da werde ich ihm kaum hinterherlaufen», sagte er. Er sah zum Toilettenhäuschen und hoffte inständig, dass Karl endlich um die Ecke kam. Denn Nicole war nach Plaudern zumute, sie ließ sich nicht so einfach abwimmeln.

«Und? Was treibt ihr so?»

«Dies und das. Wir cruisen gerade ein bisschen rum. Was man so macht in den Sommerferien», antwortete Martin und gab sich Mühe, nicht ungeduldig zu klingen. «Und du? Hast du keine Therapie oder so was?»

«Ich komme gerade aus dem Qigong-Kurs.»

«Klingt super», meinte Martin, während er sich vorstellte, wie Nicole und ein paar andere Patienten komische Verrenkungen in Zeitlupe vollzogen.

«Ich vermisse Karl», sagte sie.

Martin schaute erneut zum Toilettenhäuschen. «Ja, ich auch.»

«Wieso? Was meinst du?»

«Ich meinte, er vermisst dich auch», schob Martin eilig hinterher. Ihm war klar, dass er grundsätzlicher werden musste, wenn er Nicole davon abbringen wollte, ihnen dauernd hinterherzutelefonieren.

«Aber das wird nicht besser, wenn er dich ständig an der Strippe hat. Du musst mal loslassen. Gib dem Jungen ein paar Freiheiten. Oder soll er so ein Muttersöhnchen werden?»

«Ich wollte ihm nur kurz Hallo sagen», sagte Nicole beinahe entschuldigend. Seine Ansage zeigte Wirkung, aber nun tat sie ihm fast schon wieder leid. Er konnte sich vorstellen, dass sie unter schrecklichem Heimweh litt.

Da wurde hinter Martin gehupt. «Ich blockiere die Zapfsäule. Ich muss Schluss machen.»

«Er soll mich anrufen», rief Nicole noch. Dann legte sie auf.

Martin fuhr den Wagen ein Stückchen vor. Nicht zu weit, damit Karl ihn sofort sehen konnte, wenn er zurückkam. Er schaute auf die Uhr. Zehn Minuten waren bereits vergangen. Eine lange Zeit für einen Toilettengang. Jedenfalls für normale Menschen. Da er jedoch Karls Reinlichkeitsfimmel kannte, machte Martin sich noch keine echten Sorgen. Wahrscheinlich gab es kein Toilettenpapier und keine Papierhandtücher mehr, und er wusste nicht, wie er die Toilettentür öffnen sollte, ohne sie mit der Hand zu berühren. Martin riss die Tüte mit den Erdnussflips auf und stopfte sich ein paar davon in den

Mund. Er blickte ein weiteres Mal auf seine Uhr. Dann stieg er aus. Es konnte nicht schaden, doch mal nachzuschauen.

Ein mit Putzmitteln beladener Trolley stand vor der Toilette, deren Tür weit geöffnet war. Als Martin hineinschaute, entdeckte er eine Reinigungskraft, die gerade dabei war, den Boden mit einem Wischmopp zu reinigen. Außer ihr war niemand zu sehen, was Martin zunehmend nervös machte.

«*Niño?*», stammelte er fragend, doch die Frau sah ihn nur irritiert an.

«*Sorry, close*», antwortete sie auf Englisch mit deutlichem Akzent. Trotzdem kontrollierte er zur Sicherheit die abschließbaren Toiletten, aber auch dort fand er keine Spur von Karl. Schweiß trat ihm auf die Stirn. Aufgeregt rannte er zurück zum Auto. Er sah sich suchend um und scannte mit seinem Blick das unübersichtliche Treiben auf der Raststätte. Er hörte ein paar Kinder schreien und lachen und riss den Kopf herum. Aber auch in der tobenden Meute auf dem Kinderspielplatz konnte er Karl nicht entdecken. Ein großer Truck rollte an ihm vorbei und blies ihm seine Abgase ins Gesicht. Und als er dem Fahrzeug hinterhersah, wie es sich langsam auf den Weg zur Autobahn machte, stieg Panik in ihm auf.

10

«*Si*, ja, es gibt ein Problem. Mein Neffe ist weg», schrie Martin dem Kassierer der Tankstelle entgegen. Seine Stimme zitterte. Er bebte am ganzen Körper. Martin hatte das gesamte Gelände um die Tankstelle abgesucht, fiebrig den Spielplatz unter misstrauischen und alarmierten Blicken einiger Eltern abgegrast und auch den Selbstbedienungsbereich der Raststätte aufgemischt, aber nur verständnislose Blicke der Angestellten hinter dem Ausgabetresen geerntet. Seine letzte Hoffnung war das Süßwarenregal im Kassenbereich der Tankstelle gewesen, doch Karl blieb wie vom Erdboden verschluckt.

Der Kassierer verstand kein Wort, schien aber zu begreifen, dass die Lage ernst war und Martin kein Verrückter. Zumindest hielt er es noch nicht für nötig, zu seiner Dose Pfefferspray zu greifen, die er sicher in einem Versteck unterhalb des Tresens deponiert hatte. Krampfhaft dachte Martin darüber nach, wie er dem Kassierer erklären konnte, was passiert war. Unter normalen Umständen hätte er sich mit seinen paar Brocken Spanisch verständlich machen können, aber in dieser Ausnahmesituation fiel ihm keine einzige Vokabel ein.

«Vielleicht kann ich für Sie übersetzen?», fragte eine junge Frau, die in der Schlange der wartenden Kunden stand. Dankbar nickte Martin und erklärte der Frau, was vorgefallen war. Als er anschließend zuhörte, wie sie dem Kassierer alles in fließendem Spanisch schilderte, spürte er sein Herz bis zum Hals schlagen. Er wartete gebannt auf einen Hoffnungsschimmer, aber egal, was die Frau auch fragte, die Reaktion des Kassierers war immer die gleiche: verneinendes Kopfschütteln.

«*Llamo a la policía?*», fragte der Kassierer. Martin verstand nicht alles, aber das eine Wort reichte.

«*No, no policía*», rief er reflexartig und winkte hektisch ab, was unverzüglich irritierte Gesichter hervorrief. Jemand, der so vehement die Hilfe der Polizei ablehnte, musste etwas zu verbergen haben. Aber Martin wusste, wenn die spanische Polizei mit den deutschen Kollegen nur das Geringste gemeinsam hatte, wäre Karl über alle Berge, bevor er auch nur erklärt hatte, worum es ging. Es würden endlose Fragen gestellt, er würde mit auf die Wache kommen müssen und hätte dann seine Schwierigkeiten, zu erklären, wieso er mit einem Zwölfjährigen im Auto in Spanien unterwegs war und sie auf keinen Fall die Mutter des Jungen anrufen durften. Er wusste ja noch nicht mal, was Neffe auf Spanisch hieß.

«Fragen Sie ihn, ob er mir die Videos zeigen kann», bat Martin die hilfreiche deutsche Touristin, die ihn skeptisch ansah.

«Ich denke nicht, dass er das darf?»

«Fragen Sie ihn einfach!»

«Sollten wir nicht doch besser die Polizei rufen?»

Martin überlegte fieberhaft. War die Polizei vielleicht die einzige Möglichkeit? Es ging um Leib und Leben. Das alles war kein Spaß mehr. Martin wollte gerade einwilligen, als er wie elektrisiert zusammenfuhr. Er trat näher an die Scheibe heran und sah zu den Parkplätzen für die Lkw. Hatte er gerade Karl gesehen? Er war nicht sicher, weil der Mann, wahrscheinlich ein Fernfahrer, der vor dem offenen Führerhäuschen seines Fahrzeuges stand, die Person vor sich größtenteils verdeckte. Martins Herz hämmerte in seiner Brust. Da trat der Fernfahrer einen Schritt zur Seite und gab die Sicht auf Karl frei. Martin zögerte keine Sekunde und stürmte aus der Tankstelle auf den Lkw-Parkplatz.

«Wo warst du, verdammt noch mal?!», rief er, der nach einem Spurt von gerade einmal dreißig Metern komplett aus der Puste war und nach Luft japste. Es war nicht nur ein Stein, eine ganze Lawine fiel ihm vom Herzen. So wie es aussah, verhinderte er gerade noch rechtzeitig die Entführung seines Neffen. Doch so erleichtert er auch war, konnte er seinen Ärger auf Karl nicht gänzlich unterdrücken. Karl war alt genug, um zu wissen, dass man nicht zu Fremden ins Auto stieg. Weder für Schokolade noch für einen Bildband über die Unterwasserwelt.

Martin ignorierte den Fernfahrer und griff nach Karls Hand, um ihn schnellstens in Sicherheit zu bringen. Der Fernfahrer hatte ein Format wie der Kleiderschrank in Martins Schlafzimmer und war mit Sicherheit um einiges stabiler.

Er versperrte Martin den Weg. «Kennst du den Mann?», fragte er, an Karl gerichtet.

Martin kam Karl eilig zuvor. «Er ist mein Neffe. Danke fürs Aufpassen, aber wir müssen jetzt los», erklärte er und unternahm einen weiteren Versuch, Karl zum Gehen zu bewegen. Da Karl die Gefahr immer noch nicht erkannt zu haben schien und keine Reaktion zeigte, musste er ihn entschieden mit sich ziehen.

Der Fernfahrer stieß einen lauten Pfiff aus. Martin hielt das für kein gutes Zeichen, und tatsächlich tauchten wie aus dem Nichts ein weiterer Fernfahrer und eine Fernfahrerin auf und positionierten sich neben ihm.

«Ich hatte den Jungen gefragt, nicht Sie», sagte der Fernfahrer streng.

Eigentlich fand Martin, dass der Kerl keinerlei Berechtigung hatte, ihn auszufragen. Im Gegenteil – dieser Fernfahrer musste Rede und Antwort stehen. Und zwar in einem gut gesicherten Verhörzimmer. Doch als Martin die drei Gestalten, die sich vor ihnen aufgebaut hatten, näher betrachtete, fand er sie zwar immer noch Respekt einflößend, allerdings machten sie auf ihn nicht den Eindruck eines Kinderhändlerrings. Um seinen und Karls Abgang zu beschleunigen, entschied er sich für Kooperation.

«Na los, Karl, sag ihm, dass ich dein Onkel bin.»

Der Fernfahrer blickte fragend zu Karl.

Doch die ganze Situation schien Karl zu verunsichern. Er nickte verschüchtert, brachte aber kein Wort über die Lippen. Martin ahnte Schlimmes. Karls Anblick musste bei den Fernfahrern sämtliche Alarmglocken schrillen lassen. Den lieben langen Tag quasselte der Junge vor sich hin. Aber ausgerechnet in dem Augenblick, in dem Glaubwürdigkeit gefragt war, verschlug es ihm die Sprache.

«Oder musst du das sagen?», insistierte der Fernfahrer und ließ seine Stimme jetzt ein wenig weicher klingen, so als wäre er ein einfühlsamer Kinderpsychologe im Gerichtssaal, der einem Kind eine entscheidende Aussage entlocken wollte.

«Wo liegt eigentlich das Problem?» Martin ging vorsichtig in die Offensive. Irgendwie mussten sie schließlich vorankommen.

«Das Problem ist, dass ein Junge in seinem Alter hier nicht alleine herumstromern sollte. Es sind nicht alle Menschen so nett wie wir.»

Nett war nicht unbedingt das Erste, was Martin beim Anblick des Trios in den Sinn gekommen wäre, aber dennoch hatte der Mann recht.

«Habt ihr irgendwelche Ausweise dabei?», fragte der Fernfahrer.

Martin atmete auf. Endlich lief die Diskussion in eine konstruktive Richtung.

«Im Auto ist sein Kinderausweis», sagte er und dankte dem Herrgott, dass ihm, kurz bevor sie in Berlin gestartet waren, noch eingefallen war, Karls Ausweis einzustecken.

Der Fernfahrer nickte. «Okay, dann schauen wir uns das mal an.»

Martin führte den Trupp zu seinem Auto. Karl holte seinen Rucksack vom Rücksitz und zog seinen Kinderausweis aus einem kleinen Seitenfach. Auch Martin zückte seinen Ausweis und hielt ihn dem Fernfahrer unter die Nase. Dass seine Schwester nie geheiratet hatte und so noch ihren Geburtsnamen trug, war ein ungeahnter Glücksfall. Karl hatte den gleichen Nachnamen wie Martin. Einen stichhaltigeren Beweis konnten sie gar nicht vorlegen.

«So einen Ausweis fälsche ich dir in zehn Minuten», sagte die bis eben noch schweigende Fernfahrerin.

Martin sah sie perplex an und fragte sich, was diese Frau wohl vorher beruflich gemacht hatte. Ob sie womöglich immer noch Dokumente fälschte. Sozusagen als zweites Standbein.

«Langsam wird es lächerlich, oder?», meinte er. Aber er schien der Einzige zu sein, der dieser Meinung war.

«Hast du Fotos auf deinem Smartphone?», fragte die Fernfahrerin Karl. Martin seufzte auf. Die Angelegenheit drohte sich immer weiter zu verkomplizieren. Er wagte zu bezweifeln, dass Karl viele Fotos von ihm in seiner Mediathek aufbewahrte. Er fand es sogar wesentlich wahrscheinlicher, dass er überhaupt nicht in seinem Fotoalbum auftauchte. Wenn er ehrlich war, sah es im echten Leben doch nicht viel anders aus. War er da, dann nur, wenn es notwendig war, weil Nicole ihn brauchte.

Fast schämte er sich, doch dann merkte er auf, als Karl sein Smartphone zückte, es entsperrte und den drei Fernfahrern vor die Nase hielt.

«Das war mein zehnter Geburtstag, da waren wir auf einem großen Kletterspielplatz, aber dann bin ich gestürzt und habe mir das Knie aufgeschlagen ... Hier sind wir mit Mama an die Ostsee gefahren ... Das war Weihnachten, und wir konnten den ganzen Tag nicht an den Strand, weil es so geregnet hat ... Und hier sind Onkel Martin und ich im Berliner Tierheim, das ist das größte von ganz Europa, aber leider kann ich keinen Hund haben, weil meine Mama arbeiten muss und ich noch zur Schule gehe», erklärte Karl, während er durch die Fotos scrollte.

Martin blickte staunend auf. So wie es aussah, nahm er sehr wohl an Karls Leben teil. Karl hatte nicht bloß zahlreiche Fotos, auf denen er zu sehen war, er konnte immer auch die Geschichte dahinter erzählen. Tatsächlich konnte auch Martin sich gut an den gemeinsamen Besuch im Tierheim erinnern, der noch gar nicht so lange her war. Martin liebte Hunde, und Karl hatte begeistert zugestimmt, als er ihm spontan den Vorschlag unterbreitet hatte, mit ihm ins Tierheim zu fahren. Am Ende kamen sie ohne Hund zurück, beide verdammt traurig, weil sie so viele arme Hunde hatten zurücklassen müssen.

«Passen Sie in Zukunft besser auf ihn auf», befahl der Fernfahrer, der endlich überzeugt zu sein schien. Martin konnte nicht anders, als zustimmend zu nicken und dankbar zu lächeln. Er allein war es, der Mist gebaut hatte. Er hatte nicht auf Karl achtgegeben. Umso glücklicher war er darüber, dass es auf dieser Welt anscheinend doch noch Menschen gab, die aufeinander aufpassten, die sich kümmerten und sich einmischten, wenn es notwendig war. Im Nachhinein fand Martin, dass diese Fernfahrer sich vorbildlich benommen hatten.

Er selbst hätte genauso gut ein Kindesentführer sein können. Es war richtig gewesen, dass sie ihm ordentlich auf den Zahn fühlten.

Nachdem die drei abgezogen waren, stiegen Martin und Karl in ihr Auto. Langsam legte sich die Aufregung. Der Blutdruck pegelte sich wieder im Normalbereich ein.

«Die Toilette war zu, darum bin ich ins Gebüsch», verteidigte sich Karl.

«Beim nächsten Mal gibst du mir Bescheid. Du gibst mir ab sofort immer Bescheid, wenn du dich mehr als fünf Meter entfernst, ist das klar?», befahl Martin.

Karl nickte und schnallte sich wortlos an. Martin wollte die Sache so schnell wie möglich vergessen. Es machte keinen Sinn, Karl einen großen Vortrag zu halten oder mit ihm zu schimpfen. Der Junge hatte verstanden. Und Martin war unendlich froh und dankbar, dass die Sache so glimpflich ausgegangen war.

Während Martin den Motor startete und wieder auf die Autobahn einfädelte, setzte Karl seine Sonnenbrille und den Kopfhörer auf. Martin warf ihm einen Seitenblick zu. Er musste an die vielen gemeinsamen Fotos von sich und Karl denken. Er selbst hatte kein einziges von ihnen beiden auf seinem Smartphone. Und das beschämte ihn.

Der Verkehr lief flüssig. Martin und Karl kamen gut voran. Die meiste Zeit schweigend. Das Erlebnis auf der Raststätte wirkte noch nach, und Martin musste sich zwingen, nicht darüber nachzudenken, was alles hätte passieren können, wenn Karl an einen weniger netten Menschen geraten wäre.

Sie passierten Barcelona und fuhren durch das malerische Collserola-Gebirge mit seiner üppigen Vegetation aus Kiefernwäldern, mediterranen Sträuchern und wilden Blumen.

Kleine Dörfer lagen in den sanften Hügeln verstreut, als hätte eine höhere Macht sie einfach dorthin geworfen wie eine Handvoll Kieselsteine. Martin liebte Barcelona. Diese pulsierende Metropole voller Leben und Kreativität, die atemberaubende Architektur von Antoni Gaudí, das lebhafte Treiben auf den Märkten am Tag und in den Bars, Restaurants und Clubs in der Nacht war genau nach seinem Geschmack. Er hatte nicht wenig Lust, einen Abstecher zu machen und ein Gläschen köstlichen Wein aus der Penedès-Region oder dem Alella zu genießen. Er entschied dann aber doch, einen Bogen um die Stadt zu machen. Eigentlich hätte er auch hier bei einer seiner ehemaligen Liebschaften übernachten wollen. Als er bei seiner Planung vor ein paar Tagen allerdings bei Rosalía angerufen hatte, hatte sie ihm ziemlich deutlich die Meinung gegeigt. Es war mehr als nur das spanische Temperament gewesen, das aus ihr gesprochen hatte. Rosalía hatte ihn regelrecht davor gewarnt, auch nur in ihre Nähe zu kommen. Da sie Friseurin war und eine gewisse Affinität zu Scheren und Messern hatte, hielt er es für besser, ihren Rat zu befolgen. Dabei war das, was zwischen ihnen vorgefallen war, schon gute zehn Jahre her. Martin hatte damals etwas mit Rosalía am Laufen. Er hätte es nicht unbedingt eine Beziehung genannt, doch Rosalía nahm die Sache sehr ernst und war umso enttäuschter, als sie ihn mit ihrer Zwillingsschwester Aurelia im Bett erwischte. Martin hatte sich damit herauszureden versucht, dass er betrunken gewesen war und sie in seinem Zustand schlichtweg nicht hatte auseinanderhalten können. Zu spät war ihm aufgefallen, dass Zwillinge nicht unbedingt erpicht darauf waren, sich anzuhören, dass sie austauschbar waren. Selbstverständlich hatte er das nicht so gemeint und versucht, es richtigzustellen. Er hatte sich um Kopf und Kragen geredet und immer wieder betont, wie einzigartig sie sei.

Ohne Erfolg. Es gab nun mal Menschen, die nur das hörten, was sie hören wollten. Martin ging davon aus, dass die beiden Schwestern sich längst wieder versöhnt hatten. Aber für ihn blieb Barcelona seitdem verbotene Zone.

Rosalía fiel somit aus, aber Martin hatte noch eine andere, weniger nachtragende Verflossene, die nicht weit von Barcelona in Tarragona lebte.

Da sie gut in der Zeit lagen, gab Martin Karls Drängen nach, und sie machten Rast am Platja de Calafell, einem an der Costa Dorada gelegenen Strand von entspannter Gelassenheit, dessen Umgebung geprägt war von einer lebhaften Promenade, gesäumt von charmanten Cafés und Restaurants. Martin und Karl stellten das Auto ab und schlossen sich den anderen Flaneuren an. Den Familien, Paaren und Gruppen von Freunden, die das warme Klima genossen und die freundliche Atmosphäre. Sie suchten sich mit ihren Handtüchern einen Platz am Strand, dessen Sand puderfein war und sich zwischen den Zehen hindurchdrückte. Das azurblaue Wasser glitzerte unter der spanischen Sonne, während am Horizont kleine Boote und ein majestätisches Segelschiff vorbeizogen.

Martin quetschte einen Rest Sonnenschutz aus einer Tube und cremte Karl damit den Rücken ein. Erst auf dieser Reise wurde ihm so richtig klar, wie teuer Sonnenmilch war. Vor allem, wenn man auf einen hohen Lichtschutzfaktor achtete, musste man eine Menge Geld investieren. Martin mochte keine Sonnencreme und glaubte sogar, dass seine Haut dafür nicht geeignet war. Er cremte sich, wenn überhaupt, nur sehr sparsam ein. Denn egal, was auf den Packungen auch draufstand – unsichtbar, sofort einziehend, nicht fettend –, am Ende hatte er doch immer einen unangenehm schmierigen Film auf der Haut, an dem zu allem Überfluss jedes Sandkorn kleben blieb. Dabei nahm er die Warnungen der Hautärzte durchaus ernst. Aber Martins Devise war «schattiges Plätzchen statt LSF 50».

Während er die Sonnencreme in Karls Nacken verteilte, fiel ihm auf, wie gebräunt die Haut seines Neffen bereits war. Normalerweise war Martin an Wetterberichten nicht sonderlich interessiert. Er nahm es, wie es kam. Was brachte diese ständige Meckerei übers Wetter, wenn man es doch nicht ändern konnte? Sicherheitshalber schaute er sich jetzt aber doch mal die Prognosen für den Sommer in Deutschland an und las mit einiger Erleichterung, dass Berlin in den nächsten zwei Wochen von einem Hochdruckgebiet mit viel Sonnenschein beherrscht werden sollte. Martin würde somit nicht in Verlegenheit kommen, Nicole erklären zu müssen, warum ihr Sohn, der seine Zeit normalerweise am liebsten vor dem PC verbrachte, auf einmal so nach Sommerurlaub aussah.

«Einen netten Jungen haben Sie da», hörte Martin eine weibliche Stimme sagen. Er drehte sich um und sah in das lächelnde Gesicht einer sympathischen Frau. Sie war höchstens ein paar Jahre jünger als er, trug einen roten Bikini und saß unter einem roten Sonnenschirm auf einem roten Badehandtuch. Nach ihrer Lieblingsfarbe würde er sie nicht fragen müssen.

Martin rollte mit den Augen und seufzte demonstrativ auf. «Der Schein trügt», entgegnete er und deutete zu Karl, der gelangweilt ein Frisbee in die Höhe warf und wieder auffing. Die Frau lachte. «Ich weiß genau, was Sie meinen. Ich liebe meine Töchter über alles. Aber vierundzwanzig Stunden am Tag?»

«Sie haben Töchter?»

«Zwei.»

«Sind Sie dafür nicht ein bisschen jung?» Martin war klar, dass er übertrieb. Aber bereits mit ihrem ersten Satz hatte sie es geschafft, seinen Flirt-Modus zu aktivieren. Und so offensiv, wie sie zurücklächelte, steckte anscheinend Absicht dahinter.

«Ist Ihre Frau auch hier?», fragte sie und sah sich suchend um.

Nun war Martin sicher. Er kannte die Spielregeln. Hier passierte etwas. Sie interessierte sich ganz sicher nicht für seine Ehefrau. Sie interessierte sich ausschließlich für ihn. Sie wollte herausfinden, ob er Single war. Martin hatte eindeutig Chancen bei ihr. Nur, was nützte es ihm, dachte er, als er zu Karl blickte, der die Lust am Frisbeespielen verloren hatte und stattdessen mit einem Stock im nassen Sand herumstocherte.

«Wir sind zu zweit unterwegs», antwortete Martin. Obwohl spätestens jetzt der richtige Zeitpunkt gekommen war, die Frau aufzuklären, machte er weiter. Er war zu neugierig auf das, was als Nächstes passieren würde. Und ganz nebenbei schmeichelte es ihm, mal wieder im Fokus einer attraktiven Frau zu stehen.

«Ein richtiger Vater-Sohn-Urlaub, ja?», fragte sie schmunzelnd.

«So was in der Art», entgegnete Martin ausweichend.

«Für mich funktioniert eine Ehe nur, wenn jeder dem anderen seine Freiheiten lässt», sagte sie, während sie näher kam und sich direkt neben ihm im Sand niederließ.

Martin war verblüfft. Er war nicht unerfahren im Flirten und Daten, aber die Direktheit dieser Frau imponierte ihm. Er hatte schon immer ein Faible für Frauen gehabt, die die Initiative ergriffen.

«Haushalt, Kinder … Einmal im Jahr muss sich mein Mann alleine kümmern. Ich muss mich einfach mal wieder selber spüren», führte sie weiter aus.

Eindeutiger konnte man eine Einladung auf ein kleines Abenteuer nicht formulieren, und Martin war nicht abgeneigt.

Vielleicht würde es ihm helfen, die Gedanken an Sophie endlich abzuschütteln, die ihm immer wieder durch den Kopf schossen.

«Ja, das verstehe ich zu gut», meinte Martin, als plötzlich ein Schatten auf ihn fiel.

«Hallo», sagte Karl, der sich vor ihm aufbaute und die Frau neben ihm prüfend musterte.

Martin seufzte. «Geh noch ein bisschen ins Wasser.»

«War ich schon.»

«Sonst kriegst du doch auch nicht genug?»

«Aber dann musst du mich neu eincremen, und wir verbrauchen so viel Sonnenmilch. Die ist so teuer, hast du doch gesagt?»

Martin lachte – etwas zu laut, wie er selbst bemerkte. Er schüttelte amüsiert den Kopf und deutete, an die Frau gewandt, lächelnd auf Karl. «Ich tippe auf Sonnenstich.»

Karl ignorierte Martins Bemerkung. Er setzte seine Sonnenbrille ab und begutachtete die Frau, als sitze er in einer Jury für die Wahl zum schönsten Rassekaninchen.

«Wie heißt du denn?», fragte sie. Martin sah, dass ihr Lächeln ein wenig von seiner Strahlkraft verlor. Er konnte es ihr nicht verdenken.

«Karl.»

«Freut mich, Karl. Ich bin Corinna.»

«Bist du auch eine Verflossene?»

Corinna lachte verdutzt auf.

Martin warf Karl einen warnenden Blick zu. «Was redest du da?»

Karl tat so, als wenn er ihn nicht gehört hätte, und hielt seinen Blick fest auf Corinna gerichtet. «Wir fahren ganz in den Süden von Europa. Aber der südlichste Punkt ist die Insel Gavdos in der Ägäis und nicht das Kap Marroqui bei Tarifa.»

Corinna sah Karl verwundert an und lächelte schief. «Wie beeindruckend.»

Martin ahnte bereits, dass die Sache nicht gut enden würde. Doch bevor er einschreiten konnte, plapperte Karl schon weiter.

«Und unterwegs übernachten wir immer bei Frauen, mit denen Onkel Martin mal was hatte», führte er weiter aus.

Corinna schaute amüsiert zu Martin. «*Onkel* Martin?»

«Ja, das wollte ich gerade erzählen», beteuerte Martin und rang sich ein verlegenes Lächeln ab.

Mit einem Mal lachte Corinna schallend los. «So ein Typ sind Sie, ja? Ehrlich gesagt, ganz schön Neunziger.»

Martin konnte sich denken, worauf sie anspielte. Aber es war ja nicht so, dass er ständig versuchte, Frauen mit der Alleinerziehender-Vater-und-Sohn-Nummer herumzukriegen. Vermutlich hätte er kein Problem damit, Karl für diese Zwecke einzusetzen, wenn es denn erforderlich sein sollte. Aber in diesem Fall war sie es, die den Ball ins Spiel gebracht hatte. Er hatte sich nichts vorzuwerfen.

«Vater, Onkel … Im Grunde besteht da kein großer Unterschied. Jedenfalls nicht, wenn man seine Verantwortung ernst nimmt», faselte Martin, um die Situation irgendwie noch zu retten. Und Corinnas Interesse an ihm hochzuhalten.

Corinna schüttelte bedauernd den Kopf. «Sorry, aber ich habe schlechte Erfahrungen mit Single-Männern ohne Kinder gemacht. Ich suche Vergnügen und keinen weiteren Klammeraffen. Ich habe schon einen zu Hause», sagte sie im Aufstehen.

Martin schüttelte den Kopf. «Klammern ist ein Fremdwort für mich», beteuerte er. «Ich bin eher so der lockere Typ.»

«Schönen Tag noch, Onkel Martin», sagte Corinna grinsend. «Und dir auch, Karl.» Sie klaubte ihre Sachen zusammen und zog davon.

Martin wandte sich zu Karl um. «Weißt du, wie peinlich das war?»

«Ja, du warst mega-cringe.»

«Ich?!»

Karl ließ sich neben Martin in den Sand fallen und zog seine Kopfhörer aus dem Rucksack. «Du brauchst keine neue Freundin.»

Martin schaute ihn verblüfft an. Die Art, wie Karl ihn überrumpelte, gefiel ihm ganz und gar nicht. Genauso wenig wie dessen demonstrative Souveränität. Überhaupt nahm Karl sich ihm gegenüber immer mehr heraus. Respekt war etwas anderes. Es wurde Zeit, dass Martin ihn mal wieder in seine Schranken wies.

«Aus Erwachsenengesprächen hältst du dich in Zukunft raus», blaffte er. Aber ihm war selber klar, dass er brüllte wie ein zahnloser Tiger.

«Ich denke, du magst Sophie?», fragte Karl unvermittelt.

Nun verschlug es Martin endgültig die Sprache. Er starrte perplex zu Karl, der seine Sonnenbrille aufsetzte, sich auf sein Handtuch legte und die Musik lauter stellte. Martin blickte auf seine Uhr.

«Weißt du was? Wir fahren weiter.»

«Was? Jetzt schon?»

«Das hast du dir selber verbockt. Hoch jetzt.»

Martin suchte ihre Sachen zusammen, und auch Karl kam seiner Aufforderung maulend nach. Karl hatte ihm gerade einen echten Hieb verpasst. Martin war zu aufgewühlt, um noch weiter seelenruhig am Strand zu hocken.

Nur kurze Zeit später fuhren sie auf der Autobahn in Richtung Tarragona. Die Szene am Strand spukte weiter in Martins Kopf herum. Er fragte sich, ob Karl die Frau mit Absicht verscheucht hatte. Um zu verhindern, dass Martin Dummheiten anstellte. Eigentlich traute er ihm das noch nicht zu. Gleichzeitig musste Martin sich eingestehen, dass er Karl nie völlig durchschaute. Was an ihm war noch Kind, was war schon auf dem Sprung zum Erwachsensein? Viel entscheidender jedoch war, dass er Karl aus tiefstem Herzen dankbar sein musste. Etwas mit dieser Frau anzufangen, wäre ein Riesenfehler gewesen. Womöglich ein Fehler zu viel. Früher hätte er sich die Chance auf ein romantisches Abenteuer nicht entgehen lassen. Aber seit einiger Zeit war das anders. Seit er Sophie kannte, um es genauer zu sagen. Zum ersten Mal in seinem Leben spürte er das Bedürfnis, eine gescheiterte Beziehung nicht einfach durch eine neue zu ersetzen. Und je mehr er darüber nachdachte, desto klarer wurde ihm, dass es einen Punkt gab, in dem Karl unrecht hatte. Martin mochte Sophie nicht einfach nur. Es war mehr als das.

Die Fahrt durch Tarragona führte sie vorbei an beeindruckenden historischen Monumenten, die von der römischen Vergangenheit der Stadt zeugten. Die alte Stadtmauer erhob sich majestätisch, während weiter entlang der Strecke das imposante Amphitheater hervorstach, das direkt am Meer lag. Martin und Karl parkten das Auto und gingen zu Fuß weiter, sie passierten charmante enge Gassen, durch die man über Kopfsteinpflaster zu versteckten Plätzen mit Straßencafés und Tapasbars rumpelte. Bis sie schließlich den modernen Teil der Stadt erreichten mit seinen von Geschäften und Märkten gesäumten Straßen, in der auch Martins Ex-Freundin Sole einen Importladen für allen möglichen esoterischen Nippes betrieb.

«Ach, Martin, ich freue mich so», sagte Sole und fiel Martin ein weiteres Mal in die Arme. Und sie meinte es ehrlich. Das spürte er. Soles Herzlichkeit war grenzenlos. Nach den unschönen Erlebnissen mit Carole in Nizza war sie Balsam für Martins Seele.

«Du siehst fantastisch aus», sagte Martin, während er sie staunend musterte. Er hatte sie mindestens acht Jahre nicht gesehen, und sie hatte sich kaum verändert. Sie war im gleichen Alter wie er und hatte immer noch ein beinahe faltenfreies Gesicht. Auch ihren Kleidungsstil hatte Sole beibehalten. Schon früher hatte sie ein Faible für wallende Kleider mit Batikmuster gehabt, was, wenn er sich so in ihrem Laden umschaute, nur konsequent war. Das Wenigste hier war nach seinem Geschmack. Aber darum ging es nicht. Martin bewunderte Menschen, die eine Linie hatten, die echt und authentisch waren. Und nichts anderes konnte man von Sole behaupten.

Sole blickte zu Karl, der sich überfordert im Laden umschaute. «Und du bist also Karl, ja?»

«Hmh …», antwortete Karl abwesend. Teppiche lagen hüfthoch gestapelt, marokkanische Lampen mit bunten Gläsern hingen als Ausstellungsstücke von der Decke, es gab farbenfrohe Kelims und Kissen und Gewänder, Buddhastatuen in allen möglichen Größen, aber auch welche von Ganesha und anderen Göttern. Es herrschte ein heilloses und farbenfrohes Chaos aus Formen und Farben, und Räucherstäbchen, Seifen und Öle verströmten den Duft des Orients.

Martin konnte sich lebhaft vorstellen, was in Karls Kopf vor sich ging. Er hätte sich nicht gewundert, wenn er die Ärmel hochgekrempelt und seine eigene Ordnung in den Laden gebracht hätte.

«Ich finde, du müsstest dringend mal aufräumen», sagte Karl stattdessen.

Sole lachte vergnügt. «Aufräumen?»

«Ja. In der Unordnung findet man doch gar nichts.»

«In meinem Laden herrscht eine kosmische Ordnung. Wer ihn betritt, sucht nicht. Er wird durch eine höhere Macht zu Dingen geführt, die sein Leben bereichern», erklärte Sole voller Hingabe.

Martin schaute erwartungsvoll zu Karl. Er war sicher, dass sein Neffe diese Erklärung nicht unkommentiert stehen lassen würde. Doch zum Glück war Esoterik eines der wenigen Gebiete, von denen auch Karl nichts verstand. Besserwisserische Erklärungen blieben Sole somit erspart.

«Aber es riecht gut», sagte Karl.

Martin atmete erleichtert auf. Karl verhielt sich außergewöhnlich entspannt, was nur bedeuten konnte, dass er Sole nett fand.

«Ich heiße jetzt übrigens Darshini», merkte Sole an. «Diesen Namen hab ich bei meinem letzten Retreat in Poona erhalten.»

«Poona. Bei diesen Bhagwanis?», fragte Martin.

«Wir nennen uns Sannyasins.»

«Den Ashram gibt's immer noch? Ich dachte, Bhagwan ist schon lange tot.»

Sie lächelte ihn milde an, als sei er ein Unwissender und sie die Erleuchtete. «Nur sein Körper. Sein Bewusstsein und seine spirituelle Energie sind weiterhin lebendig.» Leute, die sie nicht kannten, konnten ihre Art zu sprechen als überheblich auslegen. Aber damit lagen sie absolut falsch. Sole – Darshini – hatte einfach nur ein extrem ausgeprägtes Selbstbewusstsein. Sie war überzeugt von dem, was sie tat, würde aber niemals ein Urteil über andere fällen.

«Und was bedeutet *Darshini*?», fragte Karl wissbegierig.

«Darshini ist Sanskrit und bedeutet ‹die Seherin›. Jemand, der Einsicht oder eine tiefe Vision hat.»

Von Darshinis Visionen konnte Martin tatsächlich ein Lied

singen. Schon damals, als sie zusammen waren, tanzte sie leidenschaftlich gerne zu Goa-Trance. Ihre Wochenenden fingen meistens am Donnerstagabend an und endeten Montagfrüh, was ohne gewisse Stimulanzien nicht zu meistern war. Einmal hatte sie Martin zu überreden versucht, LSD zu nehmen, um seine emotionalen Blockaden zu lösen. Martin hatte das strikt abgelehnt. Wie alle Substanzen, bei denen er einen Kontrollverlust fürchtete. Gut, den erlebte er hin und wieder auch mit Alkohol. Und ja, ein, zwei Male hatte er sich zu Ecstasy überreden lassen. Aber LSD ging ihm eindeutig zu weit.

«Ist die Farbe echt?», fragte Karl jetzt und deutete auf Darshinis leuchtend roten Haarschopf, den sie zu einem Pferdeschwanz zusammengebunden hatte.

Darshini lachte. «Nein, das ist Henna. Meine Haare sind schon ziemlich grau.»

Martin zuckte zusammen. Das war eine Sache, über die er nur ungern sprach. Tatsächlich hatte auch er es mal mit einer Graukaschierung aus dem Drogeriemarkt versucht, aber das Ergebnis war so ernüchternd gewesen, dass er seitdem die Finger von derlei Experimenten gelassen hatte. Das wollte er aber nicht ausgerechnet jetzt näher erörtern, weshalb er hoffte, dass Karl zügig zum nächsten Punkt seines Fragenkatalogs überging.

«Onkel Martin hat sich auch mal die Haare gefärbt.»

«Karl, bitte. Wen interessiert das?»

«Er sah aus, als hätte er eine Perücke auf», erzählte Karl freiheraus.

Darshini lachte Martin an. «Für dein Alter hast du noch ziemlich wenig graue Haare.»

Sie hatte es als Kompliment gemeint, aber es schmeichelte ihm nicht wirklich. Und bevor diese Diskussion ausuferte, musste er einen Punkt setzen.

«Sollen Karl und ich uns noch ein wenig die Stadt anschauen, bis du deinen Laden schließt?», fragte Martin.

«Auf keinen Fall. Ich mache zu, und wir fahren zu mir.»

«Sicher?»

«Wenn ich euch schon mal sehe, möchte ich jede Minute genießen.»

Ihre Herzlichkeit löste ein wohliges Gefühl in Martin aus. Aber so war Darshini schon immer gewesen. Die Gastfreundschaft in Person. Martin war froh, dass sie beide damals im Guten auseinandergegangen waren. So hatten sie sich ihre Freundschaft bewahren können. Wobei sie eigentlich nie richtig zusammen gewesen waren. Er hätte sich durchaus mehr vorstellen können, aber Darshini wollte sich auf keinen Fall die Fesseln einer festen Beziehung anlegen lassen. Liebe und Sex waren für sie zwei verschiedene Dinge, und Martin konnte damals nie wirklich einschätzen, ob sie ihn liebte oder nur Sex von ihm wollte.

Sex hatte es reichlich gegeben in der Berliner WG, in der Darshini damals gewohnt hatte. Obwohl Martin beinahe jeden Abend bei ihr gewesen war, konnte er nie den Überblick über ihre Mitbewohner behalten. Ständig kam ein neues Gesicht aus einem der vielen Zimmer in der riesigen und ohnehin schon chaotischen Altbauwohnung. Als Martin und Darshini eines Nachts im Bett lagen und intim miteinander wurden, war plötzlich ein Typ ins Zimmer gekommen, den er nie zuvor gesehen hatte und der sich ihren Aktivitäten spontan anschloss. Martin hatte sich immer für einen unvoreingenommenen Typen gehalten, und Darshini hatte ihn dazu ermuntert, seine Konventionen über Bord zu werfen und sich zu öffnen. Doch das Einzige, was Martin in dieser Nacht noch geöffnet hatte, war die Haustür, um so schnell wie möglich zu verschwinden.

Darshinis Wohnung stellte für Karl eine noch größere Herausforderung dar als ihr Laden in der Innenstadt. Und auch Martin fühlte sich mit einem Schlag um Jahre zurückversetzt. Bis auf die Tatsache, dass Darshinis Mitbewohner ausschließlich Spanisch sprachen, ähnelte die WG der, in der sie in Berlin gelebt hatte. Es herrschte ein heilloses Durcheinander. Die Einrichtung war zusammengestückelt, das Mobiliar stammte vom Flohmarkt oder vom Sperrmüll. Schuhe, Kleidung und andere Habseligkeiten lagen einfach überall herum. Jede Art von Ordnung suchte man vergebens. Als sie in die Küche kamen, traute Martin seinen Augen nicht. Neben der Kaffeemaschine stand eine Rolle Toilettenpapier. Schon während ihrer gemeinsamen Zeit in Berlin hatte sie darauf zurückgegriffen, wenn keine Kaffeefilter im Haus waren. Martin lebte ja selber nicht übermäßig bürgerlich, aber über dieses Stadium war er dann doch schon deutlich hinausgewachsen.

Nachdem Darshini den beiden ihren Schlafplatz gezeigt hatte, der nichts weiter war als eine mit einer großen indischen Decke abgehängte Zimmerecke, tischte sie ein selbst gemachtes indisches Daal auf.

«Falls ihr es schärfer mögt, habe ich noch Chilisoße», erklärte sie, während sie ihre Teller randvoll mit Daal füllte. Martin schaute zu Karl, der wie versteinert auf seinem Stuhl hockte und mit angewidertem Blick auf den dampfenden Brei vor sich starrte. Darshini hatte hauptsächlich rote Linsen verwendet, was dem Daal nach der Zugabe diverser Gewürze eine unappetitlich bräunliche Farbe verlieh.

Martin liebte indische Küche. Und er wusste, dass Darshini fantastisch kochen konnte. Genauso wie er wusste, dass Karl gerade vor einem echten Problem stand. Martin stellte sich schon auf seinen Protest ein, als Karl sein Gesicht zu einer Grimasse verzog, sich den Bauch hielt und laut aufstöhnte.

Darshini sah ihn besorgt an. «Alles okay mit dir?»

«Ich habe furchtbare Bauchschmerzen», presste Karl heraus.

Martin fand, dass Karl ein wenig überzeugendes Schauspiel darbot. Um seiner Posse wenigstens ein wenig Glaubwürdigkeit zu verleihen, kam er ihm zu Hilfe.

«Das kommt davon, wenn man sich den Magen mit *Pain au chocolat* zukleistert.»

«Du Ärmster», meinte Darshini bedauernd. «Dann solltest du besser keine Linsen essen.»

Martin warf Karl einen verschwörerischen Blick zu. Und auch über Karls Gesicht flog ein Lächeln der Erleichterung. Doch er hatte sich zu früh gefreut.

«Ich habe einen ganz tollen Kräutertee. Der wird dir helfen», sagte Darshini und öffnete einen der oberen Schränke, in dem es aussah wie in einer Apotheke nach einem Tornado. Der Schrank quoll über vor Kannen und Gefäßen aus Glas und Blech.

«Ich habe die Kräuter selbst gesammelt und getrocknet», führte sie weiter aus, was es für Karl nicht unbedingt schmackhafter machte.

Martin grinste Karl an. Eine gewisse Schadenfreude konnte er sich nicht verkneifen. Gleichzeitig war er auch ein bisschen stolz auf ihn. Er hielt es Karl sehr zugute, dass er zu einer Notlüge gegriffen hatte, statt sich über das Daal zu beschweren und Darshini zu verletzen. Das hatte dieser durch und durch positive Mensch, der es immer nur gut mit anderen meinte, nicht verdient. Das schien Karl genauso zu sehen wie er.

«Er schmeckt ein bisschen bitter, aber er wirkt Wunder»,

beteuerte Darshini, während Karl sie mit sorgenvollem Blick dabei beobachtete, wie sie den Tee zubereitete.

Martin widmete sich wieder seinem Daal, das er ganz vorzüglich fand, während Karl auf den Becher mit Kräutertee starrte wie das Kaninchen auf die Schlange.

«Darf ich den Tee mit zum Bett nehmen?», fragte er.

«Natürlich. Leg dich ein bisschen hin», riet ihm Darshini fürsorglich.

Karl nahm die Tasse in die Hand und zog ab. Martin konnte sich vorstellen, was er vorhatte. Auf dem Weg zu ihrem Schlafplatz würde er einen kleinen Umweg einlegen; über das Badezimmer.

«Der arme Junge», meinte Darshini mitfühlend.

«Der ist schneller wieder auf den Beinen, als du denkst.»

«Und seine Mutter hat nichts dagegen, dass du ihn durch halb Europa schleppst?»

Martin sah Darshini offen an. Sie war loyal und verschwiegen. Aber es gab keinen Grund, ihr alle Einzelheiten zu erklären. «Nicole kennt mich. Sie weiß, dass Karl bestens bei mir aufgehoben ist», meinte er. Um weitere Nachfragen im Keim zu ersticken, hielt er Darshini lächelnd seinen leeren Teller hin. «Gibt's einen Nachschlag?»

Sie strahlte. «Natürlich.»

Plötzlich ertönte ein lauter Schrei. Karls Schrei. Martin und Darshini tauschten einen Blick. Dann liefen sie ins Bad.

Martin hatte sich nicht geirrt. Karl stand mit seinem Becher am Waschbecken, in dem noch Reste des Tees zu sehen waren, und starrte entgeistert auf den jungen Mann mit wuscheligen Haaren und Vollbart, der auf der Toilette saß. So wie Gott ihn geschaffen hatte.

«Er ist einfach reingekommen», stammelte Karl, der kreidebleich war.

«César», rief Darshini mahnend.

César erhob sich träge, stellte sich neben Karl, hielt seine Hände unter den Wasserhahn, tupfte sie an einem Handtuch trocken und verschwand, als würde ihn das alles nichts angehen.

Für Karl war es zu viel. Er stellte den Becher auf dem Waschbecken ab und verschwand den Flur hinunter.

Darshini sah Martin zerknirscht an. «Das ist bei uns so üblich. Das Bad steht immer allen offen.»

Martin kannte das bereits aus der Berliner WG. Aber das war lange her. Und selbst er fand, dass man ab einem gewissen Alter etwas auf Privatsphäre achten sollte. Vor allem auf die der anderen.

«Ich sage den anderen Bescheid, dass sie anklopfen sollen.»

Martin nickte dankbar, fürchtete aber, dass hier nichts mehr zu retten war.

«Ich sehe mal nach ihm.»

Als Martin zum Schlafplatz kam, sah er nur noch, wie Karl sich seinen Rucksack und den Orca schnappte und fluchtartig die Wohnung verließ. Martin stöhnte auf und eilte ihm hinterher. Erst am Auto holte er ihn wieder ein.

«Ich gehe nicht zurück», schrie Karl mit rotem Kopf.

«Es tut Darshini wirklich leid. Das passiert nicht noch mal.»

Karl zerrte unbeeindruckt an der verschlossenen Autotür. «Mach auf.»

Martin öffnete das Auto. Karl riss die Tür auf, sprang auf den Beifahrersitz und zog die Tür energisch wieder zu.

Martin atmete tief durch. Dann setzte er sich zu Karl ins Auto. «Und was machen wir jetzt?»

«Keine Ahnung. Aber bei den Verrückten schlafe ich nicht.»

«Darshini ist nicht verrückt.»

«Aber die anderen.»

«Weißt du, was Hotels hier kosten? Wir können nicht gerade mit Geld um uns schmeißen.»

«Mir egal.»

Martin seufzte und musterte ihn. Er würde Karl nicht umstimmen können. Also entschied er sich, zurück zu Darshini zu gehen, seine Sachen zu holen und sich zu verabschieden.

«Findest du nicht, dass er ein bisschen übertreibt?», fragte Darshini sanft, während Martin seine Tasche nahm und auf die Tür zuging.

Er zögerte. «Karl ist zwölf und es nicht gerade gewohnt, mit Nacktheit konfrontiert zu werden.»

Darshini zuckte mit den Schultern. «Nacktheit ist etwas ganz Natürliches.»

«Er ist ein Kind, er geht halt noch anders damit um.»

«So wie du?»

Martin stutzte kurz. Er war nicht ganz sicher, worauf Darshini anspielte. Aber tatsächlich fühlte auch er sich von zu viel Freizügigkeit überfordert. Was ja auch einer der Gründe für ihre Trennung gewesen war. Aber es war mehr als das. Er dachte nicht an gestern, er dachte an heute. Auch er hatte sich in Darshinis Wohnung irgendwie fehl am Platze gefühlt. Dabei war Darshini wie immer – von ihrem Namen einmal abgesehen –, offen, freundlich, hilfsbereit, loyal, ein wenig schräg und sehr, sehr chaotisch. Sie hatte sich kein Stück verändert und führte immer noch das gleiche Leben, das er damals faszinierend gefunden hatte. Doch heute fühlte es sich an, als passte er nicht mehr hinein. Es reichte nicht mal mehr für eine Freundschaft. Martin wollte kein Chaos mehr um sich herum. Vielmehr sehnte er sich tatsächlich nach etwas mehr Struktur in seinem Leben.

Als Martin mit seiner Reisetasche zurück zum Auto kam, hörte er schon von Weitem die durchdringenden Beats von Aggro8000. Karl ließ die Musik in voller Lautstärke über das Autoradio laufen.

«Kannst du jetzt mal runterschalten?», fragte Martin gereizt und warf sich auf den Fahrersitz. Während Karl die Musik widerwillig leiser drehte und vor sich hin schmollte, checkte Martin die Last-minute-Angebote in der Hotel-App. Aber es war Hochsaison, und er dachte nicht im Traum daran, dreihundert Euro für ein bestenfalls mittelmäßiges Zimmer auszugeben, nur weil Karl dicke Luft um sich hatte. Und wenn sie schon auf Abenteuerurlaub waren, wie wäre es mit einem weiteren Abenteuer?

Er entschied sich, auf einen Parkplatz mit Meerblick zu fahren, von dem er wusste, dass auch andere Camper mit ihren Wohnwagen dort die Nacht verbrachten. Überraschenderweise war Karl direkt einverstanden. Auf dem Weg besorgte er noch etwas Proviant im Supermarkt. Er selbst war zwar noch pappsatt vom Daal, aber Karl hatte seit Stunden nichts gegessen. Und während der Junge gierig sein Schinkensandwich und einen Schokoriegel verputzte, begann Martin damit, dass Geraffel aus dem Kofferraum, das er schon in Berlin zu Geld hatte machen wollen und seitdem herumkutschierte, auf den Fahrersitz zu stapeln. Dann klappte er die Rückbank um und baute ihnen zwei Schlafplätze. Er hatte direkt am Rand geparkt, und durch die Fenster konnten sie auf die Wellen schauen, die im Mondlicht glitzerten.

«Danke, dass wir gefahren sind», murmelte Karl, während er sich die alte Decke, die seit Jahren in Martins Auto herumflog und nicht unbedingt nach einer Blumenwiese roch, über die Schultern zog. Kaum dass er die Augen geschlossen hatte, war er auch schon eingeschlafen.

Auch Martin war in einen Dämmerschlaf gefallen, als das weit entfernte Hupen eines Autos ihn wach werden ließ. Er öffnete vorsichtig die Augen und spürte etwas, das seinen Körper umschlang. Dann sah er zu Karl, der sich an ihn schmiegte und einen Arm um ihn gelegt hatte, während er leise vor sich hin schnorchelte.

War das der gleiche Junge, dem anderthalb Stunden zuvor noch vor Wut die Stimme versagt hatte und der dann trotzig Gangster-Rap aus dem Autoradio dröhnen ließ?

Martin wollte Karls Arm wegschieben. Doch dann hielt er inne und zog stattdessen die Decke, mit der Karl sich zugedeckt hatte, ein Stückchen nach oben.

11

Martin erschien es eine Unmöglichkeit, eine Top-100-Liste der besten Songs aller Zeiten zu schreiben. Genauso gut hätte er sich auf die Suche nach dem Ende des Universums begeben können. Für ihn gab es nicht hundert, auch nicht fünfhundert, sondern nahezu unendlich viele beste Songs aller Zeiten. Und jeden Tag kamen neue dazu. In Musikerkreisen wurde oft gesagt, dass alle guten Songs längst geschrieben waren und mittlerweile nur noch mittelmäßiges Zeug produziert wurde, dass die Melodien immer austauschbarer und die Texte immer flacher wurden. Dem musste Martin vehement widersprechen. Er fand, dass es immer wieder Neues zu entdecken gab, auch wenn natürlich nicht jeder Song einen mitten ins Herz traf und tiefe Emotionen in einem auslöste.

Always On My Mind. Wer bei dem Lied nicht von Wehmut und Melancholie übermannt wurde, hatte noch nie in seinem Leben echten, alles verzehrenden Liebeskummer erlebt. Unzählige Versionen gab es von diesem Song, und Martin verehrte sie alle; die allererste von Brenda Lee, die noch weitgehend ungehört geblieben war, und besonders die von Elvis Presley, die sein Vater, der ein glühender Elvis-Fan war, immer gespielt hatte. Das Bild, das Martin von seinem Vater hatte, war mit den Jahren immer unschärfer und blasser geworden, wie eine alte, ausbleichende Fotografie. Aber die Dankbarkeit, die er bei dem Gedanken an ihn verspürte, war immer noch lebendig. Er war es, der bei Martin die Leidenschaft für Musik geweckt hatte. Sein Vater hatte kein Instrument gespielt, besaß dafür aber einen für damalige Zeiten sündhaft teuren Plattenspieler. Wenn er abends erschöpft aus der Fabrik nach Hause kam, durfte Martin mit ihm gemeinsam in der Bibliothek ihrer Villa Schallplatten hören. Egal, welches Exemplar Martin aus dem Regal zog, sein Vater konnte immer eine Geschichte über einen Song, den Interpreten oder die Interpretin erzählen. Meistens hatten diese wunderbaren Abende damit geendet, dass seine Mutter hereingekommen war, die Musik leiser gedreht und ihn schlafen geschickt hatte.

Nach dem Tod des Vaters hatte Martin nur noch selten eine seiner Platten aufgelegt. Es war nicht mehr das Gleiche gewesen. Trotzdem, als seine Mutter die Sammlung ohne sein Wissen an einen Antiquar verkauft hatte, hatte Martin vor Wut so gekocht, dass er ein halbes Jahr nicht mit ihr gesprochen hatte. Noch heute musste er hin und wieder an den kostbaren Schatz denken, der nicht nur aus Vinyl, sondern vor allem aus den Erinnerungen bestanden hatte, die an den Platten hingen. Und der für immer verloren gegangen war.

Always On My Mind … Er war gerade zehn Jahre alt gewesen, es war Weihnachten, als seine Schwester Nicole ihm zum ersten Mal die Version von den Pet Shop Boys vorgespielt hatte, die er seitdem fast noch mehr liebte als alle vorherigen. Selbst Jahre später, als es unter seinen Schulfreunden Pflicht war, Grunge zu hören und auszusehen wie Kurt Cobain, hatte er dem Song die Treue gehalten, der für ihn so perfekt war, als hätte der liebe Gott persönlich die Noten- und Textblätter auf die Erde geworfen. Um diesen Song zu verunstalten, musste man als Musiker schon ein ganz schöner Dilettant sein.

Das war der Straßenmusiker, der sein Equipment auf der

Strandpromenade von Roquetas de Mar aufgebaut hatte, eindeutig nicht. Er machte seine Sache sogar ausgesprochen gut. Wohlwollend hatte Martin ihm seine Aufmerksamkeit geschenkt, als er die ersten Takte spielte. Ein paar Passanten waren stehen geblieben und lauschten der Musik. Eine Mutter drückte ihrer kleinen Tochter eine Münze in die Hand, die das Mädchen verlegen lächelnd zu den anderen legte, die sich bereits im offenen Gitarrenkoffer fanden.

Martin und Karl saßen an einem Plastiktisch im Schatten eines riesigen Gummibaumes, der nur entfernt an seinen Winzling von Bruder erinnerte, der in deutschen Häusern und Wohnungen und Arztpraxen so gerne als Zimmerpflanze gehalten wurde. Die Sonne stand hoch am Himmel und wollte offenbar zeigen, was in ihr steckte. Es herrschte eine brütende Hitze, der auch die sanfte, vom Meer aufsteigende Brise nichts anhaben konnte. Wer nicht arbeiten musste, vertrieb sich die Zeit bis zum Abend in seiner verdunkelten Wohnung. Oder hielt sich so lange wie möglich in einem der gut klimatisierten Restaurants auf. Es gab allerdings auch Touristen, die wehrhaft waren und nicht daran dachten, sich von der Sonne in die Flucht schlagen zu lassen. Sie hielten der Hitze trotzig stand, weil sie sich nicht eine Sekunde ihres kostbaren Urlaubs nehmen lassen wollten. Einige von ihnen saßen ebenfalls in dem Café mit den Plastikstühlen und schwitzten vor sich hin.

«*Un café cortado*», sagte Martin dem Kellner. Seine Zunge gewöhnte sich langsam an das Spanische. Zumindest für die Speise- und Getränkekarte reichte es. Er hoffte, dass der kleine, sehr starke Kaffee mit einem winzigen Schuss Milch seine Sinne beleben würde. Es war bereits sein zweiter.

Obwohl es gerade einmal Nachmittag war, fühlte er sich komplett erledigt. Nach einer unruhigen und viel zu kurzen

Nacht im Auto war er im Morgengrauen weitergefahren. Auf der Autovía herrschte zur frühen Stunde so gut wie kein Verkehr, dementsprechend zügig kamen sie voran. Karl hatte in aller Seelenruhe weitergeschlafen und war erst aufgewacht und nach vorne auf den Beifahrersitz geklettert, als sie Valencia passierten. Ihr Frühstück hatten sie in einem kleinen Dörfchen außerhalb der Stadt zu sich genommen. Martin war noch nie in Valencia gewesen, und er hatte nur Gutes über diese Stadt gehört. Doch er fühlte sich nicht fit genug, um die nächste große Stadt zu erkunden, und so fuhren sie weiter.

Je weiter sie Richtung Süden gekommen waren, desto spektakulärer wurden die Bilder, die sich vor ihnen auftaten. Auch Karl hatte ehrfürchtig geschwiegen, als sie das Grenzgebiet zwischen Murcia und Andalusien durchquerten. Es war keine markante, unübersehbare Trennlinie gewesen, sondern ein sanfter Übergang, an dem die erdigen Töne der murcianischen Felder auf die warme, sonnengegerbte Erde Andalusiens trafen. Die Landschaft hatte sich mit jedem Kilometer weiter verändert, als ob sie sich zwischen den beiden Regionen nur mit Mühe entscheiden konnte. Die schroffen, fast wüstenähnlichen Bergketten von Murcia waren allmählich den weichen Hügeln Andalusiens mit ihren Olivenbäumen und Orangenhainen gewichen. Die trockene Luft Murcias, die nach Staub und Sonne geschmeckt hatte, begann den feuchteren Brisen Andalusiens Platz zu machen, die von der nahen Küste herüberwehten.

Kaum hatten sie den Wagen in Roquetas de Mar geparkt, hatte Karl nach einem Eis verlangt. Martin hatte sich ebenfalls zu einer Kugel Pistazie hinreißen lassen und die Kühle in seinem Mund genossen. Dann waren sie in das erstbeste Café weitergezogen, das ihnen einen Schattenplatz bot.

«Wenn man dehydriert, erhöht sich der Herzschlag, und

im schlimmsten Fall kann man bewusstlos werden», erklärte Karl.

«Genau deswegen habe ich eine große Flasche Mineralwasser für dich bestellt. Also trink, statt mir Vorträge zu halten», entgegnete Martin.

Dass Karl anstandslos seine Klappe hielt und sich sein Glas ein weiteres Mal füllte, ließ darauf schließen, dass es ihm genauso erging wie Martin. Die Hitze war unerbittlich. Der ganze Körper fühlte sich träge an. Es war einfach zu heiß zum Reden. Stattdessen ließ Martin schweigend seinen Blick umherschweifen und die Atmosphäre auf sich wirken. Als der Straßenmusiker einen weiteren Song anstimmte, schaute er ihn sich genauer an. Er war ein lässiger Typ in Sneakers und Jeans mit Dreitagebart. Martin schätzte, dass der kleine Hut, den er trug, nicht nur ein Sonnenschutz war, sondern vor allem ein Markenzeichen. Er stand ihm gut. Was Martin besonders ins Auge fiel, war das schwarze T-Shirt mit dem Aufdruck des ikonischen Pink-Floyd-Covers von *Dark Side Of The Moon*. Als die Platte rauskam, war dieser Straßenmusiker noch lange nicht geboren. Martin schätzte ihn auf Anfang zwanzig. In dem Alter war Martin nach Berlin gegangen, um sein Glück zu versuchen. Es war ihm nur in Teilen gelungen. Er hatte einen großartigen Erfolg errungen, doch das war lange her. War er an seinem Traum gescheitert? Obwohl Martin ganz fest an ein Comeback und eine zweite Karriere glaubte, nahm er immer häufiger auch diese anderen Stimmen wahr, die wie ein Echo zu ihm vordrangen. Da konnte er den Alterungsprozess noch so sehr verdrängen, auch ihm war klar, dass er an einer Schwelle stand. Wenn er jetzt nicht die Kurve kriegte, war es zu spät.

Während der Kaffee seine Wirkung zeigte und Martin langsam zu Kräften kam, kaute Karl lustlos und mit hängendem

Kopf auf einem Schokocroissant herum. Das pappige, augenscheinlich industriell hergestellte Backwerk hatte so gar nichts mit den hausgemachten französischen Köstlichkeiten zu tun. Aber da Karl, was Süßigkeiten betraf, nicht wählerisch war, musste seine schlechte Laune einen anderen Grund haben.

«Alles okay?», fragte Martin.

«Mhm», murmelte Karl, ohne aufzublicken.

«Sag schon, was ist los?»

«Ich vermisse Mama», sagte er so leise, als würde er sich dafür schämen. Martin fand, dass er das nicht musste. Und gleichzeitig wunderte er sich über diese plötzliche Verletzlichkeit. In einem Moment war Karl ein aufsässiger kleiner Mann, der rigoros seine Interessen durchsetzte, im nächsten ein unschuldiges Kind, das eine Schulter zum Anlehnen suchte.

Das muss eine Nebenwirkung der Pubertät sein, dachte Martin, dessen Erinnerungen an die eigene komplett ausgelöscht waren. Seiner Meinung nach war er ziemlich geschmeidig durch seine Jugend gekommen, da konnte seine Mutter noch so oft behaupten, was für ein schwieriges und aufsässiges Kind er gewesen war.

«Hey, wir haben doch Spaß miteinander», meinte er und boxte Karl aufmunternd gegen die Schulter. Ohne Erfolg. Karl hob nur kurz den Blick und sah dann wieder weg, über die sanften Wellen in Richtung Horizont.

«Willst du sie anrufen?», fragte Martin etwas vorschnell. Er sah sich prüfend um. Den Straßenmusiker hätte er noch erklären können, aber wie sollte man das Meer ruhigstellen, das nur wenige Meter vor ihnen brandete?

«Weiß nicht», druckste Karl unschlüssig.

«Wahrscheinlich steckt deine Mutter sowieso gerade in einer wichtigen Therapie», erklärte Martin eilig, bevor Karl es sich doch noch einmal anders überlegte.

Karl nickte.

Aber da war noch etwas, das Martin beschäftigte. Er kannte seinen Neffen, seit er auf der Welt war, doch so viel gemeinsame Zeit am Stück hatten sie noch nie miteinander verbracht. Noch nie war ihre Zweisamkeit so intensiv gewesen, was, wie Martin spürte, eine schleichende Veränderung in ihm auslöste. Es schien, als entwickelte er einen Sinn für Karls Befindlichkeiten. So wie ein Avocadokern, den man ins Wasser hängte und der sich langsam vortastende Wurzeln ausbildete. Martin wusste nicht, ob das gut oder schlecht war. Er hatte keine Meinung dazu. Es passierte einfach.

Weil sie noch Zeit hatten, schlug Martin vor, ein wenig die Stadt zu erkunden. Er legte passendes Bargeld auf das kleine Blechschälchen mit der Rechnung und gab noch ein paar Cent Trinkgeld dazu, das ein Kellner oder eine Kellnerin in Deutschland mit zur Schau gestellter Verachtung entgegengenommen hätte. In Spanien waren hohe Trinkgelder nicht üblich, was ihm angesichts ihrer klammen Kasse sehr entgegenkam.

Martin und Karl verließen das Café und kamen an dem Straßenmusiker vorbei, der gerade im Begriff war, seine Gitarre nachzustimmen. Martin blickte zu Karl, der seinen Kopf hängen ließ, dann wieder zum Straßenmusiker, und plötzlich hatte er eine Eingebung.

«Hi», sagte er und nickte dem Musiker kumpelhaft zu.

«Hola», war die knappe Antwort. Der Typ erweckte nicht den Eindruck, als sei er von der geselligen Sorte. Er würdigte Martin keines weiteren Blickes und konzentrierte sich ganz auf sein Instrument.

«Español?», fragte Martin.

«Nein, deutsch», entgegnete der Musiker.

«Echt? Wahnsinn. Was machst du hier?»

Nun schaute der Musiker doch auf und sah Martin prüfend an. «Leben.»

Martin hielt die Antwort für wenig aussagekräftig. Aber er interessierte sich ohnehin weniger für seine Biografie als vielmehr für seine Qualitäten als Musiker.

Er deutete auf Karl, der ein paar Schritte weitergegangen war und fragend zu ihnen herüberschaute.

«Das da ist übrigens mein Neffe.»

«Schön für dich.»

«Er ist irgendwie schlecht drauf heute.»

«Tja, geht uns allen mal so. Ich muss dann weitermachen», meinte der Musiker und drehte Martin den Rücken zu.

«Vielleicht könntest du ihn aufmuntern. Spiel doch mal *You Don't Know Me*», schlug Martin vor.

«Nie gehört.»

«*You Don't Know Me*», wiederholte Martin etwas lauter, so als wäre Schwerhörigkeit das Problem.

Der Straßenmusiker legte seine Stirn in Falten. «Ich sag doch. Kenne ich nicht.»

«Können wir endlich weiter?», rief Karl ungeduldig.

Martin bedeutete Karl, still zu sein. Er wollte sich nicht einfach so abwimmeln lassen. «Du kennst den Song, wetten?»

«Könntest du mich einfach zufriedenlassen? Ich hab zu tun», wiegelte der Musiker genervt ab und spielte ein paar Akkorde auf seiner Gitarre.

Martin musterte ihn durchdringend. Und in dem Moment, als er mit dem nächsten Song loslegen wollte, kam Martin ihm zuvor. Er summte die Melodie von *You Don't Know Me*. Und dann sang er die ersten Zeilen. «*You see the smile I wear, it's just a painted mask …*»

Der Straßenmusiker starrte Martin an, als hätte er einen Wahnsinnigen vor sich.

«Mensch, das war ein Riesenhit in Deutschland.»

«Und wann soll das gewesen sein?»

Martin zögerte. Er war nicht scharf darauf, dass sein Gegenüber Rückschlüsse auf sein Alter ziehen konnte. «Vor zwanzig Jahren», meinte er leicht beschönigend.

«Nein, vor fünfundzwanzig», rief Karl dazwischen.

Der Straßenmusiker verzog sein Gesicht und musterte Martin abschätzig von unten bis oben. «Ey, Alter, da war ich noch nicht mal geboren. Außerdem bin ich keine Jukebox. Und jetzt verzieh dich endlich.»

Martin war platt. In der Musikbranche gab es einige schwierige Charaktere. Aber so viel Arroganz in einer Person war ihm selten begegnet. So ließ man einen Kollegen nicht abblitzen. Was bildete der Typ sich ein?

Während Martin immer wütender wurde, grinste Karl ihn amüsiert an.

«Das findest du lustig, ja?»

Karl lachte los. «Und wie.»

Zu allem Überfluss grölte der Musiker jetzt auch noch einen Song von Bryan Adams. Der konnte eine noch so große Fanbase haben, für Martin war seine Musik immer schon Kitsch in Reinform.

«Idiot», fauchte Martin verärgert vor sich hin, während sie weitergingen.

Karl kriegte sich immer noch nicht ein. «Das sagst du nur, weil er dein Lied nicht kannte.»

«Das hat damit überhaupt nichts zu tun. Der Typ hat's einfach nicht drauf», entgegnete Martin. «Hör mal hin», forderte er Karl auf. «Das ist doch keine Stimme.»

«Aber er spielt toll Gitarre», erwiderte Karl.

Martin lachte hämisch auf und schüttelte den Kopf. «Für die Strandpromenade von Roquetas de Mar reicht's.»

Martin fand selber, dass er ziemlich abfällig und böse klang. Zumindest Karls Laune hatte sich spürbar aufgehellt. Schadenfreude war eben auch eine Freude. Martin sollte es nur recht sein.

Bevor sie ins Auto stiegen, drückte Martin mehrmals seinen Rücken durch. Die stundenlange Fahrerei blieb nicht ohne Folgen.

«Warum machst du kein Yoga, so wie Mama?», fragte Karl.

«Ist nichts für mich», meinte Martin abwiegelnd. Dabei hatte er es tatsächlich einmal versucht, war aber kläglich gescheitert. Das war vor ein paar Jahren gewesen, als er in der Neuen Odessa Bar in der Torstraße Patricia kennengelernt hatte, die in einer Yogaschule am Rosenthaler Platz unterrichtete. Patricia war zu seinem Bedauern irgendwann gegangen, während Martin bis zum nächsten Morgen durchgefeiert hatte. Da er Patricia nicht mehr aus dem Kopf bekam und die Yogaschule gleich um die Ecke der Bar lag, hatte er spontan beschlossen, sich noch vor dem Schlafengehen für einen ihrer Kurse anzumelden. Im Nachhinein betrachtet, war es womöglich nicht seine beste Idee gewesen, in der Yogaschule aufzuschlagen und sich von ihr den herabschauenden Hund beibringen zu lassen. Dennoch hätte Patricia nicht gleich mit der Polizei drohen müssen. Entspannt war sie eindeutig nicht gewesen. Und das nach jahrelanger Yogapraxis.

«Mama hat nie Rückenschmerzen», insistierte Karl, als Martin es diesmal mit der anderen Richtung versuchte, sich nach vorne beugte und die Arme baumeln ließ.

«Weißt du, was noch schlimmer ist als Rückenschmerzen?»

Karl sah ihn mit großen Augen an. «Eine unheilbare Krankheit?»

Martin stöhnte genervt auf und öffnete das Auto. «Kopfschmerzen», sagte er im Einsteigen. «Und jetzt pflanz dich hin.»

Karl blieb stehen und dachte einen Moment nach. «Ich glaube, eine unheilbare Krankheit ist viel schlimmer», sagte er und stieg ebenfalls ein.

Karl lotste Martin mithilfe seines Smartphones zu ihrer Zieladresse. Sie fuhren eine Zeit lang über die Avenida de Roquetas de Mar, eine breite Straße, die durch das Herz der Stadt führte und von Schatten spendenden Palmen gesäumt war. Es war Siesta. Der Verkehr war moderat und die Atmosphäre entspannt. Nach ein paar wenigen Kilometern bogen sie in ein Wohngebiet ab, das von niedrigen Wohnblocks und modernen Apartmentkomplexen geprägt war. Kleine Parks und Spielplätze boten grüne Oasen in der ansonsten dichten Bebauung. Das Apartment, zu dem sie wollten, lag nur wenige Kilometer außerhalb der Stadt in der *Urbanización La Dama de Noche,* einer der für Spanien typischen Wohnsiedlungen, die meist aus einer Mischung aus Einfamilien-, Reihen- und Apartmenthäusern bestanden. Um auf den Parkplatz zu gelangen, mussten sie ein kleines Wachhäuschen passieren, in dem ein Sicherheitsbeamter sich die Zeit damit vertrieb, in einer Sportzeitschrift zu lesen. Ohne ihnen große Aufmerksamkeit zu widmen, winkte er den Wagen durch. Wahrscheinlich hatte ihm ein Blick auf das deutsche Kennzeichen gereicht. Martin parkte sein Auto in einem der Parkhäfen und wollte gerade den Motor abstellen, als er innehielt. Im Radio erklang ein Song von David Bowie. Wobei es für Martin nicht nur irgendein Song war, sondern die Mutter aller Songs.

Obwohl er David Bowie nie persönlich kennengelernt hatte, gab es kaum einen Menschen auf der Welt, der sein Leben mehr beeinflusst hatte. Nicht nur als Musiker. Für Martin wäre es einem Frevel gleichgekommen, David Bowie das Wort abzuschneiden. Er hielt Karl zurück, der gerade aussteigen wollte, und stellte den Ton des Autoradios lauter, um andächtig dem Gesang seines größten Idols zu lauschen.

Jedes Mal, wenn Martin *Life On Mars* hörte, stellten sich die gleichen Bilder ein. Wie er in seinem Kinderzimmer auf dem Boden hockte und mit seinem Kassettenrekorder Musik aus der Hitparade aufnahm, die jede Woche im Radio lief. Und wie mit einem Mal dieser ungewöhnliche Song einsetzte, der so bedächtig begann und sich in immer dramatischere Höhen schraubte, während er ergriffen lauschte. Er konnte damals noch kein Wort Englisch, trotzdem hatte er das Gefühl, als dringe jede einzelne Silbe bis zu seinem Herzen. Martin war es vorgekommen, als öffne sich das Tor zu einer neuen Welt. Eine, in der es nicht langweilig und spießig zuging, in der man aus der Reihe tanzen, anders sein durfte. Sein konnte, wie man sein wollte. *Life On Mars.* Seit dem Tag, an dem er diesen Song zum ersten Mal gehört hatte, war er sicher, dass es tatsächlich Leben auf dem Mars gab. Und der Mars war überall, nur nicht an dem Ort, wo sein damaliges Zuhause sich befand, das er jedoch irgendwann hinter sich lassen würde, was ihn mit Glück und Zuversicht erfüllt hatte.

Der Todestag David Bowies war einer von zwei Tagen, die sich unauslöschlich in Martins Gedächtnis gebrannt hatten. Der erste war der 11.09.2001 – Martin war bei seiner damaligen Freundin Anne, sie hatten die Nacht zuvor wild gefeiert, und als sie am darauffolgenden Nachmittag ihren Rausch ausgeschlafen hatten, den Fernseher einschalteten und die Bilder des einstürzenden Word Trade Centers sahen, glaubten sie zuerst an stressbedingte Halluzinationen. Und der zweite war der 10.01.2016 – Martin war bei seiner damaligen Freundin Sandra. Er hatte sich am Morgen einen Kaffee gemacht und dabei das Radio eingeschaltet. In den Medien wurde schon seit einiger Zeit berichtet, dass David Bowie ernsthaft erkrankt war. Aber als Martin die Nachricht von seinem Tod hörte, traf es ihn wie ein Schlag in die Magengrube. Er hatte sich auf einen Küchenstuhl sinken lassen und konnte seine Tränen nicht zurückhalten. Sandra kam dazu und wollte wissen, was passiert war. Als Martin sich wieder gefangen und ihr alles erzählt hatte, zuckte sie teilnahmslos mit den Schultern. «Ich habe David Bowie sowieso nie verstanden», sagte sie. Schneller hatte Martin eine Beziehung nie beendet.

Martin hörte den Song bis zum Ende, und auch Karl schien von seiner Ergriffenheit angesteckt worden zu sein. Er schwieg, bis der letzte Ton ausklang.

Martin sah erwartungsvoll zu ihm. «Und? Wie fandest du's?»

«Nicht übel», meinte Karl und nickte anerkennend. Martin spürte einen Kloß im Hals. Er kam sich ein bisschen so vor wie sein eigener Vater, der ihn in die Welt der Musik eingeführt hatte. Keine Frage, es bestand Hoffnung für seinen Neffen. Auch wenn der nun ohne große Umwege auf etwas zu sprechen kam, das ihn anscheinend noch mehr bewegte.

«Ist deine nächste Verflossene auch so ultra-cringe?», fragte er.

Martin räusperte sich, schob seine Rührung beiseite und sah Karl an.

«Unsere nächste Station wird dir gefallen», sagte er knapp. Und das war nicht gelogen. Es würde weder unansehnlichen Brei zu essen geben noch ungebetenen Besuch auf der Toilette. Und das Apartment würde so sauber sein, dass man bedenkenlos vom Boden essen könnte. Allerdings gab es eine Sache, die er Karl bisher verschwiegen hatte. Und auch jetzt wusste er nicht, wie er es dem Jungen beibringen sollte, ohne dass der falsche Schlüsse daraus zog. Er würde es darauf ankommen lassen.

12

«Wie ich mich freue!» Tobias fiel Martin überschwänglich in die Arme. Sie standen im Eingangsbereich des kleinen, lichtdurchfluteten Apartments. Martin nahm aus den Augenwinkeln wahr, wie Karl sie irritiert beobachtete. Offenkundig hatte er jemand anderen erwartet, genauer gesagt ein anderes Geschlecht. Das Bild, das diese beiden Männer ihm boten, konnte er nicht einordnen.

Martin hatte sich entschlossen, keine großen Erklärungen abzuliefern. Er sah auch keinen Grund, dem kleinen Ausrutscher von damals größere Bedeutung beizumessen. Was war schon passiert? Fast nichts. Das mit Tobias war nur eine kurze Phase gewesen. Eine sehr kurze. Eher ein Experiment.

«Wann haben wir uns das letzte Mal gesehen?», fragte Tobias.

«Vor vier, fünf Jahren», mutmaßte Martin, der sich nicht sicher war. Wobei sie regelmäßig in Kontakt standen, sich hin und wieder Textnachrichten schrieben oder telefonierten. «Zumindest per FaceTime …»

«Das ist doch nicht das Gleiche», unterbrach ihn Tobias und scannte Martin anerkennend. «Du hast dich kein Stück verändert.»

«Du dich schon», antwortete Martin und deutete lächelnd auf Tobias' Schädel, der nur noch über einen Kranz aus raspelkurzen Haaren verfügte. Jeder andere, einschließlich Martin, hätte beleidigt reagiert, aber Tobias war selbstbewusst genug, einen Scherz auf seine Kosten wegzustecken. Er hatte immer schon herzhaft über sich selbst lachen können. Eine Eigenschaft, die Martin sehr an ihm schätzte. Von den vielen anderen guten Eigenschaften einmal abgesehen. Tobias hatte jederzeit ein Ohr für die Sorgen anderer, war ein guter Ratgeber, und, was in diesem Fall nicht unwesentlich war, er konnte ein Geheimnis für sich behalten. Kurzum, er war ein wahrer Freund.

«Bevor ich mit ein paar grauen Fransen rumlaufe, mache ich lieber selber kurzen Prozess», sagte Tobias lachend.

Martin fand, dass ihm die Glatze wirklich gut stand. Allen Männern, die Angst vor dem Verlust ihres Haarschopfes hatten, konnte Tobias damit Mut machen. Überhaupt sah er blendend aus. Er war ein paar Jahre älter als Martin und hatte die fünfzig bereits überschritten, ging aber gut und gerne für Mitte vierzig durch. Das lag nicht nur an seiner Leidenschaft für Sport, seinem durchtrainierten Körper und dem beinahe faltenfreien Gesicht, in dem zwei blaue Augen leuchteten. Tobias strahlte von innen heraus. Fast noch mehr als früher. Das Leben in Spanien schien ihm gutzutun. Eigentlich gehörte das Apartment seiner Mutter, aber da sie mit fortschreitendem Alter die Hitze immer weniger vertrug, verbrachte sie die meiste Zeit in ihrer Heimatstadt Hamburg. Während Tobias, der als Werbetexter ohnehin fast ausschließlich remote arbeitete, seinen Arbeitsplatz kurzerhand ans Mittelmeer verlegt hatte.

«Und du bist also Karl, ja?» Tobias reichte ihm die Hand. Karl schüttelte sie und nickte zustimmend. Er schenkte Martin einen fragenden Seitenblick, als warte er immer noch auf eine Erklärung.

«Was für ein hübscher Junge du bist», meinte Tobias und ließ Karl unverzüglich rot anlaufen.

Martin rollte demonstrativ mit den Augen.

Tobias lachte auf. «Tja, Martin, ich fürchte, mit Karl an deiner Seite kriegst du keinen Stich mehr.»

Martin blickte zu Karl, der unsicher zwischen ihm und Tobias hin und her schaute. Er konnte sich denken, dass Karl nach den letzten Erfahrungen auf der Hut war.

Tobias ging vor in den Wohnraum. «Ich hoffe, ihr habt ordentlich Hunger mitgebracht.»

Vor allem, was Einladungen zum Essen betraf. Karl fuhr merklich zusammen und sah Martin Hilfe suchend an. Aber der legte nur einen Arm um ihn und zog ihn mit sich ins Wohnzimmer. Er konnte Karls Erleichterung fast körperlich spüren, als er die Pizzakartons sah, die dort auf sie warteten.

Die drei aßen an einem runden Glastisch, der nah bei der offenen Terrassentür stand. Von der kleinen Terrasse selbst hatte man einen wunderbaren Blick aufs Meer. Ein Sträßchen, auf dem meist nur Anwohner fuhren, führte direkt am Haus vorbei. Draußen ging der Tag langsam in den Abend über. Die Hitze zog sich widerspenstig, aber doch spürbar zurück. Ein leichter, angenehmer Luftzug strömte durch das gemütliche Apartment mit seinen in warmem Weiß gestrichenen Wänden. Der farbenfrohe Druck eines Joan Miró hing an der Wand. Auf der Kommode darunter stand eine Vase mit einem Strauß getrockneter Artischocken. Auf dem einladenden beigefarbenen Sofa bildeten Kissen mit Goldpailletten und solche mit Leopardenmuster kleine Akzente. Nichts war zu viel, alles war stimmig. Man sah dem Apartment an, dass es nicht nur zur Urlaubszeit bewohnt war, sondern dass hier wirklich jemand lebte.

«Ich hätte auch gerne Kinder gehabt», sagte Tobias, während sie am Tisch saßen und Pizza aßen. Karl war selig und kam vor lauter Appetit kaum zum Sprechen. Umso aufmerksamer lauschte er dem Gespräch zwischen Martin und Tobias. Martin war sicher, dass Karl längst eins und eins zusammengezählt hatte.

«Aber mit dir war das ja nicht zu machen», führte Tobias bedauernd aus. Er klang, als wäre das tatsächlich eine echte Option für ihn gewesen.

«Als Mann kann ich nun mal keine Kinder kriegen», scherzte Martin.

Doch Tobias lag die Sache scheinbar tatsächlich sehr am Herzen. Er schaute Martin durchdringend an. «Ich kenne genug Paare, die eins adoptiert haben.»

«Für die paar Tage, die wir zusammen waren, wäre das ein etwas großer Aufwand gewesen, oder?», entgegnete Martin lachend.

Die irritierten Blicke, die Karl Martin zuwarf, während er ein Stück Pizza nach dem nächsten in seinem Mund verschwinden ließ, machten ihn zunehmend unsicher und verlegen. Er musste unbedingt das Thema wechseln.

«Und? Wann kommst du mal wieder nach Berlin?»

Tobias wollte gerade antworten, aber Karl kam ihm zuvor.

«Ihr beide wart ein richtiges Paar?», fragte er kauend.

Martin hätte Karl am liebsten noch ein Stück Pizza in den Rachen geschoben und ihm das Maul gestopft, aber hier stand es zwei gegen einen. Keiner von den beiden hatte auch nur das geringste Interesse daran, das Thema um Martins und Tobias' kleine gemeinsame Phase einfach auszuklammern, wie es Martin am liebsten gewesen wäre.

Martin blieb nur ein stumpfes Schwert: beschwichtigen und herunterspielen.

«Es ist nicht, wie du denkst, Karl.»

«Na ja», warf Tobias skeptisch ein.

«Tobias …» Martin zögerte. Er wollte etwas klarstellen, aber ohne Tobias zu verletzen. «Versteh mich nicht falsch, aber für mich hatte das keine Bedeutung.»

Martins Einwand glitt von Tobias ab wie Wasser von einer Teflonpfanne. «Was deine ganzen Frauengeschichten angeht, war ich mir sowieso nie ganz sicher bei dir.»

«Sicher bei was?»

«Nie kannst du eine halten.»

«Das liegt nicht an mir. Jedenfalls nicht nur», verteidigte Martin sich.

Tobias schaute ihn prüfend an. «Ich könnte mir vorstellen, dass du damit lediglich etwas kompensierst.»

Da begriff Martin, worauf Tobias hinauswollte. Spätestens jetzt musste er einen Riegel vorschieben. «Nein, nein, nein», entgegnete er entschieden. «Komm mir jetzt bloß nicht mit deiner Küchenpsychologie.»

«Na gut, wie du meinst», lenkte Tobias schließlich ein. «Die Lockerheit stand dir jedenfalls gut, auch wenn wir betrunken waren …»

«Wir haben mehr als nur getrunken. Viel mehr», sagte Martin. Er sah Karls fragenden Blick und wiegelte eilig ab. «Aber Drogen zu nehmen, ist natürlich ein großer Fehler. Nicht zur Nachahmung empfohlen.»

Tobias lachte. «Ich muss mein Urteil revidieren. Du hast dich doch verändert. Sehr sogar.»

Karl hatte in der Zwischenzeit sein letztes Stück Pizza verschlungen. «Das war superlecker», sagte er zufrieden.

«Du hast hoffentlich noch Platz für Dessert gelassen.» Tobias ging an den Kühlschrank der offenen Küche, die in den Wohnraum integriert war.

Karls Augen blitzten auf. Er fühlte sich sauwohl. Die anfängliche Skepsis war heller Begeisterung gewichen – was nicht nur an dem reichhaltigen Angebot verschiedenster Sorten Pizza lag. Tobias war ein ebensolcher Ordnungs- und Sauberkeitsfanatiker wie Karl. Das Apartment war nicht nur blitzblank: Zeitungen, Bücher, CDs, alles schien wie mit Geodreieck und Zollstock ausgerichtet, sogar die Fransen des kleinen Teppichs sahen aus, als hätte ihnen ein Friseur eben erst den letzten Schliff gegeben.

Karl machte sich, ohne zu zögern, über das Tiramisu her, das Tobias ihm kredenzte. Und auch Martin war erleichtert und wurde langsam wieder locker. Tobias hatte das unliebsame Thema endlich abgehakt.

«Du stehst auf Männer?», fragte Karl, als er und Martin kurze Zeit später alleine im Zimmer waren. Martin spannte ein Laken über die ausgezogene Schlafcouch, während Karl das Bettzeug für sie beide bezog. Tobias verstaute in der Küche die Pizzareste im Kühlschrank und spülte das Geschirr. Man hörte das Klappern von Tellern.

Martin seufzte angestrengt. Aber natürlich war ihm klar gewesen, dass es nur eine Frage der Zeit war. Karl wartete auf eine Erklärung. Und es war besser, er schenkte ihm reinen Wein ein, als dass die Fantasie mit ihm durchging und er sich sonst was ausmalte. «Ich stehe auf Frauen. Und zwar ausschließlich. Das zeichnet mich nicht besonders aus, aber so ist es nun mal.»

«Aber Tobias ist keine Frau», entgegnete Karl.

«Das war eine einmalige Sache.»

«Tobias hat gesagt, die Sache ging eine ganze Woche.»

«Das war keine Woche. Es war ein Wochenende.» Martin hatte keine Lust, ins Detail zu gehen. Er war viel zu sehr damit beschäftigt, die Bilder aus seinem Kopf zu kriegen. Er hatte damals gerade mal wieder eine Bruchlandung hingelegt und eine Beziehung in den Sand gesetzt. Also hatte er sich von Tobias überreden lassen, ihn auf einen Rave zu begleiten. Martin hatte sich verletzlich gefühlt oder, wie er gerne sagte, wund. Und was war besser, als mit einer Person, die ihm so vertraut war wie Tobias, die Nacht durchzufeiern. Es war genau die Ablenkung, die er gebraucht hatte. Die blauen Pillen allerdings, die sie plötzlich in der Hand hatten und mit Gin Tonics herunterspülten, waren womöglich ein Tick zu viel. Die Wirkung hatte nicht lange auf sich warten lassen. Martin hatte sich schwerelos gefühlt, von allem befreit, und sich völlig gehen lassen. Am nächsten Morgen waren sie in Tobias' Wohnung gestrandet. Martin hatte einen Moralischen bekommen und Tobias die Ohren wegen seiner Trennung vollgeheult. Dass er das weibliche Geschlecht nicht verstand und was Tobias doch für ein Glück hätte, weil Männer viel schlichter gestrickt waren. In zwischenmenschlichen Dingen. Und als er sich an Tobias' Schulter ausgeheult hatte, wurde es plötzlich mehr. Und dann hatten sie einfach weitergefeiert. Drei lange Tage und Nächte. Als Martin wieder zu sich gekommen war, hatte er den Partydrogen endgültig abgeschworen.

«Das verstehst du noch nicht, aber in dem Augenblick ging es mir nicht um …» Martin hielt inne und suchte nach einem weniger verfänglichen Wort, das nicht in der Lage war, Bilder im Kopf auszulösen. «Es ging mir nur um den Menschen», führte er schließlich aus. Er selber hatte jahrelang nach einer Erklärung gesucht und war baff, als sie ihm in diesem Moment, nach all der Zeit, einfach so zufiel. Es war befreiend.

Für Karl hingegen schien das alles zu viel. Während Martin ihm zusah, wie er das zweite Kopfkissen bezog, kam der Junge ihm heillos überfordert vor.

«Irgendwie ist das nicht logisch», sagte Karl leise und schüttelte verständnislos den Kopf.

«Das Leben ist nicht logisch, das Leben ist ein einziges Chaos.»

Karl legte seine Stirn in Falten. Sätze wie dieser regten ihn zum Nachdenken an, und bevor er auf die Idee kam, einen Vortrag über Chaosforschung zu halten, versuchte Martin ein für alle Mal, einen Schlusspunkt zu setzen.

«Wir lassen jetzt die Vergangenheit ruhen und beziehen unser Bett zu Ende.»

«Jakob aus der 7c ist auch schwul», meinte Karl plötzlich.

«Wieso auch? Ich bin nicht schwul.»

«Jedenfalls behauptet Walter das. Und er ärgert Jakob immer damit.»

Nun wurde Martin doch hellhörig. Er wusste aus eigener Erfahrung, wie grausam Kinder sein konnten. Er war an seiner Schule sehr beliebt gewesen. Vor allem bei den Mädchen. Was wiederum den Zorn einiger präpotenter und neidischer Mitschüler auf den Plan gerufen hatte.

«Was macht Walter denn so?»

«Er postet immer fiese Sachen auf Insta und TikTok. Und letztens hat er Jakob in einen Schrank gesperrt.»

Martin spürte Wut in sich aufsteigen. Das nannte man nicht Ärgern, das war ganz klar Mobbing. Und das fand Martin überhaupt nicht witzig. «Wissen deine Lehrer davon?»

Karl nickte. «Jakob wollte erst nicht, aber ich habe ihm gesagt, dass er mit Herrn Franke reden soll. Und jetzt müssen Walters Eltern nach den Ferien zum Direktor.»

Martin sah seinen Neffen perplex an. Soziales Verhalten hatte er bisher nicht für dessen Stärke gehalten. Karls Einsatz für seinen Mitschüler rührte Martin. «Ist Jakob denn wirklich schwul?», fragte er.

Karl machte ein unschlüssiges Gesicht. «Keine Ahnung. Aber er ist super in Chemie. Er hilft mir immer bei den Hausaufgaben.»

Martin beobachtete Karl schweigend dabei, wie er das Kopfkissen fertig bezog. Karls Antwort gefiel ihm nicht einfach nur, sie machte ihn stolz.

Als Martin am nächsten Morgen wach wurde, war es bereits helllichter Tag. Sonnenstrahlen fielen durch die gazeartigen Vorhänge und wärmten sein Gesicht. Zum ersten Mal, seit sie losgefahren waren, fühlte er sich ausgeschlafen und erholt. Er hörte Karl und Tobias in der Küche lachen. Martin freute sich, dass die beiden sich so gut miteinander verstanden. Kaffeeduft stieg ihm in die Nase und gab ihm das Kommando aufzustehen, als sein Telefon klingelte.

Wie immer löste das Geräusch Unruhe in ihm aus. Er sah Nicoles Namen im Display und zögerte kurz, entschied dann aber doch, den Anruf entgegenzunehmen. Im schlimmsten Fall würden Karl oder Tobias ins Zimmer kommen. Seine Schwester kannte Tobias und wusste, wie lange sie schon befreundet waren. Die Gefahr war überschaubar. Eine Ausrede zu finden, die Nicole glauben konnte, würde ihm nicht schwerfallen.

«Hallo, Schwesterherz!», ging Martin überschwänglich ran.

«Hey, na? Wie geht's euch?» Nicole klang bedrückt. Nicht unbedingt wie jemand, der dabei war, sich in einer Rehaklinik für Burn-out-Patienten neue Lebensenergie einflößen zu lassen.

«Was macht die Therapie?», fragte Martin. Eben noch war er auf der Suche nach einer glaubhaften Lüge gewesen, nun spürte er, wie ein Gefühl von Sorge in ihm hochkroch.

Nicole atmete schwer. «Willst du das wirklich wissen?»

«Klar, deshalb frage ich.»

«Gesprächstherapie, Achtsamkeitsmeditation, Sport, das volle Programm.»

«Klingt doch super.»

«Das ist mir fast ein bisschen viel.»

«Die Ärzte wissen schon, was gut für dich ist. Versuch, dich darauf einzulassen.»

«Ich fühle mich so ausgelaugt», sagte Nicole. Die Erschöpfung, die in ihrer Stimme lag, war nicht zu überhören. Dennoch glaubte Martin nicht, dass zu viel Therapie oder Sport die Ursache waren.

«Natürlich bist du erschöpft. Du hast einen Burn-out. Das kriegt man nicht in ein paar Tagen wieder hin.»

«Ich weiß nicht, Martin … Diese Therapie … Mir kommt das alles so sinnlos …» Sie brach mitten im Satz ab, aber Martin war längst alarmiert. Nicole war eindeutig in einer sehr, sehr schwierigen Phase.

«Und ob das Sinn macht. Du musst Geduld haben.» Er suchte fieberhaft nach einem Weg, ihr Mut zuzusprechen. Seit er denken konnte, war Nicole für ihn da gewesen, und jetzt konnte er ihr ausgerechnet in ihrer dunkelsten Zeit nicht beistehen. Schlimmer noch. Er musste ihr etwas vormachen. Es zerriss ihm das Herz. Er hörte sie atmen. «Nicole?»

Dann brach sie ihr Schweigen und klang plötzlich ganz entschlossen. «Ich komme nach Hause.»

13

«Nicole, du bist krank. Und du musst wieder gesund werden.» Seit zwei Minuten redete Martin auf sie ein, aber er drang einfach nicht zu ihr durch. Es war nicht mehr die Angst aufzufliegen, die ihn antrieb. Ihm ging es allein um seine Schwester. Unter allen Umständen musste er sie davon abhalten, ihre Therapie abzubrechen.

«Ich habe mir schon einen Zug rausgesucht. Morgen Nachmittag bin ich wieder in Berlin. Holt ihr mich vom Bahnhof ab?»

«Und dann? Was willst du dann machen? Etwa in die Kanzlei gehen? Deine Chefs werden begeistert sein.»

«Wahrscheinlich werde ich die Kanzlei verlassen», sagte Nicole. Sie hatte sich also bereits einen Plan zurechtgelegt.

Aber Martin war sicher, dass sie ihn nicht bis zum Ende durchdacht hatte. Weil sie dazu in ihrem jetzigen Zustand gar nicht in der Lage war. Der Burn-out vernebelte ihre Sinne. Die Krankheit war wie eine große Glocke aus Milchglas, hinter der sie die Außenwelt nur noch grau und verschwommen wahrnahm. Nicht bloß den Job und die Aussicht auf eine Partnerschaft in der Kanzlei stellte sie mit einem Mal infrage, sondern ihr ganzes Leben.

«Deine Karriere war dir immer so wichtig. Du hast dir alles hart erarbeitet.»

«Und wo hat mich das hingeführt?»

«Nach ganz oben. Und ich rede jetzt nicht von deiner Dachwohnung.»

Nicole lachte tonlos und schien nachzudenken. Dennoch ahnte Martin, dass seine Argumente sie kaum erreichten. Nicht in dieser Krise, in der sie steckte.

«Ich könnte die Wohnung verkaufen und für mich und Karl was Kleineres nehmen.»

«Und was soll das bringen?»

«Wir könnten mit deutlich weniger Geld auskommen. Ich müsste nicht mehr so viel arbeiten ...»

Martin kannte seine Schwester in- und auswendig. Er wusste, was ihr die Arbeit bedeutete. Hin und wieder ein Urlaub war okay für sie. Allein schon wegen Karl. Aber ansonsten liebte sie die berufliche Herausforderung. Früher oder später würde sie eine Leere spüren. Martin war fest davon überzeugt, dass sie genau das Leben führte, das sie sich immer erträumt hatte. Und dass er sie davor bewahren musste, alles hinzuschmeißen. Andererseits gab es Gründe für ihren Burn-out. Natürlich konnte sie nicht weitermachen wie bisher.

«Nicole, ich glaube nicht, dass deine Arbeit und deine Karriere das Problem sind, sondern die Art und Weise, wie du das alles handhabst.»

Nicole lachte los, als hätte er einen Witz gemacht. «Vielen Dank, Mister Ich-habe-mein-Leben-im-Griff.»

Martin registrierte die Spitze, aber ihre Reaktion fühlte sich dennoch wie eine Befreiung an. Sie nahm ihrem Gespräch die Schwere.

«Man kann in beide Richtungen übertreiben, Miss Zweihundert-Prozent», sagte Martin eindringlich.

Nicole lachte erneut, und es klang nicht mehr ganz so hohl. «Bist du jetzt auch Psychotherapeut?»

Martin stöhnte auf. «Mit deinem Sohn an meiner Seite? Ohne therapeutische Fähigkeiten würde ich das keine zwei Tage überleben.»

Nicole schwieg, er spürte ihr Lächeln. Er hatte Zweifel bei ihr geweckt und sie zum Nachdenken gebracht. Aber noch war die Gefahr nicht gebannt.

«Was denkst du, was passiert, wenn du abbrichst und nach Hause kommst?» Martin wurde wieder ernst. Er wusste, um etwas bei seiner Schwester zu erreichen, musste er ihr Gedankenkarussell anhalten. Diese Endlosschleife aus Grübeleien. Und so ungern er das auch tat, er musste ihr die Konsequenzen ihres Tuns vor Augen führen.

«Wenn du jetzt abbrichst, reden wir irgendwann nicht mehr nur von Schlafstörungen und einem nervösen Magen.»

Martin hatte sich schlau gemacht. Schon vor Monaten, als er zum ersten Mal das Gefühl gehabt hatte, dass bei Nicole etwas aus dem Ruder lief. Ohne therapeutische Hilfe war es nur eine Frage der Zeit, bis weitere körperliche Symptome dazukamen und sich eine Depression manifestierte. Auch für Karl hätte das gravierende Folgen. Nicole würde ihm nur Stabilität bieten können, wenn sie selber wieder Freude am Leben verspürte.

«Würde es dir helfen, wenn Karl und ich dich besuchen kommen?», fragte Martin und traute seinen eigenen Ohren nicht. Aber die Worte waren ihm einfach so über die Lippen gekommen. Er war einem inneren Impuls gefolgt. In dieser Sekunde war ihm sein eigenes Schicksal völlig egal. Wenn es Nicole half, würde er alles stehen und liegen lassen und auf der Stelle mit Karl zu ihr fahren.

Während sie weiter schwieg, sah Martin sich bereits auf dem Weg zurück nach Deutschland. Nach Bayern in die Rehaklinik und dann weiter nach Berlin, wo er seinen Traum von einem Comeback endgültig aufgeben musste und dafür den Rest der Schulferien mit Karl verbringen durfte. So hatte er sich das alles zwar nicht vorgestellt, aber das spielte nun keine Rolle mehr.

«Sag mal», begann Nicole plötzlich, «arbeitest du insgeheim für diese Klinik?»

Martin stutzte. «Was? Wieso?»

«Kriegst du eine Provision für jede Patientin, die du davon abhältst, vorzeitig abzubrechen?»

Er musste grinsen. «Heutzutage muss eine Klinik knallhart kalkulieren. Und ich kann das kleine Zubrot gut gebrauchen.»

«Ach, Martin. Vielleicht hast du recht.» Endlich klang Nicole wieder richtig gelöst. Und auch Martin fühlte sich gut. Die bleierne Schwere hatte sich verzogen. Martin war nicht nur erleichtert, er war ein wenig stolz auf sich. Er hatte nicht den geringsten Grund, sich wie ein Heuchler vorzukommen. Diesmal hatte er Nicole nicht belogen. Er hatte ihr beigestanden.

Als Martin das Telefonat beendet hatte, ließ er sich rücklings auf die Schlafcouch fallen. Natürlich hatte Nicole noch nach Karl gefragt, und Martin war nicht um die kleine Schwindelei herumgekommen, dass Tobias sie gerade in Berlin besuchte – Nicole hatte seine Stimme im Hintergrund erkannt. Dennoch hatte sie heute nicht mit Karl sprechen wollen, und Martin verstand, warum. Karl war ein sensibles Kind, er kannte seine Mutter gut. Auf keinen Fall wollte sie, dass er sich Sorgen machte, deshalb trug sie Martin auf, ihm Grüße auszurichten, sie würde am nächsten Tag wieder anrufen. Als er sich schließlich aufraffte und in die Küche ging, sah er Karl, der große, leuchtend rote Tomaten wusch, während Tobias eine Tomate über eine Küchenreibe rieb und das Fruchtfleisch in einer Glasschüssel auffing. Karls Haare waren wild zerzaust. Er sah verschlafen aus, war aber quicklebendig und bester Laune. «Dann hat Martin einfach seine Kreditkarte hingelegt. Obwohl er genau wusste, dass die nicht funktioniert.»

«Ich hatte dir so einiges zugetraut, aber das …», meinte Tobias grinsend mit Blick zu Martin, während er das geriebene Fruchtfleisch in ein feines Sieb gab, um etwas von dem Wasser abtropfen zu lassen.

Martin nahm die Eintracht zwischen Tobias und Karl verwundert, aber auch erfreut zur Kenntnis. Normalerweise taute sein Neffe Fremden gegenüber nicht so schnell auf, aber die Pizza und das Tiramisu am Vorabend schienen eine magische Wirkung entfaltet zu haben.

Martin selbst fühlte sich angeschlagen. Das Telefonat mit Nicole wirkte nach.

Tobias sah ihm an, dass etwas vorgefallen war. Und er wusste genau, was Martin jetzt brauchte. Ohne zu fragen, holte er eine Tasse aus dem Schrank und bereitete ihm einen Kaffee mit der Kapselmaschine zu.

«Kaffee für den bösen Jungen. Kommt sofort.»

«Wenn du wüsstest, was auf der Rechnung stand», meinte Martin.

Tobias zog eine Augenbraue hoch. «Hotel Negresco? Ich kann's mir vorstellen.»

«Carole hat's verdient. Sie war total arrogant», sagte Karl.

«Dann hat sie es wirklich verdient», meinte Tobias und sah Martin ernst an. «Brauchst du Geld?», fragte er und reichte ihm seinen Kaffee. Er wusste, wie überflüssig diese Frage war. Nicht nur er.

«Martin braucht immer Geld», kommentierte Karl lachend.

«Danke, ich komme klar.» Martin gab einen Schuss Milch in seinen Kaffee. Sicher war er sich jedoch nicht. Er und Karl waren gerade einmal drei Tage unterwegs und hatten schon gut ein Viertel ihres Geldes ausgegeben. Sie waren bis Roquetas de Mar gekommen und mussten damit noch einen Großteil von Spanien durchqueren, um an ihr Ziel, an die Algarve, zu kommen. Martin hatte geplant, direkt nach seinem Auftritt über die Atlantikküste zurückzufahren. Sie würden noch gut zehn Tage unterwegs sein. Wenn er ehrlich war, war er doch sicher. Es würde knapp werden. Knapper als knapp. Trotzdem wollte er auf die Demütigung verzichten, sich vor Karl von einem Freund Geld zu leihen.

«Deine Mutter hat angerufen», sagte Martin.

«Echt? Geht's Mama gut?»

«Sehr sogar.» Martin spürte Tobias' prüfenden Blick. Tobias war einer seiner ältesten Freunde. Er konnte ihm nichts vormachen. Er durchschaute sofort, wenn er flunkerte. Aber er hielt sich mit Nachfragen zurück. Er konnte sich denken, dass Martin einen Grund hatte, und der saß vor ihnen.

«Was hat Mama gesagt?»

«Dass ich dich lieb grüßen soll. Und dich auch», sagte er zu Tobias.

Tobias sah ihn baff an. «Du hast erzählt, dass du bei mir in Roquetas bist?»

«Nein, ich habe ihr erzählt, dass du bei uns bist. Was müsst ihr auch am frühen Morgen so laut lachen? Das ist ja nicht auszuhalten», sagte er und grinste.

«So ist das im sonnigen Süden. Lebensfreude pur», entgegnete Tobias und stellte einen Korb mit gerösteten Weißbrotscheiben auf den Tisch. Während Martin an seinem Kaffee nippte und sich langsam wohler fühlte, beobachtete er ungläubig, wie Karl sich gierig über eine Weißbrotscheibe hermachte, auf die Tobias zuvor einen großen Klacks von dem Tomatenpüree und ein paar Tropfen Olivenöl gegeben hatte.

Auch Martin biss in eine Scheibe. Das Brot war knusprig und noch warm und hatte wunderbare Röstaromen. Das Fruchtfleisch war süß mit einem Hauch Säure. Martin konnte sich nicht erinnern, wann er das letzte Mal einen so intensiven Tomatengeschmack erlebt hatte, der zudem ausgezeichnet mit der leicht bitteren Note des Olivenöls harmonierte.

«*Pan con tomate*. So simpel kann ein gutes Frühstück sein», meinte Tobias.

Martin und Karl kauten genüsslich. Es war ein einfaches Gericht, aber die Zutaten machten es zu einer echten Köstlichkeit. Martin wusste, dass Tobias, was Lebensmittel betraf, großen Wert auf Qualität legte. Was ihn jedoch wunderte, war, dass Karl sich anstandslos eine zweite Scheibe bestreichen ließ.

«Seit wann isst du so was?», fragte Martin und wandte sich an Tobias. «Hast du ihn hypnotisiert oder so?»

Tobias lachte. «Das war nicht nötig.»

«Ist total lecker», rief Karl mit vollem Mund und wischte sich mit der Serviette das Olivenöl vom Kinn.

«Würde ich ihm etwas vorsetzen, das auch nur in der Nähe von Gemüse gelegen hat, würde er mir eine Riesenszene machen.»

Das wollte Karl nicht auf sich sitzen lassen. «Du hast mir noch nie *Pan con tomate* gemacht.»

«Hättest du's gegessen? – Und sei ja ehrlich», schob er mahnend hinterher.

Karl musste nicht lange überlegen. «Nö.»

Tobias schüttelte amüsiert den Kopf. «Und so was nennt sich Musiker. Von wegen Feingefühl.»

Martin runzelte die Stirn. «Was hat das damit zu tun?»

«Der Ton macht die Musik. Das solltest du am besten wissen.»

«Ich verstehe immer noch nicht?»

«Ich habe Karl nichts vorgesetzt. Ich mache ihm Angebote, lasse ihn Dinge ausprobieren. Und wenn's ihm nicht schmeckt, kann er's jederzeit lassen.»

Martin ließ sich die Worte durch den Kopf gehen.

«Der Junge hat seinen eigenen Willen. Es geht um Respekt», führte Tobias weiter aus, während er eine Schale mit frisch geschnittener Mango aus dem Kühlschrank holte. «Magst du vielleicht von der Mango probieren?», fragte er Karl und hielt ihm die Schale entgegen.

«Klar», entgegnete Karl und legte sich gleich zwei Stückchen auf seinen Teller.

Martin nickte anerkennend.

Er selbst mochte Mango. Aber nur, wenn sie den richtigen Reifegrad hatte, den die Früchte, die es in Berlin im Supermarkt gab, fast nie erreichten, weil sie unreif geerntet werden mussten, um den langen Transport zu überdauern. Martin war sicher, dass Tobias die Mango auf einem Markt in Roquetas gekauft hatte und sie wunderbar saftig und aromatisch schmeckte. Trotzdem fragte er sich, ob Karl sich unterwegs womöglich ein unbekanntes Zombievirus eingefangen hatte, das ihn zu einem willenlosen, aber gut gelaunten Wesen mutieren ließ. Oder ob Tobias inzwischen von Werbetexter auf Erziehungsexperte umgesattelt hatte. Das Ergebnis jedenfalls war beeindruckend.

«Tobias war die beste Freundin, die du jemals hattest», meinte Karl, als sie wenig später ihre Habseligkeiten im Auto verstauten. Martin fragte sich, ob Karl die kleine Spitze mit Absicht gesetzt hatte oder ihm der Satz einfach herausgerutscht war. So oder so hatte der Junge recht. Bei der Verabschiedung hatte Tobias Martin in einer konspirativen Aktion zweihundert Euro als kleines Darlehen zugesteckt und darauf geachtet, dass Karl nichts davon mitbekam. Martin hatte seinen Stolz überwunden und das Geld dankbar angenommen.

Karl war nicht begeistert gewesen, dass sie sich schon wieder auf den Weg machten. Aber sosehr er auch darum gebettelt hatte, dass sie einen Tag länger bei Tobias blieben, es wurde höchste Zeit, dass sie weiterfuhren. Martin wollte spätestens am Abend in Portimão sein, um sich mit der Band zu treffen. Dann blieb noch genügend Zeit, um sich gemeinsam auf den Auftritt am nächsten Tag vorzubereiten. Er hatte dem Sänger der Band bereits mehrere Nachrichten auf der Mailbox hinterlassen, wartete aber immer noch auf einen Rückruf. Er beruhigte sich damit, dass er vor lauter Vorbereitungsstress noch nicht dazu gekommen war. Martin wusste aus eigener Erfahrung, was es vor einem Gig alles zu tun gab.

Als alles verstaut war, stiegen sie ins Auto. «Außer natürlich Sophie», führte Karl weiter aus. «Sophie war die allerbeste. Noch besser als Tobias.»

Martin spürte einen weiteren kleinen Stich. Er musste an das Selfie denken, das er am Strand von Fréjus gemacht und Sophie geschickt hatte. Er hatte seitdem immer wieder sein Smartphone gecheckt, weil er wissen wollte, ob sie die Nachricht gelesen hatte. Das hatte sie. Seit einem Tag waren beide Häkchen neben der Nachricht blau. Geantwortet hatte sie jedoch nicht.

Tobias hatte Karl noch ein paar *Panellets* als Proviant mitgegeben, kleine Kugeln aus Marzipan, die mit Pinienkernen dekoriert waren. Und die Karl so blendende Laune machten, dass er nicht protestierte, als Martin nach gut zweistündiger Fahrt auf die Autobahn wechselte, die sie ins Landesinnere brachte und nicht an der Küste entlangführte. Obwohl eine Fahrt über Tarifa und Gibraltar sicher ein Erlebnis gewesen wäre, hätten sie einen großen Umweg fahren müssen und viel Zeit verloren. Ebenso erging es ihnen mit Sevilla. Martin liebte diese Stadt, die wie keine andere für den Stolz Andalusiens stand. Er war bereits ein paar Mal dort gewesen und erinnerte sich vor allem an die warme Abendluft, wenn die Sonne über den Dächern unterging und ihr Licht die Stadt leuchten ließ. Und an die Nächte, in denen sich die Straßen mit dem Lachen der Menschen füllten, mit dem Klang von Flamenco und dem Klirren der Gläser in den Tapasbars, in denen es herrlich nach *Jamón Ibérico*, frischem Brot und Oliven roch. All das unter den wachen Augen der Kathedrale von Sevilla, der größten gotischen Kirche der Welt, die sich wie ein steinernes Gedicht in den Himmel erhob. Martin hätte die Schönheit dieser Stadt gerne mit Karl gemeinsam entdeckt. Es kam einer Sünde gleich, an Sevilla vorbeizufahren. Aber neben der fortgeschrittenen Zeit gab es noch einen weiteren triftigen Grund, warum er jeden unvorhergesehenen Halt vermeiden wollte: Seit ihrer Abfahrt in Roquetas de Mar verhielt der Motor seines Autos sich merkwürdig. Obwohl er das Gaspedal durchtrat, kam er selten über eine Geschwindigkeit von 100 Stundenkilometern hinaus. Dann wieder kam der Motor ungeahnt auf Touren, um kurz darauf ein röhrendes Geräusch von sich zu geben. Als auch noch die Temperaturanzeige des Motors in den roten Bereich ging, fuhr Martin auf einen Rastplatz und öffnete die Motorhaube.

«Häufige Ursache sind ein verschmutzter Kraftstofffilter oder eine verstopfte Einspritzdüse», las Karl, der neben Martin getreten war, von seinem Smartphone ab.

«Und warum zischt dann der Kühler?», fragte Martin leicht genervt.

Dieser Stopp war, wie er zugeben musste, eine völlig sinnlose Aktion. Er hatte nicht die geringste Ahnung von Automotoren und würde den Fehler weder finden noch beseitigen können.

«Es kann aber auch an einem fehlerhaften Katalysator liegen», las Karl unbeirrt weiter vor.

«Kann deine dämliche KI auch den Motor reparieren?»

«Nein. Sie betreibt lediglich eine Hypothesenbildung.»

«Eine was?!»

«Sie formuliert testbare Vermutungen über die Ursache eines Problems. Und du musst die Hypothese dann in einem Test überprüfen.»

Martin warf gereizt die Motorhaube zu.

«Ich denke, es ist nichts Gravierendes», beschloss er, vor allem, um sich selbst zu beruhigen. «Wir warten ein paar Minütchen, und dann geht's weiter.»

Karl konnte er damit nicht überzeugen. «Aber wenn's wirklich der Kühler ist, musst du unverzüglich eine Werkstatt anfahren.»

«Glaub mir. Der hält noch eine Weile.»

«Die KI sagt aber …»

«Noch ist der Mensch der KI weit überlegen», fiel Martin ihm ins Wort.

Karl hob die Brauen. «Glaube ich nicht.»

«Ich schon. Und ich fahre lange genug Auto.»

Martin gönnte sich eine Zigarettenpause und dem Motor etwas Zeit zum Abkühlen, dann fuhren sie weiter. Je länger sie unterwegs waren, desto mehr legte sich seine Nervosität. Der Motor lief wieder wie geschmiert. Auch die Temperaturanzeige war jetzt im Normalbereich. Tatsächlich schien lediglich die Überhitzung das Problem gewesen zu sein. Zumindest wusste Martin nun, worauf er in Zukunft achten musste.

Kurz nachdem sie Huelva passiert hatten, führte die Straße sie wieder hinunter zum Meer. Die Luft roch salzig. Sie hatten das sanfte Mittelmeer endgültig hinter sich gelassen und den ungestümen Ozean erreicht. Karl fuhr das Fenster weiter herunter und hielt seine Nase in den Wind. Martin packte ihn an der Schulter und zog ihn unverzüglich zurück.

«Nicht zu weit raus.»

«Mir ist heiß.»

Martin rollte mit den Augen. Er wusste, was gleich kommen würde. «Ja, ja, die tolle Klimaanlage deiner Mutter. Beim nächsten Mal nehmen wir ihren Wagen.»

Karl sah ihn mit großen Augen an. «Wir machen das noch mal?»

«Quatsch.»

«Hast du aber gerade gesagt.»

«Das war nicht ernst gemeint», beteuerte Martin.

«Ach so.» Karl lehnte sich wieder zurück in seinen Sitz.

Martin musterte ihn aus dem Augenwinkel. Zum Glück hatte Karl ihn nicht gefragt, warum er dann gesagt hatte, was er gesagt hatte. Er wusste es selber nicht, und das gab ihm zu denken. Machte ihm seine Reise mit Karl am Ende mehr Spaß, als er zugeben wollte?

Aus dem Autoradio erklang *Dreams* von Fleetwood Mac. Noch so eine Band, die Martin über alles verehrte. Was würde er dafür geben, einmal in seinem Leben einen Song zu komponieren, der auch nur halbwegs die Klasse eines Fleetwood-Mac-Songs hatte. Sie waren einfach unerreichbar.

Karl drehte die Musik lauter und wippte im Takt. Ein Lächeln flog über Martins Gesicht. Zumindest was Musik anging, schien sein Neffe einem guten Geschmack immer näher zu kommen. Besser konnte man keine Sympathiepunkte bei Martin sammeln.

Die erste richtige Rast machten sie in El Rompido, einem hübschen Fischerdorf an den Ufern des Atlantiks, um das sich ein grüner Mantel aus Salzwiesen und Kiefernwäldern legte. Karl bewunderte eine Handvoll Fischerboote, die im Hafen lagen und sanft im Rhythmus der Wellen schaukelten. Während die Fischer mit einer Gelassenheit, die nur das Meer zu lehren vermochte, ihre Netze flickten und Möwen schwerelos über die ruhige See glitten. Von hier aus war es nicht mehr weit bis zur portugiesischen Grenze, und da der Motor seit ihrem letzten Stopp einwandfrei funktionierte, hatte sich Martins diesbezügliche Unruhe verflüchtigt. Etwas anderes beunruhigte ihn dafür zusehends.

Noch zweimal hatte er den Sänger der Band angerufen, mit der er auftreten sollte, und niemanden erreicht. Deshalb wählte er nun eine Nummer, die er seit dem letzten Telefonat eigentlich hatte vermeiden wollen. Aber es nützte nichts. Mike musste ihm helfen, immerhin war er sein Manager. Und auf keinen Fall würde Martin sich von seiner Assistentin mit irgendwelchen Klischee-Ausreden abspeisen lassen. Besprechung? Wichtiger Termin? Am Arsch!

«Was denn nun? Ist Mike jetzt da oder nicht?», blaffte er ins Telefon, während er nervös auf und ab tigerte. «Entweder kriege ich ihn jetzt ans Rohr, oder ich drehe auf der Stelle um», drohte er, um gleich darauf verdutzt aufzumerken. «Anaheim?!»

Die Assistentin erklärte ihm, dass Mike auf der NAMM Show in Kalifornien sei. Martin stöhnte auf. In Anaheim fand eine der größten Messen der Musikbranche statt, auf der vor allem Instrumente, Technik und Musikprodukte ausgestellt wurden, auf der es aber auch Auftritte von hoffnungsvollen Nachwuchsbands gab.

«Ich weiß, wo Anaheim ist», echauffierte er sich. «Aber ich

fahre gerade Tausende Kilometer nach Portugal, und es gibt Probleme mit der Band. *Mike* wollte, dass ich ihm diesen Gefallen tue. Jetzt soll er sich gefälligst kümmern.»

Martin legte auf. Er spürte Groll. Wegen des Zeitunterschiedes von neun Stunden konnte er jetzt eine Ewigkeit auf Mikes Rückruf warten. Wenn er überhaupt zurückrief. Das machte Mike nur, wenn es absolut existenziell war. Und zwar für ihn. Von allen anderen erwartete er, dass sie ihre Probleme selber lösten und ihm nicht auf den Keks gingen. Dass Martin in der spanischen Pampa stand und immer noch keine Infos hatte, die es ihm ermöglichten, sich professionell auf seinen Auftritt vorzubereiten, war Mike mit hoher Wahrscheinlichkeit scheißegal. Und noch etwas wurmte Martin gewaltig. Mike suchte lieber in Kalifornien nach neuen Talenten, statt sich um die zu kümmern, die er schon hatte und die ihm seit Jahrzehnten treu waren.

Martin blickte zu Karl, der auf der Terrasse eines kleinen Strandlokals auf ihn wartete und eine Portion *Patatas bravas* aß.

Er wollte gerade wieder an ihren Tisch zurückkehren, als ihm etwas auffiel. Karl schien jemanden zu beobachten. Sein verstohlener Blick wanderte immer wieder zu einem Mädchen, das einer Touristin am Nebentisch Zöpfe flocht. Sie war ein paar Jahre älter als Karl, Martin schätzte sie auf achtzehn oder neunzehn, trug ein buntes Kleid mit Batikmuster und hatte ihre eigenen langen blonden Haare zu kunstvollen Zöpfen gebunden. Ein spitzbübisches Lächeln flog über Martins Gesicht. Karl schien sich doch nicht nur für KI-generierte Hologramme zu interessieren. Das war noch kein Grund, die Champagnerkorken knallen zu lassen, aber Martin hatte das Gefühl, er wohnte einem wichtigen Moment im Leben seines Neffen bei, und blieb im Schatten einer Palme stehen.

Plötzlich hörte er ein tiefes, gleichmäßiges Brummen. Es begann leise, fast wie ein ferner Donner, und schwoll dann rasch an, bis es den gesamten Himmel erfüllte. Als er nach oben sah, erblickte er einen Hubschrauber, der über ihm kreiste. Unter das Dröhnen mischten sich die anschwellenden Martinshörner von Polizeifahrzeugen, kurz darauf rasten drei Einsatzfahrzeuge an ihm vorbei und wirbelten so viel Sand auf, dass Martin sich schützend die Hände vor die Augen halten musste. Die Fahrzeuge kamen unweit der Wasserkante zum Halten. Polizisten der Guardia Civil in ihren dunkelgrünen Uniformen sprangen heraus, als Martin das große, vollbesetzte Schlauchboot entdeckte, das sich auf den Wellen des Ozeans schaukelnd dem Strand näherte. Männer, Frauen und Kinder verschiedenen Alters und verschiedener Hautfarben saßen darin und trugen ihre Habseligkeiten in Rucksäcken oder in zu Beuteln gebundenen Tüchern bei sich. Mütter hielten schreiende Babys und weinende Kleinkinder im Arm, die sie schützend an sich pressten. Martin konnte die Angst und Erschöpfung in den Gesichtern sehen. Er war wie erstarrt.

Als die Menschen auf dem Boot die Polizisten entdeckten, brach das Inferno los. Es wurde panisch geschrien. Einer Handvoll Männer, die sich an den Außenschlauch geklammert hatten, versagten endgültig die Kräfte, und sie stürzten ins Wasser. Andere sprangen freiwillig in die Fluten, um das Boot an Land zu ziehen.

Auch Martin geriet in Aufruhr. Er rannte zu Karl, der bereits aufgestanden war und das Geschehen am Strand verstört beobachtete.

«Weg hier. Komm», rief Martin ihm zu. Aber Karl blieb wie angewurzelt stehen.

«Was passiert da?»

Martin hatte keine Ahnung, wie er Karl das auf die Schnelle erklären konnte. Dafür wusste er umso genauer, dass sie zügig von hier verschwinden sollten. Da rannte einer der Geflüchteten ganz nah an ihnen vorbei. Martin konnte die Angst förmlich sehen, die dem jungen Mann ins Gesicht geschrieben stand. Er kam nicht weit. Als zwei Polizisten ihn eingeholt hatten und zu Boden warfen, ergab er sich ohne jede Gegenwehr.

Das Bild schockierte Martin. Es war eben doch etwas anderes, solche Dinge in einem Fernsehbericht zu sehen oder selbst danebenzustehen.

«Lass mich mal durch hier», rief ein älterer Herr auf Deutsch, der am Nebentisch aufgestanden war und Karl rücksichtslos zur Seite schubste.

«Pass gefälligst auf, du Idiot», brüllte Martin. Aber der Kerl reagierte nicht. Er drängelte sich unbeeindruckt durch die Tische, Stühle und Menschen weiter nach vorne, um einen besseren Blick zu haben. Weitere Gäste aus dem Innenraum waren auf die Terrasse gekommen. Und auch die Kellner und Kellnerinnen und sogar das Küchenpersonal gesellte sich unter die Gaffer. Smartphones wurden gezückt. Martin hörte schimpfende Stimmen. Einige Gäste schwangen die Fäuste, Wut stand in ihren Gesichtern. Womöglich sogar Hass. Die Stimmung war aufgeladen.

Martin warf eilig ein paar Münzen für die *Patatas bravas* auf den Tisch. «Komm schon», drängelte er und zog Karl mit sich zum nahe gelegenen Parkplatz.

Auch wenn die Polizeipräsenz nicht ihm galt, so stellte sie dennoch eine potenzielle Gefahr dar. Er wollte auf jeden Fall vermeiden, kontrolliert zu werden und sich unglaubwürdige Ausreden dafür einfallen lassen zu müssen, warum er allein mit seinem Neffen durch halb Europa unterwegs war. Außerdem wollte er Karl die Bilder ersparen, die hier unweigerlich auf sie warteten. Verzweiflung, Hoffnungen, die zerstört wurden, Menschen, die vor dem Nichts standen.

«Ich kann alleine laufen», protestierte Karl und riss sich los.

Martin ging mit schnellen Schritten zu ihrem Auto. «Dann komm endlich!»

Aber Karl blieb erneut stehen. «Wir müssen irgendwas tun!»

Martin starrte ihn fassungslos an. «Wir?! Was denn?»

Er blickte noch einmal zum Strand und sah, wie Polizisten versuchten, die Flüchtenden zu beruhigen, und sie aufforderten, sich in den Sand zu setzen. Es wurde geweint und in Sprachen geschrien, die in seinen Ohren fremd klangen. Auch Martin empfand nichts als Mitgefühl für diese Menschen. Aber was sollten er und Karl schon ausrichten?

Martin hatte bereits das Auto erreicht, das auf einem Parkplatz zwischen zwei anderen stand.

«Karl, bitte», rief er eindringlich, beinahe flehentlich.

Schließlich gab Karl zögernd nach und ging auf die Beifahrerseite. Martin wollte bereits einsteigen, als er sah, wie Karl erstarrte und zu Boden blickte. Da verlor Martin endgültig die Geduld. «Was ist jetzt schon wieder?»

Karl rührte sich nicht. Martin ging um das Auto herum. Und dann sah auch er den verängstigten Jungen, der sich, am Boden kauernd, zwischen den Autos versteckt hielt.

14

«Karl? Bitte steig ein. Wir können nichts für ihn tun.»

Martin dämpfte seine Stimme, um so wenig Aufmerksamkeit wie möglich auf sie zu ziehen. Und um auf keinen Fall den Jungen noch weiter zu verunsichern, der sich an den Wagen neben dem ihren drückte. Doch sosehr Martin auch auf ihn einredete, Karl rührte sich nicht von der Stelle.

«Wir könnten ihn mitnehmen», schlug er mit einem Mal vor.

«Wohin?»

Karl sah ihn überfordert an. Martin konnte sich vorstellen, wie schwierig dieser Konflikt für ihn war. Beide betrachteten den Jungen. Martin war nicht sicher, aber er vermutete, dass er aus Nordafrika kam. Marokko oder Algerien. Der Junge war gerade einmal so alt wie Karl. Er hatte seine Heimat verlassen und war augenscheinlich mutterseelenallein in einem völlig fremden Land gestrandet. Wahrscheinlich wäre es das Beste für ihn, sich in die Obhut der Polizei zu begeben. Sie würden ihn in eine Unterkunft bringen, in der er in Sicherheit wäre. Er ahnte aber bereits, dass Karl sich nicht so leicht würde überzeugen lassen.

Karl blickte den Jungen an und deutete mit dem Finger auf sich. *«I am Karl. And you?»*

«Said», antwortete der Junge.

«Nice to meet you.»

Martin seufzte. Jetzt war Karl noch weniger dazu zu bewegen, ins Auto zu steigen und davonzufahren. Er hatte eine persönliche Verbindung hergestellt.

Der Junge zitterte am ganzen Körper. Martin konnte sich nur schwer vorstellen, was Said durchgemacht haben musste. Ein verbrecherischer Schlepper ohne Gewissen hatte dem Jungen sein gesamtes Hab und Gut abgenommen und ihn mit einem vollgepferchten Schlauchboot auf eine lebensgefährliche Reise geschickt. Die furchtbarsten Bilder tauchten vor Martins innerem Auge auf. Ihm schauderte bei dem Gedanken an die vielen Opfer, die in den Fluten ertrunken waren. Das Mittelmeer, für die meisten Menschen ein Ort des Vergnügens und der Erholung, wurde für sie zum düsteren Grab. Der Junge hatte großes Glück gehabt. Aber Martin war sicher, dass die Überfahrt ihn schwer traumatisiert haben musste und Said unter Schock stand.

«Er muss dringend zu einem Arzt», sagte Martin und hoffte, damit an Karls Vernunft zu appellieren.

Aber Karl war sofort alarmiert. «Der würde die Polizei rufen.»

«Eben. Das wäre das Vernünftigste», entgegnete Martin entschieden. Karl schüttelte energisch den Kopf und wollte gerade protestieren, aber Martin fiel ihm ins Wort.

«Karl, wir sind in Spanien. Die Polizei ist kein Feind.»

Karl sah ihn zweifelnd an.

«Außerdem machen wir uns strafbar», fügte Martin hinzu.

«Mir doch egal», antwortete Karl trotzig.

«Ja, klar. Du bist strafunmündig. Dich steckt man nicht in einen spanischen Knast. Aber mich schon.»

Zwei große Transporter hielten auf dem Parkplatz ganz in ihrer Nähe. Polizisten geleiteten erste Flüchtende vom Strand und halfen ihnen dabei, in die Fahrzeuge zu steigen. Einige trugen Foliendecken gegen die Unterkühlung, andere tranken aus Wasserflaschen, die man ihnen reichte.

«Ich lasse Said jedenfalls nicht alleine», entschied Karl.

«Soll ich dich etwa hierlassen?»

«Wenn es sein muss.» Karl hockte sich zu Said und legte einen Arm um dessen Schulter. *«I will help you.»*

Ein zaghaftes Lächeln flog über Saids Gesicht. Wahrscheinlich war er froh, dass er auf einen Jungen im gleichen Alter getroffen war, der ihm keine Angst machte.

Martin bemerkte, wie einer der Polizisten sich zu ihnen umdrehte. Er lächelte ihm verlegen zu, aber der Polizist ging mit stoischer Miene weiter. Zum Glück hatte er gerade Wichtigeres zu tun, als sich um schräge Touristen zu kümmern. Dennoch musste eilig eine Entscheidung her. Wenn sie noch lange hier weiterdiskutierten, würde die Guardia Civil eher früher als später auf sie aufmerksam werden. Und dann hätten sie alle drei ein Problem.

Martin schaute sich kontrollierend um. Dann öffnete er die hintere Autotür und gab Said ein Zeichen. Der Junge reagierte sofort und sprang auf die Rückbank. Auch Karl musste er nicht mehr groß bitten. In Windeseile saß er angeschnallt auf dem Beifahrersitz. Martin bedeutete Said, in Deckung zu gehen. Er startete den Motor und fuhr mit den beiden Jungen davon.

Kurz darauf lenkte Martin den Wagen über eine kleine Küstenstraße in Richtung der portugiesischen Grenze durch eine ungezähmte Landschaft, die geprägt war von goldgelben Stränden. Der Dünenstreifen, der sich dahinter erhob, wirkte, als gingen Meer und Land ineinander über, als würden die Wellen des Atlantiks zu Sand. Doch Martin hatte keine Augen für die raue Schönheit der Landschaft. Nervös trommelte er mit den Fingern aufs Lenkrad. Er sah große Schwierigkeiten auf sie zukommen. Verdammt große. Obwohl draußen moderate Temperaturen herrschten und ein frischer Wind durch die offenen Fenster zog, war er am ganzen Körper schweißgebadet. Er hatte nicht die geringste Ahnung, wo er hinfahren sollte, vermutete aber, dass die Strafe, die man ihm aufbrummen würde, noch höher wäre, sollte er den Jungen über die portugiesische Grenze mitnehmen. Wahrscheinlich würde man ihn sogar der Menschenschlepperei beschuldigen. Er war komplett am Arsch.

Karl hingegen schien völlig unbekümmert und versuchte, mit Said auf Englisch zu kommunizieren. Tatsächlich verstand der Junge ein paar Brocken, und er baute immer mehr Vertrauen zu Karl auf. Immer noch fuhr er bei jedem kleinsten Geräusch zusammen und schaute aus Angst vor Verfolgern immer wieder kontrollierend zur Heckscheibe hinaus.

«*Brother, brother*», sagte Said und zerrte einen kleinen Zettel aus seiner Hosentasche.

«Das heißt Bruder», erklärte Karl Martin.

Martin war wenig beeindruckt. «Was du nicht sagst.»

Said reichte Karl den zerknüllten Zettel.

Martin merkte auf. «Was ist das?»

«Ich glaube, da steht ein Name drauf.»

Martin nahm ihm den Zettel ab. «Gib mal her.»

Da auf der Straße kaum Verkehr herrschte und er nicht besonders schnell fuhr, konnte er einen Blick riskieren. Unter normalen Umständen wäre Karl ihm wieder mit einer Unfallstatistik gekommen. Aber die Umstände waren nicht normal, und Karls Protest blieb aus.

«Youssef», las Martin von dem Zettel ab. Er blickte über den Rückspiegel zu Said, der zustimmend nickte. «Youssef, *brother*.»

Al Wadi und eine Adresse in Sevilla standen unter dem Namen. Obwohl die Hinweise dürftig waren, keimte in Martin Hoffnung auf. Womöglich kannte der Junge tatsächlich jemanden in Spanien, den sie kontaktieren konnten.

Plötzlich schrie Karl erschrocken auf. «Schau mal!»

Da entdeckte auch Martin die Straßensperre, die die Guardia Civil wenige Hundert Meter vor ihnen errichtet hatte. Ein Schauer lief Martin über den Rücken.

«Verdammter Mist.» Er sah über den Rückspiegel zu Said, der reflexartig in Deckung ging.

In einiger Entfernung sah Martin, wie Polizisten Autofahrern bedeuteten, das Tempo zu drosseln, und kontrollierende Blicke in die Fahrzeuge warfen. Einzelne Wagen wurden herausgewunken.

«Wir sind geliefert», entfuhr es Martin.

«Kannst du nicht umdrehen?», fragte Karl.

«Und wenn die das mitkriegen? Wahrscheinlich eröffnen die gleich das Feuer auf uns.»

Martin war sicher, dass die Guardia Civil nicht lange fackeln und sie sofort stellen würde, sollten sie auch nur den geringsten Verdacht erregen.

Ihm drehte sich der Magen um, während sie immer näher an die Straßensperre heranrollten. Auch Karl war kreidebleich, während Said mucksmäuschenstill in seiner Deckung hockte und durch die Sitze hindurch mit angstgeweiteten Augen zur Windschutzscheibe hinausstarrte. Ein kleiner Stau hatte sich gebildet. Es ging nur noch im Stop and Go voran. Martin dachte fieberhaft nach. Sein gesamter Organismus lief auf Hochtouren. Er fühlte sich wie eine Maschine, die zu viel Strom bekam. Er rechnete damit, dass jeden Moment die Sicherung heraussprang und sein Herz aufhörte zu schlagen. Er blickte zu dem Polizisten der Guardia Civil, der den Autofahrern mit einer Kelle Zeichen gab. Und auf seinen Kollegen, der zur Verstärkung neben ihm stand und dessen Hand auf dem Halfter seiner Waffe ruhte. Martin wusste, was nun passieren würde. Auf ihn wartete nicht weniger als ein südspanischer Knast. *Buenas noches.*

Martin zwang sich zur Ruhe. Er atmete tief durch. Einmal. Zweimal. Und beim dritten Mal scherte er mit seinem Wagen aus und bog, ohne groß zu beschleunigen, in einen kleinen Feldweg ab. Karl und Said schauten ihn irritiert an, während Martin immer wieder kontrollierend in den Rückspiegel blickte. Aber es passierte nichts. Keine Martinshörner schrillten auf. Keine Verfolger hefteten sich ihnen an die Fersen. Mit jedem weiteren Meter, den sie auf dem holprigen Weg zurücklegten, machte sich die Erleichterung mehr Platz. Karl drehte sich zu Said um und lächelte ihn stolz an. *«He is my uncle»*, sagte er und zeigte auf Martin.

Das verdammt hohe Risiko, das Martin eingegangen war, zahlte sich aus. Der Feldweg machte einen großen Bogen und stieß nach ungefähr drei Kilometern wieder auf die Landstraße. Diesmal war es Martin, der am ganzen Körper zitterte, während Karl und Said sich triumphierend anlachten. Aber Martin wusste, dass sie nur eine Schlacht gewonnen hatten und ihr Problem noch lange nicht gelöst war. Dass er mit einem Zwölfjährigen in Südeuropa unterwegs war, dessen Mutter nicht wusste, wo ihr Sohn sich aufhielt, war das eine. Ein illegal eingewanderter minderjähriger Flüchtling auf dem Rücksitz war etwas ganz anderes. Er musste schleunigst einen Weg finden, die Sache in Ordnung zu bringen.

Erst als sie sich weit genug von der Straßensperre entfernt hatten und Martin auf den Parkplatz eines Restaurants gefahren war, wo er in Deckung zweier Autos parkte, beruhigten sich auch seine Nerven endlich wieder.

«*Your brother lives in Sevilla?*», fragte er, während er sich den Zettel noch einmal genauer anschaute.

«*Yes, brother Sevilla*», antwortete Said eifrig nickend.

«Das ist nur eine Stunde von hier», warf Karl eilig ein und hielt Martin sein Smartphone hin, auf dem er bereits Google Maps geöffnet und die bestmögliche Route gesucht hatte.

Martin dachte nach. Obwohl es nicht mehr viel nachzudenken gab. Er sah die erwartungsvollen Blicke von Karl und Said. Die Würfel waren gefallen.

Nur wenig später waren sie auf der Autovía A-49 unterwegs, die auch als *Autovía del V Centenario* bekannt war. Sie rollten entlang einer schnurgeraden Verbindung zwischen der frischen Küstenluft und der Wärme der andalusischen Ebene, während der Himmel sich weit und blau über den Horizont spannte. Martin hielt sich penibel genau an jede Geschwindigkeitsbegrenzung. Auf den letzten Metern wollte er ganz sicher keine Verkehrskontrolle riskieren. Said sah aus dem Fenster und schaute sich staunend die Landschaft an. Martin war sicher, dass der Junge seine Heimat zum ersten Mal in seinem Leben verlassen hatte. Er musste sich fühlen wie auf einem fremden Planeten.

«Wir müssen nach Macarena», sagte Karl, während er auf seinem Smartphone herumdaddelte.

«Ich denke, nach Sevilla?», fragte Martin, dem kurz der Schrecken in die Glieder fuhr.

«Macarena ist ein Stadtteil von Sevilla. Er liegt im Norden der Stadt und grenzt an den Fluss Guadalquivir», dozierte Karl.

«Verschon mich jetzt mit Sightseeing, such den schnellsten Weg raus», meinte Martin, der seine Nervosität und Unruhe immer noch nicht unter Kontrolle bekam.

Karl kam seiner Bitte ohne jegliche Diskussion nach und

lotste Martin durch Gewerbegebiete ins Stadtzentrum bis nach Macarena, das sowohl das historische Zentrum als auch moderne Wohngebiete umfasste. Martin wusste, dass Karl den Ernst der Lage erkannt hatte. Sein Neffe war ungewohnt still geworden, und abgesehen vom leisen Klang des Radios, war das Auto erfüllt von angespanntem Schweigen.

Der Routenplaner führte sie mitten hinein in ein Dickicht aus engen, malerischen Gassen, historischen Gebäuden und traditionellen andalusischen Innenhöfen. Unter anderen Umständen hätte Martin die Schönheit dieser Stadt genossen. Doch so wurde die Autofahrt zu einem Härtetest. Überall wuselten Einheimische und Touristen über Sträßchen, deren Bürgersteige so schmal waren, dass man sich kurz in die Hauseingänge stellen musste, um die Autos vorbeizulassen. Zudem war beinahe jede Straße eine Einbahnstraße, und bis auf schwer zu findende unterirdische Parkhäuser gab es so gut wie keine Parkmöglichkeiten. Als sie sich ihrem Ziel bis auf wenige Hundert Meter genähert hatten, gab Martin entkräftet auf.

«Es reicht», sagte er und lenkte den Wagen in die Einfahrt eines Parkhauses, die sich wie ein Schlund vor ihnen auftat. Als er endlich den Motor abstellen und aussteigen konnte, kam es ihm vor wie eine Erlösung.

Gemeinsam schritten sie zum Ausgang und nahmen die Treppe, über die sie in unmittelbarer Nähe zur Basilica de la Macarena wieder ans Tageslicht gelangten. Karl hatte das Zepter übernommen und führte sie mit seinem Smartphone, während Martin beobachtete, wie Said immer weiter auftaute. Seine Angst war unfassbar schnell einem Entdeckergeist gewichen. Wissbegierig betrachtete er das Leben in den engen Gassen. Die Fassaden der Häuser waren in warmen Ocker- und Gelbtönen gestrichen, und hinter den geöffneten

Fensterläden standen unzählige Topfpflanzen, die wie grüne Wasserfälle herabflossen. Aber am meisten faszinierten ihn die vielen Schaufenster der kleinen Geschäfte, in die er neugierig hineinspähte.

«Hier muss es sein», sagte Karl schließlich, als sie ein unübersichtliches, schmuckloses Plätzchen erreichten. Sie schauten sich suchend um. Bis Martin etwas entdeckte.

«Da», sagte er und deutete auf ein kleines Café, vor dem ein paar wenige unbesetzte Tische standen. Auf einem Schild über der Tür stand *Al Wadi*.

Als die drei das Café betraten, hatten sie endgültig das Gefühl, in eine andere Welt einzutauchen. Ein Meer aus warmen, erdigen Tönen wie Terrakotta und Sandfarben empfing sie, das nach Zimt, Kardamom und Nelken duftete. Auf dem hölzernen, mit Gold und Messing verzierten Tresen standen Tabletts mit Minztee-Gläsern und Keramikteller mit Datteln und Mandeln. Der Raum wurde beherrscht von Stühlen und Bänken mit Lederbezügen und handgewebten Kissen, aber es gab auch niedrige Holztische mit kunstvollen Gravuren und Mosaiken, unter denen Berberteppiche lagen. Von der Decke baumelten Hängelampen mit buntem Glas und filigranen Mustern, die weiches, warmes Licht erzeugten, und an den Wänden hingen Fotografien und Gemälde, die Wüstenlandschaften und arabische Städte zeigten.

Ein Angestellter kam mit einem Tablett voller Baklava aus der Küche und wurde aufmerksam. *«Hola?»*

«Hola», antwortete Martin, der damit auch schon beinahe an die Grenzen seiner Sprachkenntnisse stieß. «Youssef?», fragte er und schickte ein stilles Gebet zum Himmel. Er hoffte inständig, dass sie keinem Trugschluss aufgesessen waren. Dass es diesen Youssef tatsächlich gab und dass er wirklich hier in Sevilla war.

Der Angestellte schaute irritiert zwischen Martin und den beiden Jungen hin und her. *«No, no soy Youssef»*, sagte er und schüttelte verneinend den Kopf.

Das verstand Martin. Karl und Said sahen sich traurig an, und auch Martin ließ bereits alle Hoffnungen fahren, als der Mann sich umdrehte und in Richtung der Küche rief: «Youssef!»

Nur wenige Sekunden später trat ein Mann mit Kochschürze in den Gastraum. Er wischte sich die Hände an einem Handtuch ab, und der Angestellte sagte etwas auf Arabisch zu ihm. Aber es waren keine großen Erklärungen mehr nötig. Dem Koch waren bereits sämtliche Gesichtszüge entglitten. Er starrte Said an, als traute er seinen eigenen Augen nicht.

«Said», flüsterte er.

«Youssef», schrie Said und rannte los. Die beiden fielen sich in die Arme, Youssef hob seinen Bruder hoch, ging dann mit ihm in die Knie und hielt ihn fest. Schluchzen schüttelte seine Schultern, auch Said weinte. Immer wieder hielt Youssef seinen Bruder auf Armeslänge von sich weg und schaute ihn ungläubig an, drückte und umarmte ihn dann wieder, als hätte er Angst, dass er sich jeden Moment in Luft auflösen könnte. Martin und Karl verstanden nicht, was die beiden sich sagten. Aber als Said auf Martin und Karl deutete, kam Youssef auf die beiden zu und umarmte sie ebenfalls voller Dankbarkeit.

Da sie schon genug Zeit verloren hatten, wollte Martin sich direkt auf die Weiterfahrt machen. Doch Youssef bestand darauf, sie wenigstens zum Essen einzuladen, und Martin wollte nicht unhöflich erscheinen. Außerdem hatten sie seit einer Weile nichts gegessen, und ihre Mägen knurrten. Es gab Couscous, eine Suppe aus Linsen, Tomaten und Kichererbsen und zum Dessert frisch gebackene Baklava. Martin aß mit Genuss. Es schmeckte köstlich. Karl hielt sich zurück und stocherte verlegen auf seinen Tellern herum. Die neue Freundschaft zu Said stieß schnell an eine erste kulturelle Grenze. Von seinen Essgewohnheiten rückte Karl ungern ab.

Als Martins Teller ganz und Karls Teller etwa zu einem Viertel leer war, stand Martin auf.

«Wir müssen wirklich los», sagte er zu Karl, der ernst nickte. Er erhob sich von seinem Stuhl, ebenso wie Said, der ebenfalls eine große Portion verspeist hatte. Martin mochte sich nicht ausmalen, wie lange er nichts Richtiges mehr gegessen hatte.

«*We wish you all the best*», sagte Karl. Die beiden Jungen standen voreinander und reichten sich förmlich die Hand. Martin stockte vor Rührung der Atem. Sein Blick traf den von Youssef, in dessen Augen unermessliche Dankbarkeit lag. Martin nickte ihm zu.

Dass er Said am liebsten sich selbst überlassen hätte, löste im Nachhinein ein furchtbar schlechtes Gewissen in ihm aus. Er schämte sich für seine aus purer Vernunft gespeiste Hartherzigkeit, während Karl, in seinem Wunsch zu helfen, gegen seine Gewohnheit etwas absolut Unvernünftiges getan hatte. Ohne Plan und ohne auch nur eine Sekunde an sich selbst zu denken. Es war Karl einzig darum gegangen, für einen anderen Menschen da zu sein. Er hatte Verantwortung übernommen und diesmal nicht auf seinen Kopf gehört oder auf die KI, sondern allein auf sein Herz. Und je mehr Martin darüber nachdachte, desto stolzer war er auf seinen Neffen.

15

«Du musst endlich tanken», sagte Karl, als der Alarmton der Tankanzeige zum zweiten Mal ertönte.

«Ich bin nicht taub», entgegnete Martin gereizt. Er fühlte sich wie gerädert. Sie hatten die letzte Nacht in Sevilla verbracht. Nach den aufwühlenden Erlebnissen hatten sie sich doch dagegen entschieden, direkt weiterzufahren. Youssef hatte mit einem Freund telefoniert, der eine Pension führte, und ihnen ein Zimmer zu einem Spezialpreis verschafft. Selbst den hatte Martin für die kleine Kammer noch für zu hoch gehalten. Das Schlimmste aber war der Lärm aus einer angrenzenden Bar, der ihn die ganze Nacht kaum ein Auge hatte zukriegen lassen, während Karl in aller Seelenruhe neben ihm schlief.

Dementsprechend früh waren sie losgefahren und hatten inzwischen bereits die Grenze zu Portugal überquert. Er lenkte den Wagen durch Quarteira, eine quirlige kleine Küstenstadt, deren Uferpromenade von modernen Gebäuden gesäumt war, und hielt an der ersten Tankstelle. Es waren nur noch sechzig Kilometer bis zu ihrem Ziel: Portimão. Sieben Tage hatten sie bis hierher gebraucht. Einen Tag mehr, als Martin eingeplant hatte. Der Auftritt mit der Band sollte heute Nacht stattfinden. Viel Zeit, sich vorzubereiten, blieb nicht mehr. Umso mehr erstaunte Martin, wie lässig die Band an die Sache heranging. Sie hatten immer noch nicht zurückgerufen.

Zum zigsten Mal wählte er die Nummer. Mailbox.

«Hi, Martin hier. Was ist los bei euch? Langsam solltet ihr mal Bescheid geben», sagte er ins Telefon, das er sich zwischen Ohr und Schulter geklemmt hatte, während er die Zapfpistole in den Einfüllstutzen steckte. Dass er wieder nur die Mailbox erreichte, brachte sein Blut in Wallung. Auch Mike war wenig hilfreich gewesen. Er hatte zwar tatsächlich zurückgerufen, dabei jedoch ignoriert, dass es in Spanien mitten in der Nacht war. Weil Karl darauf bestand, dass Martin sein Smartphone in der Nacht auf lautlos stellte, hatte er den Anruf verpasst. «Martin, kein Stress, ich gebe den Jungs Bescheid», hatte Mike ihm als Nachricht hinterlassen und hatte dabei nicht gerade geklungen, als spüre er irgendeine Art von Handlungsdruck. Und natürlich war er heute wieder nicht erreichbar.

«Ich müsste in einer Stunde da sein, und ich habe immer noch keine Setlist», blaffte Martin jetzt wieder dem Sänger auf die Mailbox, während er auf die Uhr schaute. Die Zeit für Höflichkeitsfloskeln war vorbei.

«Telefonieren an Tankstellen ist strikt verboten», sagte Karl aus der offenen Beifahrertür und deutete wie ein Oberlehrer auf das Warnschild mit dem durchgestrichenen Smartphone, das über der Zapfsäule hing.

«Ja, ja, mach keinen Wind», entgegnete Martin und winkte ab.

Aber Karl ließ nicht locker. «Du bringst alle in Gefahr.»

Martin schnaubte durch die Nase. «Weil ich telefoniere?»

«In Smartphones stecken elektronische Komponenten, die Funken erzeugen können. Und die können dann eine Explosion auslösen.»

Martin konnte das nicht ernst nehmen. Natürlich war auch

ihm das Handyverbot an Tankstellen geläufig, doch er empfand es eher wie ein Relikt aus den Urzeiten der mobilen Telefonie. Damals, als die Technik noch neu war und man manche Risiken noch nicht hatte einschätzen können. Mittlerweile war die Menschheit klüger geworden. Niemand hielt sich an das Verbot. Nicht einmal die Tankwarte. Es war wie im Flugzeug, wenn man aufgefordert wurde, den Flugmodus an seinem Smartphone oder Tablet einzustellen. Dass das niemals kontrolliert wurde und den Flugbegleitern anscheinend egal war, konnte nach Martins Auslegung nur eins bedeuten: Es war eigentlich völlig sinnlos.

«Außerdem können Funken entstehen, wenn du mit deinem Smartphone an deiner Hose reibst», insistierte Karl.

Martin hatte genug gehört. Er rieb demonstrativ und sehr heftig mit dem Smartphone auf seinem T-Shirt herum, während er mit der anderen Hand die Zapfpistole bediente. «Ungefähr so?», fragte er provozierend, als ein kleiner Schwall Benzin aus dem bereits vollen Tank herausschwappte. Instinktiv wich er zurück und steckte die Zapfpistole zurück in die Säule.

Karl sah sich bestätigt. «Glaubst du mir jetzt? Wenn du beim Tanken abgelenkt bist, vergisst du wichtige Sicherheitsvorkehrungen.»

Martin zog ein Papierhandtuch aus einem Spender und wischte sich die Finger ab. «Wenn mich etwas ablenkt, dann du. Hier sollte eher ein Karl-verboten-Schild aufgehängt werden.»

Er wusste, dass er nicht wegen Karl gereizt war. Sondern weil sowohl Mike als auch die Band ihn so hängen ließen. Aber er konnte es gerade nicht ändern. Also warf er Karl die Beifahrertür vor der Nase zu und ging zum Bezahlen ins Kassenhäuschen.

Als er nur wenig später zurückkam, fiel ihm eine große Mercedes-Limousine auf, die in einiger Entfernung stand und aus der ein Mädchen stieg. Martin erkannte sie sofort. Es war das Mädchen aus dem Strandlokal. Sie schien aufgebracht zu sein und mit dem Fahrer zu streiten. Bis sie einen großen Rucksack aus dem Auto hievte, wütend die Autotür zuwarf und davonging.

«Die war gestern am Strand», sagte Karl, als Martin einstieg. Er klang komplett anders als noch vor wenigen Minuten und war so absorbiert von dem Mädchen, dass es wahrscheinlich sogar an ihm vorbeigegangen wäre, wenn die Tankstelle bereits in Flammen gestanden hätte. Aber wer hier vor allem brannte, war Karl. Er konnte seinen Blick nicht von dem Mädchen lösen.

«Ich weiß», sagte Martin, während er den Motor startete.

«Können wir sie nicht mitnehmen?», fragte Karl, als sie langsam an dem Mädchen vorbeirollten.

Martin stöhnte auf. «Ich bin kein Taxifahrer. Ich kann nicht dauernd Leute mitnehmen.»

Er hatte grundsätzlich nichts dagegen, Anhalter einzuladen. Anhalterinnen schon gar nicht. Allerdings war sein Hunger nach Abenteuern vorerst gestillt, und er war nicht erpicht darauf, das Risiko weiterer unvorhergesehener Ereignisse einzugehen.

«Wahrscheinlich will sie ganz woandershin», murmelte er und hoffte, dass die Sache damit erledigt war.

Aber er hätte es sich denken können.

«Wir könnten sie fragen.»

«Wir kennen sie doch gar nicht. Was, wenn sie eine Serienkillerin ist?»

Karl sah Martin irritiert an. Sogar für einen Zwölfjährigen war diese Annahme kindisch. «Unwahrscheinlich», entgegnete er, als sei es unter seiner Würde, detaillierter darauf einzugehen.

«Heutzutage ist alles möglich. Hast du noch nie so eine True-Crime-Show gesehen?»

«Nein. Warum?»

Martin winkte ab. Er wusste, dass Nicole das niemals zugelassen hätte, und Karl war nicht von der Sorte Kind, die sich über derartige Verbote hinwegsetzte. Aber anscheinend bezog er seine Informationen aus anderen Quellen. «Serienkiller sind zu fünfundachtzig Prozent Männer.»

«Bleiben immer noch fünfzehn Prozent», hielt Martin dagegen. Aber er spürte, dass sein Widerstand langsam bröckelte. Und als er das Mädchen im Rückspiegel genauer betrachtete, gab er schließlich auf. Sie machte auf ihn nicht den Eindruck, als würde sie in naher Zukunft in einem Blutrausch Karls Kehle durchschneiden wollen. Und noch entscheidender war: Warum sollte er Karl diesen kleinen Gefallen nicht tun? Nach dem, was sie durchgemacht hatten, würde ihm ein wenig Ablenkung guttun. Abgesehen davon war Martin neugierig. Er wollte sich mal anschauen, wie Karl sich in Gegenwart eines Mädchens verhielt, in das er sich offensichtlich verguckt hatte. Eine Art Feldstudie sozusagen.

Martin bremste den Wagen ab. Das Mädchen verstand das Zeichen sofort und kam zu ihnen gerannt, so schnell der schwere Rucksack es ihr erlaubte. Karl fuhr das Seitenfenster herunter.

«Hey, da bist du ja wieder», sagte das Mädchen und strahlte Karl freudig an.

Karl lächelte verlegen und presste ein schüchternes «Hallo» heraus.

Martin merkte angesichts ihrer Vertrautheit auf. «Ihr kennt euch?», fragte er verwundert.

«Habe ich doch gesagt», antwortete Karl in einem Ton, der Martin klarmachen sollte, dass er ab sofort die Klappe zu halten hatte.

Aber Martin dachte nicht im Traum daran. «Vom Strand, hast du gesagt. Ich habe nicht gewusst, dass ihr schon verlobt seid», meinte er grinsend.

Karl wäre offensichtlich am liebsten im Autositz versunken, aber das Mädchen lachte fröhlich.

«Wohin soll's denn gehen?», fragte Martin.

«Nach Portimão. Ich will zum Rockfestival.»

«Wir auch. Dann nichts wie rein mit dir.»

Das Mädchen zögerte nicht lange. Sie warf ihren Rucksack auf die Rückbank und ging auf die andere Seite, um einzusteigen, während Martin bemerkte, dass Karl ihn mit einem Seitenblick musterte. «Was?»

«Sag nichts Peinliches», murmelte Karl fast unhörbar.

Martin grinste wieder. «Ich und peinlich? Das ist ja wohl dein Part.»

«Ich bin Luna», sagte das Mädchen, während sie sich anschnallte.

«Freut mich. Ich bin Martin.» Er deutete zu Karl. «Und das da ist Karl.»

«Ich kann selber reden», sagte Karl eingeschnappt.

Martin rollte mit den Augen. Das war kein guter Start. Ein bisschen besser sollte Karl sich schon in Szene setzen. Aber er hatte ja noch einen Onkel an seiner Seite, der ihm zur Not ein wenig unter die Arme greifen konnte.

«Hast du keine Bedenken, einfach so zu fremden Männern ins Auto zu steigen?», fragte Martin.

Luna lächelte verschmitzt. «Wieso? Muss ich Angst vor euch haben?»

«Vor mir nicht. Aber für Karl kann ich nicht garantieren.»

Karl schenkte ihm einen bösen Blick, doch das focht Martin nicht an. Stattdessen lächelte er aufmunternd zurück und bedeutete ihm, auch mal was zu sagen.

«Ich weiß mir zu helfen», entgegnete Luna selbstbewusst. Martin dachte an den Fahrer in der Mercedes-Limousine und die Auseinandersetzung, die Luna anscheinend mit ihm gehabt hatte. Er hatte keine Tochter, aber wenn er eine gehabt hätte, wüsste er nicht, ob er ihr das Trampen erlauben würde.

Für einen Moment herrschte Schweigen. Martin sah über den Rückspiegel, wie Luna in die Landschaft schaute. Er schenkte Karl erneut einen auffordernden Blick und deutete zu Luna.

Karl gab sich einen Ruck. «Und du willst auch aufs Festival?», fragte er. Die Frage war im Grunde überflüssig, denn das hatte sie ihnen ja bereits erzählt. Aber es war immerhin ein Anfang.

Luna strahlte ihn an. «Ja, ich freue mich schon total. Wen wollt ihr denn sehen? Habt ihr einen Lieblingskünstler?»

Karl sah nervös zu Martin. Er verkrampfte bereits bei der ersten Gegenfrage. Martin musste ihm dringend beispringen.

«Klar hat Karl einen Lieblingskünstler», sagte er und lächelte Karl aufmunternd an. Doch Karl schien nicht zu verstehen, worauf er hinauswollte.

«Sag schon», insistierte Martin, aber Karl schwieg weiter verunsichert.

«Na, deinen Onkel natürlich.»

Luna sah ihn mit großen Augen an. «Echt? Du bist Musiker?»

«Ich trete sogar auf dem Festival auf.»

«Ist aber nicht seine eigene Band», fügte Karl hinzu.

Martin stöhnte innerlich auf. Undankbar wie eh und je.

Martin hielt das Gespräch am Laufen, und Karl keilte gegen ihn aus. Diese Chance hätte er nutzen können. Mit mathematischen Formeln und KI-generierten Texten würde er Lunas Herz nicht gewinnen. Mit einem Onkel, der ein bekannter Musiker war, standen die Chancen schon deutlich besser. Wenn Karl klug genug war, würde er sich in Martins Ruhm sonnen und sich so bei Luna interessant machen. Und was tat er stattdessen? Er verhielt sich wie ein bockiges Kind.

«Ich will unbedingt Sting sehen», sagte Luna.

Martin merkte verwundert auf. «Du stehst auf Sting?»

«Der ist mega.»

«Definitiv», bekräftigte Martin. Luna war nicht gerade im Alter eines klassischen Sting-Fans. Andererseits war die Musik von Sting immer schon zeitlos gewesen. Und irgendwie fühlte Martin sich geschmeichelt, dass er und eine so junge Frau für den gleichen Künstler schwärmten.

«Ich höre den erst seit Kurzem, aber meine Mutter war ein Riesenfan. Wir wollten zusammen auf das Festival und hatten uns schon so darauf gefreut. Und jetzt erfülle ich ihr diesen Wunsch.»

«Und wo ist deine Mutter?», fragte Martin verwundert.

Lunas Lächeln veränderte sich. Traurigkeit lag in ihrer Stimme, als sie sagte: «Sie ist immer bei mir.» Sie fasste an ein kleines Medaillon, das sie um den Hals trug.

Martin und Karl schwiegen abwartend.

«Meine Mama ist gestorben», erklärte Luna.

Es traf Martin wie ein Schlag mit dem Hammer. Er kam sich schäbig vor, weil er so lapidar gefragt hatte. Aber wie hätte er das ahnen sollen? Er fing Karls betroffenen Blick auf.

«Sie hatte Krebs. Aber da, wo sie jetzt ist, geht's ihr besser. Ich wette, sie feiert ständig Partys da oben», sagte Luna, die ihr strahlendes Lächeln wiedergefunden hatte.

Martin hatte Angst, etwas Unpassendes zu sagen, und sagte lieber nichts. Karl schien es genauso zu gehen.

«Und ihr seid auch Sting-Fans?», fragte Luna.

Martin ergriff die Chance, die Stimmung wieder ein wenig aufzuhellen.

«Machst du Witze? Zwischen Sting und mich passt kein Blatt.»

Er hörte Karl leise seufzen. Aber Martin ließ sich nicht aufhalten. Schließlich tat er das alles nur für ihn. Um Karl den Boden zu bereiten.

«Weißt du, auf was für einer Bassgitarre Sting früher gespielt hat?», fragte er.

Luna schüttelte den Kopf.

«Auf einer Fender Precision. Und rate mal, wo die jetzt hängt?»

«Ist das die in deiner Wohnung?», fragte Karl verblüfft.

«Genau die», bestätigte Martin. Wahrscheinlich konnte Karl sich deswegen so gut an die Gitarre erinnern, weil er ihm mal kräftig auf die Finger geklopft hatte, als er sie bei einem seiner seltenen Besuche berühren wollte. In Martins Wohnung galten nicht viele Regeln. Aber das war ein ungeschriebenes Gesetz: Hände weg von Stings Bassgitarre!

Während Luna gebannt zuhörte, erzählte er, wie er zum ersten Mal die Musik von The Police gehört hatte, die überhaupt der Grund dafür war, dass er Gitarre spielen gelernt hatte. Damals war die Band schon einige Jahre getrennt, und als die Bandmitglieder sich im Jahr 2007 wieder zusammengerauft hatten und gemeinsam auf Tour gegangen waren, war Martin beinahe verrückt geworden vor Glück. Und dann war etwas geschehen, was er sich in seinen kühnsten Träumen nicht hätte vorstellen können: Martin wurde mit seiner damaligen Band für das Rock-in-Rio-Festival gebucht, auf dem auch The Police spielen sollten. Er hatte seinen Gig bereits am Nachmittag auf einer kleinen Nebenbühne absolviert. Die Sonne hatte vom Himmel gebrannt, und im Nachhinein war es ein Glücksfall, dass ihr Auftritt nur zwanzig Minuten gedauert hatte, denn bereits nach der kurzen Zeit brannte seine Haut wie Feuer, und sein Schädel dröhnte wie nach zehn Wodka Mule. Aber auch ein mittelschwerer Hitzschlag hatte ihn nicht davon abgehalten, dem Auftritt seines größten Helden beizuwohnen. Backstage natürlich, wie es sich für einen echten Musikerkollegen gehörte. Und als wäre das allein nicht schon Gottesgeschenk genug gewesen, waren er und Sting nach dem Auftritt tatsächlich ins Gespräch gekommen. Dabei hatte sein Idol sich als total sympathischer und absolut bodenständiger Mensch entpuppt und in Martins Augen sämtliche bösen Branchengerüchte widerlegt. Sting war ganz und gar kein ausgeflippter, cholerischer Kontrollfreak, wie immer behauptet wurde. Sie hatten sich großartig verstanden, wie Brüder im Geiste, und Sting hatte ihn geradezu angefleht, ihn auf seine After-Show-Party zu begleiten. Doch Martin hatte ablehnen müssen, weil er und seine Band noch am gleichen Abend zum nächsten Auftrittsort weiterreisen mussten.

«Sting war so am Boden zerstört, dass er mir zum Abschied sein Heiligtum geschenkt hat, seine Bassgitarre, mit der er kurz zuvor noch auf der Bühne stand», schloss Martin die Geschichte.

«Krass», sagte Luna überwältigt.

Karl war weniger beeindruckt. «Ist das auch wirklich wahr?», fragte er mit unverhohlener Skepsis in der Stimme.

Martin funkelte ihn an. «Natürlich ist das wahr.»

Noch mehr als über Karls zur Schau gestelltes Misstrauen ärgerte Martin sich darüber, wie Karl ihm immer wieder in die Parade fuhr. Er wollte einfach nicht sehen, wie sehr Martin sich für ihn ins Zeug legte. Martin tröstete sich damit, dass er immerhin mal wieder seine Geschichte an den Mann hatte bringen können. Beziehungsweise an Luna. In seinem Bekanntenkreis konnte er damit niemanden mehr hinterm Ofen hervorlocken und provozierte bestenfalls genervtes Augenrollen.

Allerdings hatte er nicht gewusst, dass Sting ebenfalls auf dem Festival auftreten würde. Und wenn er ehrlich war, löste der Gedanke daran, Sting zu treffen, nicht nur Freude in ihm aus. Denn ganz so, wie er sie immer erzählte, war die Geschichte nicht passiert. Und er war nicht scharf darauf, daran erinnert zu werden, wie es wirklich gewesen war.

16

«Sie haben Ihr Ziel erreicht.» Karl äffte den Tonfall eines Navis nach, als sie die Ortseinfahrt von Portimão passierten. Nach einer Autofahrt von über dreitausend Kilometern, die deutlich mehr Abenteuer gewesen war, als Martin sich das in seinen kühnsten Träumen vorgestellt hatte, hatten sie es tatsächlich geschafft. Weil die Zeit drängte, fuhr Martin ohne weitere Umwege direkt zum Festivalgelände. Er parkte auf dem riesigen Besucherparkplatz, der fußläufig zum Festivalgelände lag und bereits gut gefüllt war. Das Festival hatte am Tag zuvor begonnen. Aber das Wochenende stand vor der Tür, und schon bald würde es noch einmal deutlich voller werden.

Martin, Karl und Luna schlossen sich dem Strom der anderen Besucher an, die zum Eingang pilgerten. Die Musik dröhnte zu ihnen herüber. Sie liefen an einem Campingplatz vorbei, auf dem kleine Grüppchen von Musikfans vor ihren Zelten grillten, Bier tranken und ausgelassen tanzten.

«Hier trennen sich unsere Wege», sagte Martin, als sie sich dem Eingang näherten und er die Schlange vor dem Einlass sah.

Karl sah ihn erschrocken an. «Wieso?»

«Wir müssen zum Backstage-Eingang», erklärte Martin. Er hoffte, dass die Band ihn wenigstens anständig akkreditiert hatte.

«Wann ist dein Auftritt? Ich will dich nicht verpassen», sagte Luna.

«Kann ich dir noch nicht genau sagen.»

«Wenn du mir deine Nummer gibst, gebe ich dir Bescheid», sagte Karl eilig.

Martin lächelte, als die beiden ihre Kontakte austauschten. Endlich erkannte Karl mal eine Gelegenheit, die sich ihm bot. Am Ende würde er sich doch noch bei ihm bedanken müssen.

«Bis später», sagte Luna und umarmte Karl zum Abschied, um sich in die Reihe der Wartenden vor dem Einlass einzureihen. Karl schaute ihr selig hinterher.

Martin klopfte ihm auf die Schulter. «Du siehst sie ja gleich wieder.»

Dann schritten sie den hohen Gitterzaun entlang, der das Gelände sicherte, bis sie an eine große Toreinfahrt gelangten. Eine Security-Mitarbeiterin, die komplett in Schwarz gekleidet war und deren Gesicht ein martialisches Tattoo zierte, winkte einen Tourbus herein, während ein weiterer Security den Zugang von Mitarbeitern kontrollierte und sich Ausweise und Akkreditierungen zeigen ließ. Der junge Typ trug nicht nur ein sympathisches Lächeln, sondern auch ein selbst gemaltes «Free Hugs»-Schild um den Hals und begrüßte jeden, den er hereinließ, mit einer offenherzigen Umarmung. Martin fand, dass das ein gutes Zeichen war. «Komm schon», sagte er zu Karl und schritt mit einem Lächeln, das Selbstbewusstsein und Lockerheit vermitteln sollte, auf den Eingang zu. «Hi, ich bin Martin. Ich werde drinnen erwartet.»

Der Security-Mitarbeiter beäugte ihn. «Aha? Ist das so?», sagte er und schaute zu Karl hinunter. Martin war klar, dass Karls Anwesenheit den Typen zusätzlich irritieren musste.

«Ich habe einen Auftritt», beteuerte Martin.

Der Mann seufzte genervt. «Ey, Alter, weißt du, wie oft ich diesen Satz heute schon gehört habe? Könnt ihr euch mal was anderes einfallen lassen?» Da lag Enttäuschung in seiner Stimme.

«Das ist kein Witz, glaub mir», insistierte Martin.

Dabei konnte er sein Gegenüber verstehen. Er klang wirklich wie ein jämmerlicher Schmarotzer, der sich kein Ticket leisten konnte.

Karl war sein Auftritt mal wieder unangenehm. Er gab sich unbeteiligt, die Hände in den Hosentaschen, und stob mit dem Schuh Sand auf.

«Wie klingt eine Rockband ohne Bassist?», fragte Martin den Security-Mitarbeiter.

Der junge Mann sah ihn fragend an. «Ohne Bass? Scheiße.»

Martin erahnte einen Hoffnungsschimmer am Horizont. «Eben. Also, lässt du mich jetzt durch?»

«Von welcher Band sprichst du überhaupt?»

«Devil's Haircut.»

Sein Gegenüber runzelte die Stirn. «Nie gehört.»

Das konnte Martin durchaus nachvollziehen. Selbst in Deutschland war die Band nicht gerade ein Burner und trat bestenfalls in kleinen Clubs auf. Als Mike ihm das Angebot gemacht hatte, hatte er sich sogar ein wenig darüber gewundert, dass man sie überhaupt auf ein Festival dieser Größe eingeladen hatte. Aber jetzt war nicht die Zeit für Kollegen-Bashing.

«Würdest du jetzt bitte beiseitetreten», befahl der Security-Mitarbeiter mit einem Lächeln, das nicht mehr ganz so freundlich und zuvorkommend war, und deutete auf die kleine Schlange, die sich hinter Martin gebildet hatte. Aber so einfach konnte Martin nicht aufgeben. Nicht nur sein Auftritt stand auf dem Spiel, er brauchte auch das Geld. Eine kleine

Gage erwartete ihn immerhin. Zudem hatte man ihm eine Unterkunft für die Nacht in Portimão versprochen.

«Ich erzähl dir keinen Mist. Es ist wirklich wichtig», echauffierte Martin sich und trat noch einen Schritt auf den Mann zu.

Doch damit schien er eine unsichtbare Grenze überschritten zu haben. Der Security-Mitarbeiter hielt ihm die flache Hand vors Gesicht wie ein Stoppschild. «Jessie», rief er und winkte seine Kollegin heran, die zwar einen sympathischen Namen trug, mit ihrem Gesichtstattoo und ihrer steinernen Miene allerdings nicht den Eindruck erweckte, als sei sie für ihren feinen Humor bekannt.

«Was gibt's?»

«Hast du schon mal von Devil's Haircut gehört?»

Sie guckte ihren Kollegen fragend an und schüttelte den Kopf.

Der Security mit dem «Free Hugs»-Schild deutete auf Martin. «Der Typ da behauptet, er sei der Bassist.»

«Nein, ich bin nicht der Bassist. Ich soll den Bassisten ersetzen», rief Martin dazwischen, in der Hoffnung, dass sich ihm die Pforten öffneten, wenn er seinem Anliegen ein wenig Glaubwürdigkeit verlieh.

«Und wenn du der Sänger der fucking Red Hot Chili Peppers wärst, ohne Akkreditierung läuft hier gar nichts», fauchte Jessie zurück.

Martin raufte sich die Haare. So kam er nicht weiter. Er musste sich eine andere Strategie überlegen. «Bitte, wenn ihr wollt, dass der Gig platzt? Könnt ihr später alles im *Rolling Stone* nachlesen. Vielleicht machen die sogar noch ein paar Fotos von euch.»

Ihm war klar, dass er maßlos übertrieb. Kein Musikmagazin interessierte sich dafür, wenn der Gig von Devil's Haircut ausfallen musste. Trotzdem schien er einen Nerv getroffen zu haben. Die Vorstellung, Verantwortung für etwas übernehmen zu müssen, brachte die beiden Security-Mitarbeiter ins Schlingern. Und Martin hatte am wenigsten damit gerechnet, dass ausgerechnet Jessie als Erste einknickte. Sie checkte eine Liste, die auf ihrem Klemmbrett befestigt war. «Die Band gibt's tatsächlich.»

Unerwarteterweise entpuppte sich der Mitarbeiter mit dem «Free Hugs»-Schild als die härtere Nuss. «Das heißt noch lange nicht, dass der mit ihnen auftreten soll.»

Martin stöhnte. Wie immer die Sache hier ausging, von ihm würde er sich nicht mehr umarmen lassen.

«Ich check das. Du wartest hier», sagte Jessie zu Martin und verschwand durch den Eingang.

Ihr Kollege scheuchte Martin und Karl beiseite wie lästige Insekten. Sie entfernten sich ein paar Meter, setzten sich auf den Boden und lehnten sich gegen das Absperrgitter. Die Geräuschkulisse des Festivals schwappte zu ihnen herüber. Sie hörten ein verzerrtes Gitarrensolo, das der Wind in zahlreichen sich überlagernden Echos zu ihnen trug und das sich mit dem tosenden Jubel des Publikums vermischte. Martin spürte ein leichtes Beben durch seinen Körper gehen. Er konnte sich dieser fiebrigen Atmosphäre nicht entziehen. Erst jetzt wurde ihm klar, dass er kurz davor stand, endlich wieder eine Bühne zu rocken. Und er konnte es kaum erwarten. Es war schon ein paar Monate her, seit er das letzte Mal einen Live-Gig auf einem Straßenfest in Hamburg gespielt hatte. Mit jedem Jahr gab es weniger Anfragen, wurden die Bühnen immer kleiner. Das letzte Angebot, das man ihm unterbreitet hatte, war ein Auftritt in einer dieser Fernseh-Retro-Shows gewesen: die größten Hits der Nullerjahre. Er hatte abgelehnt. So ein Auftritt war unter seiner Würde, er hatte befürchtet, dass ihn danach als Musiker keiner mehr ernst nehmen würde. Mike, der ihm den Auftritt verschafft hatte, hatte ihm wüste Vorwürfe gemacht. Angeblich habe er keine Ahnung vom Business, in dem es vor allem um eins ginge: Visibility. Und dann hatte Mike ihm erklärt, dass er endlich aus seinem Elfenbeinturm kommen müsse. Oder war es ein hohes Ross, von dem er steigen solle? Martin war sich nicht mehr sicher, aber in einem Punkt musste er Mike recht geben: Weit gebracht hatte ihn seine Einstellung in den letzten Jahren nicht. Umso beängstigender war, dass er sich in beruflicher Hinsicht nie ernsthaft über eine Alternative Gedanken gemacht hatte. Er hatte sich allein auf seine Musikerkarriere verlassen und war an einen Punkt in seinem Leben angelangt, an dem er sich fragen musste, was er tun würde, wenn sein Plan am Ende nicht aufging. Die einzige Antwort, die ihm einfiel, war: Er hatte keinen Schimmer. Um überhaupt wieder vor Publikum spielen zu können, war er nun auch noch von der Gnade zweier Security-Mitarbeiter abhängig. Martin saß buchstäblich im Dreck. Er war an einem vorläufigen Tiefpunkt seines Lebens angekommen. Und er wusste, dass er, wenn er nicht noch tiefer sinken wollte, dringend etwas ändern müsste. Er wusste nur noch nicht, was.

Karl hockte traurig neben ihm und warf kleine Steinchen in den Sand.

«Vielleicht war es doch nicht gut, Mama anzulügen», murmelte er.

Martin war noch in seine eigenen Gedanken verstrickt und hatte nur halb zugehört. «Was?»

«Ich lüge Mama sonst nie an», beteuerte Karl, dem das schlechte Gewissen ins Gesicht geschrieben stand.

Martin konnte die Qualität von Karls Launen mittlerweile ganz gut einschätzen. Er war nicht einfach nur betrübt. Auch er schien an einen echten emotionalen Tiefpunkt geraten zu sein. Martin vermutete, dass das Schicksal von Luna und das Wissen um ihre verstorbene Mutter der Grund dafür waren. Es war verständlich, dass Karl durcheinander war und sich in diesem Moment nach seiner Mutter sehnte. Aber für Lebenskrisen, Heimweh und Gewissensbisse war jetzt einfach nicht der richtige Zeitpunkt. Es war eine schöne, aber auch beschwerliche Reise gewesen. Sie waren dort, wo sie sein wollten. Jetzt mussten sie es nur noch durchziehen. Und dafür brauchte er Karl.

«Eigentlich haben wir deine Mutter gar nicht richtig angelogen», erklärte Martin.

Karl sah ihn fragend an.

«Wir haben ihr lediglich ein paar Details verschwiegen.» Martin lächelte in der Hoffnung, Karl das Schuldgefühl nehmen zu können.

Aber der Unterschied zwischen Lügen und Verschweigen war Karl durchaus bewusst. «Und was war mit den Touristen bei McDonald's in Italien? Und mit Tobias in Roquetas de Mar?»

Dem konnte Martin nichts entgegensetzen. Es gab nichts zu beschönigen. Wären sie zwei Pinocchios, könnten sie mit ihren Nasen jetzt den Mond anstupsen. Statt Karl zu beruhigen, spürte nun auch Martin den Anflug eines schlechten Gewissens. Ja, Karl hatte ihn unbedingt auf diese Reise begleiten wollen. Er hatte Martin sogar unter Druck gesetzt. Genau genommen erpresst. Aber die alleinige Verantwortung für dieses moralische Dilemma lag bei Martin. Weil er nicht getan hatte, was das einzig Richtige gewesen wäre. Und was wahrscheinlich jeder halbwegs vernünftige Erwachsene getan hätte: sein Ego über Bord zu werfen und mit Karl die Sommerferien in Berlin zu verbringen.

Martin legte eine Hand auf Karls Schulter. «Wir sagen ihr die Wahrheit. Irgendwann. Aber jetzt haben wir beide erst mal ein richtiges Männergeheimnis.»

«Sonst sagst du immer, ich bin ein Kind», entgegnete Karl niedergeschlagen.

Martin schaute ihm in die Augen. Er konnte es nicht beschreiben. Und er wusste auch nicht, wann genau es passiert war. Aber der Junge, der in diesem Moment neben ihm saß, war nicht mehr der, mit dem er vor ein paar Tagen in Berlin losgefahren war. Vielleicht lag es an den Abenteuern, die sie gemeinsam erlebt hatten und bei denen Martin viele neue Seiten an seinem Neffen kennengelernt hatte. Vielleicht war es die Empathie, die Karl gezeigt hatte. Seine Bereitschaft, ein Risiko einzugehen, als es darum ging, einem Jungen in Not zu helfen. Vielleicht war es auch seine überdurchschnittliche Intelligenz, die Martin beeindruckte, und sein Humor, den er mittlerweile ebenfalls an ihm schätzte. Schwer zu sagen. Nur eins wusste Martin ganz genau.

«Nein, du bist kein Kind mehr», sagte er und lächelte.

Karl lächelte zurück.

Als Martin aufsah, entdeckte er Jessie, die sie vom Eingang aus heranwinkte. Martin half Karl auf die Beine. Sie klopften sich den Staub aus den Hosen und folgten Jessie auf das Festivalgelände. Karl lief aufgeregt voraus, Jessie musste ihn ein paarmal zurückpfeifen. Wahrscheinlich war es die Aussicht, Luna wiederzusehen, die ihn so beflügelte. Aber auch bei Martin machte sich mit jedem Schritt die Erleichterung breit. Am Ende war doch noch alles gut gegangen.

Das Festivalgelände war wie eine eigene kleine Stadt mit Containern und Zelten statt Häusern und mit Shuttle-Buggies, die um sie herumflitzten und Mitarbeiter transportierten oder Musiker zu ihren Bühnenaufgängen brachten. Als sie an der Hauptbühne vorbeikamen, glaubte Martin, den Sänger der Red Hot Chili Peppers erkannt zu haben. Karl interessierte sich stattdessen für die Armada von Tourbussen, die auf einem riesigen Stellplatz parkten.

Schließlich traten sie in ein Zelt, das der Band als Aufenthaltsraum und Garderobe diente und in dem angeregter Trubel herrschte. Es wurde wild durcheinandergesprochen, gelacht, gesungen und auf Instrumenten gespielt. Hier und da hingen Monitore, die das Geschehen auf der Bühne wiedergaben. Martin sah sich suchend um. Als Erstes wollte er sich den Bandleader vorknöpfen. Auch wenn alles gut gegangen war, musste er ein Zeichen setzen und die Band einnorden. Eine gewisse Wertschätzung konnte er schon erwarten.

«Was faselst du da?», fragte Jo Meinke, der Leadsänger von Devil's Haircut. Mit vollem Namen hieß er Joachim, was im Showbiz ein No-Go war, weshalb er darauf bestand, Jo genannt zu werden.

«Dass ich seit Tagen versuche, euch zu erreichen», entgegnete Martin aufbrausend.

«Kapier ich nicht. Das wollte Eddie übernehmen», sagte Jo und drehte sich zu einem Typen um, der an einem Büfett stand und sich eine Art Salat mit Mayonnaise auf den Teller schaufelte. «Eddie? Hast du wieder Mist gebaut?»

Eddie schob sich eine Ladung Salat in den Mund. «Was laberst du?», fragte er kauend.

«Du wolltest Martin doch anfunken», rief Jo.

«Nee, das wollte Frankie erledigen», antwortete Eddie, wobei ihm etwas Salat aus dem Mundwinkel fiel, den er mit der Hand auffing.

Martin schaute zu Karl, der auf einem plüschigen roten Sofa saß, in dem er beinahe zu versinken drohte. Eine Armlehne diente ihm als Rettungsanker. Er betrachtete das Treiben um sich herum mit einer Mischung aus Neugier und Abscheu.

«Ich habe weder von Eddie noch von Frankie was gehört», betonte Martin, der fand, dass sein Verhandlungsspielraum gerade erheblich größer geworden war. Schließlich hatten sie richtig Mist gebaut, und immerhin waren *sie* es, die *ihn* brauchten. Aber er war nun mal ein wahnsinnig entspannter Typ und würde ihren Auftritt nicht ins Wasser fallen lassen.

Jo zuckte mit den Schultern. «Sorry, aber du weißt ja, was vor einem Gig so los ist», meinte er betreten lächelnd. «Obwohl, wie lange warst du nicht mehr on stage?» Plötzlich grinste er.

Martin spürte, wie sein Bauchgrummeln sich verstärkte. Nun musste er sich auch noch Seitenhiebe gefallen lassen. Wenn überhaupt, dann hätte er etwas anzumerken gehabt. Über die Frisur zum Beispiel, die Jo trug. Und die anderen Bandmitglieder auch, wie Martin feststellte. Er nahm an, dass ihr Haarschnitt so eine Art Markenzeichen sein sollte, und hoffte inständig, dass die Popularität von Devil's Haircut nicht doch noch durch die Decke ging. Auf die ganzen Nachahmer konnte er gut verzichten. Zumindest wusste Martin jetzt, wie sie auf diesen Namen gekommen waren. Jo sah in der Tat so aus, als hätte der leibhaftige Teufel ihm die Haare mit einem Dreizack geschnitten statt mit einer Schere. Martin verzichtete trotzdem auf eine Retourkutsche. Er war Profi. So etwas hatte er nicht nötig.

«Frankie? Wieso hast du Martin nicht Bescheid gegeben?», rief Jo seinem anderen Musikerkollegen zu. Die Antwort kam prompt und kompromisslos.

«Lass mich mit deinem Scheiß zufrieden.»

Frankie holte sich ein Bier aus dem Kühlschrank. Es war nicht zu überhören, dass die beiden gerade Stress miteinander hatten. Aber das konnte Martin egal sein. Zumindest, solange die Band sich nicht noch vor ihrem Auftritt wegen kreativer Differenzen trennte. Martin musste wieder aufs Wesentliche zurückkommen.

«Die Songs habe ich drauf, aber wir sollten jetzt schleunigst noch mal die Setlist durchgehen.»

Jo machte ein Gesicht, als spräche ein Außerirdischer zu ihm. «Wozu?»

Gleich bei ihrer Begrüßung war Martin die Alkoholfahne aufgefallen, die Jo ihm entgegenblies und die einiges erklärte. Die Jungs hatten sich ein wenig übernommen und eindeutig zu viel Alkohol getankt. Wahrscheinlich kamen sie mit dem hohen Druck nicht klar.

«Mach dir keine Sorgen, wir werden das Ding wuppen», sagte Martin und klopfte Jo auf die Schulter. Er wollte ihm Sicherheit geben. Und klarstellen, wie sehr sie auf ihn angewiesen waren. Wenigstens einer von ihnen sollte mit klarem Kopf auf der Bühne stehen. Martin war nüchtern, und er würde es bleiben. Zumindest bis nach dem Auftritt.

Plötzlich wurde laut geschrien und gejohlt. Alle Blicke waren auf den Eingang gerichtet, durch den ein Typ mit freiem Oberkörper und enger Lederhose in das Zelt trat. In der einen Hand hatte er eine halb volle Flasche Whiskey, während die andere auf dem Hintern einer jungen Frau in Leder und mit vielen Tattoos lag, was ihm offenbar half, die Balance zu halten. Martin konnte nur den Kopf schütteln im Angesicht dieses überholten Klischees eines Rockstars. Er fragte sich, warum es immer noch Frauen gab, die auf solche Kerle standen. Aber das sollte jetzt nicht sein Problem sein.

«Ihr müsst noch ein bisschen Geld drauflegen. Für lau kann

ich jedenfalls nicht spielen. Ach ja, und was ist mit dem Hotel, das mir zugesagt wurde?», fragte er Jo und deutete zu Karl. «Der Junge pennt auch mit dort. Ich hoffe, es ist ein Doppelzimmer.»

Jo wandte sich wieder Martin zu. «Zimmer? Wir haben kein Zimmer.»

Martin hoffte, sich verhört zu haben. «Mike meinte, es sei eins für mich gebucht?»

«Ist schon belegt.»

«Belegt? Von wem?», fragte Martin entgeistert.

«Na, von Tommie.»

Eddie, Frankie, Tommie … Langsam kam Martin sich vor wie bei einer Sendung im Kinderkanal. «Wer ist Tommie?»

«Unser Bassist», antwortete Jo und deutete zum Sofa, auf das sich der Typ in Lederhose mit seinem Groupie neben Karl fläzte. Karl war sichtlich eingeschüchtert und rutschte, so nah er konnte, an seine Armlehne.

Martin lief es heiß und kalt den Rücken runter. Erst jetzt fiel ihm auf, dass der Musiker zwar Vollbart trug, aber die gleiche Frisur wie Jo hatte.

«Willst du mich verarschen? Ich denke, euer Bassist ist auf Entzug», stammelte er.

Jo schaute zu Tommie und setzte ein zufriedenes Grinsen auf. «Tommie hat sich selbst entlassen. Er ist wieder mit an Bord.»

Martin folgte Jos Blick und sah, wie Tommie sich die Flasche an den Hals setzte und Whiskey in sich hineinschüttete, als wäre es Rhabarberschorle. Es war ein widerliches Schauspiel. Aber es konnte Martin egal sein, ob Tommie sich lächerlich machte und in wenigen Wochen die nächste erfolglose Entziehungskur antrat.

«Ganz ehrlich, unsere Fans lieben uns für unsere Authentizität. Nur mit Tommie sind wir so richtig real», sagte Jo und nickte andächtig.

Martin starrte ihn fassungslos an. Am liebsten wäre er ihm ins Gesicht gesprungen. «Seid ihr irre? Weißt du, was ich alles durchgemacht habe, um hier aufzukreuzen?»

Jo drehte sich zu Frankie um. «Frankie, du Arschloch. Warum hast du Martin nicht abgesagt?»

«Das wollte Tommie machen, und jetzt halt dein Maul», brüllte Frankie zurück.

Martin sah mit leerem Blick zu Tommie, der mit seiner Begleitung mittlerweile das ganze Sofa eingenommen hatte und wild mit ihr herumknutschte. Karl hatte sich verzogen und stand neben dem Eingang.

Jo setzte ein betretenes Lächeln auf. «Sorry, Martin. Da ist wohl was schiefgelaufen.»

Martin fehlten endgültig die Worte. Er konnte keinen klaren Gedanken fassen. Sein Mund war trocken und fühlte sich an wie zugeklebt. Das schrille Gelächter des betrunkenen Bassisten schmerzte in seinen Ohren. Aber noch schlimmer war das süffisante Grinsen, das Jo ihm schenkte. Martin war zeit seines Lebens ein friedliebender Mensch gewesen. Gewalt war für ihn keine Lösung. Doch heute war der Tag gekommen, an dem er diesen Grundsatz zum ersten Mal aktiv infrage stellte.

17

«Vielen Dank auch», maulte Karl. Sie befanden sich wieder dort, wo sie eine halbe Stunde zuvor gewesen waren: außerhalb des Festivalgeländes, auf dem Boden hockend, gegen das Gitter gelehnt.

«Bei mir musst du dich nicht bedanken», entgegnete Martin.

«Das war ironisch gemeint.»

«Weißt du überhaupt, was Ironie ist?»

Karl funkelte ihn wütend an. «Eine rhetorische Stilfigur, bei der das Gesagte das Gegenteil dessen bedeutet, was eigentlich gemeint ist.»

Martin konnte Karls Frust verstehen. Er hatte sich so sehr auf das Wiedersehen mit Luna gefreut. Aber dank Martins Tobsuchtsanfall im Zelt von Devil's Haircut fiel das erst mal ins Wasser. Martin hatte sich wie fremdgesteuert gefühlt, als seine Hand sich zur Faust geballt, er ausgeholt und Jo einen kräftigen Kinnhaken verpasst hatte. Jo war wie ein nasser Sack zu Boden gegangen. Blut lief aus seinem Mund. Martin hoffte, dass er sich nur auf die Zunge gebissen hatte. Er hatte gar nicht gewusst, dass er über einen so kräftigen Haken verfügte.

Ein paar andere hatten entsetzt aufgeschrien und waren Jo sofort zu Hilfe geeilt. Nur Tommie war auf seinem Sofa liegen geblieben und hatte hysterisch gelacht, ehe er den Rest seines Whiskeys in sich hineinschüttete. Jessie, die Security-Mitarbeiterin, hatte Martin im Nu gepackt und nach Verstärkung gerufen. Aber die war gar nicht mehr nötig gewesen. Martin hatte begriffen, dass für ihn nichts mehr zu holen war. Schon allein wegen Karl musste er jede weitere Eskalation vermeiden. Unter den wachen Augen von Jessie und fünf weiteren Security-Mitarbeitern hatten Martin und Karl das Festivalgelände verlassen wie zwei geprügelte Hunde. Und jetzt saßen sie hier im Dreck.

«Du hast doch ihre Nummer», meinte Martin in dem Versuch, Karl aufzumuntern.

«Und was soll ich ihr sagen? Dass man uns rausgeschmissen hat? Voll cringe.»

Martin konnte Karls Frust verstehen. Er war verliebt. Das war etwas Neues und Überwältigendes für ihn. Zum ersten Mal wurde er mit der Energie von romantischen Gefühlen konfrontiert, spürte er Schmetterlinge im Bauch, war sein ganzer Körper geflutet von Glück und Euphorie. Martin wusste, wie intensiv diese Erfahrung war. Er hatte sie selber gemacht, damals, vor vielen Jahren, in der Schule, als er sich zum ersten Mal und unsterblich in Alexandra verliebt hatte, die eine Klasse über ihm war. So schnell die Liebe auch vergangen war, so stark war die Erinnerung.

Martin und Karl schauten schweigend vor sich hin. Beide hingen ihren eigenen Gedanken nach. Es war gerade mal eine Woche her, als Martin vor einer Schule in Berlin-Mitte gestanden und darüber sinniert hatte, dass es nicht schlimmer kommen konnte. Nur weil die Sommerferien begannen und er keine Lust darauf hatte, sie mit seinem Neffen zu verbringen. Nun hockten sie am südlichsten Zipfel Europas und hatten nicht einmal genügend Geld für die Rückreise.

Diesmal machte der Spruch Sinn. Schlimmer konnte es wirklich nicht mehr kommen. Es sei denn, die Welt entschiede sich in diesem Augenblick unterzugehen, dachte Martin, als er plötzlich eine Stimme rufen hörte.

«Hey, motherfucker!!!»

Martin blickte auf und sah den großen Tourbus, der vor der Einfahrt in den Backstage-Bereich zum Stehen gekommen war. Es war nicht irgendein Bus, es war ein absolutes Luxusgefährt, eine Villa auf Rädern, von der Art, mit der man Superstars durch die Gegend kutschierte. Martin riss entsetzt die Augen auf, als er erkannte, wer da wild gestikulierend auf sie zukam.

Auch Karl war bereits aufmerksam geworden. «Ist das ein Freund von dir?»

Es war Jahre her, dass Martin Sting begegnet war. Ihm fiel sofort auf, wie gut er sich gehalten hatte. Als wäre die Zeit spurlos an ihm vorübergegangen. Das musste an dem Yoga liegen, das Sting laut der Klatschblätter regelmäßig praktizierte.

Noch während er darüber nachdachte, sprang Martin auf. «Lauf!», brüllte er Karl zu, und dann sprintete er selber los. Karl hatte keine Ahnung, wovon genau die Gefahr ausging, und Martin sah im Augenwinkel, wie er zögerte. Er entschloss sich dann aber doch, Martin hinterherzurennen.

Martin sah immer wieder über seine Schulter. Sting hatte unverzüglich die Verfolgung aufgenommen, und er wusste, dass sie nur eine Chance hatten. Sie mussten das Auto erreichen. Sting war fit und holte schnell auf. Es schien, als praktiziere er nicht nur Yoga, sondern ginge auch mindestens dreimal die Woche joggen. Sophies Vorschlag, dass sie beide sich mit Sport in Form bringen sollten, erschien Martin im Nachhinein doch nicht so übel. Aber dafür war es jetzt zu spät.

Während Martin und Karl durch die heranströmenden Festivalbesucher rannten, kam Sting ihnen bedrohlich nahe. Bis er mit einer Frau zusammenstieß und zu Boden ging. Martin drehte sich hektisch um und sah, dass Sting der Frau auf die Beine half und sich entschuldigte, bevor er die Verfolgung wieder aufnahm. Stings britische Höflichkeit hatte ihm und Karl einen entscheidenden Vorsprung verschafft. Das Auto war bereits in Sichtweite. Martin zog den Schlüssel aus der Hosentasche und öffnete es. Dann rissen sie die Autotüren auf und sprangen hinein.

«Kopf runter und kein Wort», presste Martin schnaufend heraus.

Die beiden gingen im Fußraum in Deckung und hielten die Luft an. Nach wenigen Augenblicken hörten sie Schritte. Jemand ging sehr nah an ihrem Auto vorbei. Martin wartete einen Moment, dann hob er den Kopf und lugte vorsichtig durch die Windschutzscheibe. Sting stand in einiger Entfernung und ließ seinen suchenden Blick über die Autodächer schweifen. Er ging in die Hocke und schaute auch unter den Fahrzeugen nach.

«Give me my guitar back, motherfucker», rief er wütend und trat mit dem Fuß so heftig gegen einen Autoreifen, dass die Alarmanlage des Wagens ansprang. Schließlich gab er auf und zog sich resigniert zurück. Dennoch wartete Martin noch ein paar Minuten ab. Er wollte ganz sicher sein, dass die Luft rein war.

«Wer war das denn?», fragte Karl befremdet.

Martin entschied, die Antwort noch ein wenig für sich zu behalten. Dieser Tag war aufreibend genug gewesen. Er fühlte sich nicht in der Lage, nun auch noch seine Legende um die Bassgitarre von Sting aufzugeben und Karl zu gestehen, dass sein Idol ihm die Gitarre keineswegs geschenkt hatte. Als sie sich vor vielen Jahren auf dem Festival begegnet waren und Martin sich nichts sehnlicher gewünscht hatte, als ein paar Worte mit Sting zu wechseln, hatte der ihn so kalt abserviert, dass Martin in einem unbeobachteten Moment, und unter Einfluss zahlreicher Gin Tonics, seinen Fender Precision an sich genommen hatte. Er gab zu, es war nicht sein bester Moment gewesen. Trotzdem hätte er niemals gedacht, dass ein Menschenrechtsaktivist wie Sting derart rachsüchtig sein konnte. Bono wäre mit so einer Situation deutlich souveräner umgegangen, da war sich Martin sicher.

Nachdem sie auch Portimão fluchtartig verlassen und an der nächstbesten Tankstelle den Wagen noch einmal vollgetankt hatten, fuhr Martin zur Küste und parkte auf einem Parkplatz am Strand. Schweigend und erschöpft ließen sie sich in der kleinen Bucht zwischen zwei schroffen Felsformationen nieder.

Sie hatten auf ihrer Reise an unzähligen Stränden haltgemacht, aber Martin fand, dass dieser Strand ein echter Höhepunkt war, der ihn seine Sorgen, zumindest für den Moment, vergessen ließ. Der Sand war fein und warm, seine Farbe ein sattes, honigfarbenes Gold, das unter den Strahlen der Sonne glitzerte. Die Weiten des Atlantiks trafen auf die schroffe Wildheit zerklüfteter Klippen, die in das Meer zu stürzen schienen. Die Wellen brachen sich sanft am Ufer, sie trugen Muscheln und kleine Steine mit sich, die ein leises Rascheln erzeugten, wenn sie sich wieder zurückzogen.

«Du hast Sting den Bass geklaut? Krass!» Karl hatte seit ihrer Abfahrt kein Wort gesagt, jetzt sah er Martin ungläubig an.

Aber stolz war Martin nicht auf seine Tat. «Das war vielleicht nicht meine beste Idee.»

«Und wieso hast du das gemacht?»

«Ich war betrunken, und dann kam es irgendwie über mich», antwortete Martin, der wusste, dass sein Diebstahl nicht zu entschuldigen war. Aber er hatte sich an dem Tag so sehr über Sting geärgert. Er hatte sich so von oben herab behandelt gefühlt. Was, rückblickend betrachtet, womöglich auch an dem alkoholisierten Zustand gelegen haben konnte, in dem er Sting gegenübergetreten war.

«Ich werde nie Alkohol trinken», beteuerte Karl im Brustton der Überzeugung.

Martin lachte auf. «Genau. Und verlieben wirst du dich auch nie.»

«Alkohol ist ein Gift, das schädliche Auswirkungen auf Gehirn und Nerven hat», bekräftigte Karl.

«Genau wie die Liebe.» Martin klopfte eine Zigarette aus der Packung und sah aufs Meer.

«Nikotin ist genauso schädlich», führte Karl mit missbilligendem Blick aus.

«Falls du's noch nicht gemerkt hast: Wir haben gerade andere Sorgen.»

«Und stinken tun Zigaretten auch.»

Dem konnte Martin nicht widersprechen. Der üble Geruch, der in den Klamotten hing, war einer der Gründe, warum er immer wieder versucht hatte, sich das Rauchen abzugewöhnen. Und Sophie natürlich, die sich oft darüber beschwert hatte, dass seine Küsse nach Nikotin schmeckten. Dabei hatte er sich jedes Mal, bevor sie intim wurden, gründlich die Zähne geputzt und mit Mundwasser gespült. Er versuchte, die Gedanken an Sophie sofort wieder zu verdrängen. Sie hatten schon genug Ärger am Hals. Liebeskummer würde ihm nicht dabei helfen, eine Lösung zu finden. Ihre Situation war ernst. Geradezu besorgniserregend.

Martin steckte die Zigarette zurück in die Schachtel und

zückte sein Portemonnaie für einen Kassensturz. Während Karl sich einen Cracker aus einer Packung fischte, die in seinem Schoß lag.

Martin stöhnte auf. «Großartig. Ich habe noch zweihundert Euro. Bleiben uns insgesamt also noch … zweihundert Euro.»

«Wenn wir Benzin sparen, könnten wir es bis nach Hause schaffen», meinte Karl kauend.

«Und wie genau willst du Benzin sparen, du Physikgenie?»

«Indem wir Schritttempo fahren.»

Martin schüttelte ungläubig den Kopf. «Auf der Autobahn? Wir wären verhungert, bevor wir in Berlin ankommen.»

«Ein Mensch kann ohne feste Nahrung bis zu zwölf Wochen überleben», erklärte Karl. «Ohne Wasser aber nur ein paar Tage.»

«Dann hätten wir das Thema ja erledigt. Ich will nämlich auch nicht verdursten», sagte Martin.

«Wir könnten an den Raststätten trinken. Auf den Toiletten.»

Martin verzog das Gesicht und sah Karl angewidert an. Dieser Vorschlag war ganz eindeutig unter seiner Würde. Er war keiner von diesen Survival-Typen. Selbst wenn er sich hoffnungslos im Wald oder irgendeiner Wüste verlaufen hätte, würde er lieber verhungern und einen ehrenvollen Tod sterben, als Würmer oder Spinnen zu essen. Martin merkte auf, als er in der Ferne Musik hörte. Ein junges Pärchen hatte sich im Schatten eines Felsvorsprungs ein Lager aufgebaut. Er spielte auf einer Gitarre, während sie andächtig zuhörte und sanft mitwippte. Die beiden wirkten frisch verliebt und frei von jeder Verantwortung. Sie mussten nichts anderes tun als das Leben genießen. Martin sah zu Karl. Ihre Situation wirkte nun noch erdrückender. Er konnte es drehen und wenden, wie er wollte, er wusste einfach nicht, wie er es anstellen sollte. Sie waren über dreitausend Kilometer von zu Hause weg. Und da aus der kleinen Zusatzgage, auf die er gehofft hatte, nichts geworden war, hatten sie definitiv kein Geld für Hotelzimmer. Nun war Improvisation angesagt.

«Wir könnten wieder im Auto schlafen», sagte Karl, als hätte er Martins Gedanken gelesen.

Martin stöhnte. Wirklich gefallen tat ihm die Idee nicht. Er kam sich eher vor wie ein Obdachloser. Aber Karl hatte recht. Eine günstigere Alternative würden sie kaum finden.

Martins Telefon klingelte. Er sah den Namen und das Profilfoto seiner Mutter im Display. Genau das hatte ihm jetzt noch gefehlt. Er seufzte und nahm ab.

«Hallo, Mama.»

«Alles klar bei euch?»

«Ja. Sicher. Hattest du wieder Albträume?»

«Nein. Ganz im Gegenteil.» Sie schien überraschend gut drauf zu sein. «Ich wollte nur wissen, wie es euch geht.»

Martin kam das alles merkwürdig vor. Er legte seine Stirn in Falten. «Mama, ist was mit dir?»

«Was soll mit mir sein?»

Karl schien aufmerksam zuzuhören. «Frag Oma», raunte er Martin leise zu. Aber Martin winkte entschieden ab.

«Hattest du schon deinen Auftritt?», fragte Rita.

Martin zuckte zusammen. Er wusste, was er sich anhören musste, wenn er ihr erzählte, was passiert war. Und auf eine Lüge mehr oder weniger kam es jetzt auch nicht mehr an. «Ja, der war schon», sagte er gedehnt.

«Und?»

«War gut», flunkerte er. «Aber ich muss jetzt wirklich Schluss machen. Wir wollen irgendwann mal nach Hause.»

«Du meldest dich aber noch mal, ja?», bat Rita.

«Mach ich. Bis dann, Mama.»

Er legte auf und dachte nach. Zum zweiten Mal innerhalb weniger Tage hatte seine Mutter angerufen, um sich nach seinem Befinden zu erkundigen. Normalerweise telefonierten sie zweimal im Jahr. Und dann gingen die Anrufe jedes Mal von ihm aus, weil seine Mutter der Meinung war, dass ihre Kinder sich bei ihr zu melden hatten. Aus Gründen, die Martin noch nicht verstand, machte sie sich nun plötzlich Sorgen um ihn und interessierte sich für sein Leben. Und was tat er? Er bügelte sie ab und beendete das Gespräch unter einem absurden Vorwand. Er fragte sich, was dahintersteckte. Womöglich waren ihre Anrufe nichts weiter als eine perfide Methode, ihm ein schlechtes Gewissen zu machen? Es war wie immer mit seiner Mutter: eine Verwirrung der Gefühle.

Karl riss eine weitere Packung Cracker auf und steckte sich eins der krümeligen Ovale in den Mund.

Auch Martin verspürte Hunger und griff in die Packung. «Woher hast du die?», fragte er kauend. Er konnte sich nicht daran erinnern, dass sie noch etwas Essbares dabeihatten.

«Tankstelle», sagte Karl, ebenfalls mit vollem Mund.

«Und wovon hast du die bezahlt?»

Dass Karl auf diese Frage nicht antwortete und seinem Blick auswich, machte ihn höchst verdächtig.

«Hast du die etwa …?» Martin konnte sich nicht vorstellen, dass ausgerechnet Karl Ladendiebstahl beging, aber es deutete alles darauf hin. Und Karl machte keine Anstalten, Martins Verdacht zu entkräften.

«Bist du verrückt?»

«Ich hatte Hunger.»

«Und wenn sie dich erwischt hätten?»

«Haben sie aber nicht.»

«Und mich machst du an wegen dieser Gitarre», empörte Martin sich.

«Ich habe aus Notwehr gehandelt und du, weil du betrunken warst», konterte Karl.

Dagegen konnte Martin nichts sagen. Aber das war jetzt auch egal. Er musste sich auf das Wesentliche konzentrieren: die Suche nach einem Ausweg. Während er sich einen weiteren Cracker in den Mund schob und aufs Meer starrte, drang der Klang der Gitarre an sein Ohr, auf der der Typ auf der Decke seiner Freundin vorspielte. Martin liebte diesen Song. *So Far Away* von Carole King. Eine der größten Songwriterinnen, die die Welt je hervorgebracht hatte. Martin verehrte sie. Andächtig lauschte er der Musik, die dem Rauschen des Meeres etwas ganz Besonderes verlieh. Und als er beobachtete, wie sich zwei andere Strandbesucher vor dem Pärchen aufbauten und dem Gitarristen angetan lauschten, formierte sich plötzlich ein Gedanke in seinem Kopf. Erst nur ganz vage und ohne klare Umrisse. Doch je mehr er darüber nachdachte, desto mehr lichtete sich der Nebel. Bis seine Idee ihn geradezu euphorisierte. Womöglich mussten er und Karl doch keinen Hungertod erleiden. Er hatte einen Plan.

«Kannst du überhaupt singen?», fragte Karl, während Martin die Saiten seiner alten Gitarre stimmte. Sie gehörte zu den Sachen in seinem Kofferraum, die er in Berlin hatte verkaufen wollen. Dass er vor ihrer Abreise nicht mehr dazu gekommen war, sie zurück in seine Wohnung zu räumen, stellte sich nun als Glücksfall heraus.

Martin warf ihm einen vernichtenden Blick zu. «Natürlich kann ich singen. Du hast mein Album doch gehört?»

«Ich meine so richtig. Ohne Technik und Autotune.»

Martin war ein wenig überrascht darüber, dass Karl überhaupt wusste, was Autotune war. «Das braucht vielleicht dein Aggro8000, meine Stimme klingt auch so fantastisch.»

«Aggro8000 singt nicht, er rhymt», hielt Karl streng dagegen.

«Könntest du vielleicht mal ein bisschen Vertrauen in deinen Onkel haben?», fragte Martin pikiert. Er fand, dass Karl ihn ruhig ein bisschen mehr supporten konnte. Schließlich tat er das hier auch für ihn. Er hatte in seiner Karriere nämlich so gut wie keine Erfahrungen als Straßenmusiker gesammelt. Und die, die er hatte, hatten ihm gereicht. Allein der Gedanke, vor anderen zu singen, ließ sein Lampenfieber aufflackern. Aber angesichts der Misere, in der sie steckten, war es die beste aller Möglichkeiten.

Auf der Suche nach einem geeigneten Ort waren die beiden durch ein paar kleinere Städte und Dörfer gefahren. Bis Martin sich schließlich für Lagos entschieden hatte, eine historische Hafenstadt mit lebendiger Atmosphäre. Nachdem sie eine Weile suchend durch die von einer gut erhaltenen Stadtmauer umgebene Altstadt geschlendert waren, die sich wie ein Labyrinth aus engen, gepflasterten Gassen zwischen weiß getünchten Häusern und traditionellen Geschäften erstreckte, entschied Martin sich für ein Plätzchen in der Nähe des Hafens, in dem Fischerboote neben eleganten Jachten schaukelten und wo sich entlang der Promenade Cafés, Restaurants und Bars aneinanderreihten. Für ausreichend Publikum war also schon mal gesorgt.

«Kann ich so lange an den Strand gehen?», fragte Karl. Er lief nervös auf und ab, die ganze Aktion war ihm augenscheinlich unangenehm.

«Du bleibst hier», sagte Martin und zeigte auf die kleine Mauer hinter sich. «Setz dich dahin.»

Widerwillig kam Karl der Aufforderung nach, hielt aber dennoch gebührenden Abstand. Offenbar wollte er vermeiden, dass jemand ihn mit Martin in Verbindung brachte.

Martin konzentrierte sich auf seinen Atem. Das hatte ihm vor langer Zeit ein Musikerkollege empfohlen, der auf diese Weise sein Lampenfieber bekämpfte. Martin hatte damit keinen Erfolg, das Ritual hatte er trotzdem beibehalten. Er hätte nicht gedacht, dass ihn selbst ein kleiner Auftritt als Straßenmusiker so ins Schwitzen bringen würde. Aber er wusste, er musste einfach da durchmarschieren. Wie ein Feuerläufer über glühende Kohlen. Eigentlich hätte er gern *Fields Of Gold* von Sting angestimmt, einen Song, den er liebte und den er wirklich draufhatte. Aber seine Liebe zu Sting hatte mit dem letzten Zusammentreffen einen Dämpfer erhalten. Also entschied er sich für *Wonderwall* von Oasis.

Martin spielte ein paar zaghafte Takte als Intro und sang schließlich los. Seine Stimme war zittrig und weit davon entfernt, die Töne zu treffen. Karl wandte sein Gesicht ab und starrte in die andere Richtung. Doch dann gewann Martin zunehmend an Sicherheit. Seine Stimme wurde fester und lauter. Er fand die richtige Tonlage und spürte, wie das Lampenfieber langsam von ihm abfiel. Und es tat gut, aus dem Augenwinkel zu sehen, dass auch Karl sich etwas entspannte.

Als Martin als Nächstes *Time After Time* von Cyndi Lauper spielte, war er bereits voll in seinem Element. Doch weder die Gäste in den umliegenden Bars und Restaurants noch die vorbeischlendernden Touristen nahmen Notiz von ihm. Nicht einmal die Passanten, die direkt an ihm vorbeizogen, dachten daran, einen kleinen Obolus in den Gitarrenkoffer zu werfen, der aufgeklappt vor ihm stand. Aber Martin hatte in seiner Laufbahn schon so manches harte Publikum geknackt. So einfach wollte er sich nicht geschlagen geben.

«Hast du dein Basecap dabei?», fragte er.

Karl sah ihn verständnislos an. «Im Rucksack. Wieso?»

«Dann hol das jetzt mal raus und geh damit rum.»

Blankes Entsetzen machte sich in Karls Gesicht breit. «Was?!»

«Wenn der Knochen nicht zum Hund kommt, muss der Hund eben zum Knochen.»

«Was soll das denn bedeuten?»

Martin war selber nicht sicher, ob es Sinn ergab, was er sagte. Aber eins war klar: Sie beide saßen im selben Boot, auch Karl musste seinen Beitrag leisten.

«Entweder hilfst du mit, oder du kannst auf deine *Pains au chocolat* und *Pastéis de nata* in Zukunft verzichten.»

Karl schwieg ihn bebend an. Es arbeitete heftig in ihm. Martin war gespannt, ob seine Drohung wirkte. Und wie sehr Karl an seinen Süßigkeiten hing.

«Mann ey», fauchte Karl. Er zog sein Basecap aus dem Rucksack und ging auf das nächste Restaurant zu.

Martin schaute ihm hinterher. Er dachte an diese neumodischen Kartenlesegeräte, die in Cafés und Restaurants mittlerweile im Einsatz waren und beim Bezahlen aktiv Trinkgeld einforderten. Er fragte sich zwar jedes Mal, wofür er zehn, fünfzehn oder zwanzig Prozent Trinkgeld geben sollte, wenn er seinen Kaffee selbst am Tresen bestellte und abholte, konnte sich dem moralischen Druck aber trotzdem nie entziehen und zahlte immer den Mindestbetrag. Nun hoffte er auf den gleichen Effekt. Wenn Karl vor ihnen stand, würden die Menschen nicht Nein sagen können.

Martin stimmte *Danny Boy* an, einen traditionellen Folksong, weil er bemerkt hatte, dass viele der Touristen britisch waren, und hoffte, dass ein paar melancholische Töne aus der Heimat ihre Spendierfreude anregten.

Dabei sah er zu, wie Karl an die Tische auf der Restaurantterrasse trat und den Gästen seine Mütze hinhielt. Karl bemühte sich sogar um ein Lächeln. Doch es brachte nicht viel. Die Terrasse war hauptsächlich von älteren Paaren besetzt, und wenn überhaupt jemand Geld springen ließ, waren es jedes Mal die Frauen. Vermutlich, weil Karl Mutter- oder Großmutterinstinkte bei ihnen weckte. Der Großteil der Gäste wiederum winkte sofort verneinend ab, wenn Karl sich ihnen näherte. Und an die große Runde spanisch sprechender Jugendlicher traute er sich gar nicht erst heran.

Martin hatte seinen Song gerade ausklingen lassen, als Karl zurückkam.

«Ist das alles?», fragte Martin mit Blick auf die Ansammlung von kleinem Münzgeld in Karls Basecap.

«Mach doch selber», zischte Karl mürrisch.

Martin musste das Geld nicht groß zählen. Es war kläglich und würde noch nicht einmal für einen Kaffee reichen. Karl setzte sich wieder auf die Mauer neben Martin und steckte seine spärliche Ausbeute in die Hosentasche. Martin wollte gerade den nächsten Song anstimmen, als er hörte, wie Karl aufstöhnte und missbilligend seinen Kopf schüttelte.

«Was?», fragte er gereizt. Ihre Situation hatte ihn so dünnhäutig gemacht, dass er Karls offenkundige Kritik nicht auch noch ertragen konnte.

«Kannst du nicht mal was spielen, das nicht aus dem letzten Jahrtausend stammt?»

«Das sind Klassiker», keilte Martin empört zurück.

«Ja, wie Goethe und Schiller. Spielst du sonst auch nur für Tote?»

Martin fand Karls Äußerung extrem respektlos, aber er hatte einen Punkt. Wie oft hatten die Leute die Songs, die er spielte, schon gehört? Die Repertoires der Straßenmusiker waren sich einfach zu ähnlich. Wenn Martin etwas reißen wollte, musste Zeitgemäßeres her. Und die erste Künstlerin, die ihm dazu einfiel, war dieses unglaubliche Mädchen, das mit nur sechzehn Jahren ein Album geschrieben hatte, das ihm damals beim ersten Hören schlichtweg die Sprache verschlagen hatte. Und das mit jedem neuen Song nur besser wurde. Beim Hören ihres neuesten Albums waren Martin Tränen gekommen. Nicht nur, weil er angesichts dieser Genialität ergriffen war, ihm kamen ernsthafte Zweifel an seinem eigenen Talent. Von wegen, heutzutage gab es keine gute Popmusik mehr. Hörgewohnheiten veränderten sich, jede Generation hatte ihre eigene Musik. Und die aktuellen Künstler und Künstlerinnen standen den früheren in nichts nach.

Martin traf ins Schwarze. Als er die ersten Zeilen von *Birds Of A Feather* von Billie Eilish sang, drehten deutlich mehr Passanten die Köpfe. Sogar ein paar der vorbeigehenden Touristen blieben plötzlich stehen. Wobei es meistens junge Töchter waren, die ihre Eltern dazu anhielten, um ihnen dann zappelig zu erklären, was Martin da gerade vortrug. So als würden sie ihren Eltern stolz von einer Welt erzählen, zu der sie keinen Zutritt hatten und in die ihre Töchter sie nun gnädigerweise einluden. Auch Karl war wieder zum Leben erwacht und drehte fleißig seine Runden. Plötzlich war ihm sein Onkel kein Stück mehr peinlich, was auch daran lag, dass die jungen Mädchen, die sich um sie versammelt hatten, nicht nur Martin, sondern auch Karl ihre Aufmerksamkeit und hin und wieder ein schüchternes Lächeln schenkten. Mit einem Mal landete so viel Geld in Karls Mütze, dass man nicht mehr von Almosen sprechen konnte, sondern von einer Gage. Martin spürte ein Kribbeln im Bauch. Er hatte es immer noch drauf. Doch gerade, als er sich für eine Zugabe bereit machte, baute sich ein Kerl mit Vollbart, langem Zopf und einer Gitarre, die er mit einem Schultergurt trug, vor ihnen auf und sah Martin mit stechendem Blick an. Seine Brauen waren zu einer einzigen zusammengewachsen und hingen wie ein schiefer Balken über seiner Nase.

«Que história é essa aqui?»

Martin verstand kein Portugiesisch, aber die Aggression in der Stimme des Mannes hätte er in jeder Sprache verstanden. Nach einer freundlichen Begrüßung unter Kollegen klang es jedenfalls nicht. Martin konnte eins und eins zusammenzählen und bemühte sich um einen beschwichtigenden Ton. «Wir machen nur ein bisschen Musik», erklärte er auf Englisch.

Sein Gegenüber schaltete sofort um. «Hier, ja?»

«Ist doch ein schöner Ort», antwortete Martin.

Karl stellte sich an Martins Seite. Wahrscheinlich spürte auch er, dass Gefahr im Verzug war.

«Hast du überhaupt eine Genehmigung?», fragte der Straßenmusiker.

Martin musterte ihn prüfend. Der Kerl sah nicht gerade aus wie jemand, der sich um Genehmigungen bemühte.

«Hast *du* eine?», fragte er zurück.

Aber damit brachte er sein Gegenüber nicht aus dem Konzept. Im Gegenteil – er kam noch näher und starrte Martin finster an. «Ich bin von hier und habe gute Kontakte.»

Der Mann saß eindeutig am längeren Hebel, und Martin musste einsehen, dass Rückzug angesagt war. Er konnte keinen Ärger gebrauchen. Das Risiko war zu groß.

Das hatte auch Karl begriffen. Er zupfte an Martins T-Shirt. «Lass uns woandershin gehen.»

Erstmals flog ein Lächeln über das Gesicht des Straßenmusikers, der Karl offenbar verstanden hatte. Es war kein nettes. «Hör auf deinen Jungen und zieh Leine», sagte er.

Doch die Art und Weise, wie dieser Typ mit ihm sprach, ließ Martin zögern. Normalerweise ging er jeder Art von

Konfrontation aus dem Weg. Er war trotz seines Ausrasters auf dem Festival ein friedliebender Mensch. Aber er hatte keine Lust mehr, sich herumschubsen und schikanieren zu lassen. Weder von Mike noch von Devil's Haircut noch von diesem unsympathischen Kerl vor ihm. Was dachte der, wer er war? Martin hielt seinem Blick stand. Es war wie in einem Italowestern. Als würden sie darauf warten, dass einer von ihnen zum ersten Schlag ausholte.

«Komm schon», wiederholte Karl etwas fordernder.

«Ihr beiden sucht euch am besten einen anderen Sandkasten zum Spielen», sagte der Straßenmusiker. Er setzte ein verächtliches Grinsen auf und deutete auf Karls Rucksack. Vielmehr auf den Orca, der herausguckte. «Warum geht ihr nicht ein bisschen planschen mit eurem Walfisch?»

«Ein Wal ist kein Fisch», erklärte Karl beflissen und nun ebenfalls auf Englisch. Martin zuckte zusammen. Er war sich nicht sicher, wie diese Art von Belehrungen bei ihrem Gegenüber ankam.

«Du bist so ein ganz Schlauer, ja?», fauchte der Typ in Karls Richtung.

Da reichte es Martin. Dieser Kerl war einen entscheidenden Schritt zu weit gegangen. Es ging nicht mehr nur um sie beide. Er hatte Karl mit hineingezogen, und Martin spürte den überwältigenden Drang, seinen Neffen zu verteidigen. Seine Hände ballten sich zu Fäusten, während der Straßenmusiker ihn so provozierend angrinste, als warte er nur darauf, dass Martin den Anfang machte. Martin lotete seine Chancen aus. Der Typ war nicht gerade von schwacher Statur, und trotzdem sträubte sich alles in ihm dagegen, den Schwanz einzuziehen und den Rückzug anzutreten. Selbst wenn es böse für ihn ausgehen konnte.

Aber was wäre die Konsequenz? Was würde aus Karl werden, wenn Martin die nächsten Tage im Krankenhaus verbringen musste? Der Junge wäre hier in Portugal völlig allein.

Martin hatte keine andere Wahl. Er musste die Verantwortung für Karl über seinen persönlichen Stolz stellen. Also biss er die Zähne zusammen, packte seine Gitarre zurück in den Koffer und zog mit Karl davon.

18

«In Geschichte haben wir mal einen Film über Mahatma Gandhi gesehen. Der hat sich auch nie gewehrt, selbst wenn er geschlagen wurde», brabbelte Karl kauend vor sich hin. Er hatte das Erlebte schnell wieder abgeschüttelt und mümmelte an einer *Francesinha,* einem herzhaften Sandwich, das mit Fleisch gefüllt und mit Käse überbacken war und das Martin in einer Bar für ihn bestellt hatte. Nach jedem Bissen schob Karl in Mayonnaise getunkte Pommes frites hinterher und spülte alles mit einem Schluck Mineralwasser herunter. Karl hatte auf ihrer Reise so manche Metamorphose durchgemacht, doch süße Getränke waren für ihn immer noch ein Verbrechen an der Menschlichkeit. Zucker in Desserts hingegen war nach wie vor kein Problem. Martin hatte es aufgegeben, ihn nach der Logik zu fragen, und ließ Karl in Ruhe drei *Pastéis de nata* bestellen.

«Frau Becker hat gesagt, dass man für Gewaltlosigkeit viel Mut braucht.»

Martin stöhnte genervt. Der Zusammenstoß mit dem Straßenmusiker nagte noch immer an ihm. «Wer ist Frau Becker?»

«Meine Geschichtslehrerin.»

Martin nippte an seinem Kaffee. Er hatte unheimlich große Lust auf eine Zigarette. Aber keine Nerven für Karls bildhafte Beschreibung eines Lungenkarzinoms. Also verwarf er die Gedanken.

«Im Grunde warst du also gar nicht feige», führte Karl weiter aus.

Bisher hatte Martin nur halb zugehört. Nun merkte er auf. «Wer sagt, dass ich feige war?»

«Nein, ich habe gesagt, dass du mutig warst. Verstehst du das nicht?»

Martin deutete auf Karls Teller. «Kannst du dich mal auf dein Essen konzentrieren? Wir haben noch zu tun.»

Martin ließ seinen Blick schweifen. Er und Karl waren ein paar Kilometer weitergefahren, nach Vila do Bispo, einem benachbarten Dorf, das kleiner war als Lagos, aber ebenso schön. Auch hier waren zahlreiche Touristen unterwegs, wenngleich nicht ganz so viele. Karl hatte den letzten Bissen seiner *Pastéis de nata* noch nicht heruntergeschluckt, da beglich Martin bereits ungeduldig die Rechnung. Er baute sich vor der kleinen Mauer auf, die den Strand von der Promenade trennte, und holte seine Gitarre aus dem Koffer.

«Du weißt, was du zu tun hast», sagte er zu Karl und deutete auf die Terrassen der nebeneinanderliegenden Restaurants.

«Streng genommen ist das Kinderarbeit, und die ist illegal», bemerkte Karl.

«Streng genommen bist du es, der uns hier die Haare vom Kopf frisst. Also los jetzt.»

Martin spielte die ersten Takte, dann hielt er noch einmal inne. «Ach, Karl. Vergiss die Männer. Wenn du jemandem deine Mütze hinhältst, dann den Frauen.»

Karl verstand nicht. «Wieso?»

«Tu's einfach. Und zieh deinen Orca ein wenig weiter raus, sodass ihn alle gut sehen können.»

Karl verstand zwar immer noch nicht, aber er tat, was Martin ihm aufgetragen hatte.

Schließlich stimmte er erneut den Song von Billie Eilish an, doch diesmal blieb der gewünschte Effekt aus. Obwohl Martin fand, dass er den Song gut rüberbrachte, schien er die vorbeiziehenden Passanten und die Restaurantgäste nicht zu erreichen. Karl ging es ähnlich. Er schaute ein paar Mal zu Martin herüber und deutete mit bedröppelter Miene auf seine leere Mütze.

«Das ist hier nicht unser Pflaster. Lass uns woandershin fahren», entschied Martin, als Karl zurückkam und die wenigen Münzen, die er ergattern konnte, aus der Mütze fischte.

«Ich habe keine Lust mehr», meinte Karl.

Martin konnte ihn verstehen. Er hatte auch keine Lust. Aber sie hatten keine andere Wahl.

«Wenn du einen besseren Vorschlag hast, wie wir an Geld kommen, raus damit.»

«Und wenn wir Oma anrufen?»

Martin spürte einen Stich. Er schenkte Karl einen schiefen Blick.

«Sie könnte uns was schicken», setzte Karl eilig nach.

«Auf keinen Fall.»

«Warum nicht?»

Martin suchte nach den richtigen Worten. Er war durchaus bereit, Karl zu erklären, warum das für ihn nicht infrage kam. Aber so einfach war das nicht. Er fragte sich ja selber ständig, was der Grund für die problematische Beziehung zu seiner Mutter war. Und bisher hatte er noch keine zufriedenstellende Antwort gefunden.

«Das verstehst du nicht», sagte er.

Karl machte ein Gesicht. «Immer wenn ihr Erwachsenen nicht weiterwisst, sagt ihr: ‹Das verstehst du nicht.›»

Nun fühlte Martin sich erst recht überfordert. Karl hatte recht. Was war das nur mit seiner Mutter? Er hatte sich nie wirklich Zeit genommen, ihre Beziehung aufzuarbeiten. Und ausgerechnet jetzt kam er nicht von diesem Gedanken los. Es musste an ihren Anrufen liegen. Martin hatte den Eindruck gewonnen, dass auch seine Mutter sich Gedanken machte. Ratlos zupfte er an den Saiten seiner Gitarre und suchte nach irgendetwas, das ihm ein wenig Halt gab. Und das Erste, das ihm in den Sinn kam, war sein eigener Song. Er spürte einen Kloß im Hals. Seine Finger zitterten mehr über die Saiten, als dass sie kontrolliert Gitarre spielten. Dann schloss Martin die Augen, und mit einem Mal kamen ihm Worte über die Lippen, die ihm so vertraut waren wie gute Freunde, die man lange nicht gesehen, aber immer in seinem Herzen hatte.

«*You see the smile I wear, it's just a painted mask …*», sang Martin. Anfangs zaghaft, zögerlich, beinahe schüchtern. Er summte die Zeilen mehr, als dass er sie sang. Leise, bedacht, voller Wehmut. Doch mit jedem weiteren Wort gewann seine Stimme an Kraft.

«*You think you've got me figured out, but you never asked*
I hide behind the laughter, so you don't see the cracks
But if you looked a little closer, you'd know the things I lack …»

Martin konnte nichts dagegen tun, die Melancholie ergriff überfallartig Besitz von ihm. Damals hatte ihm die Welt offengestanden. Er war fest davon überzeugt gewesen, dass es nur der Anfang einer großen Karriere war. Nicht Anfang und Ende zugleich. Dann wurde aus der Melancholie eine unfassbare Traurigkeit. Seine Stimme vibrierte, er kam ins Stocken, als Karl plötzlich in seinen Song einstimmte. Ganz, ganz leise. Und auf ungewöhnliche Weise. Er sang die Zeilen nicht, er rappte sie. Martin öffnete die Augen und starrte Karl ungläubig an, während seine Finger wie automatisch über die Saiten fuhren und weiterspielten.

«You don't know me, not the way I am
You see the surface, but you don't understand
I'm a stranger in a crowd, just trying to be free
You think you know my heart, but you don't know me»,

rappte Karl mit immer fester werdender Stimme und machte mit seinen Händen und Armen beeindruckende Moves dazu. Martin konnte seinen Blick nicht von ihm wenden. Er nahm nicht einmal den Applaus wahr, der aufbrandete, als sie den Song beendeten. Tränen schossen Martin in die Augen.

Karl schien sich erst jetzt bewusst zu werden, was er für eine Show abgeliefert hatte. Zahlreiche Passanten standen um sie herum und klatschten begeistert, während er verlegen und mit hochrotem Kopf in die Runde sah. Martin war Profi genug, um schnell umzuschalten und zu wissen, was man dem Publikum geben musste. Er griff nach Karls Hand und streckte sie mit seiner in die Höhe, als würde er den neuen Weltmeister im Schwergewicht küren. Der Applaus wurde lauter. Es wurde gepfiffen und gejohlt. Und langsam zeigte der Jubel auch bei Karl Wirkung. Er schenkte seinem Publikum ein zaghaftes, aber stolzes Lächeln.

«Und dabei tust du immer so, als kenntest du meinen Song gar nicht», sagte Martin.

Er und Karl saßen auf der Terrasse eines Cafés im historischen Zentrum.

Karl mümmelte an einem Schokomuffin herum. «Ich kann den ganzen Text auswendig», sagte er kauend.

«Habe ich gemerkt. Und wieso?»

«Der Flow ist total krass», erklärte Karl wie der Gott der Hip-Hopper.

«Flow?», fragte Martin interessiert nach, der seinen Neffen immer mehr mit anderen Augen sah.

«Ja, der ist supergut zum Rhymen. Ich habe immer damit geübt.»

Martin kam immer noch nicht aus dem Staunen raus. «Warum hast du mir das nie erzählt?»

Karl zuckte die Schultern. «Ich dachte, dann lachst du mich aus.»

Martin spürte den Anflug eines schlechten Gewissens. Karl hatte ihm das alles nur verschwiegen, weil er Angst vor Verletzung hatte. Und Martin war tatsächlich nicht sicher, wie er reagiert hätte, hätte er Karl beim Rappen erwischt. Womöglich hätte er sich wirklich über ihn lustig gemacht. Oder wäre ihm mit einem unangemessenen Spruch gekommen. Aber das war früher.

Martin musterte Karl. Die Vorstellung, die er abgeliefert hatte, stellte das Bild, das er von seinem Neffen hatte, komplett auf den Kopf. Als hätte eine außerirdische Macht von ihm Besitz ergriffen. David Bowie hatte recht. Es gab mehr als diese eine Welt. Es gab Leben auf dem Mars.

Martin sah Karl an, der den letzten Bissen seines Muffins verdrückte. Wie es aussah, hatte er einen kleinen Goldesel an seiner Seite. Der Hungertod blieb ihnen erspart.

«Willst du noch einen?» Die Frage war überflüssig. Karls Augen leuchteten auf. Martin gab dem Kellner ein Zeichen.

Während Karl seinen zweiten Muffin verdrückte, öffneten sie Google Maps und steckten gemeinsam die Route für den Heimweg ab. Martin machte sich Notizen in einem Schreibblock, den Karl aus seinem Rucksack gefischt hatte. Der Orca lag vor ihnen und nahm einen Großteil des Tisches ein. Noch vor Kurzem wäre es Martin unangenehm gewesen, mit diesem Kinderspielzeug im Café zu sitzen. Aber nun wollte er

Milde walten lassen. Schließlich musste er Karl bei Laune halten.

«Wir fahren jeweils bis zum Mittag und suchen uns dann einen Ort, in dem wir essen und auftreten können», erklärte Martin. «Nachmittags sind deutlich mehr Menschen unterwegs, und was wir brauchen, ist ein möglichst großes Publikum.»

Karl hörte genau zu. «Was denkst du, was wir am Tag so verdienen?», fragte er.

Martin überlegte. «Hundert Euro? Wenn wir Glück haben, zweihundert.» Er wusste, dass diese Rechnung nur aufgehen würde, wenn sie an stark frequentierten Touristen-Hotspots spielten. Aber so klug waren auch andere. Wie dieser fiese, unkollegiale Straßenmusiker, der sie aus Lagos vertrieben hatte. Das behielt Martin erst mal für sich. Er wollte Karl nicht beunruhigen. An diesem Tag würden sie ohnehin keine weiteren Gastspiele geben.

Die Sonne senkte sich langsam gen Horizont. Der Tag neigte sich dem Ende zu. An Weiterfahren war nicht zu denken. Das würde nicht nur Martin überfordern, sondern vor allem auch Karl. Martins Blick fiel auf ein älteres, leicht heruntergekommenes Gebäude, direkt gegenüber dem Café, in dem sie saßen. Insbesondere auf das Schild, das über dem Eingang prangte: «Guest House Little Bispo». Das Haus erweckte nicht den Eindruck, als würde es ihr Budget sprengen.

«Wisch dir die Krümel vom Mund. Wir suchen uns einen Schlafplatz», sagte Martin und hielt Karl eine Serviette hin.

«Wir können doch wieder im Auto schlafen», schlug Karl vor.

Martin schüttelte entschieden den Kopf. «Mein Auto hat keine Dusche, und langsam fängst du an zu müffeln.»

Karl riss erschrocken die Augen auf und schnüffelte an seiner Achsel. «Stimmt gar nicht.»

«Ist dem kleinen Forscher schon mal aufgefallen, dass man den eigenen Duft nicht riecht?»

«Ja, das liegt daran, weil die Nase sich an Reize gewöhnt und dann abschaltet. Das nennt man Adaptation», pflichtete Karl bei.

«*Meine* Nase gewöhnt sich leider nicht an deinen Geruch. Also los jetzt.»

Er stand auf und ging auf den Eingang des Guest House zu. Karl folgte ihm anstandslos. Martin fand, dass er klug argumentiert hatte. In Wirklichkeit müffelte Karl kein bisschen. Martin wollte ihn lediglich dazu bringen, ohne weitere Diskussionen ein Hotelzimmer zu akzeptieren. Der Junge brauchte ein Dach über dem Kopf, das kein Autodach war. Dieses Gefühl von Verantwortung war immer noch neu für Martin. Aber er nahm es nicht mehr als lästig wahr. Es gefiel ihm allmählich, sich zu kümmern. Es erfüllte ihn mit Wärme.

Merkwürdig, dachte Martin.

Ihre erste Etappe am Morgen führte sie nach Vila Nove de Milfontes, einer malerischen Kleinstadt an der Westküste Portugals. Auch dort erwies sich das Publikum vor allem dann als spendabel, wenn Karl losrappte. Besonders junge Mädchen und ihre Mütter klebten an seinen Lippen. Er schwamm auf einer Welle aus Teenie-Schwärmerei und Mutterinstinkten. Mädchen richteten Smartphones auf Karl, steckten ihre Köpfe zusammen, tuschelten, kicherten, lachten und waren wild darauf, Selfies mit ihm zu machen. Martin sah Zahnspangen aufblitzen und hörte einige der Mädchen *«süß»* raunen.

Karl selbst gewöhnte sich ausgesprochen schnell an seinen Ruhm. Er legte seine Schüchternheit ab, beendete die nächsten Vorstellungen mit stolzgeschwellter Brust und kam auch den Wünschen seiner Fans nach Selfies liebend gerne nach.

«Im Grunde genommen steht mir die Hälfte zu», forderte Karl nach ihrem Auftritt, als Martin das Geld zählte, das im Gitarrenkoffer gelandet war.

«Damit du deine Gage in Süßigkeiten investierst, ja?»

«Was ich mit meinem Anteil mache, kann dir völlig egal sein.»

«Anteil? Hast du den Song geschrieben, oder was?»

«Aber ich rappe ihn, und das ist genauso wichtig.»

In diesem Fall hatte Karl recht. Martin glaubte felsenfest an die Qualität von *You Don't Know Me*, aber er wusste auch, dass Karl das eigentliche Zugpferd war. Diese Blöße wollte er sich jedoch nicht geben. Und bevor Karl völlig die Bodenhaftung verlor, musste Martin ihm dringend die Flügel stutzen.

«Das Geld ist für unsere Rückfahrt und wird von mir verwaltet. Verstanden?»

Karl hielt bockig den Mund und setzte sich ein Stück weg, während Martin sich in Position brachte und einen anderen Song anstimmte, den er alleine vortrug. Gleich wurde ihm sein Dilemma wieder vor Augen geführt. Ohne Karls Einsatz waren die Passanten deutlich weniger spendabel. Und als er während seines Vortrages zu Karl hinüberschaute, entdeckte er ein kleines triumphierendes Grinsen in seinem Gesicht.

«Okay. Zehn Prozent», bot Martin Karl an, nachdem er seinen Song beendet hatte und einsehen musste, dass Karl am längeren Hebel saß.

«Zwanzig», forderte Karl entschieden.

Martin lachte auf. «Ich lass dich nicht ein Fünftel unserer

Einnahmen für irgendeinen Blödsinn ausgeben. Ich will nach Hause.»

«Wir verhandeln, also mach mir ein Angebot», insistierte Karl.

Martin überlegte kurz. «Zwölf Prozent, mein letztes Wort», sagte er und hielt Karl die Hand zum Einschlagen hin.

«Abgemacht», meinte Karl und schlug ein, als hätte er einen haushohen Sieg errungen.

Obwohl Martin froh war, das unleidliche Thema so zügig abgeräumt zu haben, war da etwas in Karls Blick, das ihn aufmerken ließ. Ihn beschlich das ungute Gefühl, dass er die Büchse der Pandora geöffnet hatte.

«Das ist ungenießbar», sagte Karl, als er am nächsten Morgen mit angewiderter Miene das Büfett des Hostels abscannte, das Martin für sie gebucht hatte. Das Frühstück war im Zimmerpreis inbegriffen und das Büfett eine gute Möglichkeit, Geld zu sparen. Obwohl ihre Ausbeute bei den Auftritten ansehnlich war, mussten sie weiter haushalten. Martin hatte ihnen eine Unterkunft in Sines gebucht, einer Kleinstadt an der portugiesischen Küste. Als sie am Vorabend in ihren Betten gelegen hatten, hatte Karl ihm den Wikipedia-Eintrag über die Stadt vorgelesen. Martin hatte nur halbherzig zugehört, wusste nun aber, dass Vasco da Gama, der den Seeweg nach Indien entdeckt hatte, in Sines geboren war. Zu seiner Erleichterung waren Karl irgendwann vor lauter Müdigkeit die Augen zugefallen, und Martin konnte sich voll und ganz darauf konzentrieren, alte Kontakte aus seinem Adressbuch zu aktivieren. Schließlich hatten sie noch eine lange Rückfahrt vor sich und würden ganz sicher noch die ein oder andere

Übernachtungsmöglichkeit brauchen. Der Routenplaner riet, an Lissabon vorbei nach Norden zu fahren und dann die Autobahn Richtung Osten zu nehmen, um am Golf von Biskaya die spanisch-französische Grenze zu überqueren. Bei einer seiner Ehemaligen, die in Lissabon lebte, war Martin bereits abgeblitzt, sobald sie seine Stimme erkannt hatte. Aber Inês, die nördlich von Porto lebte, und Ane in Bilbao hatten sich mehr oder weniger gefreut, mal wieder von ihm zu hören. Von dort aus war es zwar immer noch ein Stück bis Berlin, aber um die letzten Etappen wollte Martin sich später kümmern.

«Seit wann bist du so wählerisch?», entgegnete Martin genervt und deutete auf das Tablett mit Kuchen und *Pastéis de nata*. «Bist doch sonst ganz versessen drauf.»

«Auf die aber nicht», sagte Karl entschieden.

«Was ist mit denen?»

«Hast du mal probiert?», fragte Karl und hielt ihm eines der Törtchen unter die Nase.

Martin wedelte mit seiner Hand. «Nimm das Ding weg.»

Karl sah sich bestätigt. «Siehst du? Du magst die auch nicht.»

«Falls dir das bisher entgangen ist, das Einzige, was ich morgens zu mir nehme, ist Kaffee.»

«Sie müssen goldbraun sein und leicht glänzen», führte Karl weiter aus.

Martin sah ihn entgeistert an. «Wir sind hier in einem billigen Hostel, nicht in Portugals Frühstückskonditorei des Jahres», sagte er.

«Außerdem muss der Rand gleichmäßig hochgezogen sein und die Füllung umschließen», erklärte ihm Karl, der das Törtchen aufs Tablett zurückwarf, als wäre es eine heiße Kartoffel.

«Dann nimm was anderes.» Martin hatte keine Lust, diese absurde Diskussion fortzusetzen.

«Ich will eine *Francesinha*. Und zwar eine, die schmeckt», verkündete Karl.

«Tja, da hast du wohl Pech. *Francesinhas* sind nicht im Angebot.»

Karl verschränkte seine Arme vor der Brust. «Dann rappe ich nicht mehr.»

Martin blitzte ihn an. Langsam trieb Karl es zu weit. Er kannte Allüren wie diese. Ausschließlich weiße Möbel in der Garderobe, ein tragbares Sauerstoffzelt, goldene Toilettensitze … Karl war nicht der Erste, dem sein Erfolg zu Kopf gestiegen war. Aber sein Tempo übertraf alles, was er bisher erlebt hatte. Es geschah quasi in Lichtgeschwindigkeit.

«Gegenüber ist ein Café, da gibt es die», informierte ihn Karl.

Martin sah aus dem Fenster über die Straße, dann wieder zu Karl. «Auf gar keinen Fall. Du kannst sie dir von deinem Anteil kaufen. Im Reisebudget sind sie nicht enthalten. Wir können froh sein, dass wir uns dieses Hostel leisten können.»

«Und wenn ich nicht mehr mitmache, war es das letzte Mal», sagte Karl.

Dass Martin schon wieder nachgeben musste, fuchste ihn gewaltig. Nachdem Karl einen Stopp in dem Café gegenüber eingelegt hatte, das seiner Mindestanforderung einer Viereinhalb-Sterne-Bewertung auf Tripadvisor gerecht wurde, fuhren sie endlich weiter Richtung Lissabon.

«Pass mit den Sitzpolstern auf», blaffte Martin, als er sah, wie Käse aus Karls *Francesinha* auf die Serviette in seinem Schoß tropfte.

«Die müssen sowieso gereinigt werden», antwortete Karl.

Martin rollte mit den Augen. Karls Höhenflug ging ihm

wirklich auf den Keks. Genauso wie die Musik, die aus dem Autoradio tönte. Karl hatte sich gegen Martin durchgesetzt und ließ Aggro8000 laufen. Angeblich brauchte er den Support seines Idols, um in Flow zu kommen. Martin hatte zumindest die Herrschaft über den Lautstärkeregler behalten. Was Aggro8000 betraf, gab es für ihn eine Grenze. Und die lag deutlich unter Zimmerlautstärke.

«Dann weißt du ja, was du zu tun hast, wenn wir zurück sind.»

«Was?», fragte Karl verwirrt.

«Ich rede von den Polstern, die du sauber machen wirst», sagte Martin mit Nachdruck.

Karl ließ sich nicht beeindrucken und verputzte gierig den letzten Bissen seines Sandwiches. «Mal sehen.»

Da war noch etwas, das Martins Laune eintrübte. Er blickte sorgenvoll in den Himmel. Das Wetter war umgeschlagen. Während die Temperaturanzeige des Motors sich immer noch im Normalbereich befand, sank die Außentemperatur spürbar. Wind war aufgekommen und schob am Himmel dunkle Wolkenmassen ineinander. Es sah alles danach aus, als würde ihr nächster Gig ins Wasser fallen. Da schlugen auch schon erste Regentropfen auf die Windschutzscheibe und erinnerten Martin zum wiederholten Mal daran, dass er dringend die Blätter seiner Scheibenwischer austauschen musste.

«Bei Regen spiele ich nicht», sagte Karl, der seine Mahlzeit beendet hatte und sich seinem Smartphone widmete.

Martin warf ihm einen bösen Blick zu. Langsam überreizte Karl sein Blatt. Vielleicht würde ihm eine kleine Abkühlung sogar ganz guttun.

«Am besten, wir fahren direkt weiter bis Barcelo. Guck mal nach der Route», sagte er. Martin hatte sie beide bei Inês erst für den nächsten Tag angemeldet. Aber Inês war ein spontaner und impulsiver Typ. Sie würde nichts dagegen haben, wenn sie früher kämen.

«Gleich», antwortete Karl, ohne seinen Blick vom Smartphone abzuwenden. Er schien anderes im Kopf zu haben.

«Wie wäre es mit jetzt?», sagte Martin harsch.

«Erst muss ich ein paar Nachrichten beantworten.»

Martin war sofort hellhörig. «Was für Nachrichten? Sei vorsichtig bei dem, was du deiner Mutter schreibst.»

«Die sind nicht von Mama.»

«Von wem dann?»

«Privatsache.»

Martin sah Karl von der Seite an, der eifrig an seinen Nachrichten schrieb. Ohne Vorwarnung riss Martin ihm das Smartphone aus der Hand.

«Hey, das ist meins», protestierte Karl.

«Sag mir erst, wem du schreibst.»

«Mädchen», antwortete Karl.

Martin lachte ungläubig auf. «Was für Mädchen?»

«Die haben mich rappen gehört.»

«Deine Fans, ja?»

«Ja. Genau.»

Martin reichte ihm das Smartphone zurück. Karl ging unverzüglich wieder an die Arbeit. Er nahm die Betreuung seiner Fans sehr ernst. Aber im Gegensatz zu ihm kannte Martin die Schattenseiten des Ruhms.

«Du solltest damit aufhören, deine Nummer rauszugeben», riet er.

«Wieso?», fragte Karl arglos zurück.

«Unter den Fans gibt's komplizierte Charaktere. Oder bist du scharf auf eine Stalkerin?»

Karl schien das nicht zu kümmern. Er öffnete ein Foto, das

man ihm zugeschickt hatte, als plötzlich sein Smartphone klingelte.

«Ich sag's doch. Geht schon los», meinte Martin. Aber Karl zögerte keine Sekunde, den Anruf anzunehmen.

«Hallo, Luna», sagte er freudig und mit einem Kieksen in der Stimme.

Martin war beruhigt. Von Luna ging keine Gefahr aus.

«Warte, ich frage ihn», sagte Karl und sah Martin flehentlich an. «Luna fragt, ob wir sie ein Stück mitnehmen können?»

«Wo steckt sie denn?»

«Luna, wo bist du gerade?», sprach Karl ins Smartphone. Er lauschte gebannt. «Ich schau mal nach, bleib dran.» Dann gab er auf Google den Ort ein, den Luna ihm genannt hatte. Martin musterte ihn und spürte, wie sein Ärger über Karl sich langsam verflüchtigte. Diese Mischung aus Verliebtheit und Nervosität, die Karl mit einem Mal beherrschte, rührte ihn.

«Wir müssten noch mal zurück, aber es sind nur dreißig Kilometer bis zu Luna», sagte Karl aufgeregt.

Martin war nicht unbedingt scharf darauf, dreißig Kilometer zurückzufahren. Aber es war machbar. Ihre Auftritte würden heute sowieso ins Wasser fallen. Trotzdem wollte er ihn noch ein wenig zappeln lassen.

«Hm, ich weiß nicht, Karl», sagte er betont zögerlich.

In Karl machte sich sofort Panik breit. «Was? Wieso nicht?»

«Gut benommen hast du dich heute nicht gerade.»

«Ich mache alles, was du willst», versicherte Karl, und Martin glaubte ihm jedes Wort. Aus ihm sprach die Macht der Liebe.

«Also Schluss mit deinen Extrawürsten? Du benimmst dich wieder normal?»

«Versprochen», antwortete Karl, kaum dass Martin seinen Satz beendet hatte. Wahrscheinlich hätte er sogar seine Masche aufgegeben, den Orca unter der Windschutzscheibe zu platzieren, statt ihn auf die Rückbank zu legen, wo ihn keiner sehen konnte. Wobei Martin das gar nicht mehr so tragisch fand. Irgendwie hatte er sich an das Stofftier mit seinem fröhlichen Walgesicht gewöhnt. Inzwischen kam er ihm beinahe vor wie ein Maskottchen.

«Sag Luna, sie soll uns ihren Standort schicken.»

Ein Strahlen ging über Karls Gesicht. Und bei der nächsten Gelegenheit machten sie kehrt.

19

«Hier rechts», rief Karl.

Martin riss das Lenkrad herum und schaffte es so gerade auf die Ausfahrt. Der Fahrer hinter ihm hupte mehrmals und zeigte ihm im Rückspiegel den Mittelfinger.

«Ja, ja, du mich auch», grummelte Martin.

Nachdem sie die Autobahn verlassen hatten, waren es nur noch ein paar Hundert Meter bis zu dem Autohof, an dem Luna auf sie wartete. Zumindest der Regen ließ langsam nach. Es war anstrengend genug gewesen, auf der Autobahn der Wand aus Wasser zu trotzen.

Sie fuhren an einem großen Lkw-Parkplatz vorbei, auf dem reger Betrieb herrschte. Ankommende Lkw schoben sich in die Parkhäfen und stießen beim Ausstellen des Motors ein seufzendes Geräusch aus, als könnten sie ihre wohlverdiente Pause kaum erwarten, während andere schwer beladene Mehrtonner sich ächzend auf die Weiterfahrt machten und zum Abschied ein Rauchzeichen aus Diesel ausstießen.

Martin fuhr das Gelände im Schritttempo ab, während sie Ausschau nach Luna hielten.

«Da vorne», rief Karl. Und dann sah auch Martin das Mädchen, das auf einem Absatz vor dem Kassenhäuschen der Tankstelle saß und an einer Energydrink-Dose nippte. Martin kam vor Luna zum Halten und hupte zur Begrüßung. Noch bevor er den Motor abgestellt hatte, hatte Karl sich bereits den Sicherheitsgurt vom Leib gerissen und sprang aus dem Auto.

«Hi, Luna», sagte er freudig.

«Hey, da seid ihr ja schon.» Luna stand auf und warf ihre leere Dose in einen Mülleimer.

Auch Martin war inzwischen ausgestiegen und winkte ihr lächelnd zu.

«Das ist echt lieb von euch. Danke», sagte sie und drückte die beiden herzlich. «Seit zwei Stunden komme ich nicht weg. Total ungechillt hier, die Leute.»

Martin sah sie fragend an. «Wieso bist du nicht mehr auf dem Festival?»

Luna zuckte mit den Schultern. «Eigentlich wollte ich sowieso nur Sting sehen. Und deinen Auftritt natürlich. – Wieso hast du mir keine Message gedroppt?», fragte sie Karl.

Karl schenkte Martin einen bohrenden Blick. Diese Antwort überließ er ihm.

Martin räusperte sich. «Der Auftritt ist ins Wasser gefallen.»

«Was? Wieso?»

«Künstlerische Differenzen. So was kommt bei den besten Bands vor.»

Karl hielt sich dieses Mal mit einer Richtigstellung und genaueren Erläuterungen zurück. Natürlich war es ihm nur recht, diese beschämende Episode vor Luna unter den Teppich zu kehren.

«Das Festival war sowieso nicht mein Ding», meinte Luna und machte ein Gesicht. «Da sind fast nur Alte-Weiße-Männer-Bands aufgetreten.»

Martin nickte zustimmend. «Eben. Das war einfach nicht mein Setting», pflichtete er ihr bei. Und hoffte, dass die Sache damit abgehakt war, bevor Luna bemerkte, dass er auch nur ein alter weißer Mann war. Aus ihrer Sicht zumindest.

«Und wo willst du jetzt hin?», fragte Karl und kam damit zu Martins Erleichterung wieder aufs Wesentliche zu sprechen.

«Nach Santiago de Compostela», antwortete Luna mit leuchtenden Augen. «Ich will eine Freundin besuchen, und vielleicht wandern wir ein paar Tage auf dem Jakobsweg.»

«Fahren wir auch nach Santiago?», fragte Karl.

«Leider nicht. Aber wir können dich ein Stückchen mitnehmen.»

«Ihr seid die Besten», sagte Luna. Wie selbstverständlich nahm sie auf dem Beifahrersitz Platz, während sie ihren Rucksack im Fußraum vor sich abstellte.

Martin musterte Karl und wartete auf eine Reaktion. Aber er setzte sich, ohne zu murren, auf die Rückbank. Martin war überrascht. Er wusste von den heftigen Kämpfen zwischen ihm und Nicole. Sie hatte sich immer strikt an die Straßenverkehrsordnung gehalten und ihn bis zu seinem zwölften Geburtstag nicht vorne im Auto sitzen lassen. Darüber hatten sie eine Zeit lang heftig gestritten, weil Karl herausgefunden hatte, dass das Alter ab einer Größe von einem Meter fünfzig unerheblich war. Karl hatte jeden Tag seine Körpergröße gemessen, aber selbst als er endlich die erforderlichen hundertfünfzig Zentimeter erreicht hatte, war seine Mutter stur geblieben. Bis er schließlich einen weiteren Wachstumsschub vollzogen hatte und jetzt so groß war, dass Nicole einlenken musste. Für Karl bedeutete «vorne sitzen im Auto» einen entscheidenden Schritt im Leben. Trotzdem hatte er Luna anstandslos seinen Platz überlassen. Er kam gerade erst in die Pubertät und war schon auf dem besten Weg, eine Marionette der Liebe zu werden.

«Ist das ein Orca?» Luna nahm das Stofftier in die Hand.

Martin spürte den Impuls, die Schmach auf sich zu nehmen. Er hätte behaupten können, er habe das Tier an der Schießbude auf dem Jahrmarkt gewonnen. Aber Karl kam ihm zuvor.

«Der gehört mir.»

«Echt? Wie süß», meinte Luna und platzierte den Orca wieder unter der Windschutzscheibe.

Scheint zu passen, dachte Martin und verkniff sich sein Lachen. Aber trotz ihrer gemeinsamen Leidenschaft für Plüschtiere fiel ihm jetzt, als Luna neben ihm saß, besonders auf, was die beiden trennte: Er schätzte, dass Luna mindestens achtzehn und somit sechs Jahre älter war als Karl. In dem Alter machten ein paar Jährchen eine Menge aus. Sie waren quasi auf völlig unterschiedlichen Evolutionsstufen. Das war nicht wie bei ihm und Sophie. Sophie war elf Jahre jünger als er, und …

Ach, was sollte es. Schwamm drüber, dachte Martin und brach seine Überlegungen abrupt ab. Er startete den Motor und lenkte den Wagen zurück auf die Autobahn.

Die Weiterfahrt Richtung Porto verlief ruhig. Das Gewitter hatte sich restlos verzogen. Der Regen hatte aufgehört. Leichter Wind war aufgekommen und trieb die Wolken auseinander. Aus dem Autoradio ertönte ein portugiesischer Popsong, der die süße portugiesische Melancholie in sich trug.

«Der Gig von Sting war nicht so toll. Er hatte total schlechte Vibes», berichtete Luna.

Martin und Karl tauschten über den Rückspiegel einen Blick aus. Sie wussten, was Sting so aus der Balance gebracht hatte. Aber sie behielten ihr Geheimnis für sich.

«Die alten Sachen von Police sind sowieso viel besser als sein Solo-Zeug», merkte Martin an.

«Meine Mutter wäre echt enttäuscht gewesen.» Luna sah

aus dem Fenster und betrachtete die Landschaft, die an ihnen vorbeizog. «Ist ganz schön heiß hier drin, darf ich das Fenster ein bisschen runtermachen?»

«Klar, mach ruhig.» Martin schaute zu Karl, der wieder mal kein Wort herausbekam. Er bedeutete ihm, auch mal etwas zu sagen. Schließlich war Martin diesen Umweg nur ihm zuliebe gefahren.

«Wo kommst du eigentlich her?», fragte Karl.

Martin seufzte. Genauso gut hätte Karl nach der Uhrzeit fragen können. Aber immerhin. Es war ein Anfang.

«Frankfurt», antwortete Luna.

«Aha», sagte Karl und verfiel wieder in Schweigen. Es war zum Haareraufen. In Sachen Flirttraining lag in den nächsten Jahren noch harte Arbeit vor Martin.

«Eigentlich kommen wir aus Hamburg. Aber wir sind umgezogen, weil mein Vater bei einer Zeitung in Frankfurt angefangen hat.»

«Und dein Vater lässt dich ganz alleine durch Europa trampen?», fragte Martin.

«Ich bin volljährig.»

«Klar, versteh mich nicht falsch. Aber ganz allein? Als Mädchen?»

«Ich weiß mir zu helfen», meinte Luna aus vollster Überzeugung. Das hatte sie auf der Hinfahrt schon einmal gesagt. Sie griff an ihr Medaillon. «Und meine Mutter ist immer bei mir.»

Martin hatte kein Recht, ihr Vorschriften zu machen. Aber er fand, dass Luna die Gefahren zu sehr auf die leichte Schulter nahm.

«Für den Notfall habe ich Pfefferspray dabei.» Sie zog ein kleines Döschen aus der Seitentasche ihres Rucksacks.

«Sehr vernünftig», sagte Martin.

Und dann herrschte wieder Schweigen. Luna schaute aus dem Fenster. Martin konzentrierte sich auf die Fahrbahn. Karl saß hinter ihnen und schwitzte vor sich hin. Es brauchte einen weiteren eindringlichen Blick über den Rückspiegel, bis er den Mund öffnete.

«Und sonst so?», fragte Karl zaghaft.

Martin musste sich beherrschen, um nicht ungläubig den Kopf zu schütteln. So konnte man doch kein Gespräch führen mit einem Mädchen, für das man etwas empfand.

«Sonst so? Was meinst du?», fragte Luna zurück.

Nun wurde auch Karl klar, dass er seine Frage nicht durchdacht hatte. Was sollte Luna auf so einen Allgemeinplatz schon antworten? Er rutschte immer nervöser auf der Rückbank hin und her. Sein Blick in den Rückspiegel kam Martin vor wie ein Hilfeschrei. Es war hoffnungslos. Martin musste die Initiative ergreifen.

«Gehst du noch zur Schule?», fragte er Luna.

«Ich hab dieses Jahr Abi gemacht. Im Oktober will ich anfangen zu studieren.»

«Fantastisch. Karl wird auch mal studieren», meinte Martin und schaute auffordernd zu Karl. Es sollte ein Leichtes für ihn sein, den Faden aufzunehmen. Wenn er sich in etwas auskannte, dann im Bildungssektor. Aber es kam nichts.

«Ich habe mich für Informatik an der HU in Berlin beworben. Ist aber noch nicht sicher. Es gibt einen NC.»

«Berlin? Das wäre super, oder, Karl?»

Karl sah ihn fragend an. «Wieso?»

So langsam zweifelte Martin an Karls Verstand. Mehr Brücken konnte er ihm nun wirklich nicht bauen.

«Wenn's klappt, könnten wir ja mal ausgehen», schlug Luna vor.

«Meinen Segen habt ihr», kommentierte Martin scherzhaft.

Luna lachte. «Nein, ich habe dich gemeint. Karl kommt doch noch nicht in Clubs.»

Martin schwieg und schaute Karl über den Rückspiegel prüfend an. Das musste ein heftiger Tiefschlag für ihn sein. Das Gespräch entwickelte sich in eine Richtung, die weder Karl noch Martin gefiel. Es gab ein eisernes Gesetz, das er selbst aufgestellt hatte und nur in ganz, ganz seltenen Fällen brach. Der Altersunterschied durfte nicht größer als dreizehn Jahre sein. Dreizehn, weil das immer seine Glückszahl gewesen war. Luna war mindestens ... Martin rechnete, kam aber schnell zu dem Schluss, dass es überflüssig war. Sie war in jedem Fall zu jung.

«Das Einzige, was bei Martin ausgeht, sind die Haare», warf Karl plötzlich ein.

Martin konnte ihn verstehen. Lunas Bemerkung hatte ihn getroffen. Aber was konnte er dafür? Er hatte nichts weiter getan, als Karl einen roten Teppich zu Lunas Herz auszurollen.

«Für sein Alter hat Martin noch richtig viele Haare», meinte Luna jetzt.

Martin lächelte verkniffen. «Für mein Alter?»

«Mein Vater hat deutlich weniger.»

Martin sog scharf die Luft ein. Neben ihm saß ein Mädchen, das ihn mit ihrem Vater verglich. Hinter ihm ein Junge, der ihn, wenn er die Kraft dazu hätte, am liebsten erdrosseln würde. Die Weiterfahrt zu dritt hatte er sich anders vorgestellt. Als amüsante und lebendige Ablenkung von der täglichen Routine mit Karl. Luna traf keine Schuld. Sie merkte noch nicht einmal, wie sehr die Stimmung zwischen ihm und Karl gerade kippte. Aber eine Frau zwischen zwei Männern, das barg schon immer große Gefahren.

Luna horchte plötzlich auf und drehte das Radio lauter. Sie summte einen Song mit, den Martin gut kannte. *Blank Space* von Taylor Swift. Er mochte die Sängerin, vor allem ihre Texte. Auch wenn er diesen gigantischen Hype nie ganz verstanden hatte. Womöglich gab es doch Dinge, für die er zu alt war. Eine Erkenntnis, die er lieber für sich behielt.

Beim zweiten Refrain bemerkte Martin plötzlich, dass das Auto immer langsamer wurde. Er fluchte innerlich. Das Problem war seit Tagen nicht mehr aufgetaucht, und er hatte es längst als kurzfristige Verstimmung abgehakt, die sich von selbst erledigt hatte. Doch nun röhrte der Motor wie ein Asthmakranker. Und obwohl er das Gaspedal komplett durchtrat, kamen sie gerade mal auf achtzig Stundenkilometer. Andere Fahrzeuge zogen schneidig an ihnen vorbei.

«Da kommt Qualm raus.» Luna deutete zur Motorhaube.

«Das ist kein Qualm, das ist Wasserdampf», sagte Martin abwiegelnd. «Wahrscheinlich ist da noch irgendwo Regenwasser drin, das jetzt verdunstet.»

«Oder es ist wieder der Kühler», warf Karl finster ein.

Martin hielt sich mit einem Kommentar zurück. Er fand seine Erklärung selber unglaubwürdig und hielt nach einer Tankstelle Ausschau. Als sie die Abfahrt erreichten, schaffte der Wagen nur noch knapp sechzig Stundenkilometer. Martin fuhr raus und öffnete die Motorhaube. Ein Zischen kam aus dem Kühler. Ratlos tastete er daran herum, zog aber eilig seine Hand zurück, als er merkte, wie heiß der Kühler sich anfühlte. Sie mussten noch über dreitausend Kilometer zurücklegen. Martin kamen Zweifel, ob sie das tatsächlich schaffen würden. Oder ob er nicht doch gezwungen war, eine Werkstatt aufzusuchen. Was wiederum bedeuten würde, dass man ihm sein letztes Geld abknöpfen würde. Er konnte es drehen und wenden, wie er wollte. Es war eine Lose-lose-Situation.

Karl war auf der Rückbank sitzen geblieben und schmollte

vor sich hin. Luna hingegen war ausgestiegen und unterhielt sich in einiger Entfernung angeregt mit einer jungen Frau, die gegen ihr Auto gelehnt stand und eine Zigarette rauchte.

Martin überlegte, ob er noch einmal Wasser in den Kühler füllen sollte. «Kannst du mir mal die Wasserflasche bringen?», rief er Karl zu.

«Hol sie dir selber», gab Karl verärgert zurück.

Martin trat ans Fenster. «Kriegst du dich jetzt mal wieder ein?»

Karl schwieg und schaute demonstrativ in die andere Richtung.

Da kam Luna zurück. «Die Frau fährt nach Santiago de Compostela», sagte sie, freudig aufgekratzt.

Karl schaltete sofort und wurde mit einem Schlag wieder gesprächig. «Ich denke, du fährst mit uns?», fragte er und kam eilig aus dem Auto.

«Ja, aber ab Porto fahrt ihr doch sowieso Richtung Osten nach Frankreich», erklärte Luna.

Tatsächlich hatte Martin genau das vor. Er wollte nicht weiter an der Küste entlangfahren, sondern quer durchs Land. Das würde ihnen viele Kilometer ersparen.

Karl sah flehentlich zu Martin. Aber dieses Opfer konnte er nicht bringen. Schon gar nicht mit diesem unzuverlässigen Auto. Außerdem war Luna ohnehin schon entschlossen. Sie hatte die Beifahrertür geöffnet und zog ihren Rucksack aus dem Fußraum.

«Die Frau ist echt nett. Sie studiert Medizin in Santiago», erklärte sie.

«Ja, Medizin. Das passt», sagte Martin, der zu der Frau schaute, die telefonierte und einen tiefen Zug von ihrer Zigarette nahm.

Martin spürte Karls verzweifelten Blick. Dieses Wechselspiel der Gefühle war einfach zu viel für einen Jungen in seinem Alter.

Luna stellte ihren Rucksack ab und drückte erst Martin. «Danke fürs Mitnehmen.» Dann wandte sie sich an Karl. «Vielleicht sehen wir uns ja mal in Berlin.»

Karl starrte sie tief bewegt an. «Ja, vielleicht.» Er klang nicht überzeugt. Eher wie jemand, der alle Hoffnung fahren ließ. Und auch Martin wusste, dass es eher auf einen Abschied für immer hinauslief.

Luna herzte Karl. «Gute Reise. Und grüß deinen kleinen Orca-Freund von mir.» Sie schnappte sich ihren Rucksack und lief zu ihrer nächsten Mitfahrgelegenheit. Bevor Luna ins Auto stieg, drehte sie sich noch einmal um und winkte. Dann fuhr sie davon.

Martin hatte aufrichtiges Mitleid mit Karl. Tröstend legte er eine Hand auf seine Schulter, aber Karl wehrte ihn entschieden ab und setzte sich ohne ein weiteres Wort ins Auto.

Ein Muster hatte sich herausgestellt: Wenn Martin dem Motor ausreichend Zeit gab abzukühlen, lief er für eine Weile ohne Probleme. Das war auf der einen Seite beruhigend, auf der anderen jedoch bedeutete es, dass sie noch öfter Stopps einlegen mussten, als er geplant hatte. Ihre Rückkehr nach Berlin würde sich weiter verzögern. Zudem hielt er es für sicherer, die Autobahn zu verlassen und die Landstraße Richtung Norden zu nehmen. Während ihrer Weiterfahrt rechnete Martin sich aus, wie viele Tage sie brauchen würden. Vor ihnen lagen immerhin noch über zweieinhalbtausend Kilometer. Karl starrte währenddessen stumm aus dem Fenster und vermied jeglichen Blickkontakt. Martin nahm an, dass er sich für seine Gefühle schämte. Er hätte ihm gerne erklärt, dass das Blödsinn war. Dass es nichts gab, wofür er sich schämen musste. Aber jetzt war nicht der richtige Zeitpunkt dafür. Karls Schmerz war noch zu groß. Gleichzeitig löste sein Schweigen ein ungutes Gefühl in Martin aus, das dem ähnlich war, das sonst seine Mutter bei ihm provozierte. Obwohl er keine Ahnung hatte, was er sich zuschulden hatte kommen lassen, konnte er nicht aufhören, sich schuldig zu fühlen. Ein Widerspruch, den er einfach nicht auflösen konnte.

Sie fuhren an einem lang gezogenen Strand vorbei, der Praia Miramar, und konnten vom Auto aus die Schaumkronen auf den Wellen des vom Wind aufgepeitschten Meeres sehen. Zu ihrer Rechten tauchten die ersten Vorortsiedlungen von Porto auf.

«Bist du okay?», fragte er Karl mitfühlend. Eine geschlagene Stunde hatte er keinen Mucks von sich gegeben.

«Yep.»

Martin seufzte. «Komm schon. Früher oder später hätte Luna uns sowieso verlassen.» Er wusste, dass das kein Trost für Karl war.

«Sie ist nur abgehauen, weil du so peinlich warst», schleuderte Karl ihm entgegen.

«Ich?!»

«Die ganze Zeit hast du sie vollgelabert.»

So langsam war Martins Mitgefühl aufgebraucht. Karl war nicht nur unfair. Er wurde unverschämt.

«Aber nur, weil unser kleiner Romeo seine Klappe nicht aufbekommen hat», feuerte Martin zurück.

Damit trieb er Karl nur noch weiter in die Trotzhöhle. «Ich bin kein kleiner Romeo. Und ich bin auch kein Kind mehr. Hast du selber gesagt.»

«Dann benimm dich auch nicht wie eins», konterte Martin.

Karl schenkte ihm einen bohrenden Blick. Seine Augen glänzten. Er stand kurz davor, vor lauter Wut loszuheulen.

«Ich will nach Hause.»

«Was denkst du, was ich will?»

«Jetzt. Sofort!», setzte Karl nach.

«Und wie soll das gehen, du Superhirn? Hast du auch eine Maschine zum Beamen gebastelt?» Auch Martins Nerven flatterten. Karls Provokationen trieben seinen Puls immer weiter in die Höhe.

Zu allem Überfluss stieg erneut Dampf aus der Motorhaube auf. Martin hatte gehofft, dass er mindestens eine Stunde würde fahren können, aber die Abstände, in denen der Kühler überhitzte, wurden immer kürzer.

«Verdammter Mist», entfuhr es ihm. Der Motor kommentierte das mit einem quälenden Geräusch. Dann gab es einen dumpfen Knall. Martin schaffte es gerade noch, das Auto auf einen Feldweg zu lenken, wo es langsam ausrollte. Er drehte ein paar Mal den Zündschlüssel, aber der Motor gab endgültig kein Lebenszeichen mehr von sich, während aus der Motorhaube Dampfschwaden aufstiegen, die vom immer stärker werdenden Wind sofort davongetragen wurden.

Martin schlug vor lauter Verzweiflung auf das Lenkrad ein und schrie laut. Aber es half alles nichts. Hier endete ihre Reise. Weit weg von zu Hause. Er atmete tief durch und versuchte, einen klaren Gedanken zu fassen. Er schaute zu einer Ansammlung von Häusern, die sich ganz in der Nähe befanden.

«Lass uns gucken, ob uns da jemand helfen kann.»

«Ich bleib hier», stellte Karl klar.

Für einen kurzen Moment dachte Martin daran, Karl auch gegen seinen Willen aus dem Auto zu ziehen und mitzunehmen. Doch dann entschied er, ihn in Ruhe zu lassen und ihm Zeit zu geben, sich wieder zu fangen. Martin konnte nachempfinden, was in Karl vor sich ging. Seine Gefühle fuhren mit ihm Achterbahn. Eben war ihm die Welt noch in bunten Farben erschienen, nun lag sie in tiefer Dunkelheit.

Als Martin aus dem Wagen stieg, blies ihm eine Windböe Sand ins Gesicht. Er rieb sich die Augen und marschierte los. Bis er zurück war, würde der Sturm in Karl sich gelegt haben. Das hoffte er zumindest.

20

«Yes, yes, my friend help you», sagte der Betreiber des kleinen Kiosks, vor dem Martin stand. Er hatte in dem unscheinbaren Dörfchen weder eine Tankstelle noch eine Werkstatt gefunden. Es waren kaum Menschen auf den Straßen, was angesichts des Wetters gut zu verstehen war. Der Himmel war aufgerissen, aber es blies ein unangenehmer, böiger Wind. In seiner Verzweiflung hatte Martin den Kioskbesitzer angesprochen. Wenn hier jemand jemanden kannte, dann er. Er hatte richtiggelegen. Der Mann sprach zwar nur rudimentäres Englisch und Martin kein Portugiesisch, und ihre Kommunikation bestand aus Radebrechen und Gestikulieren. Aber am Ende hatte der hilfsbereite Mann einen Bekannten in Porto angerufen, der Automechaniker war. Oder sich lediglich mit Autos auskannte, da war Martin nicht ganz sicher. Auf jeden Fall hatte dieser Bekannte offenbar zugesagt, Martin zu helfen. Allerdings erst nach Feierabend.

Martin bedankte sich überschwänglich und ließ dem Kioskbesitzer seine Nummer da – die wahrscheinlich nicht nötig sein würde, denn er hatte genau beschrieben, wo das Auto stand, und bewegen konnte er es ja nun nicht mehr.

«Thank you!», rief er über die Schulter, als er den Kiosk verließ.

Auf dem Rückweg zum Auto dachte er darüber nach, wie

er Karl aufmuntern konnte. Schon aus eigenem Interesse. Wenn Karl weiterhin so schlechte Laune hatte, konnten die zwei Stunden, die sie im Auto würden ausharren müssen, zur Ewigkeit werden. Martin dachte daran, dass Karl und Luna ihre Nummern ausgetauscht hatten. Vielleicht sollte er Karl ermutigen, sie anzurufen und etwas mit ihr zu plaudern. Zumindest könnte das seinen Schmerz ein wenig lindern. Für einen Moment flammte bei Martin auch der eigene Liebeskummer auf. Es war nun ein paar Tage her, dass er Sophie sein Selfie geschickt hatte. Und bis heute hatte sie kein Lebenszeichen von sich gegeben. Die letzte Log-in-Zeit in ihrem WhatsApp-Chat und ihre Aktivitäten auf Instagram waren eindeutige Zeichen dafür, dass sie lebte. Aber sie galten nicht ihm. Darüber hätte er sich ärgern können, doch das tat er nicht mehr. Sein Ärger über Sophie wich immer mehr einem Selbstzweifel, der ihn quälte. Er dachte darüber nach, welchen Anteil er an ihrer Trennung hatte. Ob Sophie nicht doch ein Quäntchen recht hatte mit ihren Vorwürfen. Dass er es sich bequem gemacht hatte bei ihr. Dass er an einem Leben festhielt, das es schon lange nicht mehr gab. Dass er falschen Träumen nachjagte, statt sich weiterzuentwickeln.

Martin musste sich eingestehen, dass er spätestens nach dem Desaster auf dem Festival tatsächlich auf das Ende einer langen Sackgasse zusteuerte. Und er konnte verstehen, dass Sophie ihm auf diesem Weg nicht folgen wollte. Die Gedanken flogen kreuz und quer durch Martins Kopf, als er plötzlich stehen blieb. Schon von Weitem sah er, dass Karl nicht im Auto saß. Er beschleunigte seinen Schritt. Und als er seinen Wagen schließlich erreichte, beschlich ihn ein mulmiges Gefühl.

«Karl», rief er, während er sich suchend umschaute. Doch die einzige Antwort war das Gekreische der Möwen. Martin steckte den Schlüssel ins Zündschloss und drückte mehrmals kräftig die Hupe, um Karl zu signalisieren, dass er zurück war. Schließlich zückte er sein Smartphone und wählte Karls Nummer. Mit jedem Freizeichen, das Martin hörte, schlug sein Herz ein wenig schneller. Beklemmung machte sich in seiner Brust breit. Und während er darauf wartete, dass Karl endlich antwortete, fiel Martin etwas auf, das ihn endgültig alarmierte. Der Orca lag nicht mehr an seinem angestammten Platz unter der Windschutzscheibe. Martin riss seinen Kopf herum und schaute auf die Rückbank. Auch der Rucksack war verschwunden. Karl war abgehauen.

Martin überlegte fieberhaft. Er konnte sich beim besten Willen nicht vorstellen, dass Karl zu einem Fremden ins Auto gestiegen und mit ihm davongefahren war. Einen Bahnhof gab es hier nicht. Und plötzlich fiel es ihm ein. Es war nur logisch, dass Karl in seiner Wut und Verzweiflung den Ort aufgesucht hatte, den er über alles liebte: den Strand. Martin sprang aus dem Auto und stürmte los. Es war, als hätte der Atlantik seinen Weckruf gehört. Er schien mit einem Mal zu erwachen. Wellen türmten sich zu schäumenden Wänden. Der Wind übernahm die Herrschaft über das Meer und den Strand, pfiff durch die Dünen und zerrte an den Gräsern, die sich unter seiner Stärke beugten. Martin kämpfte gegen eine unsichtbare Wand aus Luft an. Der Sand tanzte in wilden Wirbeln und hinterließ feine Schleier auf allem, was ihm im Weg stand. Er tat weh auf der Haut, fast wie Nadelstiche.

Mit jedem Schritt fühlten Martins Beine sich schwerer an. Jeder Meter, den er vorankam, raubte ihm weitere Kraft. Er hatte das Gefühl, im weichen, feuchten Sand zu versinken, der ihm vorkam wie alles verschlingender Treibsand. Immer wieder rief er Karls Namen, doch es schien ihm, als würden seine Rufe zurückgeworfen, bevor sie ihr Ziel erreichten. Eine nie da gewesene Verzweiflung machte sich in ihm breit. Er blieb stehen und schaute sich suchend um, als er eine kleine Erhebung entdeckte. Selbst aus der Ferne erkannte Martin sofort, dass es Karls Rucksack war.

Martin rannte los, und als er näher kam, sah er den Orca, der neben dem Rucksack lag und von einer pudrigen Schicht Sand überzogen war. Neben dem Orca lagen Karls Klamotten und seine Sneaker, in die er seine weißen Tennissocken gestopft hatte. Martin spürte, wie die Panik seine Brust zusammenpresste. Er atmete hastig, und dennoch hatte er das Gefühl, als kriege er kaum Luft. Sein Herz raste, als würde es jeden Augenblick zerspringen. Martin hielt sich schützend die Hände vor die Augen und suchte mit seinem Blick den windgepeitschten Atlantik ab. Er sah die hohen Wellen und die bedrohliche Weite des Meeres. Da blieb sein Blick an etwas hängen. Mit einem Mal war Martin wie elektrisiert. Erst war er nicht ganz sicher, was da vor ihm im Wasser trieb. Er blinzelte, doch dann sah er ganz genau, dass es ein kleiner Körper war, der im Meer schwamm und sich ein gutes Stück vom Strand entfernt hatte. Martin musste sich erneut Sand aus den Augen reiben. Als er wieder aufs Meer hinausschaute, war der Körper verschwunden. So als hätte der tosende Atlantik ihn verschluckt. Schockstarr suchte Martin das dunkle Wasser ab, als der Körper von einer Welle hochgetragen wurde und wieder in sein Sichtfeld kam. Kein Zweifel, es war Karl! Es schien, als würde das Meer mit ihm tanzen. Martin schrie aus voller Kraft, aber Karl reagierte nicht. Martin zögerte keine Sekunde länger. Er riss sich die Kleidung vom Leib und sprang in die Fluten. Er spürte nichts von der Kälte des Wassers, das gegen seinen Bauch klatschte, nichts von der Strömung, die an seinem Körper riss. Sämtliche Sinne waren darauf ausgerichtet, Karl zu erreichen. Mit schweren Schritten kämpfte er sich voran, als er plötzlich keinen Grund mehr unter seinen Füßen spürte. Er war kein guter Schwimmer, und dieses Nichts unter ihm löste seit jeher Panik in ihm aus. Die Angst raubte ihm den Atem. Eine Welle schwappte ihm ins Gesicht. Er schmeckte das salzige Wasser, und gerade als er Luft holen wollte, kam eine weitere Welle. Salzwasser schoss ihm durch die Nase in den Rachenraum. Er verschluckte sich und hustete keuchend, als Karl endlich auf ihn aufmerksam wurde. Martin strampelte wild mit seinen Beinen und suchte verzweifelt nach Halt. Sekunden, die sich wie Stunden anfühlten. Da spürte er endlich wieder Boden unter den Füßen.

Er zwang sich, ruhig und regelmäßig zu atmen, als eine nächste wuchtige Welle Karl zu ihm hertrug. Es waren nur noch ein paar Meter, die sie voneinander trennten. Martin nahm allen Mut zusammen. Er stieß sich vom Grund ab und schwamm Karl mit kräftigen Zügen entgegen.

«Raus hier, schnell», rief Martin gepresst und griff nach Karls Schulter, um ihn mit sich zu ziehen. Seite an Seite schwammen sie zum Ufer zurück, kämpften gegen die Wellen an, die am Strand brandeten und sie mit sich zurück ins Meer ziehen wollten. Erschöpft und kraftlos ließen sie sich in den weichen Sand fallen.

Martin war völlig ausgepumpt und japste nach Luft. «Bist du komplett verrückt geworden?», entfuhr es ihm.

«Warum regst du dich so auf?»

Martin sah ihn verdattert an und deutete aufs wilde Meer. «Hallo?!»

Aber Karl schüttelte den Kopf. «Ich bin ein guter Schwimmer. Mir wäre nichts passiert.»

Seine Uneinsichtigkeit regte Martin nur noch mehr auf. «Nichts passiert? Wie viele Bücher über Meere und Ozeane hast du gelesen? Du musst doch wissen, wie gefährlich die

Strömung sein kann», brüllte er so laut, dass sogar die Möwen sich erschreckten und aufkreischten.

Widerwillig schien auch Karl zu begreifen, in was für eine Gefahr er sie gebracht hatte. Er schwieg betreten.

Martin musterte ihn und versuchte, seine Fassung wiederzuerlangen. Er war so erleichtert und dankbar darüber, dass alles gut gegangen war, dass er Karl jede weitere Standpauke ersparen wollte. Plötzlich musste Martin lachen. Er konnte nicht anders. Es war die einzige Möglichkeit, sich von der Anspannung zu befreien, die seinen ganzen Körper immer noch fest im Griff hatte. Und als ihm auch noch Tränen in die Augen schossen, war Karl endgültig verwirrt.

«Komm schon her», sagte Martin und schloss Karl ganz fest in die Arme. Doch Karl machte sich los und zog sich sein T-Shirt über.

«Kannst du mal aufhören zu heulen? Ist ja voll peinlich», sagte er und verzog sein Gesicht.

Martin musste nur noch lauter lachen. Er war glücklich darüber, dass sie wieder zu ihrem gewohnt stichelnden Ton zurückgefunden hatten. Zur Normalität. Auch ihm wurde kalt, und er zog sich wieder an.

«Immerhin habe ich dir das Leben gerettet. Da kannst du ruhig mal ein paar Gefühle zulassen», scherzte er.

Karl schnaubte. «Was redest du da? Ich habe *dich* gerettet!»

«Du mich? Stehst du unter Schock, oder was?», konterte Martin.

Karl schüttelte abschätzig den Kopf. «Hast gestrampelt wie ein Baby. Hattest voll die Panik in den Augen.»

Okay. Zumindest das konnte Martin nicht abstreiten. Er war tatsächlich in Panik geraten. Zu Recht. Das, was er eben durchgemacht hatte, hatte sein Trauma wachgerufen. ABER – er hatte sich überwunden. Es war ein persönlicher Triumph.

Wenngleich er auch in Zukunft nicht vorhatte, Apnoetaucher zu werden, hatte er etwas geschafft, das er sich lange Zeit nicht zugetraut hätte.

«Sagen wir, wir haben uns gegenseitig gerettet», sagte Martin. Er hielt diesen Kompromiss nur für fair. Aber Karl blieb stur.

«Nicht im Traum. Ich habe *dich* gerettet. Basta.» Plötzlich sprang er erschrocken auf. «Nein», rief er.

Martin folgte seinem Blick, und dann sah auch er den Orca, der von einer kleinen Welle erfasst worden war und ins Meer gezogen wurde. Karl rannte los.

«Wag es ja nicht», rief Martin und lief Karl hinterher. Eine Rettungsaktion reichte ihm.

Die beiden blieben am Ufer stehen und schauten dem Orca nach, der immer weiter aufs Meer hinaustrieb. Martin wusste, wie viel Karl dieses Stofftier bedeutete, wie sehr er an seinem Orca hing.

«Sobald wir in Berlin sind, kaufe ich dir einen neuen.»

«Musst du nicht», sagte Karl, ohne den Blick von dem Orca abzuwenden. «Ich bin schließlich kein Kind mehr», fügte er hinzu.

Martin musste schlucken. Er legte eine Hand auf Karls Schulter. Und dann sahen sie Seite an Seite zu, wie der Orca immer weiter hinausgetragen wurde. Noch vor wenigen Tagen hätte Martin das Plüschtier am liebsten heimlich entsorgt. Nun löste der Anblick eine nie da gewesene Wehmut in ihm aus. Er dachte an den Moment, als er Karl das Stofftier geschenkt hatte. An Karls ersten Zahnarztbesuch, bei dem er den Orca fest umklammert hielt, an die Kindergeburtstage, bei denen er seinen eigenen Platz am Tisch hatte. An all die Schultage, die Nachmittage auf dem Spielplatz, zu denen er Karl begleitet hatte. Und an den Beginn ihrer Reise, auf der

der Orca hinter der Windschutzscheibe lag und auf sie aufpasste. Martin spürte seinen Herzschlag, als der Orca hinter einer Welle verschwand. Und nicht wieder auftauchte.

21

«Ich habe keine Lust mehr zu rappen», meinte Karl, während er seinen Rucksack auspackte.

Wie versprochen war der Automechaniker nach Feierabend mit seinem Abschleppwagen gekommen und hatte Martins Wagen in seine Werkstatt nach Porto gebracht. Dann hatte Martin Inês angerufen, die ihm erklärt hatte, dass sie selber etwas vorhabe und er auf keinen Fall früher kommen könne als geplant. Mit ihrer Spontanität schien es nicht mehr weit her. Zum Glück konnte der Mechaniker Martin ein kleines, günstiges Hotel in der Nähe empfehlen.

«Nicht gerade der beste Moment, um aus dem Business auszusteigen», sagte Martin seufzend. Alles Geld, das sie noch hatten, hatte er auf den Beistelltisch ihres Hotelzimmers gelegt. Es war recht übersichtlich.

«Das reicht gerade noch für zwei Tage. Allerdings nur, wenn wir Süßigkeiten von der Einkaufsliste streichen.»

«Und Zigaretten», warf Karl ein.

Martin schwieg zähneknirschend. Ganz schlechter Zeitpunkt, dachte er.

«Und was ist mit der Werkstatt?», fragte Karl.

Martin sackte innerlich zusammen. Bei seinem Kassensturz hatte er völlig vergessen, dass der Automechaniker seinen Service nicht als Hobby betrieb. Er wurde fürs Reparieren bezahlt. Und auch fürs Abschleppen hatte er ihm noch kein Geld gegeben.

«Und wenn wir noch zwei, drei Gigs in Porto geben?», fragte Martin vorsichtig. Er nannte es mit Absicht Gigs, um es professionell und erwachsen klingen zu lassen.

Doch Karl biss nicht an. «Nee, ich will nicht mehr.»

Sein Neffe war einfach nicht für das Showbiz gemacht. Allerdings konnte Martin ihm das nicht krummnehmen. Dafür, dass sie gerade einmal eine Woche unterwegs waren, hatte Karl eine Menge durchgemacht. Das Problem war nur, dass damit ihre einzige Einnahmequelle versiegte.

Trotz allem war Martin sich bewusst, dass er und nicht Karl die alleinige Verantwortung für ihre Lage trug. Er war es, der sie in diesen Schlamassel gebracht hatte, und er allein musste dafür sorgen, dass Karl heil zurück nach Hause kam. Martin rang mit sich. Es gab eine Lösung, doch dafür würde er einen hohen Preis zahlen müssen. Er würde sich erniedrigen und in den Staub werfen müssen. Aber es half alles nichts. Nach reichlicher Überlegung griff Martin zum Telefon.

«Ja bitte?»

«Hallo, Mama», sagte Martin mit belegter Stimme. Seine Mutter anzurufen, kostete ihn noch mehr Überwindung, als ins tosende Meer zu steigen.

Karl saß neben ihm und hörte aufmerksam zu.

«Martin? Was für eine Überraschung», schallte es Martin ins Ohr. Er war geübt genug im Umgang mit seiner Mutter, um ihren Unterton interpretieren zu können. Sie wartete nur darauf, ihm wieder vorhalten zu können, dass er sich bloß meldete, wenn er etwas von ihr wollte. Was in diesem Fall ausnahmsweise stimmte.

Martin suchte nach den richtigen Worten und ließ sich dabei etwas zu viel Zeit.

«Ist was passiert? Geht es Karl gut?», fragte Rita plötzlich erschrocken.

«Ja, ja, Karl geht's gut. Und mir übrigens auch», schob Martin pikiert hinterher. Was seine Mutter konnte, konnte er schon lange.

«Und warum rufst du dann an?»

«Würdest du mich kurz was erzählen lassen? Ohne mir ins Wort zu fallen?»

«Selbstverständlich. Ich bin ganz Ohr.»

Martin holte tief Luft. Und dann erzählte er ihr die ganze Geschichte. Rita hörte sich seinen Bericht schweigend an. Auch als Martin ihn beendet hatte, blieb es still in der Leitung.

«Bist du noch da?», fragte Martin.

«Porto steht schon lange ganz oben auf meiner Liste», sagte Rita.

Martin verstand nicht, worauf sie hinauswollte. «Ist ja auch eine schöne Stadt.»

Er wollte sich seine Enttäuschung nicht anmerken lassen. Aber in seiner ausweglosen Situation hatte er keine Lust, sich mit seiner Mutter über zukünftige Reiseziele auszutauschen.

«Ja, dann …», sagte Martin ernüchtert. Er hatte sich schon genug entwürdigt. Er wollte das Gespräch schleunigst beenden.

«Such mir eine Western-Union-Filiale in eurer Nähe heraus und schick mir die Adresse», meinte Rita.

Martin merkte auf. «Wozu?»

«Um dir Geld zu schicken. Dafür ist Western Union doch da.»

Es dauerte eine Weile, bis Martin realisierte, was sie da gerade gesagt hatte. Und Rita war noch nicht fertig.

«Ich werde mich gleich um einen Flug kümmern. Ich denke, von Zürich müsste jeden Tag einer gehen.»

Da verstand Martin. «Du kommst nach Porto?»

«Gleich morgen», sagte Rita entschlossen. «Und jetzt lass uns Schluss machen. Alles Weitere vor Ort.»

Sie legte auf. Wie paralysiert ließ Martin seine Hand mit dem Telefon sinken. Hatte er gerade geträumt?

«Oma kommt?», fragte Karl.

Martin war noch völlig in Gedanken und nickte nur. Er konnte es nicht fassen.

Karl dagegen klatschte erleichtert in die Hände. «Ich wusste es.»

Martin sah ihn überrascht an. Kannte Karl seine Mutter so viel besser als er selbst? Doch die größte Überraschung war, dass Rita zum ersten Mal, seit Martin denken konnte, keine Rechnung aufgemacht hatte. Sie wollte einfach nur helfen. Bedingungslos. Martin dachte an die Mutter, die er aus seiner Kindheit kannte. Die sich immer klaglos um alle Familienangelegenheiten gekümmert hatte. Sosehr Martin auch eine andere Seite, eine gefühlvollere, an ihr vermisst hatte, konnte er nicht abstreiten, dass sie immer für ihn da gewesen war und über ihre Kinder gewacht hatte wie eine Löwin über ihre Jungen. Martin fragte sich, ob sie auch später noch so gewesen war und er es einfach nicht gesehen hatte. Oder ob auch mit Rita eine Veränderung vor sich gegangen war.

«Wow», hörte Martin Karl beeindruckt rufen.

Er öffnete die Augen und guckte auf seine Uhr. Es war noch nicht einmal halb acht Uhr morgens, aber die Sonne flutete bereits das Zimmer.

Karl stand am Fenster und hatte die Läden aufgeschoben. «Das musst du sehen, Onkel Martin.»

Martin hatte gut geschlafen und fühlte sich immer noch so erleichtert, dass er Karls Aufforderung widerstandslos nachkam.

«Was gibt's denn so Tolles?», fragte er, als er sich neben ihn stellte und aus dem Fenster ihres Zimmers im obersten Stockwerk schaute. Portos Altstadt lag in ihrer ganzen Pracht vor ihnen. Die Sonne ließ die Terrakottadächer leuchten, und die Straßen, noch still und fast menschenleer, schimmerten in zarten Tönen. Der Fluss Douro reflektierte den Himmel, und das Wasser glitzerte wie ein Band aus flüssigem Gold. Nachdem seine Mutter zugesichert hatte, ihnen Geld zu schicken, hatte Martin entschieden, dass sie noch einmal umzogen. Er investierte ihre letzten Bargeldreserven in ein Hotel mit deutlich mehr Komfort. Endlich keine harten Matratzen mehr, keine dünnen Wände, durch die man das Schnarchen aus den Nachbarzimmern hörte, eine Wanne und flauschig-weiche Bademäntel und eine Aussicht auf die Stadt, die ihnen den Atem raubte.

«Jetzt noch ein Kaffee, und der Morgen ist perfekt», sagte Martin versonnen.

«Aber keine Zigarette», ergänzte Karl und hielt sich mit angewidertem Gesicht demonstrativ die Nase zu.

Martin überlegte. Alles kam ihm immer noch so unwirklich vor. Aber sie waren an einem Wendepunkt ihrer Reise angekommen. Er hatte sich mit ihrer Ausweglosigkeit abgefunden und eine Entscheidung getroffen, die ihm unendlich schwergefallen war. Doch er hatte es geschafft, sein Ego über Bord zu werfen. Und nun wollte er noch einen Schritt weitergehen. Martin kramte die Zigarettenschachtel aus seiner Jackentasche, hielt sie Karl vor die Augen, als wolle er sie in ein Kaninchen verwandeln, zerknüllte sie theatralisch und warf sie in den Papierkorb. Treffer versenkt.

«Nie wieder», sagte er fest entschlossen und stellte sich zurück neben Karl ans Fenster. Karl lachte zufrieden.

«Den Kaffee redest du mir allerdings nicht aus, Freundchen.»

«Kaffee ist okay», kommentierte Karl trocken. «Wenn man nicht zu viel davon trinkt, senkt er das Risiko für Parkinson und Alzheimer.»

Martin schüttelte amüsiert den Kopf. Karl war zwar kein Kind mehr, aber manche Dinge änderten sich scheinbar nie. Karl zog sich an, während Martin duschte, dann warf auch er sich ein paar frische Klamotten über, und sie gingen zum Frühstück.

Der Blick von der Dachterrasse ihres Hotels, auf der das Frühstück serviert wurde, war ebenso spektakulär. Sie hatten sich einen Tisch am Geländer ausgesucht und genossen den freien Blick. Martin bestellte sich einen *Pingado*, einen kräftigen Kaffee mit einem kleinen Schuss Milch. Bei Kaffee dachten immer alle zuerst an Italien. Aber ohne *bella italia* und seinen wunderbaren Menschen zu nahe treten zu wollen, seit Martin die portugiesische Kaffeekultur kennengelernt hatte, konnte er sich nicht mehr entscheiden, welchem Land er in Sachen Kaffee den Vorzug geben würde. Und auch Karl war mehr als zufrieden. Die *Pastéis de nata* schmeckten ihm so gut, dass er wieder gleich drei davon verputzte. Doch selbst Karls Magen schien irgendwann an die Grenzen seiner Kapazität zu gelangen. Nur so konnte Martin sich erklären, dass ausgerechnet Karl selber vorschlug, die Stadt bei einem Spaziergang zu erkunden.

Während sie durch die Gassen schlenderten, erschien ihnen die Stadt wie ein lebendiges Gemälde aus Farben, Licht und Leben. Enge, kopfsteingepflasterte Straßen schlängelten sich über Hügel und durch Täler, gesäumt von alten Gebäuden mit schmiedeeisernen Balkonen, die sich in verschiedenen Stadien des Verfalls oder der Renovierung befanden. Diese Gassen hatten etwas Zeitloses, als würden sie Geschichten aus vergangenen Jahrhunderten in sich tragen, und jeder Schritt, den man auf ihrem Pflaster tat, enthüllte ein neues kleines Wunder: eine versteckte Kapelle, eine uralte Eiche, einen kunstvollen Brunnen. Sie starteten an der Avenida dos Aliados, im lebhaften Herzen der Stadt. Umgeben von imposanten Gebäuden, die im eleganten Granitstil des frühen 20. Jahrhunderts erbaut waren, fühlten sie sich sofort von der Energie der Stadt umhüllt. Die Straßen waren belebt, voller Stimmen, das Murmeln der Gespräche vermischte sich mit dem sanften Rauschen der vorbeifahrenden Straßenbahnen. Ihr Weg führte sie hinunter zur majestätischen São-Bento-Station, einem Ort, der mehr war als nur ein Bahnhof und dessen Wände bedeckt waren mit blauen und weißen *Azulejos*, den berühmten portugiesischen Fliesen. Schon weil er Musiker war, war Martin viel herumgekommen in seinem Leben. Aber selten hatte ihn die Schönheit einer Stadt so berührt. Schließlich erreichten sie auch die Western-Union-Filiale, die Karl auf Google Maps ausfindig gemacht hatte. Der Geldtransfer, den seine Mutter in die Wege geleitet hatte, ging reibungslos über die Bühne. Und nachdem er seinen Ausweis und die Kontrollnummer vorgezeigt hatte, die seine Mutter ihm geschickt hatte, hatten sie endlich wieder ausreichend Bargeld in den Händen.

Als sie aus dem klimatisierten Gebäude wieder auf den sonnigen Platz traten, sah Martin, wie Karl sich streckte und die warmen Strahlen auf der Haut genoss, so wie er es selbst oft tat. Er musste lächeln.

«Gewöhn dich nicht zu sehr dran, bald sind wir wieder in Deutschland.»

«Da sind auch noch Ferien», sagte Karl. «Der Sommer ist noch lang, und Mama ist noch vier Wochen in Reha. So schnell wirst du mich nicht los.» Er grinste, und Martin nickte zustimmend.

«Stimmt», sagte er. Und murmelte den Rest des Satzes leise vor sich hin. «Gibt Schlimmeres.» Er sah auf seine Uhr. «Langsam wird's Zeit. Deine Oma wartet nicht gerne.»

Die Fahrt mit der Metro zum Flughafen dauerte länger, als Martin gehofft hatte. Als er und Karl zur Ankunftshalle gerannt kamen, war die Maschine bereits seit fünfzehn Minuten gelandet. Es herrschte wuseliger Betrieb. Taxis und Privatwagen brachten Fluggäste oder holten sie ab. Koffer wurden aus- und eingeladen. Man verabschiedete und begrüßte sich. Passagiere strömten in das Flughafengebäude hinein oder kamen heraus. Reiseleiter hielten Schilder ihrer Veranstalter hoch und nahmen Gruppen von gut gelaunt plappernden Touristen in Empfang. Auch in Porto war jetzt Hochsaison.

«Da ist sie», rief Karl, der Rita als Erster entdeckte. Sie stand direkt neben dem Ausgang, die Hand auf den Griff ihres Bordgepäckkoffers gestützt, einen ungeduldigen Blick auf ihre Armbanduhr werfend. Martin wusste, was ihn erwartete.

«Da sind wir, Mama. Entschuldige bitte», begrüßte er sie mit einem zerknirschten Blick.

«Es gibt keinen Grund für eine Verspätung, Junge. Also hör auf, dich zu entschuldigen, und lebe mit deinen Makeln.»

«Hallo, Oma», sagte Karl etwas verhalten. Aber Rita strahlte ihn an und umarmte ihn innig. Karl wirkte auf Martin regelrecht überrumpelt. Er ließ sich etwas steif von seiner Oma umarmen. Wahrscheinlich war ihm ihre Begegnung vor einer Woche noch lebhaft im Gedächtnis. Doch Rita schien wie ausgewechselt. Auch zu Martins eigener Überraschung. Sie ließ gar nicht mehr ab von Karl, während Martin danebenstand wie ein Gepäckstück, das jemand vergessen hatte.

«Ich freue mich auch, dich zu sehen, Mama», sagte Martin schließlich leicht gekränkt und streckte seine Arme nach ihr aus. «Willst du mich gar nicht begrüßen?»

«Wir wollen doch jetzt nicht dramatisch werden», entgegnete Rita und tätschelte ihm die Wange wie einem kleinen Kind. «Ihr beide wart schließlich nicht zwei Jahre auf einer einsamen Insel», führte sie nüchtern aus.

«Soll ich deinen Koffer nehmen?», fragte Martin.

Rita staunte ihn ungläubig an. «Was ist das für eine Frage? Selbstverständlich. Hast du deine Manieren etwa auch verloren?»

Martin stöhnte auf. «Die Frage war rhetorisch, Mama.»

«Ich nehme deinen Koffer», sagte Karl und kam Martin zuvor.

Rita deutete anerkennend auf ihren Enkel. «Nimm dir ein Beispiel. Der Junge weiß sich zu benehmen.»

«Du hast ihn noch nicht essen sehen», entgegnete Martin.

«In der Beziehung warst du auch keinen Deut besser. Immer nur Lasagne, Lasagne, Lasagne.»

«Weil du nicht kochen wolltest.»

«Jetzt verdreh nicht wieder alles.»

Martin atmete tief und ruhig. So wie man es beim Meditieren tat. Er wollte ihr nachsehen, dass sie, kaum war sie da, gleich wieder austeilte. Aus eigener Erfahrung wusste er, dass man seine Haut nicht einfach so abstreifen konnte. Immerhin musste er anerkennen, dass Rita sich Mühe gab. Sonst stünde sie jetzt nicht vor ihm. Und er nahm noch andere seismografisch kleine Veränderungen an seiner Mutter wahr. Er war gespannt auf das, was noch kommen würde.

Rita preschte so entschlossen los, als hätte sie diesen Flughafen persönlich gebaut und kennte jeden Winkel. Gemeinsam nahmen sie die Metro, mit der Martin und Karl auch hergekommen waren, und fuhren ins nur zehn Kilometer entfernte Stadtzentrum.

Nachdem sie Ritas Gepäck im Hotel abgeladen hatten und seine Mutter sich kurz erfrischt hatte, bestand sie darauf, sich als Erstes um Martins Auto zu kümmern. «Erst die Arbeit, dann das Vergnügen» war immer schon ihr Motto gewesen. Sie mochte es, wenn die Dinge erledigt waren.

«Buenas tardes», sagte Rita in forschem Tonfall, als sie zu dritt die Werkstatt betraten, die nur ein paar Querstraßen vom Hotel entfernt lag.

Der ganze Raum bot einen heftigen Kontrast zu der sonnigen Atmosphäre draußen. Er wurde von grellem Neonlicht erhellt. Martins Wagen stand auf einer Hebebühne. Überall lagen oder hingen Werkzeuge herum. Es roch nach Motoröl und Benzin. Martin bemerkte, wie Karl krampfhaft versuchte, mit nichts in Berührung zu kommen, was angesichts der Enge der Werkstatt nicht leicht war. Für Karl war es das Beste, einfach ruhig stehen zu bleiben.

Martin wusste bereits, dass der Automechaniker Rafael hieß. Er war ein großer, hagerer Typ um die dreißig mit pechschwarzen Haaren und einem gepflegten Dreitagebart. Der Ringfinger seiner rechten Hand fehlte, und Martin hoffte, dass das nicht für eine mangelnde Qualifikation als Mechaniker sprach. In Berlin hatte Martin keine guten Erfahrungen mit dieser Berufsgruppe gesammelt. Was auch damit zu tun hatte, dass er nichts von Autos verstand und man ihm alles erzählen konnte. Vor allem, was den Preis betraf.

Rita ging einen Schritt auf Rafael zu und erklärte in passablem Spanisch, das der Mann umstandslos zu verstehen schien, dass sie «die Mutter» sei. Dann streckte sie ihm ihre Hand zur Begrüßung entgegen. Rafael wischte die seine an seinem ölverschmierten Blaumann ab, nach Martins Bekunden eine sinnlose Aktion, und erwiderte Ritas Handschlag. Martin musterte Rafaels Miene ganz genau und wartete auf eine Reaktion. Er wusste, dass seine Mutter fest und entschieden zudrückte. Sie hatte Martin als Kind mal erklärt, dass sie damit gleich am Anfang die Verhältnisse klarstellte. Oder, wie ein Handwerker es ausdrücken würde: Sie zeigte den Leuten, wo der Hammer hing. Niemand sollte glauben, dass man sie nicht ernst nehmen müsste, nur weil sie eine Frau war.

Martin beobachtete, wie Rafael sich immer wieder mit der Hand durch den Bart fuhr, wie in einer Übersprungshandlung. Er wirkte beinahe ein wenig nervös. Ritas Tatkraft schien ihm zu imponieren. Während Martin und Karl sich fragende Blicke zuwarfen, entwickelte sich die spanische Diskussion zwischen Rita und Rafael immer lebhafter. Der Automechaniker führte sie zur Hebebühne, deutete auf das ein oder andere Teil, von dem Martin nicht mal wusste, wie es hieß, und schüttelte immer wieder verneinend den Kopf, was Martin auch ohne Spanischkenntnisse verstand. Doch als Rafael plötzlich sein Portemonnaie aus der Tasche holte und Rita fünf Hunderter in die Hand zählte, war Martin endgültig perplex.

Rita wandte sich zu Martin um. «Deine alte Kiste hat ausgedient. Verabschiede dich.»

Martin schaute irritiert zwischen Rita und Rafael hin und her. «Ich dachte, er kann den Wagen reparieren?»

Rita nickte. «Behelfsmäßig. Ja. Aber wahrscheinlich würdest du es genau bis zur nächsten Werkstatt schaffen. Wenn du Glück hast, bis zur übernächsten.»

Wirklich überrascht war Martin nicht. Nicht nur der Motor hatte in letzter Zeit Probleme bereitet. Schon in Berlin hatte er seit Jahren immer wieder Geld in Reparaturen stecken müssen, die er sich eigentlich nicht leisten konnte. Es war Zeit, der Wahrheit ins Auge zu sehen. Doch leicht fiel es ihm nicht. Für Martin war es nicht einfach nur ein Auto. Sein alter Volvo war über viele Jahre ein treuer Begleiter gewesen, eine Konstante in seinem Leben, ein wahrer Freund, den er nun für immer loslassen musste. Was sich da in seinem Herzen regte, fühlte sich an wie echter Trennungsschmerz.

«Und was mache ich mit meinen Sachen?», fragte Martin und deutete auf den Kofferraum, in dem immer noch eine Menge Dinge lagen. Gebrauchte CDs, Computerspiele, die alte Gitarre …

«Ich gebe dir einen guten Rat. Lass die Vergangenheit hinter dir. Dann wirst du dich gleich viel besser fühlen», sagte Rita.

Sie drückte Martin die fünfhundert Euro in die Hand und marschierte an ihm und Karl vorbei nach draußen. Für sie war die Sache abgeschlossen. «Und jetzt will ich die Stadt erkunden.»

Karl rannte ihr eilig hinterher. Martin schaute noch einmal auf das Geld in seiner Hand. Sie hatte recht. Es wurde höchste Zeit, die alten Dinge hinter sich zu lassen. Er gab sich einen Ruck und folgte den beiden nach draußen.

Als er auf die Straße trat, blendete ihn die Sonne so sehr, dass er seine Augen zusammenkneifen musste. Karl hatte bereits seine Sonnenbrille aufgesetzt, und Martin tat es ihm gleich.

Rita blickte amüsiert zwischen den beiden hin und her. «Schicke Brillen», sagte sie mit einem Lächeln und beugte sich zu Karl. «Aber schau dir bitte nicht zu viel von deinem Onkel ab.» Dann kramte sie ihr Handy aus der Handtasche. «Ich habe mir bereits eine Route zurechtgelegt.»

Mangelndes Engagement hatte Martin ihr noch nie vorwerfen können.

«Als Erstes werde ich die Igreja de São Francisco besichtigen. Eine gotische Kirche mit einer vergoldeten Barock-Innenausstattung, die überwältigend sein soll.»

Martin und Karl warfen sich missmutige Blicke zu. Keine Frage, Porto hatte sagenhafte Kunstschätze zu bieten, trotzdem wäre Martin froh darum gewesen, diesen Tag mit Müßiggang zu verbringen und die Aufregung der letzten Tage hinter sich zu lassen. Und Karl erweckte den Eindruck, als würde er uneingeschränkt zustimmen.

«Warum gehen wir nicht erst mal was essen?», schlug Martin vor.

Rita schüttelte den Kopf. «Ich hatte schon was am Flughafen. Zeit genug hatte ich ja.»

Martin musste beinahe lachen, so gelungen fand er ihren Seitenhieb. Er deutete auf Karl. «Aber der Junge hatte noch nichts Vernünftiges, und … du weißt ja, er ist noch im Wachstum.»

Rita hob die Brauen. «Was redest du da?»

«Du kennst doch Nicole. Sie hat mir tausendmal erklärt, dass ich auf seine Ernährung achten soll …»

«Nicole hat sicher noch ganz andere Dinge gesagt, und trotzdem stehst du jetzt mit Karl hier in Porto.»

Treffer versenkt. Martin schaute bedauernd zu Karl. «Wir besorgen dir irgendwo ein leckeres Sandwich.»

Auch Karl gab sich geschlagen.

Martin und Karl waren sich ausnahmsweise einig. So wie Rita sich für sie beide ins Zeug legte, mussten sie nun auch mal nach ihrer Pfeife tanzen. Sie hatte sich ihre Gesellschaft beim Sightseeing redlich verdient. Und die Besichtigung von ein paar Kirchen und Museen war kein allzu hoher Preis.

«Wer sagt überhaupt, dass ihr mitkommt?», fragte Rita plötzlich.

Martin und Karl schauten sie verdutzt an. «Na ja, wo wir drei schon mal zusammen sind», stammelte Martin. Er versetzte Karl einen sanften Stoß. «Du würdest deine Oma auch wahnsinnig gerne begleiten, nicht wahr, Karl?»

«Ja», pflichtete Karl bei, der sofort verstanden hatte, worauf Martin hinauswollte.

Rita schaute von ihrem Handy auf und musterte die beiden durchdringend.

«Tatsächlich?»

«Ja, klar. Karl interessiert sich sehr für Architektur. Und ich auch.»

«Ist mir neu.»

«Genau deshalb sollten wir endlich mal wieder ein bisschen mehr Zeit miteinander verbringen», beharrte Martin.

Rita ließ ihren strengen Blick von Martin zu Karl wandern und dann wieder zurück. «Ich weiß genau, wie das ablaufen würde mit euch beiden. Keine zehn Minuten in der Kirche, und ihr quengelt gelangweilt herum.»

Martin wollte gerade etwas entgegnen, aber Rita schnitt ihm mit einer Handbewegung das Wort ab.

«Übertreib es nicht, Junge. Sonst nehme ich euch tatsächlich mit.» Bei diesen Worten flog ein verschmitztes Lächeln über ihr Gesicht. Seine Mutter hatte ihre gut gemeinte Heuchelei längst durchschaut. Er war sicher, dass sie sie richtig verstanden hatte. Als Dankeschön.

«Wir sehen uns später», sagte Rita und ließ die beiden stehen. «War trotzdem nett von euch», rief sie noch, bevor sie um die nächste Häuserecke verschwand.

Martin sah ihr hinterher. Er konnte sich nicht daran erinnern, wann er seine Mutter das letzte Mal so gut gelaunt erlebt hatte. Und auch nicht, wann er sich in ihrer Gegenwart so entspannt gefühlt hatte. Diese Reise veränderte mehr als nur die Beziehung zwischen ihm und Karl.

Die beiden grinsten sich mit diebischer Freude an.

«Essen?», fragte Martin und hob die Hand zum High-Five.

«Essen», antwortete Karl und schlug ein.

Als Martin am nächsten Morgen noch vor Karl auf die Dachterrasse kam, hatte er nicht damit gerechnet, so früh schon seine Mutter dort anzutreffen. Sie hatten Rita den ganzen vorherigen Tag nicht gesehen. Auch am Abend im Hotel nicht mehr. Einmal hatte Martin versucht, sie anzurufen, aber wieder aufgelegt, als ihre Mailbox angesprungen war. Er war sicher, dass es seiner Mutter gut ging und sie in die Architektur, Kunst und Kultur dieser wunderbaren Stadt versunken war.

Jetzt saß sie an einem der Tische an der Brüstung und blickte versonnen über die Dächer.

«Du bist schon auf?», fragte er verwundert und setzte sich ihr mit seiner Tasse Kaffee gegenüber.

Rita lächelte ihn an. Es war mehr als das. Martin fand, dass sie regelrecht strahlte. Sie sah gut aus. Von Müdigkeit keine Spur.

«Guten Morgen, mein Junge.»

Er lächelte zurück. «Wir haben gar nichts mehr von dir gehört.»

«Ich war spät zurück. Es gibt so viel zu entdecken in dieser wunderbaren Stadt», schwärmte Rita und ließ ihren Blick über die rot glühenden Dächer schweifen. Die Sonne leistete bereits ganze Arbeit.

Da kam auch Karl. «Guten Morgen, Oma.»

«Hallo, mein Schatz.»

«Hast du diesmal den Zimmerschlüssel eingesteckt?», fragte Martin mit sanfter Strenge.

Karl zückte einen Schlüssel, der an einem messingfarbenen Anhänger mit dem Emblem des Hotels baumelte.

«Certamente, meu senhor», antwortete Karl und deutete eine Verbeugung an.

Rita sah amüsiert auf. «Du sprichst Portugiesisch?»

«Hat mir die KI beigebracht», erzählte Karl stolz.

«Endlich lernt er mal was Sinnvolles», kommentierte Martin und deutete auf das Büfett. «Jetzt hol dir was zu essen.»

«Sim, meu senhor», entgegnete Karl und lief los.

«Ich will mindestens ein Stück Obst auf deinem Teller sehen», rief Martin ihm hinterher. Da bemerkte er den Blick seiner Mutter.

«Was?», fragte er irritiert.

«Seit wann achtest du auf gesunde Ernährung?»

«Einer muss das ja übernehmen. Wenn's nach Karl geht …»

Rita lächelte verschmitzt. «Ihr seid keine zwei Wochen gemeinsam unterwegs, und du bist so …» Sie suchte nach den richtigen Worten.

«Was?»

«So anders.»

Martin zuckte mit den Schultern. «Wie anders?»

«Ach, vergiss es.» Rita winkte lachend ab.

Martin nahm einen Schluck Kaffee. «Was hast du dir für heute vorgenommen?»

«Ich weiß noch nicht. Vielleicht bleibe ich einfach im Hotel.»

«Im Hotel? Ich denke, es gib so viel zu entdecken?»

Rita strich sich mit der Hand über die rechte Wade. «Schon, aber heute soll es noch heißer werden.»

«Warum kommst du nicht mit uns? Karl und ich wollen an den Strand.»

Rita überlegte. Die Idee schien ihr zu gefallen, hatte aber einen Haken. «Badesachen habe ich jetzt gar nicht eingepackt.»

«Wir treiben schon was für dich auf.»

Da lächelte sie ihn breit an. Das war eindeutig ein Ja.

Nachdem sie zu Ende gefrühstückt und ihre Rucksäcke gepackt hatten, gingen Martin und Karl mit Rita zu dem Souvenirshop um die Ecke, den die Rezeptionistin des Hotels ihnen empfohlen hatte. Dort gab es auch eine kleine Auswahl an Badesachen. Da seine Mutter eine durchschnittliche Größe und immer noch eine sehr gute Figur hatte, war es nicht schwierig, etwas Passendes für sie zu finden. Sie entschied sich für einen Badeanzug in gedecktem Blau und kaufte in weiser Voraussicht gleich noch einen Sonnenschirm.

Vollbepackt gingen sie zum Bahnhof São Bento, von wo aus sie der Vorortzug in zwanzig Minuten zum Praia do Senhar da Pedra brachte, einem beschaulichen und malerischen Strand im Süden Portos.

«Erster!», schrie Karl und rannte ins Wasser. Er hatte sich so schnell die Klamotten vom Leib gerissen, dass Martin befürchtete, sie würden dabei Schaden nehmen. Martin selbst baute den Sonnenschirm auf, während Rita unter einem großen Badehandtuch, das sie im Hotel geliehen hatte, in ihren Badeanzug schlüpfte.

«Nicht zu weit raus, verstanden?», rief Martin Karl hinterher. Die Erfahrung von vor zwei Tagen steckte ihm noch in den Knochen.

«Ihr beide seid ein richtig gutes Team geworden, was?», meinte Rita.

«Nur temporär», sagte Martin abwiegelnd. «Wir sind eher

so was wie eine Schicksalsgemeinschaft. Sobald wir wieder in Berlin sind …»

Martin spürte die Intensität der Sonnenstrahlen auf seiner Haut und setzte sich in den Schatten.

Rita ließ sich neben ihm nieder. «Der Junge tut dir gut.»

Martin lachte auf. «Karl? Mir? Ich kann froh sein, dass ich noch keinen Schlaganfall hatte.»

«Und *du* tust dem Jungen gut», fügte Rita hinzu.

«Wie meinst du das?»

«Na ja, er hat keinen Vater …» Sie ließ den Satz in der Luft hängen.

Martin funkelte sie böse an. Schon einmal hatten sie über diese antiquierte Einstellung seiner Mutter gestritten. Dass sie ausgerechnet jetzt damit anfing, wo sie beide sich gerade näherkamen, enttäuschte Martin. Er hatte gedacht, Rita sei in der Beziehung bereits weiter.

«Weißt du eigentlich, wie unfair du gegenüber Nicole bist?»

Seine Mutter schwieg.

«Sie macht das alles verdammt gut. Karl fehlt es an nichts, er hat eine glückliche Kindheit.»

Rita wollte etwas sagen, aber er kam ihr zuvor. «Und überhaupt? Was ist das eigentlich für ein Klischeedenken? Mama, Papa, Kind? Ich hätte dir mehr zugetraut.»

«Ich weiß auch nicht», sagte Rita und schüttelte überfordert den Kopf. «Mir ist selber klar, dass diese alten Vorstellungen total überholt sind. In meinem Haus lebt sogar ein lesbisches Paar mit Kindern.»

«Du hast ihnen hoffentlich nicht dazu geraten, sich noch zwei Männer zu suchen?»

Sie verdrehte die Augen. «Ich hab's verstanden, Junge. Es war dumm von mir. Wahrscheinlich ist das eine Generationensache.»

«Übrigens hatten wir auch keinen Vater. Zumindest die meiste Zeit unserer Kindheit. Und so schlimm sind wir nun auch nicht geraten.»

Rita lachte. «Sei mir nicht böse, aber du bist nicht gerade ein leuchtendes Beispiel. Im Gegensatz zu deiner Schwester.»

Martin nahm ihr den kleinen Seitenhieb nicht übel. Entscheidender war etwas anderes, das sie hatte durchklingen lassen. «Vielleicht solltest du Nicole das mal selber sagen.»

Rita schwieg und malte ein Muster in den Sand. Sie konnte ihm nichts vormachen. So aufgeräumt sie sich auch gab, wenn es um ihre Tochter ging, sie litt unter den Spannungen mit Nicole.

Martin hielt ihr die Flasche mit der Sonnencreme hin. «Soll ich dir den Rücken eincremen?»

«Gerne», antwortete Rita und drehte sich um. Martin gab Sonnenmilch auf seine Hand und verteilte sie in ihrem Nacken. Nicht ohne Karl hin und wieder einen kontrollierenden Blick zuzuwerfen. Er hatte Anschluss an ein paar Kinder gefunden. Ihre Eltern standen daneben im Wasser, was Martin beruhigte.

«Ich hätte gerne einmal woanders gelebt», sagte Rita plötzlich.

Martin war überrascht. Bei jedem anderen hätte dieser Satz keine größere Reaktion bei ihm ausgelöst. Jeder kam in seinem Leben mal auf diesen Gedanken. Aber für seine Mutter war er mehr als nur ungewöhnlich. Sie tat etwas, das sie sonst tunlichst vermied. Zumindest vor Martin. Sie ließ sich in ihre Seele schauen. Er folgte ihrem Blick und landete bei einer kleinen Kapelle ganz in ihrer Nähe, der Capela do Senhor da Pedra, die direkt am Strand auf einem Felsen stand. Ein junges, verliebtes Paar machte davor Selfies.

«Du hattest alle Möglichkeiten», sagte Martin.

Rita drehte sich wieder zu ihm um. «Vor allem hatte ich Familie.»

Das konnte und wollte Martin nicht gelten lassen. «Wie lange wohnen wir schon nicht mehr zu Hause? Und Papa …» Er sah ihren flackernden Blick und brach ab. Er wusste, wie ungern sie über den Tod ihres Mannes sprach. Martin hatte das nie so richtig verstanden, vermutete aber, dass der Verlust sie wesentlich mehr schmerzte, als sie zugeben wollte. Martin selbst hatte es nie als Schwäche empfunden, Trauer zu zeigen. Aber seine Mutter war in dem Punkt anders. Sie wollte immer stark sein. Und nun beobachtete er fasziniert, wie sich feine Risse in der Fassade auftaten.

«Es lag ja nicht nur an euch.»

Martin runzelte die Stirn. «Nicht nur?»

Sie zögerte, schien ihre Worte mit Bedacht auszuwählen. «Irgendwie gab's immer was zu tun. So eine Villa baut sich nicht von alleine um.»

«Das war vor über zwanzig Jahren.»

«Seitdem habe ich Mieter. Du kannst dir nicht vorstellen, was für Arbeit das bedeutet.»

«Dafür gibt es Hausverwaltungen. Und bevor du nach weiteren Ausreden suchst: Du kannst dir locker zwei Hausmeister leisten.»

Ein spitzer Schrei, der sich sofort in ein Lachen auflöste, ließ Martin erschrocken herumfahren. Er sah ein paar Kinder, die sich gegenseitig mit Wasser bespritzten. Karl hatte sich direkt an der Wasserkante in den Sand gelegt und ließ sich von kleinen, auslaufenden Wellen umspülen.

Martin schaute wieder zu seiner Mutter, die sich Sand von der Haut strich. Nie zuvor hatte Martin das Gefühl gehabt, ihr so nah zu sein. Noch nie hatte sie sich ihm gegenüber wirklich geöffnet. Er wollte mehr.

«Es ist nie zu spät. Du kannst immer noch die Welt bereisen.»

«Alleine?», sagte sie mit einem leisen Seufzer.

Martin schwieg. Darüber hatte er nie nachgedacht. Er hatte sein Elternhaus vor langer Zeit verlassen. Nicole war zu dem Zeitpunkt bereits in Berlin. Seitdem war seine Mutter ganz alleine in dem Haus. Von ihren Mietern und Mieterinnen abgesehen, aber das war nicht das Gleiche. Martin stellte sich eine Frage, die er sich zuvor nie gestellt hatte. Und er stellte sie laut.

«Fühlst du dich einsam?»

Er sah, wie sie zögerte. Es war, als stünde seine Mutter vor einer Mauer und überlegte, ob sie wohl hinüberspringen konnte.

«Wer tut das nicht hin und wieder.»

Auch wenn ihre Antwort ausweichend klang, war Martin sicher, etwas in ihr berührt zu haben, das sie lieber tief verborgen hielt. Damit hatten sie etwas gemeinsam. Auch er machte sich seit einiger Zeit häufiger Gedanken. Martin hatte immer einen großen, nahezu unüberschaubaren Bekanntenkreis gehabt und sich nie einsam gefühlt. Wenn überhaupt, dann war er hin und wieder allein. Weil er es wollte. Weil jeder Mensch manchmal für sich sein musste. Dieses dumpfe Gefühl, das Einsamkeit in einem auslöste, war ihm immer fremd gewesen. Zumindest dachte er das. Aber seit Sophie sich von ihm getrennt hatte, dämmerte ihm langsam, was der Unterschied zwischen Alleinsein und Einsamkeit war.

«Warum fängst du nicht mal an, uns öfter in Berlin zu besuchen?», schlug Martin vor.

Rita lachte auf. «Euch beide? Ist das dein Ernst?»

«Für ein paar Tage. Muss ja nicht gleich eine Ewigkeit sein», relativierte Martin, worauf Rita erneut loslachte. Martin stimmte in ihr Lachen mit ein. Es gefiel ihm, seine Mutter so fröhlich zu sehen. Er wünschte sich, er hätte sie früher so erleben können, und dachte an all die Jahre, die sie verschwendet hatten. Und er spürte, wie ihre ungewohnte Offenheit auch in ihm etwas löste.

«Ich habe mein Leben lang gedacht, dass du uns gar nicht wolltest. Dass du dir ein anderes Leben gewünscht hättest», sagte er.

Rita wurde ernst. Sie schaute ihn durchdringend an. «Ich war jung, manche sagten talentiert, ich hatte gerade das Abitur bestanden und wollte studieren. Dann kam dein Vater und kurz darauf Nicole. Das änderte alles.»

Sie senkte ihren Blick und malte mit dem Finger Kreise in den Sand. Martin sah Bilder aus alten Zeiten vor seinem inneren Auge. Familienbilder, die zu perfekt waren, mitunter gestellt wirkten, als wollten sie einen kleinen Makel verbergen.

«Hast du Vater geliebt?», fragte er.

Rita lächelte milde, als hätte sie nur auf seine Frage gewartet. «Er war ein guter Mensch. Und ich habe ihn respektiert.»

Ein Gefühl von unendlicher Traurigkeit überfiel Martin. Seine Mutter hatte ihr Leben an der Seite eines Mannes verbracht, den sie nicht wirklich liebte. Gegenseitiger Respekt war für ihn nichts, auf das man eine Beziehung aufbauen konnte.

Er hatte nie verstanden, warum sie nicht in der Lage gewesen war, ihre Hemmungen zu überwinden, ihr Leben in die eigenen Hände zu nehmen und sich ihre Träume zu erfüllen. Doch was immer sie davon abgehalten hatte, lag in ihrer eigenen Geschichte begründet. Jeder war für sein Leben selbst verantwortlich. Auch seine Mutter. In diesem Moment spürte er tiefes Mitgefühl. Und eine Verbundenheit, wie er sie noch nie zwischen ihnen erlebt hatte.

«Ich liebe dich, Mama», sagte Martin ganz leise.

Rita sah auf und lächelte ihn sanft an. «Ich dich auch, mein Junge.» Und dann schien sie einen Schlussstrich unter ihre Seelenbeichte ziehen zu wollen. «Du bist mein Kind, ich muss dich lieben», fügte sie mit einem verschmitzten Lächeln hinzu.

Martin war ihr dankbar für diesen Dreh. Sie hatten sich alles gesagt. Und langsam wurde es kitschig.

«Ihr kommt ja gar nicht», maulte Karl, der plötzlich wieder vor ihnen stand.

«Du cremst dich jetzt erst mal ein», mahnte Martin.

«Aber das schmiert immer so», protestierte Karl.

«Ich will deiner Mutter nicht erklären müssen, warum du rot bist wie ein Krebs.»

«Dein Onkel hat recht, Karl. Ich mach das. Komm her.»

Rita ließ sich von Martin die Sonnenmilch geben und cremte Karls Rücken ein.

Martin beobachtete die beiden. Das Bild löste ein wohliges Gefühl in ihm aus. Das war seine Familie, und er war unendlich stolz auf sie. Während er seine Mutter betrachtete, hallte in Martin nach, was sie über ihre Einsamkeit preisgegeben hatte. Freundschaften waren etwas Wunderbares und Wertvolles, aber sie ersetzten nicht das, was einem nur dieser eine Mensch sein konnte. Martin dachte an Sophie. Und daran, dass es nur einen Weg gab, seiner Einsamkeit zu entfliehen. Auch er musste sein Schicksal selbst in die Hand nehmen.

22

«Wollen wir nicht langsam zurück zum Hotel?», fragte Martin. Er spürte die Anstrengung der letzten Tage im gesamten Körper. Vor allem seine Beine fühlten sich schwer an. Rita hingegen war schon wieder topfit und voller Tatendrang. Der Ausflug zum Strand hatte ihr gutgetan, und nach einem späten Frühstück auf der Hotelterrasse hatte sie vor ihrem Abflug unbedingt noch einen letzten Spaziergang unternehmen wollen. Deshalb schoben sie sich seit einer Stunde durch die heißen Straßen von Porto.

«Ich kann auch nicht mehr», nörgelte Karl.

Aber Rita ließ keinen Protest gelten. «Vorgestern wolltet ihr noch unbedingt die Stadt mit mir erkunden.»

Martin sah Karls Hilfe suchenden Blick und schaute auf seine Uhr. «Der Flieger geht in vier Stunden.»

«Sonst nimmst du es doch auch nicht so genau mit der Pünktlichkeit», kommentierte Rita gelassen.

«Ich fürchte, der Flugkapitän schon.»

Rita ignorierte ihn, blieb auf einem kleinen Platz stehen und schaute sich verzaubert um. Sie atmete tief ein und aus, als wollte sie den Duft dieser Stadt mit sich nach Hause nehmen. Martin sah die Sehnsucht in ihrem Gesicht. Er hoffte, dass sie den Bann endgültig gebrochen hatte und in Zukunft öfter verreisen würde.

Sie nahm sich noch ein paar Momente, dann schien sie ihren Abschluss gefunden zu haben, nickte Martin zu und setzte sich wieder in Bewegung. «Los, wir haben nicht mehr viel Zeit.»

Martin seufzte, sah sich nach Karl um, der genervt mit den Augen rollte, und folgte seiner Mutter in Richtung Hotel.

Das Kofferpacken ging schnell, schließlich waren sie mittlerweile geübt. Sie checkten aus und stiegen in das Taxi, das vor der Tür wartete. Jetzt hieß es endgültig Abschied nehmen. Und wieder einmal zeigte sich, was für ein perfektes Zeitmanagement seine Mutter beherrschte. Eine Stunde vor Abflug betraten sie das Flughafengebäude. Sie kamen reibungslos durch die Sicherheitskontrolle, wurden von Rita zügig ans Gate gelotst und mussten nur fünfzehn Minuten bis zum Boarding warten.

Als sie am frühen Abend in Zürich aus dem Flugzeug stiegen, war die Luft noch warm, beinahe heiß. Auch in ihrer Heimat hatte der Hochsommer das Regiment übernommen. Ihr Gepäck ließ nicht lange auf sich warten, und so betraten sie bald die weitläufige, hell erleuchtete Bahnhofshalle des Flughafens, die von Menschen aus aller Welt pulsierte. Das leise Rattern der Koffer auf den glänzenden Böden vermischte sich mit den Durchsagen der Abfahrtszeiten, während die Züge mit ihren blank polierten Wagen in den Bahnhof einrollten. Die Fahrt von Zürich nach Konstanz dauerte gerade einmal eine Stunde, und Rita hatte in weiser Voraussicht drei flexible Bahntickets in ihrer App gebucht, sodass sie sorglos in den nächsten Zug steigen konnten. Kaum dass sie ihr Gepäck verstaut hatten und in die weichen Sitze gesunken waren, spürten sie das sanfte Ruckeln, als der Zug sich in Bewegung setzte.

Vor dem Fenster zog die Stadt Zürich mit ihren Vororten

vorbei. Man sah schmucke Wohnhäuser, kleine Parkanlagen und Straßen, auf denen Autos und Fahrräder unterwegs waren. Und mit einem Mal verschwand die Hektik, und es öffnete sich die Landschaft, die Martin nur zu vertraut war. Erinnerungen wurden wach, während die grünen Felder mit den sanft geschwungenen Hügeln an ihnen vorbeizogen. Er musste unweigerlich an seine Kindheit denken, an die Wochenenden, an denen sie zum Wandern in die Schweiz gekommen waren. An die Besuche der Museen in Zürich oder Winterthur, in denen seine Mutter ihm die Kunst nahebringen wollte. Doch das hatte sie irgendwann ernüchtert aufgegeben. Martin war schon als Kind kein geduldiger Museumsbesucher gewesen, und Rita hatte irgendwann genug davon gehabt, sich die Ausflüge von ihm verleiden zu lassen. Umso inniger geliebt hatte er die Besuche der Schokoladenfabriken, in denen ihre Mutter für Nicole und ihn immer Bruchschokolade gekauft hatte.

Karl hatte keine Augen für die Schönheit der Landschaft, die an ihnen vorbeizog, und spielte stattdessen ein Spiel auf seinem Smartphone. Den Austausch mit seinen Fans hatte er nach der Niederlage mit Luna wieder aufgegeben. Offenbar hatte er erst mal genug von Frauen und Herzschmerz. Eine gute Entscheidung, wie Martin fand.

«Hey, hier gibt's auch was zu sehen», rief er Karl zu.

Aber der sah noch nicht einmal auf. «Jetzt nicht», antwortete er abwesend.

Je näher sie dem Bodensee kamen, desto mehr zeigte sich die Natur von ihrer schönsten Seite. Kleine Dörfer mit roten Ziegeldächern auf weiß getünchten Häusern tauchten auf, und die Weite des Sees glitzerte am Horizont. Der Zug fuhr vorbei an Obstplantagen und Weingärten, die in der milden Abendsonne des Schweizer Grenzlandes lagen. Und schließlich kündigte sich Konstanz an mit seinen Türmen und den alten Gebäuden und mit seiner gemächlichen Lebendigkeit. Als sie langsam in den Bahnhof einrollten, flackerte ein Gefühl in ihm auf, das er lange nicht mehr wahrgenommen hatte. Ihm war, als würde er nach Hause kommen. Er betrachtete seine Mutter, diese so würdevoll gealterte Frau, die, wenn nichts Außergewöhnliches passierte, immer noch eine Menge Leben vor sich hatte. Und nach ihren gemeinsamen Erlebnissen würden sie diese Lebenszeit nicht mehr nur nebeneinander, sondern immer wieder auch gemeinsam verbringen. Ihre Blicke trafen sich. Rita lächelte ihn sanft an. Martin lächelte zurück, denn er wusste in diesem Moment, dass auch für sie nichts mehr war wie früher. Diese Reise hatte nicht nur Martin und Karl verändert. Sie veränderte alles.

«Und wie machst du das in Zukunft ohne Auto?», fragte Martin verwundert. Rita hatte ihn in die große Doppelgarage geführt, in die ohne Weiteres Martins gesamte Berliner Wohnung hineingepasst hätte. Schon in Porto hatte sie ihm angeboten, ihren alten Mercedes zu übernehmen. Eine der Neonleuchten, die die Garage erhellten, flackerte. Insekten flogen immer wieder gegen den gläsernen Leuchtkörper. Es war bereits sehr spät. Draußen war es dunkel. Karl war todmüde ins Bett gefallen und auf der Stelle eingeschlafen.

«Ich wollte mir schon lange ein E-Auto kaufen. Und jetzt ist der richtige Zeitpunkt dafür», erklärte Rita.

Martin strich mit der Hand über die Motorhaube. Der Mercedes war gute zwanzig Jahre alt, sah aber immer noch aus, als komme er gerade aus der Fabrik. Der silberfarbene Lack war frei von jeglichen Kratzern und glänzte makellos.

Soweit Martin wusste, hatte seine Mutter nie einen Unfall gebaut, und da sie längere Touren mit dem Auto eher mied und lediglich in die Stadt oder zum Einkaufen damit fuhr, hatte er für einen Wagen seines Jahrgangs ziemlich wenige Kilometer auf dem Tacho.

Martin setzte sich auf den Fahrersitz und befühlte das Lenkrad.

«Auf einen Aschenbecher wirst du verzichten müssen. Ich habe ihn mir damals ohne ausliefern lassen», merkte Rita scherzend an.

«Den brauche ich nicht mehr.»

Rita lächelte erfreut. «Wie vernünftig.»

«Nur weil ich nicht mehr ertragen konnte, dass Karl mich ständig mit seiner Moral nervt.»

«Natürlich», pflichtete Rita bei. Sie beide wussten es besser.

Martin drehte sich zur Rückbank um. «Mit meinem alten Kombi war das natürlich einfacher. Das ganze Equipment und so …»

«Dein alter Kombi ist Geschichte, Junge. Aber wenn du nicht willst?»

«Nein, nein», sagte Martin schnell. «Er ist klasse.»

Und das fand er tatsächlich. Es war etwas anderes, das ihn zögern ließ. Martin dachte über die Großzügigkeit seiner Mutter nach. Er war überrascht, wie viel sie in den letzten zwei Tagen für ihn getan hatte. Wie fürsorglich sie war. Und ihm wurde mehr und mehr klar, dass nicht sie, sondern er in der Vergangenheit das Problem gewesen war. Denn im Grunde musste er zugeben, dass er derjenige war, der sich aus falschem Stolz nie hatte helfen lassen. Und der auch jetzt noch zögerte.

Martin stellte das Audiosystem an. Klassische Musik kam in vollendetem Klang aus den Lautsprechern. Er drehte auf. «Hammersound», schrie er.

«Ja, das finden die Nachbarn sicher auch», rief Rita zurück.

Martin stellte die Musik wieder aus, als er plötzlich etwas entdeckte. Er sah durch die Windschutzscheibe in eines der Regale, in denen Werkzeugkisten und ein paar ausgediente Elektrokleingeräte standen. Und daneben standen alte Schallplatten.

Er spürte, wie sein Herzschlag sich beschleunigte. Er stieg aus dem Auto und zog die Platten ungläubig aus dem Regal. Die Cover fühlten sich rau an und waren an den Kanten abgestoßen. *Honky Château* von Elton John war darunter, *Rumours* von Fleetwood Mac und *Sticky Fingers* von den Rolling Stones. Alles Meilensteine der Pop- und Rockmusik. Aber nichts davon ließ Martins Herz höherschlagen als die letzte Platte, die er aus dem Regal zog: eine Compilation von Elvis Presley, von der er wusste, dass sie eine der Lieblingsplatten seines Vaters gewesen war. Während Martins seliger Blick über das Cover wanderte, hörte er Musik, die wie ein weit entferntes Echo an sein Ohr drang. *Always On My Mind* …

Rita wollte wieder ins Haus und war im Begriff, das Licht zu löschen. «Ich bin erledigt. Lass uns schlafen gehen.»

Aber Martin rührte sich nicht von der Stelle. Er starrte sie fassungslos an. «Du hast noch alte Platten von Papa?»

«Der Verkäufer hat sie dagelassen. Ich glaube, die waren ihm zu verkratzt», sagte sie abschätzig.

«Warum hast du mir das nie gesagt?»

Rita seufzte. «Mit dir konnte man ja kein Wort reden damals.»

«Zu Recht», entfuhr es Martin, der den alten Groll wieder in sich aufsteigen spürte.

«Fang jetzt bitte nicht wieder damit an, Junge.»

Martin schüttelte fassungslos den Kopf. Seine Mutter würde nie verstehen, was sie ihm damals angetan hatte. Was dieser Schatz aus Vinyl ihm bedeutet hatte. Aber er wollte keine alten Wunden aufreißen. Tief bewegt strich er mit seiner Hand über das Cover der Elvis-Presley-Compilation. Er hätte weinen können vor Glück. Und mit einem Mal kam ihm ein Gedanke. Es war kein Zufall, dass ihm diese Platte in die Hände fiel. Es war ein Wink des Schicksals.

«Denk darüber nach, Mama. Wir können Weihnachten genauso gut mal in Berlin feiern», sagte Martin, als er und Karl sich am nächsten Morgen von Rita verabschiedeten.

Rita nickte verhalten. «Ich denke darüber nach.»

Martin war sicher, dass sie sich über diesen Vorschlag freute und gleichzeitig unsicher war. Aber er meinte es ernst. Er wollte aus tiefstem Herzen, dass sie ihn besuchte. Und sie endlich mal wieder eine richtige Familie waren. Natürlich würden sie nicht alle Probleme mit einem Mal beseitigen können. Aber sie hatten einen Anfang geschafft und etwas, woran sie arbeiten konnten.

Schließlich stiegen Martin und Karl ins Auto und fuhren mit einem Hupkonzert davon.

«Endlich Bluetooth und nicht mehr dieses dämliche Kabel», sagte Karl. Es war ein Kinderspiel für ihn, sein Smartphone mit der Audioanlage zu verbinden.

«Glaub ja nicht, hier läuft jetzt bis Berlin Aggro8000.»

«Nee», kommentierte Karl und scrollte durch seine Musik-App.

Martin wartete gespannt und rechnete bereits mit dem Schlimmsten. Als er ein Intro hörte, das ihm mehr als nur vertraut vorkam. Das jedes Mal, wenn es losging, Melancholie in ihm auslöste. Und diesmal kam noch eine ganze Menge

Stolz dazu. *Life On Mars* sang David Bowie inbrünstig, während Karl die Musik laut aufdrehte.

Martin beobachtete ihn mit glänzenden Augen. Schon allein dafür hatte sich ihre Reise gelohnt.

Die Autofahrt verlief ohne Zwischenfälle. Es gab einen kurzen Stau, der sie nicht viel Zeit kostete. Sie machten zwei längere Pausen, damit Martin seinen Rücken durchdrücken und Karl seine Burger und einen kleinen Salat essen konnte. Und nachdem Karl auch Martins Smartphone mit der Anlage gekoppelt hatte, hörten sie abwechselnd die Musik des anderen.

Das Einzige, das störte, waren die ständigen Anrufe von Mike, die Martin in schöner Regelmäßigkeit wegdrückte. Martin hatte kein Interesse mehr an einer Zusammenarbeit mit seinem alten Manager. Der hatte ihn zu brutal hängen lassen. Er und Mike würden in Zukunft getrennte Wege gehen.

«Kannst du jetzt mal rangehen?», meckerte Karl, als Mike erneut anrief.

«Ich denke nicht dran», empörte Martin sich.

«Dauernd wird die Musik unterbrochen.»

«Dann machen wir die Anlage eben aus.»

«Und wenn's was Wichtiges ist?»

«Scheißegal. Mike kann mich mal», antwortete Martin, bei dem die Wut wieder hochkochte. Aber so ganz kalt ließen Mikes Anrufe ihn dann doch nicht. Es arbeitete in ihm. Er fragte sich, was es so Dringendes zu besprechen gab. Mike rief ganz sicher nicht an, weil er vor Martin auf die Knie fallen und sich bei ihm entschuldigen wollte. Er gab niemals eigene Fehler zu. Nicht mal, wenn er eindeutig zu weit gegangen war, so wie dieses Mal. Nur wegen Mike hatte Martin seinen

Neffen über sechstausend Kilometer durch Europa geschleppt, seine eigene Schwester angelogen, einem Flüchtling geholfen, Karl aus den Fluten des Atlantiks gerettet und war vor seiner Mutter zu Kreuze gekrochen, um sich am Ende mit ihr zu versöhnen. Ja, Mike hatte zweifelsohne großen Mist gebaut. Und genau das musste Martin ihm eigentlich auch klipp und klar sagen.

Er war fest entschlossen, als Mike kurz darauf erneut anrief und er abnahm.

«Na endlich», tönte es aufbrausend über die Freisprechanlage. «Weißt du, wie oft ich bei dir angerufen habe?»

«Hab ich mitbekommen», sagte Martin kurz angebunden. Er wollte gleich klarstellen, wie er ihr Verhältnis inzwischen betrachtete: zerrüttet. Martin holte tief Luft und machte sich bereit, Tacheles zu reden. Doch noch bevor er dazu kam, fuhr Mike ihm in die Parade.

«Dein Reel geht voll durch die Decke», brüllte Mike. Er schien völlig aus dem Häuschen.

«Welches Reel?», fragte Martin verunsichert. Mike hatte ihn aus dem Konzept gebracht.

«Hast du gesehen, wie viele Likes du gekriegt hast?»

Martin und Karl tauschten einen fragenden Blick.

«Wovon redest du?»

«Du willst mir nicht erzählen, du hast das noch nicht gesehen?», fragte Mike perplex.

Martin stöhnte ungeduldig auf. «Was?»

«Sekunde. Ich schick's dir», sagte Mike, und kurz darauf ging eine Nachricht ein.

Martin öffnete sein Smartphone und reichte es an Karl weiter. Er fuhr schließlich Auto. «Schau du mal.»

Karl spielte das Video ab. Martin erkannte sofort die Stimme von Karl, der den Text von *You Don't Know Me* rhymte, begleitet von seiner Gitarre. Und als Karl ihm ungläubig das Smartphone hinhielt, setzte sein Herz einen Schlag aus.

«Scheiße», entfuhr es Martin leise.

«Ja, scheißegeil», entgegnete Mike. «Verstehst du jetzt? Ihr beide seid der Hit.»

Martin sah zu Karl. Vor allem sah er große Probleme auf sie zukommen. Karl verstand ihn sofort.

«Mama ist nicht bei TikTok unterwegs. Und bei Insta auch nicht», versicherte er.

Martin wusste selber, dass seine Schwester sich grundsätzlich von sozialen Medien fernhielt. Möglicherweise bestand tatsächlich keine akute Gefahr. Aber gebannt war sie nicht.

«Wann bist du wieder in Berlin?», fragte Mike.

«Zwei Stunden. Vielleicht zweieinhalb.»

«Okay. In drei Stunden bist du in meinem Büro.»

Martin merkte auf. «Was? Jetzt gleich? Hat das nicht Zeit bis morgen?»

«Drei Stunden! War das deutlich genug? Bis dahin haben die Kollegen einen ersten Vertragsentwurf fertig.»

Martin verschlug es die Sprache. Erst jetzt wurde ihm die ganze Tragweite von Mikes Anruf klar. Wenn er von einem Vertrag sprach, konnte er damit nur ein neues Album meinen. Martin wollte sich trotzdem nicht korrumpieren lassen. Vertrag hin oder her, er würde Mike eine deftige Ansage machen. Sobald sich der richtige Zeitpunkt dafür ergab.

«In drei Stunden», bestätigte Martin.

Karl hatte sich das Video auf der Autofahrt immer und immer wieder angesehen und war mittlerweile so begeistert, dass er Martin dazu gedrängt hatte, ohne Pause direkt bis zu Mikes Büro durchzufahren. Bereits zweieinhalb Stunden nach seinem Anruf betraten sie das große, markante Gebäude am

Osthafen in Friedrichshain, das früher ein Kühlhaus gewesen war. Kaum dass er sich und Karl beim Pförtner angemeldet hatte, kam auch schon Mikes Assistentin herbeigeeilt. Diesmal nicht, um ihn mithilfe fadenscheiniger Ausreden abzuwimmeln, sondern um sie beide unverzüglich in Richtung Konferenzraum zu geleiten. So zuvorkommend hatte Martin sie noch nie erlebt. Er hätte sich nicht gewundert, wenn Alice ihnen noch einen roten Teppich ausgerollt hätte.

Als Martin und Karl aus dem Aufzug traten und den Gang entlangliefen, hörten sie schon von Weitem ihr Video. Es lief auf dem Großbildfernseher im Konferenzraum.

«Junge, da bist du ja endlich», sagte Mike freudestrahlend, als hätte er gerade Beyoncés Grammy-Rekord gebrochen. Ein weiterer Mann, den Martin nicht kannte, saß mit am Konferenztisch. Wahrscheinlich ein Kerl aus der Rechtsabteilung, mutmaßte Martin mit Blick auf die Papiere, die er vor sich liegen hatte.

Mike stellte den Ton leiser und schloss Martin zur Begrüßung fest in die Arme, wie ein Vater einen verlorenen Sohn. Martin erschien das immer noch alles irreal. Für einen Moment dachte er sogar, dass Mike ihm einen bösen Streich spielte. Dass irgendwo eine Kamera versteckt sein musste und er ihn in einer Samstagabend-Fernsehshow endgültig der Lächerlichkeit preisgeben wollte. Doch das Reel, das Martin und Karl in den Weiten des Internets bekannt gemacht hatte, war absolut real. Auch wenn Martin sich nicht erinnern konnte, in welchem portugiesischen Dorf es aufgenommen worden war.

«Da ist ja auch unser kleiner Rapper.» Mike klopfte Karl anerkennend auf die Schulter.

Martin wusste, dass Karl es nicht mochte, wenn man ihn Kleiner nannte. Aber Karl hielt sich mit Protest zurück. Das ganze Ambiente beeindruckte ihn mächtig.

«Also …», begann Mike und ging direkt zum Geschäftlichen über. «Das Video wurde allein heute bereits über vierhunderttausend Mal aufgerufen.»

«Krass», raunte Karl.

«Und es ist noch nicht mal Abend», sagte Mike grinsend. «Martin, heute ist dein Glückstag. Der Tag, auf den du lange gewartet hast.» Er klang plötzlich ganz feierlich. Er deutete zu seiner Begleitung. «Friedrich hat da gleich was für uns aufgesetzt. Sobald du unterschrieben hast, leiten wir alles in die Wege.»

Martin musterte Mike prüfend. «Mike, wie lange kennen wir uns jetzt schon?»

«Lange. Wieso?»

«Wenn man von dir nicht über den Tisch gezogen werden will, muss man deine Verträge immer sehr genau lesen.»

Mike machte eine wegwerfende Handbewegung. «Wir reden hier von zwei Alben, hab ich das erwähnt?»

«Zwei? Warum nicht drei?»

«Überreiz es nicht gleich wieder», mahnte Mike. «Du solltest wissen, wie schnell eine Erfolgswelle vorbei sein kann.»

«Zwei Alben sind super, Onkel Martin», rief Karl begeistert. Von Verhandlungstaktik verstand er offensichtlich doch noch nichts.

«Hör auf deinen Co-Star», meinte Mike und legte kumpelhaft einen Arm um Karls Schulter.

Martin war immer noch dabei zu verstehen, was hier gerade passierte. Das, worauf er all die Jahre hingearbeitet hatte, rückte mit einem Mal in greifbare Nähe. Endlich schien das Schicksal ihm wieder wohlgesonnen zu sein.

«Ich lese mir den Vertrag heute Abend durch, und morgen sprechen wir», sagte Martin und bemühte sich um ein Pokerface.

Mike grinste bis über beide Ohren. «Deal.» Er reichte Martin die Hand. Martin schlug ein.

Karl geriet völlig aus dem Häuschen und fiel Martin vor lauter Freude in die Arme, während Martin immer noch darüber staunte, was ihm gerade widerfuhr. Er hatte all seine Hoffnungen an eine Reise nach Portugal und einen Auftritt auf einem Musikfestival geknüpft. Stattdessen hatte er einen verdammt großen Umweg nehmen müssen, um dann genau dort anzukommen, wo er hinwollte.

Doch etwas fehlte noch. Er wünschte sich etwas, das mehr Bestand hatte als flüchtiger Erfolg. Und er hatte eine Idee, wie er das erreichen könnte.

«Strategische Inkompetenz ist eine Manipulationstaktik, die darauf abzielt, die eigene Arbeitslast zu verringern, indem man andere dazu bringt, die unerwünschten Aufgaben zu übernehmen», trug Karl von einem Zettel vor. Er hatte reichlich Texte zu dem Thema im Internet gefunden und war bemüht, Martin eine kurze, prägnante und verständliche Zusammenfassung zu geben.

Sie standen in Nicoles Küche, in der sich das Chaos breitgemacht hatte. Martin wendete mit einem Kochlöffel Hackfleisch, das in der Pfanne schmorte. Er gab erst Tomatenmark, dann passierte Tomaten und Gewürze hinzu. Sein Plan hatte mit Lasagne zu tun. Und mit der Person, die immer wieder in seinen Gedanken auftauchte, seit sie ihn aus ihrer Wohnung geworfen hatte.

Es war bereits auf den Abend zugegangen, als sie endlich in die Wohnung gekommen waren und ihr Gepäck abwerfen konnten. Trotzdem war Martin immer noch voller Energie und hellwach. Das hatte nicht nur mit der Aussicht auf seinen neuen Plattenvertrag zu tun. Sondern vor allem mit dem Verlangen, einen großen Fehler wettzumachen.

«Es kann aber auch eine Art Selbstschutz sein, um Überlastungen zu vermeiden», führte Karl weiter aus.

«Alles klar, aber was hat das mit mir zu tun?», fragte Martin.

Karl schüttelte demonstrativ den Kopf. Wie ein Lehrer, der über einen hoffnungslosen Schüler verzweifelte. «Wenn du das immer noch nicht kapierst, kann ich dir auch nicht helfen.»

Martin machte ein skeptisches Gesicht. «Ich weiß nicht. Irgendwie klingt das nicht nach mir.» Er schaltete die Herdplatte ein wenig herunter.

«Ich finde, das klingt genau nach dir», entgegnete Karl.

«Habe ich jemals Nein gesagt, wenn jemand Hilfe brauchte? Oder mich vor irgendwas gedrückt?»

Karl seufzte. «Weißt du noch, als Mama dich gebeten hat, die kleine Kommode aufzubauen?»

Martin nickte. Und ob er sich daran erinnern konnte.

«Du hast dich geweigert, die Bedienungsanleitung zu lesen.»

Martin winkte ab. «Die kapiert doch sowieso keiner.»

«Aber dafür sind sie gemacht.»

«Ich krieg das auch so hin», bekräftigte Martin.

«Am Ende hat Mama die Kommode alleine aufgebaut.»

Martin schwieg, während er etwas vorsichtiger in der Soße rührte. Es war schon genug auf die anderen Herdplatten gespritzt.

«Im Schichten bin ich nicht so gut, vielleicht könntest du das machen. Ich meine, das Auge isst mit, oder?» Er deutete auf die Packung Lasagneblätter, die neben der Auflaufform bereitstand.

Karl sah ihn ungnädig an und schüttelte seinen Kopf. «Verstehst du's jetzt endlich?», antwortete er und zog sich in sein Zimmer zurück.

Martin sah ihm nach, als ihm ein flüchtiger Gedanke kam, den er nicht auf Anhieb mit dem zusammenbrachte, was Karl ihm gerade erklärt hatte. Doch je länger er nachdachte, desto mehr wurde eine Erkenntnis daraus, die ihn verblüffte. Die strategische Inkompetenz, von der Karl gesprochen hatte und die ja auch Sophie ihm schon vorgeworfen hatte, bezog sich nicht nur auf seine Unfähigkeit, eine Wasch- oder Spülmaschine zu bedienen, zu kochen oder ein Regal aufzubauen. Auch seine Trennungen, von denen es im Laufe seines Lebens zahlreiche gegeben hatte, hatte er meistens den Frauen überlassen. Genau genommen liefen sie immer nach einem ähnlichen Muster ab: Sobald er sich in einer Beziehung nicht mehr wohlfühlte, hatte er damit angefangen, sie zu torpedieren. Erst subtil, und wenn das nicht gereicht hatte, immer direkter. Bis er seiner jeweiligen Freundin einen ausreichend guten Grund gegeben hatte, ihn vor die Tür zu setzen und ihn zum Ex zu machen. Bisher war Martin immer gut damit gefahren. Am Ende war er jedes Mal sicher gewesen, dass es die richtige Entscheidung gewesen war. Doch diesmal war es anders. Zum ersten Mal in seinem Leben fühlte Martin sich nach einer Trennung so gar nicht erleichtert. Er fühlte sich schrecklich. Und genau deshalb stand er in der Küche und bereitete Lasagne zu.

Tatsächlich schaffte er es auch ohne Karls Hilfe, die Lasagne zu schichten. Er würde keinen Preis dafür kriegen, um ehrlich zu sein, sah sie eher suboptimal aus. Und da er nicht mehr genügend Béchamelsoße und Parmesan für die oberste Schicht übrig hatte, fürchtete er, dass sie eine trockene Angelegenheit werden könnte. Aber es ging nicht um kulinarische Perfektion. Das Einzige, was zählte, war, dass er diese Lasagne eigenhändig und ohne fremde Hilfe zubereitet hatte.

Als die Auflaufform im Ofen war, setzte Martin sich auf Nicoles Sofa. Vierzig Minuten, so stand es im Rezept. Er zappte durchs Fernsehprogramm, bis ihn der Timer aufschreckte. Es war so weit.

Mit zwei großen Backhandschuhen verfrachtete er die Lasagne ins Auto und fuhr zu Sophie. Als Martin seinen Wagen vor ihrem Haus parkte, war es bereits dunkel. Schon von der Straße aus sah er zu seiner Erleichterung, dass sie zu Hause war. Das Fenster ihres Wohnzimmers im ersten Stock war weit geöffnet. Er stieg aus und ging um sein Auto, um die Lasagneform vom Beifahrersitz zu holen. Und die Schallplatte, die er aus seinem Elternhaus mitgenommen hatte. Er spürte die Wärme der Lasagne an seinem Unterarm, als er damit auf den Eingang zuging und die Klingel drückte. Durch das offene Fenster konnte er den schrillen Klang hören.

Die Musik, die aus Sophies offenem Fenster drang, wurde leiser gestellt. Dann schaute sie heraus. Martin sah zu ihr hoch und lächelte, aber sie verzog keine Miene. Es war ihm unmöglich, an ihrem Gesicht abzulesen, was in ihr vorging.

Sie zog ihren Kopf zurück und verschwand wieder. Martin wartete. Die Sekunden zogen sich quälend hin. Mit jedem Wimpernschlag schwand seine Hoffnung ein kleines Stückchen mehr, bis ihn die nackte Angst beschlich. Sophie schien nicht bereit, ihm eine Chance zu geben. Sosehr es auch schmerzte, er musste das akzeptieren.

Wie ein geprügelter Hund schlich er zurück zum Auto und hatte so gar keinen Hunger mehr auf Lasagne. Als mit einem Mal der Türöffner summte. Martin rannte wie der Teufel und stieß die Tür auf, dann stürmte er die Treppe nach oben.

Und wenig später hörte man aus dem Fenster zu Sophies Wohnung Musik, die durch die Straßen schallte.

Always On My Mind …

SECHS WOCHEN SPÄTER

«Da bist du ja schon.» Nicole hielt Martin zur Begrüßung die offene Tür hin. Er hatte einen großen Blumenstrauß für sie besorgt. Die Dahlien leuchteten in bunten Farben. Der Herbst war endgültig angebrochen.

«Blumen? Hast du mir etwa was zu sagen?», fragte sie mit einem verschmitzten Lächeln.

Martin fuhr unmerklich zusammen. Bisher hatten er und Karl es geschafft, ihr Geheimnis vor Nicole zu bewahren. Doch hin und wieder spürte er einen kleinen Anflug von Unsicherheit.

«Warum sollte ich meiner Schwester keine Blumen mitbringen?», fragte er scheinheilig zurück.

Nicole lachte. «Lieb von dir. Komm rein.»

Martin ging vor in die Küche. Er wusste, in welchem Schrank Nicoles Vasen standen, und suchte eine passende heraus. Die Kuchentafel war bereits gedeckt. Martin entdeckte unter den Kuchenstückchen, die Nicole besorgt hatte, auch seinen absoluten Favoriten: Lübecker-Nuss-Sahne-Marzipan. Martin liebte Marzipan. Vor allem das Marzipan seiner Kindheit, das sein Vater immer zu Weihnachten gekauft hatte; ein Niederegger Marzipanbrot ohne Schokolade. Obwohl man das mittlerweile zu jeder Jahreszeit bekam, weckte es bei Martin immer noch Erinnerungen an seine Kindheit und die wunderschönen Weihnachtsfeste, die sie gefeiert hatten. In nicht einmal drei Monaten würde es wieder so weit sein, und diesmal würde Weihnachten etwas ganz Besonderes werden.

«Hast du inzwischen mit ihr gesprochen?», fragte Martin, während er die Dahlien einkürzte, damit sie in die Vase passten.

Nicole wurde ernst. «Hältst du das wirklich für eine gute Idee?»

«Auf jeden Fall. Ich finde, wir sollten Mama eine Chance geben», beteuerte Martin aus tiefster Überzeugung. Wobei er sich fairerweise eingestehen musste, dass er mittlerweile Dinge über ihre Mutter wusste, von denen Nicole keine Ahnung hatte. Und deswegen war sie zu Recht skeptisch. «Haben wir das nicht oft genug getan?»

«Wir waren auch nicht immer nett zu ihr», insistierte Martin.

Nicole lachte auf. «Das sagst ausgerechnet du? Weißt du noch, was los war, als du ihr gesagt hast, dass du dein Studium schmeißt, um professioneller Musiker zu werden?»

«Das ist eine Ewigkeit her.»

«Und seitdem hat sie deine Karriere mit rasender Begeisterung verfolgt.»

Martin seufzte. «Sie hat sich einfach nur Sorgen um mich gemacht. Um uns. Das war ihre Art, ihre Gefühle zu zeigen.»

Nicole hob die Augenbrauen und schaute Martin durchdringend an.

«Im Grunde liebt sie uns, auch wenn sie etwas hilflos dabei rüberkommt», schob Martin eilig hinterher.

Nicole verschränkte die Arme vor der Brust. «Hilflos? Unsere Mutter?»

«Sie kommt ja nur für vier Tage», beschwichtigte Martin.

Dabei waren noch vor Kurzem bereits zwei Tage mit Rita eine heikle Angelegenheit gewesen.

Nicoles Blick veränderte sich schlagartig. Sie musterte ihn jetzt argwöhnisch. «Warum hat sie dir noch mal ihr Auto geschenkt?»

Martin räusperte sich und versuchte, die Fassung zu wahren. Nicole war Anwältin. Schon von Berufs wegen spürte sie jedes noch so kleine unstimmige Indiz auf. Er musste aufpassen, dass er sich nicht um Kopf und Kragen redete. «Jedenfalls hat sie es nicht als Bestechung gemeint.»

«Aha», sagte Nicole vielsagend.

«Als Musiker bin ich auf ein Auto angewiesen. Das weißt du. Ich war quasi gezwungen, sie anzurufen und um Hilfe zu bitten.»

«Normalerweise fragst du mich.»

Martin erstarrte. Sie hatte ihn in die Ecke gedrängt. Wenn ihm jetzt keine glaubwürdige Antwort einfiel, war er geliefert. Da kam Karl aus seinem Zimmer. Martin reagierte reflexartig.

«Das war nicht meine Idee. Karl wollte unbedingt mit seiner Oma sprechen, und dann hat er ihr erzählt, dass mein Auto kaputt war.»

Nicole drehte sich zu Karl um. «Stimmt das?» Karl erstarrte zur Salzsäule und schaute überfordert zwischen Martin und Nicole hin und her. Martin begriff sofort, in welch unangenehme Situation er ihn gebracht hatte.

«Warum glaubst du mir eigentlich nicht?», schob er eilig hinterher, um Karl aus der Schusslinie zu holen.

Seine Schwester schaute ihn ernst und nachdenklich an. Martin war klar, dass er sich mit seiner Fürsprache für ihre Mutter verdächtig machte. Doch er schien auch etwas in Nicole ausgelöst zu haben.

Sie seufzte. «Soll sie halt kommen. Aber eins sag ich dir: Auf ihre ständige Kritik kann ich verzichten.»

«Warte doch einfach mal ab», entgegnete Martin. Er stellte die Vase mit den Blumen auf die Kaffeetafel und kam plötzlich ins Stutzen.

«Kaffee und Kuchen? Mitten in der Woche?», sagte er lachend. «Die haben wirklich saubere Arbeit in der Reha geleistet.»

«Mama hat gekündigt», warf Karl ein.

Martin drehte sich verblüfft zu Nicole um.

«Ich werde in einer anderen Kanzlei anfangen. Einer deutlich kleineren. Mit weniger Druck und Stress.»

«Das halte ich mal für eine wirklich gute Idee», sagte Martin.

«Meine Chefs hätten sowieso immer wieder neue Ausreden gefunden, warum sie mich nicht zur Partnerin machen können. Erst recht nach meinem Zusammenbruch.»

Martin nickte stumm. Wie lange hatte sie schon auf diese Partnerschaft gehofft. Man hatte sie hingehalten. Seit Jahren. Es wurde Zeit, dass sie den Absprung schaffte und diese rein männlich geführte Kanzlei verließ.

«Dann habe ich endlich auch mehr Zeit für dich», sagte Nicole und wuschelte Karl durchs Haar. Dabei machte er ungefähr das gleiche Gesicht, das Martin als Kind gemacht hatte, wenn Tante Elisabeth ihr Taschentuch mit Spucke befeuchtet und ihm damit einen Schmutzfleck von der Wange gewischt hatte.

«Karl wird bald andere Sachen im Kopf haben, als sich mit seiner Mutter abzugeben», meinte Martin.

Nicole lächelte ihn irritiert an. «Was meinst du?»

«Er ist kein Kind mehr. Denkst du, er ist scharf darauf, ausgerechnet mit dir um die Häuser zu ziehen?»

Nicole sah Karl an. «Um die Häuser?»

Karl grinste frech. «Okay, Mama. Einmal die Woche könnten wir ins Kino gehen», schlug er vor, als würde er mit seiner Mutter verhandeln. «Aber nur, wenn der Film ab sechzehn ist», fügte er hinzu, «sonst kann ich auch alleine.»

Nicole lachte schallend los. «Vergiss es», sagte sie und schob gleich noch eine Warnung an Martin hinterher. «Und wage es ja nicht.»

Martin hob abwehrend die Hände. «Niemals.» Was er keinen Deut ernst meinte. Natürlich würde er Karl mit in einen Film ab sechzehn nehmen. Sobald er fünfzehn war.

«Hast du mit Luna geschrieben?», fragte er Karl. Martin wusste, dass die beiden locker in Kontakt standen. Irgendwann hatte Karl sich von ihm ermutigen lassen, ihr einfach mal eine unverbindliche Nachricht zu schicken. Sie hatte sofort geantwortet und sich riesig gefreut.

«Sie hat den Studienplatz nicht bekommen. Jetzt geht sie nach Leipzig», erklärte Karl.

«Sorry, tut mir echt leid für dich. Bist du sehr geknickt?»

«Eigentlich nicht», antwortete Karl überraschend locker. Dass sein Neffe die Sache derart auf die leichte Schulter nahm, konnte nur eins bedeuten. «Hast du jemand Neues am Start?»

«Mal schauen», meinte Karl mit einem verlegenen Lächeln.

Nicole schaute schmunzelnd zwischen den beiden hin und her. «Luna?», fragte sie.

Martin lief ein Schauer über den Rücken. Es kostete ihn einige Mühe, die Fassung zu wahren. Die Fallen lauerten wirklich überall. Auch Karl war aufgeschreckt und sah Martin erwartungsvoll an.

«Ja, nettes Mädchen. Wir haben sie … Wo war das noch mal? Ach ja, wir haben sie im Aquarium kennengelernt», erklärte Martin stammelnd.

«Ihr seid so richtige Buddys geworden, ja?», fragte Nicole.

Martin zuckte lässig mit den Schultern. «Das wolltest du doch immer.»

Aus ihm und Karl waren längst mehr als nur Buddys geworden. Sie waren *Partners in crime*. Ihr Video wurde inzwischen millionenfach angeklickt und hatte seinen alten Hit erneut in die Charts katapultiert. Mike hatte einen der besten Produzenten, den er an der Hand hatte, damit beauftragt, den Song neu abzumischen. Melodie und Text waren zeitlos, aber der Sound hatte sich in den letzten zwanzig Jahren hörbar verändert. Karl hatte Mike vorgeschlagen, Aggro8000 einen Remix von *You Don't Know Me* machen zu lassen, und Mike hatte diese Idee begeistert aufgenommen. Nur zwei Wochen später war der Track erschienen. Martin war deutlich skeptischer gewesen, doch der Erfolg, den der Remix hatte, überwältigte selbst ihn. Mike hatte sogar überlegt, eine Duett-Version mit Martin und Karl herauszubringen, aber das war absolut nicht möglich. Wie hätten sie das vor Nicole verheimlichen sollen? Nein. Was in Portugal passiert war, sollte in Portugal bleiben. Abgesehen davon hatte Martin bereits am eigenen Leib erfahren, was für Schattenseiten der Ruhm bei Karl zutage förderte. Schon allein seinem Umfeld zuliebe sollte er sich besser vom Showbiz fernhalten.

«Was ist denn noch so passiert in den Sommerferien?», fragte Nicole, während sie ihnen Kuchen auf die Teller hob.

Martin und Karl tauschten einen knappen Blick.

«Wie oft willst du das noch wissen?», fragte Martin. «Es waren stinknormale Sommerferien. Weiter nichts.»

«Ich dachte nur, weil ihr euch seitdem so überraschend gut versteht.»

Martin und Karl zuckten die Schultern und aßen ihren Kuchen. Längst hatte Martin begriffen, dass es das Beste war, sich an die Strategie zu halten, die Karl sich überlegt hatte: Schweigen.

«Mörder verraten sich vor allem dadurch, dass sie sich von der Polizei in Gespräche verwickeln lassen. Die warten nur darauf, dass man sich in Widersprüche verstrickt», hatte er Martin erklärt.

Es hatte funktioniert. Nicole hatte irgendwann aufgegeben nachzufragen. Bis jetzt. Während Karl von seinem Genie überzeugt war und sich in Sicherheit wiegte, spürte Martin, dass es brenzlig wurde. Vor allem, als Nicole demonstrativ ihr Smartphone neben sich auf den Tisch legte. Normalerweise herrschte an ihrem Tisch ein strenges Smartphone-Verbot.

Martin beobachtete, wie Nicole Karl ins Visier nahm. «Die Tochter meiner neuen Kollegin findet dich ganz toll», sagte sie betont beiläufig.

Martin sackte innerlich zusammen.

«Echt? Wie heißt sie?», fragte Karl arglos.

«Emilia», sagte Nicole. «Ein sehr nettes Mädchen. Sie ist so alt wie du.»

Karl lächelte. «Ist sie auch hübsch?»

Martin traute seinen Ohren nicht. Karl merkte nicht, wie er in die Falle tappte.

«Ich finde schon. Emilia hätte gerne ein Autogramm von dir.»

Martin hielt es nicht mehr aus. Er wollte zu einer Erklärung ansetzen, aber Nicole bedeutete ihm, still zu sein. Anscheinend hatte sie Spaß daran, Karl noch ein wenig zu grillen. Tatsächlich hatte Karl immer noch nicht gemerkt, dass seine Mutter ihnen auf die Schliche gekommen war. Ausgerechnet jetzt war er überraschend begriffsstutzig. Es musste das Wort *Mädchen* gewesen sein, das seine Sinne vernebelt hatte, dachte Martin.

Karl grinste. «Autogramm? Geht klar. Ich drucke gleich ein Selfie von mir aus», antwortete er mit stolzgeschwellter Brust. «Geht sie auf meine Schule?»

«Nein, sie kennt dich nicht aus der Schule. Sie kennt dich von woanders», erklärte Nicole. Und dann ließ sie das Video laufen.

Nun stellte auch Karl das Kauen ein. Entsetzt blickte er auf das Display. Und dann zu Martin. Während Nicole das Handy wieder beiseitelegte und sie mit messerscharfem Blick musterte.

«Damit das klar ist, ich werde euch beiden den Kopf abreißen. Aber erst erzählt ihr mir, was passiert ist. Und lasst ja nichts aus.»

Martin und Karl sahen sich an. Bis ihre Gesichter sich zu einem breiten Grinsen verzogen. Karl holte tief Luft. Dann legte er los.

ENDE